浪漫古典行·人物卷

浮生六记

[清]沈复 著
紫陌红尘 注析

长江出版传媒 | 长江文艺出版社

图书在版编目（C I P）数据

浮生六记 / （清）沈复著；紫陌红尘注析. -- 武汉 ： 长江文艺出版社， 2017.3 (2025.5 重印)
（浪漫古典行. 人物卷）
ISBN 978-7-5354-8968-5

Ⅰ. ①浮… Ⅱ. ①沈… ②紫… Ⅲ. ①古典散文－散文集－中国－清代②《浮生六记》－注释 Ⅳ. ①I264.9

中国版本图书馆 CIP 数据核字(2016)第 160639 号

责任编辑：张远林　　　　责任校对：程华清
封面设计：周　佳　　　　责任印制：邱　莉　胡丽平

出版：长江出版传媒　长江文艺出版社
地址：武汉市雄楚大街 268 号　　　邮编：430070
发行：长江文艺出版社
电话：027—87679360
http://www.cjlap.com
印刷：三河市嵩川印刷有限公司

开本：640 毫米×970 毫米　　1/16　　印张：15.5
版次：2017 年 3 月第 1 版　　　2025 年 5 月第 4 次印刷
字数：217 千字

定价：62.00 元

目录

Chapter 01

卷一　闺房记乐

有了她，他的生命才能完整。不知道这有多么盲目。可人世间最浪漫纯真的爱往往就是如此：爱侣不是终于在某个地方相遇，而是他们早就活在彼此心里。

Chapter 01

卷一　闺房记乐

卷一 闺房记乐

余生乾隆癸未冬十一月二十有二日，正值太平盛世，且在衣冠之家①，居苏州沧浪亭畔，天之厚我，可谓至矣。东坡云：“事如春梦了无痕”，苟不记之笔墨，未免有辜彼苍之厚。因思《关雎》冠《三百篇》之首，故列夫妇于首卷，余以次递及焉。所愧少年失学，稍识之无，不过记其实情实事而已。若必考订其文法，是责明于垢鉴矣。

余幼聘金沙于氏，八龄而夭；娶陈氏。陈名芸，字淑珍，舅氏心余先生女也。生而颖慧，学语时，口授《琵琶行》，即能成诵。四龄失怙②，母金氏，弟克昌，家徒壁立。芸既长，娴女红，三口仰其十指供给，克昌从师修脯无缺③。一日，于书簏中得《琵琶行》，挨字而认，始识字。刺绣之暇，渐通吟咏，有“秋侵人影瘦，霜染菊花肥”之句。

余年十三，随母归宁④，两小无嫌，得见所作，虽叹其才思隽秀，窃恐其

---

① 衣冠：中国古代对官僚和士大夫的称呼。一说是科举及第特别是进士科出身者的专称。

② 失怙：父曰怙，母曰恃。失怙，指幼年丧父。

③ 修脯：旧时称送给老师的礼物或酬金。修，通“脩”，干肉，最早学生以干肉作为酬谢恩师之资。

④ 归宁：指已嫁女子回娘家归问父母，《诗经》中有“归事父母”之句。

福泽不深，然心注不能释，告母曰："若为儿择妇，非淑姊不娶。"母亦爱其柔和，即脱金约指缔姻焉。此乾隆乙未七月十六日也。

是年冬，值其堂姊出阁，余又随母往。芸与余同齿而长余十月①，自幼姊弟相呼，故仍呼之曰淑姊。

时但见满室鲜衣，芸独通体素淡，仅新其鞋而已。见其绣制精巧，询为己作，始知其慧心不仅在笔墨也。

其形削肩长项，瘦不露骨，眉弯目秀，顾盼神飞。惟两齿微露，似非佳相。一种缠绵之态，令人之意也消。

索观诗稿，有仅一联，或三四句，多未成篇者。询其故，笑曰："无师之作，愿得知己堪师者敲成之耳。"余戏题其签曰"锦囊佳句"②，不知夭寿之机此已伏矣。

是夜送亲城外，返，已漏三下，腹饥索饵，婢妪以枣脯进，余嫌其甜。芸暗牵余袖，随至其室，见藏有暖粥并小菜焉。余欣然举箸，忽闻芸堂兄玉衡呼曰："淑妹速来!"芸急闭门曰："已疲乏，将卧矣。"玉衡挤身而入，见余将吃粥，乃笑睨芸曰："顷我索粥，汝曰'尽矣'，乃藏此专待汝婿耶?"芸大窘避去，上下哗笑之。余亦负气，挈老仆先归。

自吃粥被嘲，再往，芸即避匿，余知其恐贻人笑也。

至乾隆庚子正月二十二日花烛之夕，见瘦怯身材依然如昔，头巾既揭，相视嫣然。合卺③后，并肩夜膳，余暗于案下握其腕，暖尖滑腻，胸中不觉怦怦作跳。让之食，适逢斋期，已数年矣。暗计吃斋之初，正余出痘之期，因笑谓曰："今我光鲜无恙，姊可从此开戒否?"芸笑之以目，点之以首。

---

① 同齿：同岁，年龄相同。宋王安石《酬冲卿见别》诗："同官同齿复同科，朋友昏姻分最多。"

② 锦囊佳句：典出《全唐文》卷七百八十《李贺小传》。李贺"恒从小奚奴骑驴，背一破锦囊，遇有所得，即书投囊中"。后遂以"锦囊佳句"指优美的文句。此处是指李贺负高才而早夭，暗合了芸后来的悲剧命运。

③ 合卺：汉族婚礼仪式之一。其本意是将葫芦一剖为二，以器物将两柄相连，以之盛酒，新婚夫妇在新房内共饮，表示从此成为一体，名为"合卺"。后来改用杯盏，遂称"交杯酒"。

廿四日为余姊于归①，廿三国忌不能作乐，故廿二之夜即为余姊款嫁，芸出堂陪宴。余在洞房与伴娘对酌，拇战辄北②，大醉而卧，醒则芸正晓妆未竟也。

是日亲朋络绎，上灯后始作乐。廿四子正，余作新舅送嫁，丑末归来，业已灯残人静，悄然入室，伴妪盹于床下，芸卸妆尚未卧，高烧银烛，低垂粉颈，不知观何书而出神若此。因抚其肩曰："姊连日辛苦，何犹孜孜不倦耶？"

芸忙回首起立曰："顷正欲卧，开橱得此书，不觉阅之忘倦。《西厢》之名闻之熟矣，今始得见，莫不愧才子之名，但未免形容尖薄耳③。"余笑曰："唯其才子，笔墨方能尖薄。"

伴妪在旁促卧，令其闭门先去。遂与比肩调笑，恍同密友重逢。戏探其怀，亦怦怦作跳，因俯其耳曰："姊何心春乃尔耶？"芸回眸微笑，便觉一缕情丝摇人魂魄，拥之入帐，不知东方之既白。

芸作新妇，初甚缄默，终日无怒容，与之言，微笑而已。事上以敬，处下以和，井井然未尝稍失。每见朝暾上窗，即披衣急起，如有人呼促者然。余笑曰："今非吃粥比矣，何尚畏人嘲耶？"芸曰："曩之藏粥待君，传为话柄。今非畏嘲，恐堂上道新娘懒惰耳。"

余虽恋其卧而德其正，因亦随之早起。自此耳鬓相磨，亲同形影，爱恋之情有不可以言语形容者。而欢娱易过，转睫弥月。

时吾父稼夫公在会稽幕府④，专役相迓⑤，受业于武林赵省斋先生门下。先生循循善诱，余今日之尚能握管，先生力也。

归来完姻时，原订随侍到馆，闻信之余，心甚怅然，恐芸之对人堕泪，而芸反强颜劝勉，代整行装，是晚但觉神色稍异而已。

---

① 于归：女子出嫁。

② 拇战：猜拳饮酒。北：败，输。

③ 芸所说的"尖薄"，是小女子的伎俩，不能当真。黛玉读《西厢》，分明是觉得"词句警人，余香满口"，但责怪宝玉拿些"淫词艳曲"欺负她。芸读它"阅之忘倦"，"出神若此"，却同样责之以"尖薄"，其理与黛玉正相同也。

④ 幕府：指地方或行政长官的官衙。

⑤ 相迓：迎接。

临行，向余小语曰："无人调护，自去经心。"及登舟解缆，正当桃李争妍之候，而余则恍同林鸟失群，天地异色。到馆后，吾父即渡江东去。

居三月如十年之隔。芸虽时有书来，必两问一答，中多勉励词，余皆浮套语，心殊怏怏。每当风生竹院，月上蕉窗，对景怀人，梦魂颠倒。

先生知其情，即致书吾父，出十题而遣余暂归，喜同戍人得赦。

登舟后，反觉一刻如年。及抵家，吾母处问安毕，入房，芸起相迎，握手未通片语，而两人魂魄恍恍然化烟成雾，觉耳中惺然一响，不知更有此身矣。

时当六月，内室炎蒸，幸居沧浪亭爱莲居西间壁，板桥内一轩临流，名曰"我取"，取"清斯濯缨，浊斯濯足"① 意也。檐前老树一株，浓阴覆窗，人画俱绿，隔岸游人往来不绝。此吾父稼夫公垂帘宴客处也。禀命吾母，携芸消夏于此，因暑罢绣，终日伴余课书论古，品月评花而已。芸不善饮，强之可三杯，教以射覆②为令。自以为人间之乐，无过于此矣。

一日，芸问曰："各种古文，宗何为是？"

余曰："《国策》、《南华》取其灵快，匡衡、刘向取其雅健，史迁、班固取其博大，昌黎取其浑，柳州取其峭，庐陵取其宕，三苏取其辩，他若贾、董策对，庾、徐骈体，陆贽奏议，取资者不能尽举，在人之慧心领会耳。"

芸曰："古文全在识高气雄，女子学之，恐难入彀。唯诗之一道，妾稍有领悟耳。"

余曰："唐以诗取士，而诗之宗匠必推李、杜，卿爱宗何人？"

芸发议曰："杜诗锤炼精纯，李诗激洒落拓。与其学杜之森严，不如学李之活泼。"

余曰："工部为诗家之大成，学者多宗之，卿独取李，何也？"

芸曰："格律谨严，词旨老当，诚杜所独擅。但李诗宛如姑射仙子，有一种落花流水之趣，令人可爱。非杜亚于李，不过妾之私心宗杜心浅，爱李心深。"

---

① 清斯濯缨，浊斯濯足：语出《孟子·离娄上》："沧浪之水清兮，可以濯我缨，沧浪之水浊兮，可以濯我足。"其本意是委运任命，自得其乐。

② 射覆："射"是猜度之意，"覆"是覆盖之意。覆者用瓯盂、盒子等器覆盖某一物件，射者通过占筮等途径，猜测里面是什么东西。是古人的一种比较高雅的游戏。

余笑曰："初不料陈淑珍乃李青莲知己。"

芸笑曰："妾尚有启蒙师白乐天先生，时感于怀，未尝稍释。"

余曰："何谓也?"

芸曰："彼非作《琵琶行》者耶?"

余笑曰："异哉！李太白是知己，白乐天是启蒙师，余适字三白为卿婿，卿与'白'字何其有缘耶?"

芸笑曰："白字有缘，将来恐白字连篇耳（吴音呼别字为白字）。"相与大笑。

余曰："卿既知诗，亦当知赋之弃取。"

芸曰："《楚辞》为赋之祖，妾学浅费解。就汉、晋人中调高语炼，似觉相如为最。"

余戏曰："当日文君之从长卿，或不在琴而在此乎?①"复相与大笑而罢。

余性爽直，落拓不羁；芸若腐儒，迂拘多礼。偶为之整袖，必连声道"得罪"；或递巾授扇，必起身来接。余始厌之，曰："卿欲以礼缚我耶?语曰：'礼多必诈'。"芸两颊发赤，曰："恭而有礼，何反言诈?"余曰："恭敬在心，不在虚文。"芸曰："至亲莫如父母，可内敬在心而外肆狂放耶?"余曰："前言戏之耳。"芸曰："世间反目多由戏起，后勿冤妾，令人郁死！"余乃挽之入怀，抚慰之，始解颜为笑。自此"岂敢"、"得罪"竟成语助词矣。

鸿案相庄廿有三年②，年愈久而情愈密。家庭之内，或暗室相逢，窄途邂逅，必握手问曰："何处去?"私心忒忒，如恐旁人见之者。实则同行并坐，初犹避人，久则不以为意。芸或与人坐谈，见余至，必起立，偏挪其身，余就而并焉，彼此皆不觉其所以然者。始以为惭，继成不期然而然。独怪老年夫妇相视如仇者，不知何意。或曰："非如是，焉得白头偕老哉?"斯言诚然欤?

是年七夕，芸设香烛瓜果，同拜天孙于"我取轩"。余镌"愿生生世世为

---

① 此句用卓文君和司马相如之典。卓文君是临邛富商卓王孙之女，在家寡居时，为风流而又有才气的司马相如的琴声所动，深夜私奔司马相如处。其父断绝了她的经济，她便和司马相如当垆卖酒。

② 鸿案相庄：指东汉梁鸿与孟光相敬如宾的佳话。据《后汉书》记载，梁鸿的妻孟光每食必对鸿举案齐眉，以示尊敬。后人遂用鸿案相庄形容夫妻琴瑟和谐。

夫妇”图章二方，余执朱文，芸执白文①，以为往来书信之用。

是夜月色颇佳，俯视河中，波光如练，轻罗小扇，并坐水窗，仰见飞云过天，变态万状。芸曰：“宇宙之大，同此一月，不知今日世间，亦有如我两人之情兴否。”余曰：“纳凉玩月，到处有之。若品论云霞，或求之幽闺绣闼，慧心默证者固亦不少。若夫妇同观，所品论者，恐不在此云霞耳。”未几，烛烬月沉，撤果归卧。

七月望②，俗谓之鬼节。芸备小酌，拟邀月畅饮，夜忽阴云如晦。芸愀然曰：“妾能与君白头偕老，月轮当出。”余亦索然。

但见隔岸萤光，明灭万点，梳织于柳堤蓼渚间。余与芸联句以遣闷怀，而两韵之后，逾联逾纵，想入非夷，随口乱道。芸已漱涎涕泪，笑倒余怀，不能成声矣。觉其鬓边茉莉浓香扑鼻，因拍其背以他词解之曰：“想古人以茉莉形色如珠，故供助妆压鬓，不知此花必沾油头粉面之气，其香更可爱，所供佛手当退三舍矣。”芸乃止笑曰：“佛手乃香中君子，只在有意无意间；茉莉是香中小人，故须借人之势，其香也如胁肩谄笑。”余曰：“卿何远君子而近小人？”芸曰：“我笑君子爱小人耳。”

正话间，漏已三滴，渐见风扫云开，一轮涌出，乃大喜。倚窗对酌，酒未三杯，忽闻桥下哄然一声，如有人堕。就窗细瞩，波明如镜，不见一物，惟闻河滩有只鸭急奔声。余知沧浪亭畔素有溺鬼，恐芸胆怯，未敢即言。芸曰：“噫！此声也，胡为乎来哉？”不禁毛骨皆栗，急闭窗，携酒归房。一灯如豆，罗帐低垂，弓影杯蛇，惊神未定。剔灯入帐，芸已寒热大作，余亦继之，困顿两旬。真所谓乐极灾生，亦是白头不终之兆。

中秋日，余病初愈，以芸半年新妇，未尝一至间壁之沧浪亭，先令老仆约守者勿放闲人，于将晚时，偕芸及余幼妹，一妪一婢扶焉，老仆前导，过石桥，进门折东，曲径而入。叠石成山，林木葱翠，亭在土山之巅。循级至亭心，周

---

① 朱文：印章的阳文印出的是红字，故称朱文。白文，印章的阴文印出的是白字，故称白文。

② 望：每月十五日称为望。七月望，即七月十五日，亦称鬼节。僧寺会在此时做盂兰盆会，民间会用冥纸祭祀亡灵。

望极目可数里，炊烟四起，晚霞灿然。隔岸名“近山林”；为大宪行台宴集之地①，时正谊书院犹未启也。携一毯设亭中，席地环坐，守者烹茶以进。

少焉，一轮明月已上林梢，渐觉风生袖底，月到波心，俗虑尘怀，爽然顿释。芸曰：“今日之游乐矣！若驾一叶扁舟，往来亭下，不更快哉！”时已上灯，忆及七月十五夜之惊，相扶下亭而归。吴俗，妇女是晚不拘大家小户，皆出结队而游，名曰“走月亮”。沧浪亭幽雅清旷，反无一人至者。

吾父稼夫公喜认义子，以故余异姓弟兄有二十六人；吾母亦有义女九人。九人中王二姑、俞六姑与芸最和好。王痴憨善饮，俞豪爽善谈。每集，必逐余居外，而得三女同榻；此俞六姑一人计也。余笑曰：“俟妹于归后，我当邀妹丈来，一住必十日。”俞曰：“我亦来此，与嫂同榻，不大妙耶？”芸与王微笑而已。

时为吾弟启堂娶妇，迁居饮马桥之仓米巷。屋虽宏畅，非复沧浪亭之幽雅矣。吾母诞辰演剧，芸初以为奇观。吾父素无忌讳，点演《惨别》等剧，老伶刻画，见者情动。余窥帘见芸忽起去，良久不出，入内探之，俞与王亦继至。见芸一人支颐独坐镜奁之侧。余曰：“何不快乃尔？”芸曰：“观剧原以陶情，今日之戏徒令人肠断耳。”俞与王皆笑之。余曰：“此深于情者也。”俞曰：“嫂将竟日独坐于此耶？”芸曰：“俟有可观者再往耳。”王闻言先出，请吾母点《刺梁》、《后索》等剧，劝芸出观，始称快。

余堂伯父素存公早亡，无后，吾父以余嗣焉。墓在西跨塘福寿山祖茔之侧，每年春日必挈芸拜扫。王二姑闻其地有戈园之胜，请同往。芸见地下小乱石有苔纹，斑驳可观，指示余曰：“以此叠盆山，较宣州白石为古致。”余曰：“若此者恐难多得。”王曰：“嫂果爱此，我为拾之。”即向守坟者借麻袋一，鹤步而拾之。每得一块，余曰“善”，即收之；余曰“否”，即去之。未几，粉汗盈盈，拽袋返曰：“再拾则力不胜矣。”芸且拣且言曰：“我闻山果收获，必借猴力，果然。”王愤撮十指作哈痒状；余横阻之，责芸曰：“人劳汝逸，犹作此语，无怪妹之动愤也。”

归途游戈园，稚绿娇红，争妍竞媚。王素憨，逢花必折。芸叱曰：“既无瓶

① 大宪行台：地方抚、藩、臬三司的首长。

养，又不簪戴，多折何为！”王曰：“不知痛痒者何害？”余笑曰：“将来罚嫁麻面多须郎，为花泄忿。”王怒余以目，掷花于地，以莲钩①拨入池中，曰：“何欺侮我之甚也！”芸笑解之而罢。

芸初缄嘿②，喜听余议论。余调其言，如蟋蟀之用纤草，渐能发议。其每日饭必用茶泡，喜食芥卤乳腐，吴俗呼为“臭乳腐”，又喜食虾卤瓜。此二物余生平所最恶者，因戏之曰：“狗无胃而食粪，以其不知臭秽；蜣螂团粪而化蝉，以其欲修高举也。卿其狗耶？蝉耶？”芸曰：“腐取其价廉而可粥可饭，幼时食惯。今至君家，已如蜣螂化蝉。犹喜食之者，不忘本也。至卤瓜之味，到此初尝耳。”

余曰：“然则我家系狗窦耶？”芸窘而强解曰：“夫粪，人家皆有之，要在食与不食之别耳。然君喜食蒜，妾亦强啖之。腐不敢强，瓜可掩鼻略尝，入咽当知其美，此犹无盐貌丑而德美也。③”余笑曰：“卿陷我作狗耶？”芸曰：“妾作狗久矣，屈君试尝之。”以箸强塞余口，余掩鼻咀嚼之，似觉脆美，开鼻再嚼，竟成异味，从此亦喜食。芸以麻油加白糖少许拌卤腐，亦鲜美；以卤瓜捣烂拌卤腐，名之曰双鲜酱，有异味。余曰：“始恶而终好之，理之不可解也。”芸曰：“情之所钟，虽丑不嫌。”

余启堂弟妇，王虚舟先生孙女也，催妆时偶缺珠花④。芸出其纳采所受者呈吾母⑤，婢妪旁惜之。芸曰：“凡为妇人，已属纯阴，珠乃纯阴之精，用为首饰，阳气全克矣，何贵焉？”

而于破书残画，反极珍惜。书之残缺不全者，必搜集分门，汇订成帙，统名之曰“断简残编”；字画之破损者，必觅故纸粘补成幅，有破缺处，倩予全好

---

① 莲钩：小脚。旧时女子裹脚，称脚为“三寸金莲”。

② 缄嘿：沉默。嘿：同“默”。

③ 无盐：战国时齐国著名的丑女钟离春，无盐人。貌虽丑而有才有德，被齐宣王立为王后。

④ 催妆：旧时婚礼的一种仪式。谓女方出嫁须得男方多次催促，才梳妆启行。催妆要多次，婚礼前二三日，男方要下催妆礼。

⑤ 纳采：旧时一种婚姻礼仪，为六礼之首。六礼分别是纳采、问名、纳吉、纳征、请期、亲迎。纳采即男方家请媒人去女方家提亲，女方家答应议婚后，再请媒妁正式向女家纳“采择之礼”。

而卷之，名曰“弃余集赏”。于女红中馈①之暇，终日琐琐，不惮烦倦。芸于破笥烂卷中，偶获片纸可观者，如得异宝。旧邻冯妪每收乱卷卖之。其癖好与余同，且能察眼意，懂眉语，一举一动，示之以色，无不头头是道。

余尝曰：“惜卿雌而伏，苟能化女为男，相与访名山，搜胜迹，遨游天下，不亦快哉！”

芸曰：“此何难？俟妾鬓斑之后，虽不能远游五岳，而近地之虎阜、灵岩，南至西湖，北至平山，尽可偕游。”

余曰：“恐卿鬓斑之日，步履已艰。”

芸曰：“今世不能，期以来世。”

余曰：“来世卿当作男，我为女子相从。”

芸曰：“必得不昧今生，方觉有情趣。”

余笑曰：“幼时一粥犹谈不了，若来世不昧今生，合卺之夕，细谈隔世，更无合眼时矣。”

芸曰：“世传月下老人专司人间婚姻事，今生夫妇已承牵合，来世姻缘亦须仰藉神力，盍绘一像祀之？”

时有苕溪戚柳堤，名遵，善写人物，倩绘一像：一手挽红丝，一手携杖悬姻缘簿，童颜鹤发，奔驰于非烟非雾中。此戚君得意笔也。友人石琢堂为题赞语于首，悬之内室。每逢朔望，余夫妇必焚香拜祷。后因家庭多故，此画竟失所在，不知落在谁家矣。“他生未卜此生休”，两人痴情，果邀神鉴耶？

迁仓米巷，余颜其卧楼曰“宾香阁”，盖以芸名而取如宾意也。院窄墙高，一无可取。后有厢楼，通藏书处，开窗对陆氏废园，但有荒凉之象。沧浪风景，时切芸怀。

有老妪居金母桥之东、埂巷之北，绕屋皆菜圃，编篱为门，门外有池约亩许，花光树影，错杂篱边，其地即元末张士诚王府废基也。屋西数武②，瓦砾堆成土山，登其巅，可远眺，地旷人稀，颇饶野趣。

妪偶言及，芸神往不置，谓余曰：“自别沧浪，梦魂常绕，每不得已而思其

---

① 中馈：古时指妇女在家中主持饮食等事，引申指妻室。

② 数武：数步。武，本意是半步，泛指脚步。

次，其老妪之居乎？”余曰：“连朝秋暑灼人，正思得一清凉地以消长昼。卿若愿往，我先观其家，可居，即袱被而往，作一月盘桓，何如？”芸曰：“恐堂上不许。”余曰：“我自请之。”越日，至其地，屋仅二间，前后隔而为四，纸窗竹榻，颇有幽趣。老妪知余意，欣然出其卧室为赁，四壁糊以白纸，顿觉改观。于是禀知吾母，挈芸居焉。

邻仅老夫妇二人，灌园为业，知余夫妇避暑于此，先来通殷勤①，并钓池鱼、摘园蔬为馈。偿其价，不受，芸作鞋报之，始谢而受。

时方七月，绿树阴浓，水面风来，蝉鸣聒耳。邻老又为制鱼竿，与芸垂钓于柳阴深处。日落时，登土山，观晚霞夕照，随意联吟，有“兽云吞落日，弓月弹流星”之句。少焉，月印池中，虫声四起，设竹榻于篱下。老妪报酒温饭熟，遂就月光对酌，微醺而饭。浴罢，则凉鞋蕉扇，或坐或卧，听邻老谈因果报应事。三鼓归卧，周体清凉，几不知身居城市矣。

篱边倩邻老购菊，遍植之。九月花开，又与芸居十日。吾母亦欣然来观，持螯对菊，赏玩竟日。

芸喜曰：“他年当与君卜筑于此，买绕屋菜园十亩，课仆妪植瓜蔬，以供薪水。君画我绣，以为诗酒之需。布衣菜饭，可乐终身，不必作远游计也。”余深然之。今即得有境地，而知己沦亡，可胜浩叹！

离余家中里许，醋库巷有洞庭君祠，俗呼水仙庙，回廊曲折，小有园亭。每逢神诞，众姓各认一落，密悬一式之玻璃灯，中设宝座，旁列瓶几，插花陈设，以较胜负。日惟演戏，夜则参差高下，插烛于瓶花间，名曰“花照”。花光灯影，宝鼎香浮，若龙宫夜宴。司事者或笙箫歌唱，或煮茗清谈，观者如蚁集，檐下皆设栏为限。余为众友邀去，插花布置，因得躬逢其盛。

归家向芸艳称之，芸曰：“惜妾非男子，不能往。”余曰：“冠我冠，衣我衣，亦化女为男之法也。”于是易髻为辫，添扫蛾眉；加余冠，微露两鬓，尚可掩饰；服余衣长一寸又半；于腰间折而缝之，外加马褂。芸曰：“脚下将奈何？”余曰：“坊间有蝴蝶履，大小由之，购亦极易，且早晚可代撤鞋之用，不亦善

① 殷勤：心意，表示友好。《史记·司马相如列传》：“相如乃使人重赐文君侍者通殷勤，文君夜亡奔相如。”汉繁钦《定情诗》：“何以致殷勤？约指一双银。”

乎?”芸欣然。及晚餐后，装束既毕，效男子拱手阔步者良久，忽变卦曰：“妾不去矣。为人识出既不便，堂上闻之又不可。”余怂恿曰：“庙中司事者谁不知我，即识出，亦不过付之一笑耳。吾母现在九妹丈家，密去密来，焉得知之?”

芸揽镜自照，狂笑不已。余强挽之，悄然径去，遍游庙中，无识出为女子者。或问何人，以表弟对，拱手而已。最后至一处，有少妇幼女坐于所设宝座后，乃杨姓司事者之眷属也。芸忽趋彼通款曲①，身一侧，而不觉一按少妇之肩。旁有婢媪怒而起曰：“何物狂生，不法乃尔!”余试为措词掩饰。芸见势恶，即脱帽翘足示之曰：“我亦女子耳。”相与愕然，转怒为欢，留茶点，唤肩舆送归。

吴江钱师竹病故，吾父信归，命余往吊。芸私谓余曰：“吴江必经太湖，妾欲偕往，一宽眼界。”余曰：“正虑独行踽踽，得卿同行固妙，但无可托词耳。”芸曰：“托言归宁。君先登舟，妾当继至。”余曰：“若然，归途当泊舟万年桥下，与卿待月乘凉，以续沧浪韵事。”

时六月十八日也。是日早凉，携一仆先至胥江渡口，登舟而待。芸果肩舆至。解维出虎啸桥，渐见风帆沙鸟，水天一色。芸曰：“此即所谓太湖耶？今得见天地之宽，不虚此生矣！想闺中人有终身不能见此者!”闲话未几，风摇岸柳，已抵江城。

余登岸拜奠毕，归视舟中洞然，急询舟子。舟子指曰：“不见长桥柳阴下观鱼鹰捕鱼者乎?”盖芸已与船家女登岸矣。余至其后，芸犹粉汗盈盈，倚女而出神焉。余拍其肩曰：“罗衫汗透矣!”芸回首曰：“恐钱家有人到舟，故暂避之。君何回来之速也?”余笑曰：“欲捕逃耳。”

于是相挽登舟，返棹至万年桥下，阳乌犹未落山。舟窗尽落，清风徐来，纨扇罗衫，剖瓜解暑。少焉，霞映桥红，烟笼柳暗，银蟾欲上，渔火满江矣。

命仆至船梢与舟子同饮。船家女名素云，与余有杯酒交，人颇不俗。招之与芸同坐。船头不张灯火，待月快酌，射覆为令。素云双目闪闪，听良久，曰：

---

① 款曲：犹衷情，诚挚殷勤的心意。汉秦嘉《留郡赠妇》诗：“念当远别离，思念叙款曲。”《剪灯新话·秋香亭记》：“生虽怅然绝望，然终欲一致款曲于女，以导达其情。”

"觞政侬颇娴习①，从未闻有斯令，愿受教。"芸即譬其言而开导之，终茫然。

余笑曰："女先生且罢论，我有一言作譬。即了然矣。"芸曰："君若何譬之？"余曰："鹤善舞而不能耕，牛善耕而不能舞，物性然也，先生欲反而教之，无乃劳乎？"素云笑捶余肩曰："汝骂我耶！"芸出令曰："只许动口，不许动手。违者罚大觥。"素云量豪，满斟一觥，一吸而尽。余曰："动手但准摸索，不准捶人。"芸笑挽素云置余怀，曰："请君摸索畅怀。"余笑曰："卿非解人，摸索在有意无意间耳，拥而狂探，田舍郎之所为也。"时四鬟所簪茉莉为酒气所蒸，杂以粉汗油香，芳馨透鼻。余戏曰："小人臭味充满船头，令人作恶。"素云不禁握拳连捶曰："谁教汝狂嗅耶？"

芸呼曰："违令，罚两大觥！"

素云曰："彼又以小人骂我，不应捶耶？"

芸曰："彼之所谓小人，益有故也。请干此，当告汝。"

素云乃连尽两觥。芸乃告以沧浪旧居乘凉事。

素云曰："若然，真错怪矣，当再罚。"又干一觥。

芸曰："久闻素娘善歌，可一聆妙音否？"素即以象箸击小碟而歌。芸欣然畅饮，不觉酩酊，乃乘舆先归。余又与素云茶话片刻，步月而回。

时余寄居友人鲁半舫家萧爽楼中。越数日，鲁夫人误有所闻，私告芸曰："前日闻若婿挟两妓饮于万年桥舟中，子知之否？"芸曰："有之，其一即我也。"因以偕游始末详告之。鲁大笑，释然而去。

乾隆甲寅七月，余自粤东归。有同伴携妾回者，曰徐秀峰，余之表妹婿也，艳称新人之美，邀芸往观。芸他日谓秀峰曰："美则美矣，韵犹未也。"秀峰曰："然则若郎纳妾，必美而韵者？"芸曰："然。"从此痴心物色，而短于资。

时有浙妓温冷香者，寓于吴，有《咏柳絮》四律，沸传吴下，好事者多和之。余友吴江张闲憨素赏冷香，携柳絮诗索和。芸微其人而置之。余技痒而和

---

① 觞政：酒令。汉刘向《说苑·善说》："魏文侯与大夫饮酒，使公乘不仁为觞政。"明王志坚《表异录》卷十："觞政，酒令也。酒纠，监令也，亦名瓯宰，亦名觥录事。"

其韵①，中有“触我春愁偏婉转，撩他离绪更缠绵”之句，芸甚击节。

明年乙卯秋八月五日，吾母将挈芸游虎丘，闲憨忽至，曰：“余亦有虎丘之游，今日特邀君作探花使者。”因请吾母先行，期于虎丘半塘相晤。拉余至冷香寓，见冷香已半老；有女名憨园，瓜期未破②，亭亭玉立，真“一泓秋水照人寒”者也。款接间，颇知文墨；有妹文园，尚雏。

余此时初无痴想，且念一杯之叙，非寒士所能酬，而既入个中，私心忐忑，强为酬答。

因私谓闲憨曰：“余贫士也，子以尤物玩我乎③？”

闲憨笑曰：“非也。今日有友人邀憨园答我，席主为尊客拉去，我代客转邀客，毋烦他虑也。”余始释然。至半塘，两舟相遇，令憨园过舟叩见吾母。芸、憨相见，欢同旧识，携手登山，备览名胜。芸独爱“千顷云”高旷，坐赏良久。返至“野芳滨”，畅饮甚欢，并舟而泊。

及解维，芸谓余曰：“子陪张君，留憨陪妾可乎？”余诺之。返棹至都亭桥，始过船分袂。

归家已三鼓。芸曰：“今日得见美而韵者矣，顷已约憨园，明日过我，当为子图之。”余骇曰：“此非金屋不能贮④，穷措大岂敢生此妄想哉⑤？况我两人伉俪正笃，何必外求？”芸笑曰：“我自爱之，子姑待之。”

明午憨果至。芸殷勤款接，筵中以猜枚为令⑥，终席无一罗致语。及憨园归，芸曰：“顷又与密约，十八日来此结为姊妹，子宜备牲牢以待。”笑指臂上翡翠钏曰：“若见此钏属于憨，事必谐矣。顷已吐意，未深结其心也。”余姑

---

① 技痒：亦作“技养”。有某种技艺的人遇到机会急欲表现。潘岳《射雉赋》：“屏发布而累息，徒心烦而技痒。”徐爰注：“有技艺欲逞曰技痒也。”

② 瓜期未破：古时称女子十六岁为瓜期。此处指尚未满十六岁。

③ 尤物：原指特别珍奇之物，后指绝色艳丽的女子，多贬义。《左传·昭公二十八年》：“夫有尤物，足以移人；苟非德义，则必有祸。”

④ 此非金屋不能贮：用“金屋藏娇”典，汉武帝年幼时，喜欢阿娇，曾对姑母长公主说：“若得阿娇作妇，当作金屋贮之也。”

⑤ 穷措大：穷书生。

⑥ 猜枚：一种多用来作为酒令的游戏。将某物抓在手心里，让人猜单双、数目或颜色。猜中者胜。

听之。

十八日大雨，憨竟冒雨至。入室良久，始挽手出，见余有羞色，盖翡翠钏已在憨臂矣。焚香结盟后，拟再续前饮，适憨有石湖之游，即别去。

芸欣然告余曰："丽人已得，君何以谢媒耶？"余询其详。

芸曰："向之秘言，恐憨意另有所属也，顷探之无他，语之曰：'妹知今日之意否？'憨曰：'蒙夫人抬举，真蓬蒿倚玉树也①，但吾母望我奢，恐难自主耳，愿彼此缓图之。'脱钏上臂时，又语之曰：'玉取其坚，且有团圞不断之意，妹试笼之，以为先兆。'憨曰：'聚合之权，总在夫人也。'即此观之，憨心已得，所难必者冷香耳，当再图之。"

余笑曰："卿将效笠翁之《怜香伴》耶？"

芸曰："然。"

自此无日不谈憨园矣。后憨为有力者夺去，不果。芸竟以之死。

---

① 蓬蒿倚玉树：意为高攀。典出《世说新语·容止》："魏帝使后弟毛曾与夏侯玄共坐，时人谓'蒹葭倚玉树'。"这里是反其意而用之。

译 文

我生于乾隆二十八年十一月二十二日，时逢太平盛世，我家也算得上是官宦人家，居住在自古繁华的苏州沧浪亭畔。生而优渥，可见上苍对我的眷顾与厚爱，称得上福泽深至了。东坡先生曾说："事如春梦了无痕"，人生如梦如寄，事过无影无痕。如果不将这如梦如幻的人生际遇沉浮记诸翰墨，留诸丹青，怕是有负苍天对我的恩泽。到时只徒留遗憾，如尘埃般消散于时间的长河与历史的风烟中，实在是让人心有不甘。

《诗三百》以《关雎》为开篇，为的是"风天下，而正夫妇也"。夫妻关系既是人伦之首，我不揣冒昧，也将记叙夫妻之乐的文字列为首卷，其余的依次排列，也不算唐突了。只是惭愧我少年失学，只粗略认得几个字而已。我只不过是将那时的真实情景作一个诚恳的记录，如果要较真，考究我的文法，那就是向蒙尘的镜子寻求明澈照人，未免有求全之嫌了。

我年幼时，曾和金沙于氏的女儿订过娃娃亲，此女在八岁时不幸夭折，缘悭如此，徒唤奈何。后来，便娶了陈氏女子为妻。妻姓陈，单名一个芸字，字淑珍。她是我舅舅心余先生的女儿。芸天资聪颖明慧，还在牙牙学语的时候，家人口授《琵琶行》，权当游戏，她竟能全文背诵。天妒红颜，芸四岁便丧父，与母亲和弟弟相依为命。母亲姓金，弟弟名克昌，孤儿寡母，家徒四壁，处境堪怜。然芸是一个兰心蕙质的女孩子，她擅长女红，心灵手巧。母亲已经是风烛残年，弟尚年幼，长姐如母，一家三口的生计全部靠她的十指女红供给。即便如此，弟弟克昌的求学费用，芸也能置办周全，书香一脉，借此相传。

或许是冥冥中与书有缘。一天，芸在废弃已久的旧书箱中居然翻出了一本《琵琶行》，她如获至宝。自此后，得空她便捧着这本书，凭着幼时的记忆依次认诗中的每个字，就这样她学会了识字。在刺绣闲暇的时候，她慢慢学着吟咏诗词，竟然偶得"秋侵人影瘦，霜染菊花肥"这样佳韵天成的句子。

我十三岁那年，曾随母亲到外婆家去小住。我和芸每天在一起嬉戏玩耍，

青葱无邪，两小无猜，这段纯真年华成了我心灵深处最温煦的底色。

记得初见她的诗作，我有种惊艳的感觉。在感叹她才思隽秀之余，一缕忧愁悄然爬上了心头。女子无才便是德，人世间的福分，从来都付与那些痴儿呆女了，灵秀如她，多才如她，能不能逃脱红颜薄命的命运呢？苍茫人世，谁能给她一双温柔手，谁能许她岁月静好、现世安稳？

每念及此，心中便泛起浓浓的爱怜与柔情，难以释怀，难以自处。“执子之手，与子偕老”，一种强烈的想要给她安稳、给她保护、给她柔情的冲动让我难以安宁。于是，我鼓足勇气告诉母亲：“您若要为儿择妇，除了淑珍姐姐我谁也不娶。”

母亲虽惊讶于我的暗生情愫，我的决绝，却也很喜欢芸柔婉和顺的性子，便取下束发的金约，以此为凭，缔结了我和芸的婚约。我永远记得这个对我来说意义重大日子——那是乾隆乙未年（公元1775年）七月十六日。它是我带有仪式性的幸福的开端。

这年冬天，正值芸的堂姐出嫁，我便又有机会随母亲往了。芸和我同岁，只大我十个月，因自小习惯了以姐弟相称，所以到现在我仍然习惯叫她淑姐姐。

记得当时往来宾客，穿梭不息，满室锦绣鲜衣，艳光四射。唯独芸一人通体素淡，虽不刻意，却自有一种清新脱俗的美。她脚上换了一双别致的新鞋，让她的美含蓄而内敛。那双绣鞋实在是精致可爱得紧，我按捺不住，便走上前去问她，鞋子是从哪里来的。得知那双鞋是她自己绣的，我还是有几分惊讶。早知她的兰心蕙质，此刻却更是讶异，她的慧心不仅仅是在笔墨之间而已。心中对她便又多了几分柔情。

芸削肩长项，瘦不露骨，如一株清梅，婉约贞静。眉若远山，目如点漆，顾盼有情，神采流转，见之让人忘俗。唯独她的两齿微微有点外露，似乎有点美中不足。但她周身散发着一种柔弱缠绵之美，让人心驰神迷，不能自已。那点小小的瑕疵，早淹没在她的意态之中，让我沉醉其中，恍然若失，难以消解。

我向芸索要她的诗稿来看，但见她的诗，有的只有一联，有的只有三四句，多数尚未完整成篇。我询问其中的缘故，芸笑着说：“这些都是兴致所至，偶一为之。没有老师的专门指点。但愿有朝一日能得一知己，其才学又堪当我的老师，我们一起推敲完成它，岂不更妙？”听着她的话语，我想到了那个喜欢带着

小奚奴、背一只破锦囊、随时投入灵感所至时得来的诗句的李贺，便在芸的诗稿上戏题了“锦囊佳句”四个字。孰料，这四字戏言，却一语成谶，预示了芸后来早夭的命运。现在回想起来，冥冥中似有天意，早已安排好了。

那天晚上，将接亲的亲友送至城外，再返回时，已是更深漏断时分了。劳碌之后忽然安顿，一阵饥饿感向我袭来，实难招架，只好四处寻找食物充饥。女仆虽送来了枣脯，却甜得发腻。正在郁闷时，芸悄悄走到我的身边，暗暗地拉着我的衣袖，暗示我随她前往。芸将我带到了她的房间后，取出她早已藏好的暖粥和几样清新爽口的小菜来。贴心如此，丝丝暖意只涌入心间，幸福的眩晕，几乎让人融化在她的柔情中。

正当我举起筷子准备吃粥时，芸的堂兄玉衡忽然在窗外大叫：“淑妹快出来！”

慌忙之中，芸急急前去将门关上了，向着屋外说：“我很累，正准备睡觉呢！”

玉衡却不听她的解释，似乎窥透了什么秘密似的，从门外硬是挤了进来。当他看见摆在我前面的粥菜，便坏笑着对芸说：“刚才我向你要粥吃，你说吃完了。原来，你是专门藏起来招待未来的夫婿的呀！”

芸羞得满面通红，她的那点私心被人窥破了。情急之下，只得转身躲开。亲朋好友被玉衡的大呼小叫吸引过来了，芸的背影淹没在了哄堂大笑中。虽是善意的嘲讽，到底让我有些窘迫，也有些生气，舍下粥食，我带着老仆先行离开了。

自吃粥被嘲后，每逢我再去，芸总是借故躲开。我知道，作为一个尚未出阁的女子，她是生怕再贻笑大方了。

乾隆庚子年（公元1780年）正月二十二日，我终于等来了与她洞房花烛的日子。多少个“长如一季、漫似一秋”的日子，多少次“才下眉头，却上心头”的相思，才换来了如此良宵。“今夕何夕，见此良人”，在人散尽，烛影摇红的洞房内，温暖缠绵的情意弥漫在空气中，一触即发。她在烛影下颔首低眉，清瘦得一如往昔。我揭开了她的红盖头，四目相对，嫣然含笑，满满的幸福流淌在指尖心上，绸缪。

饮了合卺酒后，我们开始并肩吃夜宵。抑制不住的冲动促使我暗暗在桌下

握住了她的手。只觉得她细腻的肌肤如丝般温润，握在手中，犹如无骨。暖潮涌动，胸中怦怦乱跳，真想将一腔柔情揉碎在她的怀中。我将夜宵让给芸吃，芸却推说，这些日子恰是她的吃斋期，如此已有数年之久。

记得芸最初吃斋的日子正是我出水痘的时候，吃斋是为我祈福。数年来，她一直坚持着这个习惯，从未曾更改过。心底的感激无法言语，我只有笑着温柔地对她说："你看现在的我，周身光洁，再也不用担心出水痘了。你从今后就开戒吧。"芸含笑望着我，轻轻地点了点头。

正月二十四日原是我姐姐的嫁期，按习俗女方要提前一日宴请亲朋，但二十三日正逢国忌日，只能提前在二十二日夜，就是我娶芸的那一天，为我姐姐设宴送行。那天，芸在外间陪宴，我则在洞房与伴娘猜拳对酌，结果，我屡战屡输，喝得酩酊大醉。及至醒来，已是清晓。那时芸正端坐在镜前梳妆。

昨夜光景，因醉得厉害，一片模糊。只记得当时，亲朋好友络绎不绝，一直到了上灯时分，才开始宴饮作乐。及至子夜时分，我作为新舅，自然要为姐姐送嫁，等诸事完毕回到家中，已是下半夜了。当时，灯残人静，万籁俱寂，一切都似乎沉睡在夜的怀抱中了。想芸在此时，定也安睡了吧？我悄悄进入房内，怕惊醒了芸。却见伴娘正在床下打盹，芸虽已卸妆，却并没有入睡。但见高高的银烛，光影摇曳，芸正低垂粉颈，手里捧着一本书看得入了神。我已经站在了她的身后，她仍是浑然不觉。我不禁抬起双臂，轻抚着她的双肩问："连日来，你这般辛苦，为何还这样孜孜不倦呢？"

芸如梦初醒般，忙站了起来说："刚刚正打算睡的，开橱却看到了这本书，不知不觉竟看它入了迷，疲倦已全消。早就听说过《西厢记》，今天才有幸第一次读到，真不愧是才子之书啊。只是，有些文词似乎尖新刻薄了些。"

我笑着说："正因是才子，笔墨才能尖新刻薄，这也正是它的佳处啊。"

伴娘被惊醒后，见我俩谈兴正浓，催促我俩赶紧入睡，我让她关门离去了。此时，完全是我和芸的二人世界了，少了外人在旁的拘束，我们轻松自如，并肩调笑，似密友重逢般恣意享受这个只属于我俩的快乐时光。我伸手戏探芸的胸怀，感觉她的胸口正和我的一样，怦怦乱跳。便亲昵地俯在她身边，柔声戏语道："你的心为何亦跳得这般快？"芸回眸微笑，含情不语，一种缠绵意态，让人魂动神摇，恍然间不知身在何处，只想拥之入怀，融化在这个温柔乡里，

一梦千年不复醒。我们拥入帐内，旖旎缠绵，春宵苦短，不觉天已微明。

芸刚为新妇时，话语不多，终日和悦温顺，没有半点失体之处。与她说话，她多半是微笑着倾听而已，没有半句多余的话语。她对待长辈恭敬有礼，对待下人和颜悦色，言谈举止中规中矩，井然有序，未曾有丝毫差池和失礼之处。

每天早上，朝阳刚刚映上窗，她便急急忙忙地披衣即起，好像有人在外面催着她起来一般。有时，我实在不忍，也想贪恋片刻的温存，便开玩笑似的取笑她说："现在又不比从前吃粥的那个时候了，难道你还怕被人取笑？"

芸说："以前，我藏粥招待郎君，被人传为笑柄。现在我才不是怕被人嘲笑呢，我是怕公婆说新媳妇懒啊。"

"黎明即起，洒扫庭除"，是所谓的妇德之一。我虽然贪恋着那份温存，却又感佩她的德行端正，便心甘情愿地也陪着她早早起床了。节制收敛反增了我们耳鬓厮磨时的柔情，我和她，亲同形与影，竟是须臾也不愿分开的了。彼此之间的这份相知与浓情，难以为外人道，更难以用言语来形容。沉醉其中，我不愿醒。欢娱的时光总是过得太快，一眨眼，已是新婚满月。

此时我的父亲稼夫公正在浙江会稽府做幕僚，知我婚期已满，专程派人来接我，送我到杭州赵省斋先生门下受业。先生是位循循善诱的忠厚长者，今天我还勉强能够执笔为文，全赖先生当年教导有方、尽心栽培。

当初我从先生处告假归家完婚时，父亲与先生早已约定好归馆之期，虽然早知会有这么一天，接到父亲的来信后，我还是心下怅然，担心芸难舍我的离去，会在人前伤心落泪。芸知道这个事情后，打叠起伤心，强颜欢笑，软语相慰，并默默地为我打点好了行装。离别的前一晚，我感觉到她的神色与往日有些不同，"乐莫乐兮新相知，悲莫悲兮生别离"，离别之痛，我与她感同身受。她是在默默地承受，竭力控制自己而已。

临行之前，她只是静静地走到我身旁，轻声对我说："此一别，再也没有人在你身边调理照顾你了，你自当留意，好好照顾自己。"话至此，竟是哽咽得再也说不出一个字来了。怕是再多一个字，就会逗惹出那贮满眼眶的泪。

千里相送，终有一别。在我登上离别的舟子、解开了缆绳的那一刻，我感觉自己恍然如失群之孤雁，天与地顷刻间也变了形容、失了颜色，对我也没有任何意义了。其实彼时，正是桃李争艳的阳春时节。良辰美景奈何天，赏心乐

事谁家院，在离人的眼中，它们都染上了离人的泪。芸和我，定是一样的吧？此去经年，应是良辰美景虚设，便纵有千种风情，更与何人说呢？

到馆后，父亲便渡江东去，重回幕府了。

在馆中居住了三个月，于我，却像度过了漫长的十年。期间，芸虽然也有书信往来，但总是我去信两封，她才回信一封。我问得多，她答得少，言不尽意。且多半是勉励之词，其余都是些浮泛虚应的套语，每次看信后，我心里颇为失落，怏怏不快。一片痴情，唯托清风明月。每当清风吹拂在竹院，月光洒在芭蕉掩映的窗前，对着此景，遥想佳人，神魂颠倒，如梦如幻，实难排解。

先生了解个中的情由，见我魂不守舍的样子，便写了一封信给我父亲。他出了十道题，让我暂时回家自学，我欣喜若狂，像一个久戍边塞的征人得到了赦免一样。

登上了归家的舟子后，我更是觉得片刻如年，相思难耐，恨不能生出双翅飞到她的身边。好不容易到了家，我向母亲大人请过安，便急急进了我们的卧房。芸起身相迎，两人十指相扣，还没有来得及说上一句话，便觉彼此的魂魄恍然间都化成了一缕青烟迷雾，耳际轰然一响，飘飘然不知还有这肉身存在，世界在此刻都变作了虚无，唯余彼此的气息，是那般真实地探寻着。

当时正值六月，屋子里暑气蒸蒸，幸好我们居住在沧浪亭爱莲居西边的间壁里。板桥里有一间轩房，正临河边，名叫“我取”，取的是“清斯濯缨，浊斯濯足”的意思，雅正至极。更妙的是，屋檐前还有一株老树，浓密的绿荫覆盖了整个窗子，连人也被绿意笼罩着。隔岸的游人往来不绝，这里就是我父亲稼夫公用来宴饮宾客的地方。

请示了我的母亲之后，我便带着芸一起来这里消夏。天气炎热，芸实在无法刺绣，于是整日里陪着我读书论古、品月评花。赌书泼茶，林下闺房，怕也只是这般情形了。芸不善饮酒，勉强撑着可以饮几杯，我教她学会了投壶射覆的酒令，自此，便又有了几分情趣。自认为，人间至乐，神仙眷属，也莫过于如此了。

一天，芸问我：“各种古文，尊崇哪一家才好？”

我说：“《战国策》《庄子》可以吸取它的飘逸轻灵处，匡衡、刘向可以取它的雅健处，史迁、班固可以吸取它的博大处，韩愈则取其浑厚，柳宗元则取

其峭拔，欧阳修则取其跌宕，三苏则取其雄辩。余者像贾谊、董仲舒的策对，瘐信、徐陵的骈体，陆贽的奏议，可以吸取借鉴的地方无法一一列举，全在于各人凭着慧心去领会罢了。”

芸说：“古文的优长全在于见识高远，气度雄健，女子若是学它，怕是很难登堂入室。唯独对诗歌，我还有一点点心得领会罢了。”

我说：“唐代科举，以诗歌作为取士的标准，诗之大宗师定当推李杜二人，你喜欢哪一个呢？”

芸说：“杜诗千锤百炼，法度精纯严密，李诗激扬洒脱，风流隽逸。与其学杜甫之法度森严，不如学李白之清逸活泼。”

我说：“杜甫集诗家之大成，学诗之人多尊崇他，你却偏偏倾心于李白，这又是为何？”

芸说：“格律精审严密，词意浑成涵融，自然是杜甫独擅之处。但李白的诗却像姑射神山上的仙子，有一种落花流水的天然意趣，让人怜爱。我并没有说杜甫次于李白，风格不同而已。于我而言，我私意尊崇杜甫者浅，喜爱李白者深，兴致所至，也不足为罪吧？”

我笑着说：“竟没有料到陈淑珍还是李青莲的隔代知音呢。”

芸笑着说：“我还有个启蒙恩师白居易先生呢，时常在心里想着他，未曾有片刻释怀。”

我说：“此话怎讲？”

芸说：“他不是写过《琵琶行》么？”

我恍然大悟，笑着说：“怪哉！李太白是你的知己，白乐天是你的启蒙恩师，而我恰好字三白，又是你的夫婿，你与‘白’字是何等的有缘啊！”

芸笑着说：“我与白字有缘，将来恐怕要白字连篇了。”言罢，我们相视而笑，莫逆于心。

芸说：“《楚辞》是千古辞赋之祖，我学浅才疏，恐怕很难索解。若论汉晋之士中格调高妙、用语简练之人，窃以为首推司马相如。”

我开玩笑说：“当初卓文君夜奔相如，恐怕不是被他《凤求凰》的琴音挑逗，而是被他的赋勾引了吧？”我们又相视而笑，过了好一阵子才停了下来。

我生性爽直，落拓不羁，不拘小节。而芸却像一个老学究，恪守妇德，迂

拘多礼。偶尔为她整一整衣袖，她一定会连声说“得罪”“得罪”；有时为她递一方手巾或是一柄扇子之类的东西，她一定会站起身来，双手来接。刚开始时，我觉得夫妇之间，不必拘泥，觉得她这样子有点讨厌，于是便对她说：“你是不是想以‘礼’字束缚我啊？有句话说：‘礼多必诈’。”芸当即红了脸，说：“内心恭而外依礼，在你眼中怎么反而成了狡诈？”我说：“恭敬在内心，不在这些外在的虚礼上。”芸说：“至亲者莫过于父母，对他们难道可以只在内心敬，而在行为上狂放悖礼吗？”我说：“前面说的只是戏言而已。”芸说：“世间反目成仇者多由戏言而起，以后你再也不要冤枉妾身了，把人活活的郁闷死！”情知自己有错，我赶紧拥她入怀，软语相慰，她才破颜为笑，一释愁郁。自此后，“岂敢”“得罪”竟成了我们的口头禅了。

我们像梁鸿孟光那样举案齐眉，相敬如宾，如斯共同生活了二十三年。年岁愈久，情感愈笃，彼此间早已融入了对方的血脉，成为各自的另一半了。就算是在自家庭院或是房间里遇到了，在路上碰到了，我们总是会握着对方的手问：“去哪里？”缠绵爱意，不可消解，生怕被旁人看见了侧目，内心有几许惶惶不安。实际上，我们同行并坐，开始还想着避人耳目，时间一久，就觉得没有什么可忸怩的了。有时芸和别人坐着说话，见我来了，一定会站起来，偏挪过身子，紧挨着我坐。我们彼此都不知道为什么要这样，开始还觉得有些惭愧，后来彼此间竟心照不宣、自然而然了。我很奇怪，为什么有的老年夫妇一辈子如仇人一般，相互折磨，这到底是怎么回事呢？难道真如有人所说：“如果不这样，他们怎么能够白头偕老呢？”吵吵闹闹才能过一生，这话真的是对的吗？

这一年的七夕，芸摆好了香烛瓜果等祭品，我们两人在“我取轩”中，一同拜祭天上的织女星。我刻了两枚图章，图章上刻着“愿生生世世为夫妇”的字样，我执阳文的那枚，芸执阴文的那一枚，作为以后书信往来之用。

是夜，月华如水，静静流泻，多么美好的夜！俯视河水，但见波光如练，月光像碎银般洒在河面上，让人心醉神迷。身边，更有我爱的妻，轻罗小扇，软语呢喃。抬头望清朗的夜空中，流云掠过天际，变化万千，心中感慨，亦是万千。唯愿时光长驻，将此时此刻定格，瞬间化为永恒，这样便可与芸生生世世相偎相依，直到地老天荒。

芸忽然说道：“宇宙这么浩瀚，而明月只有一轮。所幸的是，我们共同拥有

这轮明月，不知此时此刻，这世上是否有人像我二人一般，有此相偎赏月的情怀呢？”

我说：“纳凉赏月的人到处都有，若论品评云霞烟景，或许在深闺绣楼里，用慧心默默地领悟者肯定也不少。若论夫妇二人，一同观赏，他们品评观赏的怕不只是云霞烟景，而是其他了。天下如我二人这般，共赏明月者，又能有几个呢？”

良夜如水般飞逝。不一会儿，香烛燃尽，月影西沉，满怀着不舍，我们也只好撤去瓜果，回房歇息了。

七月十五，民间谓之“鬼节”。芸略备薄酒，打算再次与我邀月畅饮，一尽前欢。谁料，到了晚间，忽然阴云密布，晦暗无光。芸甚是怅然，面带忧愁说道：“若我能与夫君白头偕老，月轮就会从阴云中涌出。”我也是意兴索然，难道我们夫妇的情缘，与这轮明月冥冥中有着什么神秘的联系吗？

此时，但见对岸流萤点点，忽明忽灭，穿梭飞舞在柳堤水蓼和汀洲沙渚间。景致幽而奇幻，为纾解芸的愁怀，我便提议与她联句以排遣愁怀。联了两句之后，越来越没有正形，简直是风马牛不相及，匪夷所思信口胡说而已。芸早已笑得涕泪交流，最后竟然笑着扑倒在我的怀中，气喘吁吁，无法成声了。

忽觉得一阵清香袭来，原来是她鬓边夹着的那一朵茉莉散发的香气。我轻抚着她的背，想起古人关于茉莉的词句，便打趣道：“古代女子因为茉莉花的形状色泽如珍珠，所以常将它别在鬓边，作为点缀。却不知此花一旦夹在鬓边，势必会沾染上女子的脂粉之气，香味也就更加馥郁了，所以连香味浓郁的佛手柑都要甘拜下风退避三舍了。”

芸止住笑说：“佛手是香中君子，其香只在有意无意间。茉莉是香中小人，必借人势才能挥发，所以茉莉的香气便如小人耸肩谄笑一般。”她的比喻实在是妙，我借势问她：“如此说来，你为何偏要疏远见卓识的君子而亲近小人呢？”芸说：“我呀，是笑君子而爱小人呢。”

这倒好，我成了佛手君子，她成了茉莉小人，我爱她，倒成了她取笑我的借口了！

说话间，不知不觉已更漏三声。渐渐地见风扫云开，一轮皓月自云中涌出，我和芸的心结也顿然解开，大喜过望，酒杯斟满，倚窗对酌。酒未过三杯，忽

听桥下轰然一响，好像有人掉下去一样。起身倚在窗边向外边仔细察看，只见河面上波平如镜，并没有看见什么东西，倒是听见河滩上有几只野鸭子呱呱叫着逃窜的声音。我知道沧浪亭畔历来有许多溺死鬼的传说，担心芸害怕，也不敢马上说与她听。芸甚是纳罕，说："咦，这声音是从哪里来的呢？"神情中流露出恐惧，禁不住打了个寒战。看得我甚是心疼，急忙走到窗前，关上窗户，撤下酒菜，和芸一起回到了房内。室内一灯如豆，罗帐低垂，一种幽幽忽忽的氛围，让人一时间有如杯弓蛇影，惊魂不定。我与芸赶紧剔灯入帐，因惊恐过度，芸忽冷忽热，显然是病了。接着，我也跟着高烧不止，缠绵病榻二十余天。难道，这就是人们所说的"乐极生悲"吗？抑或，这就是我俩不能白头偕老的先兆吧。

八月中秋，我的病初愈了。想到芸自嫁入我们家已有半年，却从未去过对面的沧浪亭。中秋这天，我让老仆与守门人约好，不放闲杂人进去。天近黄昏，暮色低垂之际，我带着芸和小妹，还有一个女婢和一个老妈妈相跟着，由老仆在前面带路，穿过石桥，进门后向东折，沿着一条蜿蜒曲折的小路便进入亭园之中。沿途叠石成山，林木苍翠，一片葱茏。沧浪亭就在东边一座土山的顶上，循着山路石阶至亭心，放目四望，方圆数里皆尽收眼底。但见四野炊烟袅袅，晚霞灿若铺锦，好一幅东山日暮秋爽景致。隔岸便是"近山林"，是当地官宦宴饮雅集之地，那时正谊书院尚未创立。我们在亭中找了一块地铺上随身携带的毯子，大家席地环坐，又命守门的人为我们煮茶续水。

不一会儿，一轮明月悄然升起，挂上林梢。清风徐来，但觉袖底生凉，让人心旷神怡。月脚轻移，皎洁的月光映在波心，一片澄明清和，让人瞬间凡念顿消，尘怀尽洗，有种飘然欲仙的感觉。芸说："今日游乐，真的好开心。若能在这明月之下驾一叶扁舟，荡于亭下水波之中，把酒临风，邀月共赏，岂不是人生极乐！"那时，已是掌灯时分了。想起七月十五日那晚所受的惊吓，强行按捺住那颗跃跃欲试的心，扶着芸走下沧浪亭回家。依吴地风俗，中秋节当晚，妇女无论是大家小户都可以出门，结伴而游，名叫"走月亮"。许是沧浪亭过于幽雅清旷，反倒没有一个人来游玩。

我的父亲稼夫公喜欢认义子，所以我的异姓兄弟有二十六人之多。我的母亲也有义女九人，这九个义女中，王二姑和俞六姑与芸最为要好。王二姑有点

痴、有点憨，且善饮，俞六姑性豪爽、颇为健谈。每次她们几个相聚，总要将我赶到外面去住，她们三个女子同榻而眠，这都是俞六姑的主意。

一次，我忍不住对她说：“等妹妹你回去以后，我便邀妹夫过来，一住就是十天，看你怎么办！”

俞六姑说：“那好啊，我也随他一起过来，与嫂子同榻而眠，岂不是更妙？”

芸和王二姑闻听此言，相视笑而不语。

不久，为了给我弟弟启堂娶亲，我们只好让出房子，搬迁至饮马桥仓米巷中居住。新居虽然很宽敞，却再也没有沧浪亭的幽静雅致了。母亲过生日那天，家里请了戏班来祝寿。开始芸觉得一定非常好看，期待极了。父亲向来没有什么忌讳，便点了《惨别》这类悲情的剧目，一个老伶将剧目演得太过逼真，在场观众无不动容唏嘘。

隔着帘子，我见芸忽然起身离去，过了好久都没有出来，我便跟了过去，想一探究竟。俞六姑和王二姑也尾随而至。进房之后，却见芸以手托腮独自一人坐在镜奁旁边，一副落寞寡欢的样子。

我问：“怎么了，有什么不开心么？”

芸说：“看戏原本是怡情，可今天这戏着实让人断肠。”

见芸如此多愁善感，俞六姑和王二姑都嘲笑她。我对她们说：“这就是所谓的深于情者啊！”

俞六姑问：“嫂子难道要一直坐在这里吗？”

芸说：“等到有其他轻松一点的戏，我再去看吧。”

王二姑听到这话，立刻出去请我母亲点了《刺梁》《后索》等戏，又回来劝芸去看戏，芸这才展露笑颜，转悲为喜了。

我的堂伯父素存公去世得早，没有后人，父亲便将我过继给他。堂伯父的墓在西跨塘福寿山，即我们沈家祖坟的西侧。每年春天，我都会带着芸去祭拜。王二姑听说墓地附近有一处戈园，景色宜人，便请求与我们同去。一日祭扫时，芸看见沿途地上有很多碎小的石头，石头上皆有苔藓的痕迹，斑驳错杂，煞是好看。于是她便指给我看，说：“如果用这些石头堆叠假山盆景，怕是比宣州白石更为古雅别致呢。”我看了一下这些石头，说：“你的想法确实很妙，只怕像这样好的太少了些吧。”真要叠成盆景，恐怕所需就不是一块两块了。

王二姑说："嫂嫂若是真的爱这些石头，我沿途替你们捡就是了。"说完，便向守坟的人要了一个麻袋，一路上鹤步而拾。每捡到一块，便给我看，我说"好"，她便装进袋内。我说"不"，她就随手扔掉。不多一会儿，只见她粉汗盈盈，拖着麻袋返回到我跟前说："不捡了，不捡了，再捡我可没力气了。"芸一边捡着石头，一边强作正经地说："我听说收山果，一定得借着猴子的力，果然如此啊。"王二姑听出芸在打趣她，便假装生气撮着十指，要去挠芸的痒痒。我急忙挡在二人中间，替芸解围，嗔怪芸说："人家劳累你得清闲，还说这样的话来找乐子，也难怪妹妹要生气了。"

回来的路上，我们顺便游赏戈园。园内绿得清新，红得娇嫩，百草千花争相斗艳，各逞其媚。王二姑素来痴憨，一路上，见花便折，全无半点怜香惜玉之雅意。见此情状，芸呵责她说："妹妹呀，你可饶了这些花吧。折这么多，既没有瓶子可供养，又不能戴在头上，不是白白浪费了吗？"王二姑说："这些个花儿草儿的，既无情感，又不知痛痒，多折一些，又有什么伤害呢？"闻听了她的傻话，我实在忍不住了，笑着对她说："将来惩罚你嫁个麻子脸胡须多的郎君，好好替这些花出出气。"王二姑听了我的话，嗔怒地看了我一眼，随即将花奋力掷在地上，又用三寸金莲将花踢入池水中，气冲冲地说："你们这样，不是欺人太甚吗？"芸见她生气了，笑着解围，方才作罢。

芸初来我家时，从不多话，总是在一旁安静地听着我发些宏论。我喜欢听她说话，总是想方设法诱导她，就像用细草调教蟋蟀一样。慢慢地，她便开口说说自己的想法了。那时，她每次吃饭喜欢用茶水泡，还要就点芥卤豆乳腐，吴地俗称为"臭乳腐"；还喜欢吃点虾卤瓜。这两样菜恰好是我平生最厌恶的，于是我便故意取笑她说："狗没有胃，因此喜欢吃屎，因为它不知道屎是又臭又脏的；屎壳郎喜欢钻粪团，最后变成蝉，因为它终要向高处飞。那么你是狗，还是蝉呢？"

芸毫无怒色，还反唇相讥："我吃乳腐是因为它价格便宜，又能佐粥佐饭，小时候我就吃惯了的。现在到了夫君家，已经是屎壳郎化蝉了，之所以还是这样喜欢，是因为我不忘本；至于卤瓜嘛，我是到了夫家以后才开始吃的哦。"

我说："照你这样说，我家不就成了狗洞么？"芸有些窘，却强自辩解："粪便这东西，是家家都有的，关键在吃与不吃的区别。你喜欢吃大蒜，我不也

勉强吃下去了？我不敢强求你吃乳腐，但这卤瓜你可得捏着鼻子尝一尝，吃过你才知道它的鲜美。这就好比无盐女钟离春，虽容貌丑陋，却德行美善，千载流传啊！”

我被她逗乐了，笑着说：“你是成心想害我当狗啊？”芸说：“我做狗已经很久了，委屈郎君也试着尝点吧。”说着，拿起筷子强行塞了些我口中，我掩着鼻子嚼了嚼，感觉真的脆嫩鲜美，便松开鼻子开始大嚼起来，竟然觉得这是一种特别的美味。从此后，我便开始喜欢吃它了。芸有时用麻油加一点白糖拌卤腐，我也觉得鲜美。她又将卤瓜捣烂拌着卤腐，名之曰双鲜酱，有种特别的味道。我说：“开始讨厌而最终喜欢，真是不可思议啊。”芸妙答曰：“情之所钟，虽丑不嫌啊。”

我的弟媳是王虚舟先生的孙女。依传统婚俗，女子出嫁那天需男方一再催促，新娘才开始慢慢梳妆启程。结婚那天她梳妆时，偏偏少了头上的珠花。情急之下，芸取出当初出嫁纳采聘礼中的珠花，交给我的母亲。丫环奴婢们都在旁边替芸可惜，芸却说：“凡是妇人，已经属纯阴之物了。而珍珠恰是纯阴的精华，用来作首饰，阳气岂不被克尽了，有什么可珍贵的？”

但芸对破书残画反倒出奇珍惜。一些残缺不全的旧书，她总要分门别类地装订成册，并统统称之为“断简残编”；对那些破损的字画，她总会找来一些旧纸，将它们一一粘补齐全，有缺漏的地方，便请我修补完整，然后卷起来收藏，并称之为“弃余集赏”。在操持女红饮食之余，整天不厌其烦地做这些琐碎之事。偶尔她从破筐烂纸中捡到一纸片言，便如获至宝。老邻居冯奶奶便经常收些破书烂纸卖给她。芸的这些癖好与我相同，非但如此，她还能体察我眼中之意，懂得我眉间之语，我的一举一动，只要示之于神色，她总是能心领神会。

我曾经说：“只可惜你是个女子，只能守在家里。若你能化身为一个男子，与我一起去踏访名山，搜寻胜迹，遨游天下，岂不是太快意人生了么？”

芸说：“这有何难？等我鬓发斑白之后，就算是不能远游五岳名山，附近的虎阜、灵岩，南至杭州的西湖，北至扬州的平山堂，我都可以和你携手游赏啊。”

我说：“恐怕到你两鬓斑白之时，已经是举步维艰了。”

芸说："今生不能，就期待来世吧。"

我说："来世你当作男子，我变成女子跟随你。"

芸说："那时一定不要忘记今生，才觉得有情趣。"

我笑答："小时候藏粥的笑柄还没有说完，如果到了来世还不忘今生，那么，在新婚之夜，饮了合卺酒，再细论前生，怕是我俩再没有合眼的时间了。"

芸转念说道："世人都说月下老人专管人间姻缘，今生你我结成夫妇，已承他的牵合之恩，待到来世，你我的姻缘也得依靠他的神力才是。我们何不画一张像来祭拜他呢？"

那时苕溪有个叫戚柳堤的，名遵，善绘人物画。我们便请他画了一张月老像：一手挽红绳，一手拄银杖，宝杖上悬挂着姻缘簿，童颜鹤发，驰走在烟雾缥缈的仙境中。这幅画是戚君的得意之作。我的好友石韫玉特意在画首题了赞词，我将画挂在室内。每逢初一十五，我和芸必定会在画像前焚香祝祷。后来家中多有变故，几经周折，这幅画竟丢失了，不知遗落谁家了。"他生未卜此生休"，可怜我们俩人一片痴情，果真只能请神灵来鉴别吗？

迁居仓米巷后，我为卧楼题匾，名之为"宾香阁"。得名一是取自芸的名字，因"芸"本是一种又叫"芸香"的香草；二来取"相敬如宾"之意。"宾香阁"，暗寓了我们夫妇的美好愿望。仓米院内狭窄而院墙很高，给人一种逼仄之感，实无一点可取之处。院后有一个厢楼，可通往藏书处。打开窗子，正对着陆氏废园，满目苍凉。两者相形，芸便更加惦念挂怀沧浪亭的风景了。

有对老夫妇居在金母桥的东边，埂巷的北边。房屋周围菜圃环绕，还有篱笆编成的院门。门外有一池塘，约有一亩左右，花光树影，错杂在篱笆边，甚是佳美。这块地原是元末张士诚王府的废址。屋子西边不远处，有几处瓦砾堆成的土山，登上山顶，极目远眺，但见四野空旷，人烟稀少，自有一番山村野趣。

老妇人偶尔对芸提起这块地，芸神往不已，无法释怀，便对我说："自从离开了沧浪亭，时时梦萦魂牵，今天不得已退而求其次，不正是老妇人的这所房子吗？"此语深合我意。我说："连日来秋暑灼热逼人，我也正想找一块清凉的地方消暑度日。你果真愿意去，我先去打探一下那个地方是否适宜，果真宜居，我们再回家拿些衣被前往，在那里逗留一个月，你看怎样？"芸一时欣喜，旋即

又面露忧戚地说："只担心父母不应允呢。"我宽慰她说："放心，我自然会去请他们的示下。"

第二天，我便去了那个地方。那里只有两间屋子，前后隔开变作四间。纸糊的窗，竹搭的床，虽简陋，却颇有一番清幽之趣，见之会心。老妇人知道我们的心意，欣然让出他们的卧室租给我们。又在室内四壁上糊了白纸，顿觉眼前一新。于是我便禀告了母亲，带着芸一起搬了过来。

邻居只有老夫妇二人，种菜为生。得知我们夫妇俩来此避暑，便殷勤前来同我们交谈，并钓了池塘中的鱼、摘了园中蔬菜送给我们。我按价付钱，老夫妇却不肯接受，后来芸做了新鞋回赠他们，他们才连声称谢接受了。

此时正值七月，居所四周绿树婆娑，浓荫掩映，清风从池面徐徐吹来，蝉鸣蛙鼓，恍若天籁，一派野趣。邻居家的老翁为我制作了一根鱼竿，我和芸在池边的浓荫深处并肩垂钓；到日落时分，我们就登上土山，看晚霞夕照，吟诗联句。记得有一联是"兽云吞落日，弓月弹流星"。没多久，一轮明月升上天空。月映池中，虫声四起。我们便将竹榻搬至篱墙下，纳凉赏月。直到老妇人招呼说酒已温，饭菜已熟，我们便就着月光对酌小饮，酒至微醺时便开始吃饭。餐后冲过凉，穿着凉鞋，手执芭蕉扇，在竹榻上时坐时卧，听老人说着因果报应的故事。三更时分回房休息，全身清凉，几乎已忘记身在城市中了。

我又请邻家老翁帮我们买了些菊苗，遍植于篱笆周围。至九月菊花盛开，我与芸又在此多住了十日。我母亲听说后，也兴致勃勃地前来观赏。当日，我们坐在篱墙下，对着秋菊，吃着螃蟹，怡然自乐，赏玩了一整天。

芸极其向往地说："来年当与夫君在此选一块地，筑屋居住，然后买上绕屋菜园十亩，聘几个仆人老妇，种些瓜果蔬菜供我们用度。夫君作画，我做女红，这两项收入权作沽酒之资。如此一来，虽然布衣荆钗，粗茶淡饭，却可终身享受这田园之乐，不必远游在外、终日奔波，你说，这样该多好？"芸的一番畅想深合我意。然而，时过境迁，今日，即便有了这样的境地，却是知己沦亡，眷侣离散。忆起当初，不胜感慨！

离我家半里之远的醋库巷，有一座洞庭君（即太湖神）祠堂，俗称水仙庙。庙内回廊曲折，还有一个小园亭。每逢十月初六神诞日，各个宗族各自占取一个角落，密挂同一款式的琉璃灯。祠堂中间则设宝座，旁边排列着花瓶几

案，几案上插花陈设，以此来比试着插花手艺的高下。白天只是演戏，到了夜间，大家则将烛火参差错落地插在瓶花间，名叫“花照”。

此时，灯影下花光闪耀，宝鼎内香烛缈缈，恍如在龙宫里开设夜宴。掌管事务的人，或吹奏笙箫，或放声歌唱，或烹茶清谈。前来围观者多如群蚁，为防人多拥挤出事，廊檐下只好设置了栏杆为限。我被友人邀请，去帮助他们插花布置花照，得以见识了庙会的盛况。

回家后，我向芸说起此番盛况，芸失落地说：“唉，可惜我不是男儿身，无法与你一同前去。”看着她失落的样子，我忽然计上心来，对芸说：“你若是戴我的帽子，穿我的衣服，不就可以女扮男装了吗？”

真是个绝妙的主意。于是我立刻替芸装扮了起来。我让她将发髻改为长辫，将她的双眉画得浓浓的，再戴上我的帽子，微微地露出两边鬓角，如此一来，头部勉强可以掩饰过去了。又让她穿上我的衣服，无奈长了一寸半，于是我们将多余部分折叠在腰间缝好，外面再罩上一件马褂，基本也可以蒙混过关了。

芸说：“可是我的小脚该怎么办呢？”我说：“这好办。市面上有一种蝴蝶鞋卖，有大有小，容易买到。平时早晚还能当拖鞋穿，岂不是两全其美吗？”芸欣然同意。

晚饭后，芸装扮完毕，学着男子拱手阔步的样子，在室内来来回回练习了好久，忽然又变卦说：“妾还是不去了，若被人认出我是个女子有许多不便，母亲大人知道了就更加不好了。”

我知道她心里很矛盾，便怂恿她道：“庙中管事的谁不认识我呢，即使被他们认出来，也不过一笑了之。况且，母亲现在在九妹夫家里。我们悄悄地去再悄悄地回，她怎么会知道呢？”

见我如此说，芸便拿起面前的镜子，照了又照，一边照，一边狂笑不已。见她还在慢慢磨蹭，我连拉带挽地将她拉出门，悄悄直奔庙会去了。到了祠堂，我们游遍了水仙庙，没有一人看出芸是个女子。当中有人问起芸是什么人，我便说是我表弟，芸只是拱手行礼而已。最后到了一处，有一群少妇幼女坐在设花灯房的后庭里，她们都是杨姓管事的亲眷。见到了同类，芸一时间竟然忘了自已的假扮男儿之身，忽然走上前去，想对她们表示友好。不想身子一歪，无意间手竟按在了一个少妇的肩上。旁边的婢女大怒而起说：“哪里来的轻薄之

徒，无法无天到这种程度！”我正欲找借口帮芸极力解释，芸却见情势比较恶劣，当即脱下帽子，跷起脚给她们看，说：“我也是女子呀。”众人看了，十分惊讶，转眼化怒为笑。还留我们用茶点，完后叫了轿子送我们回家。

吴江钱师竹病故，父亲来信，叫我前往吊唁。芸私下对我说：“去吴江必经过太湖，我好想同夫君一起去看看太湖，开开眼界。”我说：“我正郁闷一个人去孤单没趣呢，你若能同往，简直太好了。只是你没有借口啊。”芸说：“就借说我回娘家，你先上船等我，我随后赶去。”

我兴致高昂地说：“如果能那样，回来时我们就将船停泊在万年桥下，我与你对月纳凉，重温当年在沧浪亭的风流时光。”

那天是六月十八日。清晨，天气凉爽宜人。我带一位仆人先到了胥江渡口，按照我们的约定上船等着。没多久，芸果然乘小轿向这边来了。开船后出了虎啸桥，江面渐渐开阔，只见风帆高悬，沙鸟翔集，水天一色。芸感慨地说：“这就是太湖吗？今日才算见识了天地之宽阔，也不枉此生了！想想有多少闺中女子，一辈子也无缘得见这样的景致啊！”

说话间，只见对岸风拂绿柳，已经到了江城。

我上岸去钱家拜祭，完事后急急赶到江边，却见船上空无一人，急忙向船夫询问。船夫指向远处说：“你没看见前方长桥的柳荫下，那个观看鱼鹰捕鱼的人吗？”原来，芸和船家女早已离舟上岸了。

我悄悄来到芸的身后，芸此时粉汗盈盈，倚着船家女正看得出神，浑然不觉我的到来。我拍拍她的肩说：“衣服都汗透啦！”芸蓦然回首，带着几分惊讶说：“我怕钱家有人到船上来，所以暂时避开了。你怎么这么快就回来了？”我笑道：“我还不是想早点回来追捕你这个逃犯么？”于是挽着芸回到船上，掉过桨，船直奔万年桥而去。

船至万年桥时，夕阳还没有落山。我们将船上的舷窗悉数拉起，清风携着水汽徐徐而来。芸轻摇纨扇，罗衫飘逸，我则剖瓜解暑，真是逍遥之至！顷刻，已是霞映桥红，烟笼柳暗，明月升空，渔火满江了。

我让仆人去船尾与船夫饮酒。船家女名叫素云，与我曾在一起喝过酒，也算是有杯酒之缘，人倒也清雅不俗，于是将她邀来与芸同坐。船头不张灯火，等月亮升起来，我和芸快意畅饮，以射覆为酒令。素云忽闪着双目，坐在旁边

听了良久，说："酒令我还是很熟悉的，只是从没有听过这种酒令，你们教教我吧。"芸就开始用各种比方讲解开导她，但她始终茫然不得其解。

我笑着对芸道："女先生啊，你还是别再解释了，我有一个比喻，她一听就明白了。"

芸问："夫君要拿什么作比呀？"

我说："仙鹤善舞，却不能耕田，水牛善耕地，却不能舞蹈，天性使然。先生非要违反自然本性去教她，这不是白费力气么？"

素云知道我在取笑她，于是又嗔又笑地捶我的肩说："你骂我！你骂我！"

芸赶忙说："只许动口，不许动手，违者罚一大杯！"

素云有酒量，听芸这样说，便满满斟上一杯，一饮而尽。

我接着说："动手只准摸一摸，不准捶人。"

芸笑着拉过素云，推到我怀中说："请君摸索，一畅心怀。"

我大笑回道："你并不是个明白人。摸的乐趣在有意无意间，拥进怀中狂摸一气，那是村夫俗子所为。"

此时，素云发间所簪的茉莉花，间杂着酒气和脂粉香，散发出馥郁的气息，直透入鼻。我故意指着茉莉花逗她说："小人的臭味充满船头，真是叫人讨厌啊。"素云气得捏起拳头拼命捶我，边捶边说："谁让你拼命嗅来着？谁让你拼命嗅来着？"

芸立即大声喊："违令，罚两大杯！"

素云不服气："他又用小人来骂我，不应该捶吗？"

芸说："他说小人，是有缘故的。你干了这杯酒，我再告诉你。"

素云于是连饮两大杯，芸便将我们在沧浪亭纳凉时的旧事典故说与她听。素云听完说："若果这样，真错怪他了，应当再罚一杯。"又干了一大杯。芸说："早就听说你的歌声婉转动听，可否清歌一曲，让我们听一听？"素云便用象牙筷子敲着面前的小碟唱起来。月夜船头，歌声清越，芸开怀畅饮，不觉酩酊大醉，于是乘一小轿先回。我与素云又饮了一会茶，闲话了一会儿后，踏着月色，回到住处。

当时，我寄居在友人鲁半舫家的萧爽楼上。过了几天，鲁夫人误听了一些传闻，私下里对芸说："前些天听说你夫君携了两名歌妓，在万年桥的船上饮酒

作乐，你知道这事吗?”

芸对鲁夫人说：“有这回事啊，其中一个就是我呢!”于是将我们一同游玩的经过详细告诉了她，鲁夫人大笑，放心地离去了。

乾隆甲寅年（公元1794年）七月，我从广东回来。途中有个同伴叫徐秀峰，是我的表妹婿，他带回了一个小妾，在芸面前吹嘘新人如何之美，邀芸去看看。事后，芸对秀峰说：“美倒是挺美的，只是少了些韵致。”徐秀峰说：“如此说来，你夫君如果纳妾，必得是个美丽又有韵致的了?”芸回道：“那是当然。”

从此后，芸便痴心为我物色美而韵的女子，只是钱物不济，无法如愿罢了。

事有凑巧，有个浙江名妓叫温冷香，时下正客居吴地，曾作四首《咏柳絮》的诗，在吴下传得沸沸扬扬，好事者争相唱和。我的好友吴江人张闲憨素来欣赏温冷香，便拿着温冷香的柳絮诗要我和诗。温冷香是妓女，芸有些瞧不起，将诗稿闲置在一边不予理会。我看过诗稿后，一时手痒有了诗兴，就依韵唱和一首，其中有“触我春愁偏婉转，撩他离绪更缠绵”的句子，芸看罢击节称赏。

第二年（公元1795年）秋天八月五日，我母亲要带芸去虎丘游玩，张闲憨忽然来到我家说：“我也要去游虎丘，今天特意邀请你当个‘探花使者’。”于是请我母亲和芸先行一步，约好在虎丘半塘与我们会面。随后，闲憨拉我到了温冷香的寓所。

见到温冷香，方知她已是徐娘半老。她有个女儿名叫憨园，还不满十六岁，亭亭玉立，其意态神韵真真如“一泓秋水照人寒”。与她寒暄交谈间，知她颇通文墨。她还有个妹妹叫文园，年纪还小。

起初我并没有什么非分之想，只觉得这样闲坐着与年轻女子饮茶叙话，并不是我这个一介寒士所能承受的。一旦进入寓所之内，心里虽忐忑不宁，也只好勉强应答着。因而悄悄对张闲憨说：“我不过是一介贫士，你却找了这么个尤物来，成心消遣我是不是?”

闲憨笑着说：“这是哪里的话。今天有位友人邀了憨园与我相叙，偏偏这请客的人又被另一位贵客拉走了，我便代他邀请其他客人，请你不必多虑才是。”我这才安下心来。到了半塘，两船相遇，我让憨园到那只船上拜见我的母亲。

芸与憨园相见，彼此竟似旧时相识，甚是投缘。她们携手登山，遍赏名胜古迹。芸最爱山巅之上空旷悠远的“千顷云”，二人在山顶观赏良久。回到“野芳滨”，开怀畅饮，相谈甚欢，两舟并排停在了一起。

等到解缆启程，芸对我说：“你过去陪张君，憨园留下来陪我可以吗？”我答应了她。掉过船桨直到都亭桥，过桥之后，两船才分袂而行。

到家时，已经是三更时分了。芸说：“今天总算见到美丽有韵致的女子了！我已约了她明日到我家来。我会想办法为你图谋，纳她为妾。”

我惊慌失措地说：“我们家可不是金屋，还能藏娇不成？我这个穷书生岂敢有这样的妄想？再者，我夫妇二人伉俪情深，何必要外求佳人呢？”芸却不管不顾地笑着说：“我就是喜欢她，你只管等着好了。”

第二天中午，憨园果然来了。芸待她极为殷勤，筵席上，我们以猜枚为行酒令，赢了吟诗，输了罚酒，其乐融融。直到席散，也没有听芸说出一句为我张罗纳妾的话。

憨园走后，芸对我说：“刚才我又与她私下约好，十八日她会再来这里，与我结为姊妹，你要多准备一些丰盛的酒菜。”又笑着指了指手臂上的翡翠钏说：“到时，你若见这翡翠钏戴在憨园的臂上，说明这事已成了。刚才我已经向她吐露了点心思，她还没有钟情交心的人呢。”事已至此，我也只好姑且听之了。

十八日那天，下着倾盆大雨，憨园竟然冒雨前来。芸将她带入内室聊了好久，才挽着她的手走出房来。憨园见到我，面露羞色，原来芸的那只翡翠钏，已经戴在了憨园的手臂上。

芸拉着憨园焚香结拜，仪式过后，三人本打算安坐下来，继续饮酒对酌，无奈憨园之前已计划要去石湖游玩，就向我们辞别，先行离去了。

憨园走后，芸欣喜地对我说：“佳人已得，夫君，你该怎样答谢我这个媒人呢？”我询问事情经过。

芸说：“开始我悄悄地和她谈，是担心她心有所属，方才我试探了她，知道她并没有其他中意的人。我问她：‘妹妹知道我今日的用意吗？’憨园说：‘蒙夫人抬举，这真是轻贱的蓬蒿攀附上了高贵的玉树了。只是家母对我期望甚高，这件事我恐怕难以自作主张，希望慢慢筹划才好。’我脱下翡翠钏给她戴上时，对她说：‘玉取其坚，并且又有团圆不分的意思，妹妹先试着戴上它，作个吉利

的好兆头，以期最终的圆满。’憨园回答说：‘团聚合好，这权力就在夫人的手上了。’这样看来，憨园的心是已经得到了，困难在她母亲温冷香那里。再想办法慢慢谋划吧。”

看着芸认真的样子，我忽然想到李渔的戏剧《怜香伴》，便笑着问：“夫人这是在效仿李渔的《怜香伴》里解语花为夫纳妾吗？”

芸踌躇满志道：“那是当然。”

此后，芸和我没有一天不谈憨园。世事难料，憨园最后被有势力的人夺去了，芸的纳妾计划就此幻灭。芸为此竟抑郁而终。

点　评

“夫天地者，万物之逆旅。光阴者，百代之过客。而浮生若梦，为欢几何?”这是李白《春夜宴从弟桃李园序》中的句子。任天地茫茫，也只是逆旅；任光阴浩渺，也只是过客。在这个世间，还有什么可以亘古永恒？而人之短短浮生，如梦，如寄，如泡影，欢乐转瞬即逝，能抓在手心里的又有几分？

浮生若梦，往事如烟。在阅尽人世的悲喜歌哭之后，那些刻在心底里深深浅浅的印记，那些萦绕在心头点点滴滴的回忆，不可遏制地跳出来，提醒着他，将如梦前尘记录下来。沉溺在这个浮华人世，我们听不到灵魂深处的声音，我们告别渐行渐远的纯真，我们把自己丢弃在时光的无涯里。

有什么能够证明，这世间，我曾经来过？对一介布衣、性情恬淡的沈复来说，立德、立功、立言，怕只是一种桎梏或奢想。他唯一能做的，是拿起手中那支柔弱的笔，忠诚地记录下那些曾经的欢乐和痛苦，那些婉转的心意，那些浪漫的情怀，算是对自己灵魂与青春的告慰。

游弋在沈复的文字中，想那两百多年前的一场人生，曾经那样鲜活地在时光的深处呼吸起伏过，幽然盛开过，沉吟怀想间，倒仿佛是似曾相识的前世，注入了我们的情感和呼吸。在这些婉转性灵的文字中，我们看见了自己。

如是，这些无意而为之的文字流传在了历史的长河中。如是，我们认识并记住了，在苍茫人世间，曾经有一个叫沈复的人，他写下了《浮生六记》。如是，中国文学史上有了一个最可爱的女人——芸娘。

《浮生六记》之首是《闺房之乐》，沈复说，此举效法了诗三百。

在他的一生中，让他刻骨铭心，让他的生命呈现出异彩，让他感觉到自己曾经精彩地爱过、活过，让他知道自己没有白来人间走上一遭的，唯有感情——他与妻芸娘之间的感情。不是人伦大德，不是功名事业，而是他与芸娘一起走过的日子，一起品尝过的点点滴滴，一起经历过的悲欢离合。一切因你而美，因你而在，失去了你，我还有怎样更好的世界？

他们的闺房之乐，不是相敬如宾、举案齐眉的冬烘与拘束，那样有种高处不胜寒的冷。不是帐摆流苏、被翻红浪的艳俗与放浪，那样有种下里巴人的恶趣。他们的闺房之乐，是从生命之泉中汩汩流淌出来的温暖与浪漫，纯净而赤诚。是植根在生活的底子上，盛开的素朴暖心而又异乎寻常的美之花。他们共守着烟火岁月，紧贴着烟熏火燎耳鬓厮磨的生活，把日子过成了细水长流的幸福。

他们有着“人生若只如初见”的相识相遇。

十三岁的沈复随母归宁，初见了芸，从此便心注不能释，便认定了芸是他此生要找的人，有了她，他的生命才能完整。不知道这有多么盲目。可人世间最浪漫纯真的爱往往就是如此：爱侣不是终于在某个地方相遇，而是他们早就活在彼此心里。

活在他的心里，用他的心灵之泉浇灌着，盛开着的青葱之芸，怎能不美？所以，缔结婚约之后，当三白再次见到芸娘，满屋鲜衣他独不见，眼里只有那个通体素淡的芸，还有她脚下那双精巧的新绣鞋。爱意在彼此心间流转，不需要更多的言语，蓦然回首，目光相接处，一种缠绵之态，令人之意也消，沉醉在这爱的柔波里，他早已自失。

他们有着耳鬓厮磨、亲同形影的新婚浓情。

新婚之夜，合卺之后，抑制不住涌动在心中似乎要将自己融化的情，三白暗于案下握芸娘手腕，暖尖滑腻，胸中不觉怦怦作跳。斯情斯景，如胭脂落在白绢上，晕开来，艳丽、洁净，一种不可方物的美。

婚后不久，三白要去杭州求学，离别时，兰舟催发，他站在离别的船头，四野桃李芬芳，满眼春醉。而他则恍同林鸟失群，天地异色！离开后，他的思念无可遏止。每当风生竹院，月上蕉窗，对景怀人，梦魂颠倒。那风里，月下，影中，满满的都是芸娘的身影。重逢时，执手相看，未通片语，两人的魂魄恍然化烟成雾，耳中惺然一响，不知身在何处，不知今夕何夕。

他们更有着彼此珍惜，惟愿岁月静好的相爱相守。

绸缪是新婚的基本形态。那些过往的绸缪，都会在今后长成枝繁叶茂。如盖的爱之树，才能庇护一生的风雨艳阳。三白和芸娘，将这份绸缪，揉碎了，碾细了，铺洒在心灵的那一方水域。一起携手，二十三年同行同止，始终琴瑟

和鸣，共同面对着人生的风风雨雨，共度漫长的柴米油盐，始终没有丝毫的抱怨和厌弃。她永远是他心头的朱砂痣，而不是在岁月的碾磨辗转中，变成了黏在衣领子上让人熟视无睹的白饭粒。

粗茶淡饭中有朴素的甜蜜，相知相惜中有灵犀一点的默契。沉醉在这烟火人间的幸福当中，彼此都希望这美好，长一些，再长一些。贪心的他们在七夕镌“愿生生世世为夫妇”图章二方，又曾请人绘月下老人图，常焚香拜祷以求再结来生。

“人生须臾、荣枯无常”，但我知道，纵然粗制草创，纹饰简陋，那鸡鸣声中是热乎乎的真实的幸福。纵然他生未卜，此生已休，那镌刻在彼此心灵上的誓言是永远不会淹没在时间的洪荒之流中的。

闺房之乐，乐在有了芸娘这样一个可爱的闺中人。

她有着传统女子的贞静贤淑。

她娴于女红，嫁进沈家之前，芸娘的三口之家便全赖其十指供给。她脚下那双精致的绣鞋，更坚定了三白“弱水三千，我只取一瓢饮”的坚定。尚未过门，她“藏粥”待君，虽为人所笑，却深现了一个小女子的暖心与体贴。她喜欢用麻油加白糖拌卤腐，调制出精致的味碟，将日子经营得安适温馨，带着丝丝甜气。她恭敬有礼，在三白看来，简直到了“迂阔多礼”的程度。她侍候公婆，小心谨慎，哪怕是在新婚第二天，也是黎明即起，不敢有丝毫怠慢。

她有着一般传统女子所没有的蕙质兰心。

她自小聪颖异常，学语时成诵《琵琶行》，有“秋侵人影瘦，霜染菊花肥”的佳句。她会侍弄花草，品茗弄香，于庸常的生活之上，酿造雅致的韵味。她评议李杜的优劣高下，直指性灵。她夜读《西厢》，忘情若此，有着小女子口是心非的狡黠与憨痴。观戏时有不忍之心，畅快时拍手称快。还有“白字先生”“香中小人”的机智诙谐，妙语警心；有“臭乳腐”与“虾卤瓜”的打情骂俏，甜蜜温馨。她与三白课书论古，吟诗作对，其情形不亚于李清照与赵明诚的“赌书消得泼茶香”的琴瑟和鸣。

她更有着一般传统女子所没有的林下高致。

她有着对美的敏锐与痴爱，有林下之风，高情雅韵，为了那点点对美的贪恋与流连，她打破束缚在那个时代女子身上的牢笼，与三白夫唱妇随，徜徉在

自然之中，一任性灵。全然不顾“女子无才便是德”的命数。她与三白一起，在沧浪亭消夏时，邀月对酌，许下“愿生生世世为夫妇”的誓言；在金母桥灌园，持螯赏菊，浸染在东篱菊香中，挥洒一腔秋兴。在风帆沙鸟水天一色的太湖里，荡舟烟波，发“天地之宽，不虚此生”的浩叹。在万年桥月下与三白豪饮，酩酊大醉，被人误传为妓。为一赏宝鼎香浮鱼龙舞的庙会，她女扮男装与夫同游，其行止被传统目为非良家闺妇所为。

她有着一颗不受世俗浸染的澄澈的赤子之心。

她是三白的结发之妻，可以将烟火人间的幸福经营得活色生香、滋味绵长。她更是三白的红颜知己，是他精神上的知音，是他心灵的栖息地。她和三白一样，追求闲适淡雅的生活。他们理想中的桃花源很简单：“买绕屋菜圃十亩，课仆妪植瓜蔬，以供薪水，君画我绣，以为诗酒之需。布衣粗饭，可乐终身，不必作远游计也。”和相爱的人在一起，哪怕是布衣粗饭，可乐终身。我知你心意，无需更多言语，以沧桑为饮，年华果腹，岁月做锦衣华服，于百转千回中，相濡以沫，岁月静好。于世事轮转中执子之手，与子偕老。如此便足矣，如此便是芸和三白不变的初心，最终的梦境。

她对沈三白的爱，超出了女性本能的自私和占有。她认为美好的事物，哪怕是女人，也要千方百计地寻来，兴高采烈地给予生命中最亲密的那个人，哪怕那个人正是自己的丈夫。她没有丝毫的妒忌，没有迫于礼法的言不由衷，情非得已，而是心心念念为夫君觅一位美而韵的女子做小妾，她要给夫君最丰盛的爱，爱他等于爱自己，以至于有朝一日原本为夫君物色的憨园千金别聘时，她竟终身怀恨，终至于殒灭。

她集美、惠、韵于一身。是可堪热恋的情人，是让人缠绵的娇娘，是相知相惜的红颜，是贫贱相守的糟糠之妻，是慈爱温柔的母亲，是一位用智慧维持着贫寒生活的平凡女人。是千百年来，无数男子心中完美的样本，是“最可爱的女人”。

Chapter 02

卷二　闲情记趣

情趣深藏在他们的骨子里，渗透在他们的言行起居里。生活用平淡与惯性去沉沦消磨一个人的灵性与热情，唯有情趣，能让你不为物役，不为欲役，在强悍的现实里保持自己的一点点初心。

Chapter 02

卷二　闲情记趣

卷二 闲情记趣

余忆童稚时，能张目对日，明察秋毫。见藐小微物，必细察其纹理，故时有物外之趣。

夏蚊成雷，私拟作群鹤舞空。心之所向，则或千或百，果然鹤也。昂首观之，项为之强。又留蚊于素帐中，徐喷以烟，使其冲烟飞鸣，作青云白鹤观，果如鹤唳云端，怡然称快。于土墙凹凸处，花台小草丛杂处，常蹲其身，使与台齐，定神细视，以丛草为林，以虫蚁为兽，以土砾凸者为丘，凹者为壑，神游其中，怡然自得。

一日，见二虫斗草间，观之正浓，忽有庞然大物拔山倒树而来，盖一癞蛤蟆也，舌一吐而二虫尽为所吞。余年幼，方出神，不觉呀然惊恐，神定，捉蛤蟆，鞭数十，驱之别院。年长思之，二虫之斗，盖图奸不从也，古语云“奸近杀”，虫亦然耶？

贪此生涯，卵为蚯蚓所哈（吴俗称阳曰卵），肿不能便，捉鸭开口哈之，婢妪偶释手，鸭颠其颈作吞噬状，惊而大哭，传为语柄。此皆幼时闲情也。

及长，爱花成癖，喜剪盆树。识张兰坡，始精剪枝养节之法，继悟接花叠石之法。

花以兰为最，取其幽香韵致也，而瓣品之稍堪入谱者不可多得。兰坡临终时，赠余荷瓣素心春兰一盆，皆肩平心阔，茎细瓣净，可以入谱者。余珍如拱

壁。值余幕游于外，芸能亲为灌溉，花叶颇茂。不二年，一旦忽萎死。起根视之，皆白如玉，且兰芽勃然。初不可解，以为无福消受，浩叹而已。事后始悉有人欲分不允，故用滚汤灌杀也。从此誓不植兰。

次取杜鹃，虽无香而色可久玩，且易剪裁。以芸惜枝怜叶，不忍畅剪，故难成树。其他盆玩皆然。

惟每年篱东菊绽①，秋兴成癖。喜摘插瓶，不爱盆玩。非盆玩不足观，以家无园圃，不能自植，货于市者，俱丛杂无致，故不取耳。

其插花朵，数宜单，不宜双。每瓶取一种不取二色，瓶口取阔大不取窄小，阔大者舒展。不拘自五、七花至三、四十花，必于瓶口中一丛怒起，以不散漫、不挤轧、不靠瓶口为妙，所谓“起把宜紧”也。或亭亭玉立，或飞舞横斜。花取参差，间以花蕊，以免飞钹耍盘之病。叶取不乱；梗取不强。用针宜藏，针长宁断之，毋令针针露梗，所谓“瓶口宜清”也。

视桌之大小，一桌三瓶至七瓶而止，多则眉目不分，即同市井之菊屏矣。几之高低，自三四寸至二尺五六寸而止，必须参差高下，互相照应，以气势联络为上。若中高两低，后高前低，成排对列，又犯俗所谓“锦灰堆”矣②。或密或疏，或进或出，全在会心者得画意乃可。

若盆碗盘洗③，用漂青、松香、榆皮、面和油，先熬以稻灰，收成胶。以铜片按钉向上，将膏火化，粘铜片于盘碗盆洗中。俟冷，将花用铁丝扎把，插于钉上，宜偏斜取势，不可居中，更宜枝疏叶清，不可拥挤。然后加水，用碗沙少许掩铜片，使观者疑丛花生于碗底方妙。

若以木本花果插瓶，剪裁之法（不能色色自觅，倩人攀折者每不合意），必先执在手中，横斜以观其势，反侧以取其态。相定之后，剪去杂枝，以疏瘦古怪为佳；再思其梗如何入瓶，或折或曲，插入瓶口，方免背叶侧花之患。若一枝到手，先拘定其梗之直者插瓶中，势必枝乱梗强，花侧叶背，既难取态，更无韵致矣。折梗打曲之法，锯其梗之半而嵌以砖石，则直者曲矣。如患梗倒，

---

① 篱东：即东篱。用陶渊明“采菊东篱下，悠然见南山”之典。后借指菊花或种菊之处。

② 锦灰堆：指花屏布局如一堆锦灰，俗艳而少雅韵。

③ 洗：洗笔的器皿。

敲一二钉以莞之①。即枫叶竹枝，乱草荆棘，均堪入选。或绿竹一竿，配以枸杞数粒，几茎细草，伴以荆棘两枝，苟位置得宜，另有世外之趣。

若新栽花木，不妨歪斜取势，听其盆侧，一年后枝叶自能向上，如树树直栽，即难取势矣。至剪裁盆树，先取根露鸡爪者，左右剪成三节，然后起枝。一枝一节，七枝到顶，或九枝到顶。枝忌对节如肩臂，节忌臃肿如鹤膝。须盘旋出枝，不可光留左右，以避赤胸露背之病；又不可前后直出。有名“双起”、“三起”者，一根而起两三树也。如根无爪形，便成插树，故不取。

然一树剪成，至少得三四十年。余生平仅见吾乡万翁名彩章者，一生剪成数树。又在扬州商家见有虞山游客携送黄杨翠柏各一盆，惜乎明珠暗投，余未见其可也。若留枝盘如宝塔，扎枝曲如蚯蚓者，便成匠气矣。

点缀盆中花石，小景可以入画，大景可以入神。一瓯清茗，神能趋入其中，方可供幽斋之玩。种水仙无灵璧石，余尝以炭之有石意者代之。黄芽菜心其白如玉，取大小五七枝，用沙土植长方盘内，以炭代石，黑白分明，颇有意思。以此类推，幽趣无穷，难以枚举。如石葛蒲结子，用冷米汤同嚼喷炭上，置阴湿地，能长细菖蒲，随意移养盆碗中，茸茸可爱。以老蓬子磨薄两头，入蛋壳使鸡翼之，俟雏成取出，用久年燕巢泥加天门冬十分之二，捣烂拌匀，植于小器中，灌以河水，晒以朝阳，花发大如酒杯，叶缩如碗口，亭亭可爱。

若夫园亭楼阁，套室回廊，叠石成山，栽花取势，又在大中见小，小中见大，虚中有实，实中有虚，或藏或露，或浅或深。不仅在“周、回、曲、折”四字，又不在地广石多，徒烦工费。或掘地堆土成山，间以块石，杂以花草，篱用梅编，墙以藤引，则无山而成山矣。大中见小者，散漫处植易长之竹，编易茂之梅以屏之。小中见大者，窄院之墙宜凹凸其形，饰以绿色，引以藤蔓；嵌大石，凿字作碑记形；推窗如临石壁，便觉峻峭无穷。虚中有实者，或山穷水尽处，一折而豁然开朗；或轩阁设厨处，一开而通别院。实中有虚者，开门于不通之院，映以竹石，如有实无也；设矮栏于墙头，如上有月台，而实虚也。

贫士屋少人多，当仿吾乡太平船后梢之位置，再加转移其间。台级为床，前后借凑，可作三榻，间以板而裱以纸，则前后上下皆越绝，譬之如行长路，即不觉其

---

① 莞之：固定。

窄矣。余夫妇乔寓扬州时，曾仿此法。屋仅两椽，上下卧室、厨灶、客座皆越绝而绰然有余①。芸曾笑曰："位置虽精，终非富贵家气象也。"是诚然欤！

余扫墓山中，捡有峦纹可观之石，归与芸商曰："用油灰叠宣州石于白石盆，取色匀也。本山黄石虽古朴，亦用油灰，则黄白相阅，凿痕毕露，将奈何？"芸曰："择石之顽劣者，捣末于灰痕处，乘湿糁之②，干或色同也。"

乃如其言，用宜兴窑长方盆叠起一峰：偏于左而凸于右，背作横方纹，如云林石法，巉岩凹凸，若临江石矶状；虚一角，用河泥种千瓣白萍；石上植茑萝，俗呼云松。经营数日乃成。至深秋，茑萝蔓延满山，如藤萝之悬石壁，花开正红色，白萍亦透水大放，红白相间，神游其中，如登蓬岛。置之檐下，与芸品题：此处宜设水阁，此处宜立茅亭，此处宜凿六字曰"落花流水之间"，此可以居，此可以钓，此可以眺。胸中丘壑，若将移居者然。

一夕，猫奴争食，自檐而堕，连盆与架，顷刻碎之。余叹曰："即此小经营尚干造物忌耶！"两人不禁泪落。

静室焚香，闲中雅趣。芸尝以沉速等香，于饭镬蒸透，在炉上设一铜丝架，离火半寸许，徐徐烘之，其香幽韵而无烟。佛手忌醉鼻嗅，嗅则易烂；木瓜忌出汗，汗出，用水洗之；惟香橼无忌。佛手、木瓜亦有供法，不能笔宣。每有人将供妥者随手取嗅，随手置之，即不知供法者也。

余闲居，案头瓶花不绝。芸曰："子之插花，能备风晴雨露，可谓精妙入神。而画中有草虫一法，盍仿而效之？"

余曰："虫踯躅不受制，焉能仿效？"

芸曰："有一法，恐作俑罪过耳。"

余曰："试言之。"

芸曰："虫死色不变。觅螳螂蝉蝶之属，以针刺死，用细丝扣虫项系花草间，整其足，或抱梗，或踏叶，宛然如生，不亦善乎？"

余喜，如其法行之，见者无不称绝。求之闺中，今恐未必有此会心者矣。

---

① 越绝：犹隔绝。

② 糁：本指米粒，这里指调拌。

余与芸寄居锡山华氏，时华夫人以两女从芸识字。乡居院旷，夏日逼人，芸教其家作活花屏法，甚妙。每屏一扇，用木梢二枝，约长四五寸，作矮条凳式，虚其中，横四挡，宽一尺许，四角凿圆眼，插竹编方眼，屏约高六七尺，用砂盆种扁豆，置屏中，盘延屏上，两人可移动。多编数屏，随意遮拦，恍如绿阴满窗，透风蔽日。纡回曲折，随时可更，故曰“活花屏”。有此一法，即一切藤本香草随地可用。此真乡居之良法也。

友人鲁半舫，名璋，字春山，善写松柏及梅菊，工隶书，兼工铁笔。余寄居其家之萧爽楼一年有半。楼共五椽，东向，余居其三。晦明风雨，可以远眺。庭中有木犀一株，清香撩人。有廊有厢，地极幽静。移居时，有一仆一妪，并挈其小女来。仆能成衣，妪能纺绩。于是芸绣，妪绩，仆则成衣，以供薪水。

余素爱客，小酌必行令。芸善不费之烹庖，瓜蔬鱼虾，一经芸手，便有意外味。同人知余贫，每出杖头钱①，作竟日叙。余又好洁，地无纤尘，且无拘束，不嫌放纵。

时有杨补凡名昌绪，善人物写真；袁少迂名沛，工山水；王星澜名岩，工花卉翎毛，爱萧爽楼幽雅，皆携画具来。余则从之学画，写草篆，镌图章，加以润笔，交芸备茶酒供客，终日品诗论画而已。更有夏淡安、揖山两昆季，并缪山音、知白两昆季，及蒋韵香、陆橘香、周啸霞、郭小愚、华杏帆、张闲酣诸君子，如梁上之燕，自去自来。芸则拔钗沽酒②，不动声色，良辰美景，不放轻过。今则天各一方，风流云散，兼之玉碎香埋，不堪回首矣！

萧爽楼有四忌：谈官宦升迁、公廨时事③、八股时文、看牌掷色，有犯必罚酒五斤。有四取：慷慨豪爽、风流蕴藉、落拓不羁、澄静缄默。长夏无事，

---

① 杖头钱：指买酒的钱资。《世说新语·任诞》：“阮宣子常步行，以百钱挂杖头，至酒店，便独酣畅。”

② 拔钗沽酒：卖掉金钗为夫买酒。语出元稹《遣悲怀》：“顾我无衣搜荩箧，泥她沽酒拔金钗。”

③ 公廨：官署。北魏郦道元《水经注·淇水》：“汉光武建武二年，西河鲜于冀为清河太守，作公廨未就而亡。”

考对为会。每会八人，每人各携青蚨二百①。先拈阄，得第一者为主考，关防别座②，第二者为誊录，亦就座，余作举子，各于誊录处取纸一条，盖用印章。主考出五七言各一句，刻香为限，行立构思，不准交头私语，对就后投入一匣，方许就座。各人交卷毕，誊录启匣，并录一册，转呈主考，以杜徇私弊。

十六对中取七言三联，五言三联。六联中取第一者即为后任主考，第二者为誊录。每人有两联不取者罚钱二十文，取一联者免罚十文，过限者倍罚。一场，主考得香钱百文。一日可十场，积钱千文，酒资大畅矣。惟芸议为官卷，准坐而构思。

杨补凡为余夫妇写载花小影，神情确肖。是夜月色颇佳，兰影上粉墙，别有幽致，星澜醉后兴发曰："补凡能为君写真，我能为花图影。"余笑曰："花影能如人影否？"

星澜取素纸铺于墙，即就兰影用墨浓淡图之。日间取视，虽不成画，而花叶萧疏，自有月下之趣。芸甚宝之，各有题咏。

苏城有南园、北园二处，菜花黄时，苦无酒家小饮。携盒而往，对花冷饮，殊无意味。或议就近觅饮者，或议看花归饮者，终不如对花热饮为快。众议未定。芸笑曰："明日但各出杖头钱，我自担炉火来。"众笑曰："诺。"众去，余问曰："卿果自往乎？"芸曰："非也。妾见市中卖馄饨者，其担锅灶无不备，盍雇之而往？妾先烹调端整，到彼处再一下锅，茶酒两便。"余曰："酒菜固便矣，茶乏烹具。"芸曰："携一砂罐去，以铁叉串罐柄，去其锅，悬于行灶中，加柴火煎茶，不亦便乎？"余鼓掌称善。街头有鲍姓者，卖馄饨为业，以百钱雇其担，约以明日午后。鲍欣然允议。

明日看花者至，余告以故，众咸叹服。饭后同往，并带席垫，至南园，择柳阴下团坐。先烹茗，饮毕，然后暖酒烹肴。是时风和日丽，遍地黄金，青衫

---

① 青蚨：传说中的虫名。《太平御览》卷九五〇引汉刘安《淮南万毕术》："青蚨还钱：青蚨一名鱼，或曰蒲，以其子母各等，置瓮中，埋东行阴垣下，三日后开之，即相从。以母血涂八十一钱，亦以子血涂八十一钱，以其钱更互市，置子用母，置母用子，钱皆自还。"后因用以指钱。

② 关防别座：作为临时主考官坐在一旁。清代正式官员用正方形官印，称之为"印"，临时派遣的官员用长方形的，称之为"关防"。

红袖，越阡度陌①，蝶蜂乱飞，令人不饮自醉。既而酒肴俱熟，坐地大嚼。担者颇不俗，拉与同饮。游人见之，莫不羡为奇想。杯盘狼藉，各已陶然，或坐或卧，或歌或啸。红日将颓，余思粥，担者即为买米煮之，果腹而归。

芸曰："今日之游乐乎？"

众曰："非夫人之力不及此。"大笑而散。

贫士起居服食，以及器皿房舍，宜省俭而雅洁。省俭之法曰"就事论事"。余爱小饮，不喜多菜。芸为置一梅花盒：用二寸白磁深碟六只，中置一只，外置五只，用灰漆就，其形如梅花。底盖均起凹楞，盖之上有柄如花蒂。置之案头，如一朵墨梅覆桌；启盖视之，如菜装于花瓣中。一盒六色，二三知己，可以随意取食，食完再添。另做矮边圆盘一只，以便放杯、箸、酒壶之类，随处可摆，移掇亦便。即食物省俭之一端也。

余之小帽领袜，皆芸自做。衣之破者移东补西，必整必洁，色取暗淡，以免垢迹，既可出客，又可家常。此又服饰省俭之一端也。初至萧爽楼中，嫌其暗，以白纸糊壁，遂亮。夏月楼下去窗，无阑干，觉空洞无遮拦。芸曰："有旧竹帘在，何不以帘代栏？"

余曰："如何？"

芸曰："用竹数根，黝黑色，一竖一横，留出走路，截半帘，搭在横竹上，垂至地，高与桌齐。中竖短竹四根，用麻线扎定，然后于横竹搭帘处，寻旧黑布条，连横竹裹缝之。既可遮拦饰观，又不费钱。"此"就事论事"之一法也。以此推之，古人所谓"竹头木屑皆有用"，良有以也。

夏月荷花初开时，晚含而晓放。芸用小纱囊撮茶叶少许，置花心。明早取出，烹天泉水泡之，香韵尤绝。

---

① 越阡度陌：在田间小道上行走。南北为阡，东西为陌。

译 文

记得小时候，对一切都怀着好奇。能在阳光下大张双目，细致入微地观察事物；见到那些极其细微的东西，总是要仔细察看它的脉络纹理，时常会获得超然物外的乐趣。

夏夜，蚊虫密集，飞来飞去，嗡嗡的声音好像雷声响起，于是，我在心底里将它们想象成一群仙鹤在空中飞舞。这样想着，想着，那些成百上千的飞蚊似乎真变成了一群仙鹤。便抬起头来，久久地欣赏着它们，以致脖子都望得僵痛了。又把蚊子关在白色的床帐里，慢慢地用烟熏，看它们在青烟中飞鸣，又将这情景当成青云白鹤来欣赏，眼前果然就有仙鹤在云中鸣叫着划过，真叫年幼的我怡然自得，快乐无比。

在土墙凹陷不平处，在花台小草丛生处，我常常会蹲下身子，让视线与花台平齐，然后定神仔细观察，把丛生的小草看作树林，把昆虫蚂蚁看作巨兽，把突起的土块碎石看作丘陵，把凹陷之处看作沟壑。我便神游在这想象的瑰丽世界中，怡然自得。

一天，我看见两只小虫子在草丛里打架，正看得兴起，忽然斜刺里冲出一个庞然大物，拔山倒树般袭来，定睛细看，竟然是一只癞蛤蟆。只见它张开大嘴，舌头一卷，两只小虫瞬间便被它吃掉了。我那时正年幼，看两虫相争出神，冷不防被眼前这一幕吓了一大跳，大叫了起来。等稍稍定神后，我气得捉住癞蛤蟆，用树枝作鞭狠狠抽打了它数十次，又将它驱逐到偏院里去方才解恨。长大回想起来，原来这两只虫子打架，是一个要交配，一个不愿意。古语说“奸邪会招来杀身之祸”，虫子也是这样的吗？

成天贪恋这些鸟兽虫鱼，又穿着开裆裤，一次，卵被虫蚓的毒气侵袭，一时间肿了起来，竟然不能小便了。家人按土方捉了一只鸭子让它哈气治疗。女婢刚一松手，鸭子便不停地伸缩它的长脖子，做出要吞吃东西的样子，吓得我哇哇大哭。此事一时被传为笑柄，这些都是我童年时代经历的一些趣事。

等到长大，爱花成癖，喜欢上了修剪盆景。自认识张兰坡以后，便慢慢精通于剪枝养节的方法，又初悟了接花嫁木、堆叠石景的方法。

花中以兰花为最，我爱它的芳香幽然，韵致优雅。但论及其花形与品相，能入兰花谱的，却极少见。张兰坡临终时，曾赠我一盆荷瓣素心春兰，花瓣舒展与肩齐平，花心开阔疏朗，茎叶细长，花瓣素净，这才是能录入花谱的兰花。我视之若珍宝。当时正值我供职幕僚，游历在外，芸便亲自为它灌溉，这盆兰也长得葱绿茂盛。不到两年，一天早上它忽然枯萎凋零了。拔起根来看，根都白得像玉一样，甚至有兰芽已经暴起。当初觉得匪夷所思，叹自己福薄，无缘消受。事后才知道，有人想分养一点，我们没有应允，他便暗地里用滚烫的开水来浇灌它，将它杀死了。自此后，我发誓再也不养兰花了。

其次是杜鹃花。杜鹃虽无馥郁香气，但它花色艳、花期长，可以久久观赏，而且易于修剪栽植。芸对它的枝枝叶叶都十分怜惜，总舍不得拿起剪刀大刀阔斧地修剪，所以很难成为好的盆栽。其他的盆景大抵都是这样，长成一副随心所欲的样子。

幸好每年秋季，东篱的菊花总会灿然绽放，才能满足我秋天赏爱的癖好。我喜欢摘下菊花插在瓶里，不喜欢将它们植入盆中。并不是盆栽菊花不足观，而是我家中没有园圃，不能自己种植；去集市上买，又都杂乱无章、缺少韵致，我也不想要。

插花，花朵的数目极有讲究，一般是宜单不宜双。每瓶只选一种花色，不选二色。瓶口应阔大，不宜太窄小，阔大的瓶口花枝容易舒展开来，造型也更为洒脱不拘。不论是插五朵、七朵，还是三四十朵，一定要在瓶口集成一丛，傲然突起，造型以不散漫、不拥挤、不靠近瓶口为妙，这便是行家所谓的“起把宜紧”。完成后的瓶插作品，或亭亭玉立，或飞舞横斜。花要参差错落，并间杂花蕊。以免花朵和花蕊重叠，像许多铙钹、盘子上下翻飞，杂乱无章。叶要取不杂乱、梗要取不僵直的。插花所用的竹针应小心藏匿，不要让它露在外面了，竹针如果太长，宁愿折断它，也不要让花梗上处处都裸露着针头，这就是所谓的“瓶口宜清”了。

将瓶花陈设在桌上时，要看桌面的大小，一张桌子摆三瓶，或者最多摆七瓶就够了。再多，就像集市上胡乱堆放的菊屏一样，连眉目都难以厘清了。如

果瓶花摆放于几案上，则要视几案的高低而定，一般高度从三四寸至二尺五六寸都有，在高低不同的几上摆放瓶花，才能错落有致，彼此照应，以气势连贯者为上。若中间高两边低，后面高前面低，或者成排对称排列，就犯了俗语说的“锦灰堆”的毛病了。总之，瓶花的摆设，或密集或疏朗，或摆近或拉开，全在于人领悟插花布局中的画意方可。

像盆、碗、盘、笔洗这一类的器皿，用漂青、松香、榆树皮面和上油，再掺入稻灰熬制，收成胶后放置待用，然后将铜片向上按颗钉子，再用火将胶熔化，用熔化的胶液将铜片粘牢在盆、碗、盘等器皿底部。等到胶冷却后，用铁丝将花朵扎成花束，插在钉上，插时应取偏斜之姿，不要插在器皿正中间。更为重要的是，要枝条疏朗，叶子清润，万不可太拥挤堆叠。然后往器皿中注水，再放少许沙盖住铜片，使观赏者疑惑：这一丛花难道从碗底长出来的吗？那样才妙。

若以木本花果来插瓶，修剪的方法是（不能每种花色都自己去找，请人攀折的又往往不大合意）：必须先拿在手中仔细观察，横着斜着来看它的形式，翻来覆去地选取它的姿态。胸有成竹后，剪掉杂枝，留下疏朗、枯瘦、特异者。再考虑它的枝梗怎样插入瓶中，是折断还是弯曲着插入瓶口，才能避免叶子翻背花朵倾斜的毛病。如果一枝在手，不先审视观察，便将直梗插入瓶口，结果一定会枝条杂乱、花梗僵硬，花朵凌乱，叶子翻背卷曲。这样的瓶插，既难有意态，更无韵致可言了。

要将直梗弄弯，可以锯开树茎至一半时，用一些碎石嵌在断口处，直梗便弯曲了；如果担心半折的梗会倒下来，可以钉一两颗钉子固定它。像枫叶、竹枝，乱草、荆棘，都可入选。或者一竿绿竹搭配几粒颜色鲜艳的枸杞，或者几茎细草伴以两枝带刺的荆棘，如果搭配适宜，是另有一番超然世外的意趣的。

如果是新栽花木，栽植的时候不妨选取它歪斜的姿势，枝叶歪侧不用管它，一年后枝叶自然会向上生长。若是每棵树都直立栽植的话，成型后就很难选取到好的姿势了。

剪裁盆树，先取树根暴露如鸡爪状的，左右剪成三节，然后留它们发枝。一节留一枝，最多七枝或九枝。树枝忌像肩膀手臂一样节节对称，树节忌像仙鹤的腿膝骨一样。枝要盘旋而出。不能只留左右两边，以免像袒着胸脯、露着

肩背一样。也不能让它平直无韵地长出去。行话有“双起”“三起”的，意思是同一树根上发了两到三枝小树桠。当然，如果树根不具备鸡爪形状，就成为栽插树木了，一般不取用。

然而，要使一棵树剪裁成型，至少要三四十年时间。我平生只见过我家乡一位名叫万彩章的老先生，一辈子倒剪成了好几棵树。我后来又在扬州的商家店铺，见过一位常熟游客，送来黄杨、翠柏盆树各一株，可惜的是，明珠暗投，当初剪裁这两株盆树的目的就是为了做买卖，我也确实没见到多少可取的地方。一株再好的盆树，如果树枝盘曲得像叠宝塔一般，扎枝刻意弯曲得如蚯蚓一般，便只余匠气了。

在盆中点缀的假山石，小巧一点的，可以入画，大一点的，可引人入神。恰似细品一杯清茶，能让人心神俱凝，沉醉其间，才能有静坐幽斋怡然赏玩之趣。

种水仙花没有灵璧石，我曾用像石块的炭取而代之；黄芽菜心莹白如玉，取大小不等的五到七棵，用沙土栽植在长方形的盘中，再以炭代石，排列于四周，看上去黑白分明，极有意思。依此类推，实在是幽趣无穷，不胜枚举。比如石菖蒲的籽，加冷米汤咀嚼，喷在炭上，再放置在阴暗潮湿的角落，竟能长出细密的菖蒲。随意地移栽到花盆或茶碗中，毛茸茸的实在可爱。将老莲子的两头磨薄，放入蛋壳中置入鸡窝，让母鸡孵它，等两头长出小莲芽再取出来；用陈年燕子窝的巢泥加天门冬，按十比二的比例捣烂，植入小容器中，用河水浇灌，以朝阳沐浴，花开后大如酒杯，叶片如碗口一样团缩在周围，亭亭可爱。

其他诸如园亭楼阁、套室回廊、叠石成山、栽花取势等等，全在大中见小、小中见大、虚中有实、实中有虚、或藏或露、或浅或深，这就不只是“周回曲折”四个字可以概括得了的，也不在于地大石多。否则，只能是白费工时，浪费钱财。倒不如堆土成山，随意摆放一些石块，再点缀种植一些花草树木，以梅树作篱笆，牵藤蔓作花墙，就算无山也有山之景致了。

所谓大中见小，即随意寻几处角落，散漫地植几竿易生长的竹子，或种几行易长得茂盛的梅树，当作屏障；所谓小中见大，即指狭窄庭院的墙壁，应该弄得凹凸不平，再种植一些绿色藤蔓，镶嵌一些大石头，在上面刻字，弄得像碑的样子。人在室内，推窗而望，便生石壁断岩之感，只觉得峻峭无比；所谓

虚中有实，是指在看起来山穷水尽的地方，转折处忽然又豁然开朗；或者在轩阁楼台设些橱壁，一打开又通向了别院；所谓实中有虚，是在并不相通的院落开一扇门，以翠竹石块掩映，在妙有妙无之间，别有意趣。也可在墙头上设置低矮围栏，好像上面还有露天月台，也算是实中有虚了。

一般贫寒人家屋少人多，难以布置。可以效仿我家乡太平船尾的布置，其中再加以转移变动罢了。它的方法是以台级作床，前后拼凑，可作三个榻，中间用木板相隔，木板再用纸糊起来，则前后上下既相通又相互独立、互不干扰了。就像走一条长路似的，也不觉得逼仄狭小了。我与芸客居扬州时，曾经效仿过此法。那时只有两间小屋，但上下卧室、厨房、客厅却既相通，又自成一体，还显得宽绰有余。芸曾经笑着说："布置虽然精当，到底不是富贵人家的气象。"的确也是这样。

一次，我在山中扫墓时，捡到一些石块，上面有很好看的如山峦一样的纹路。拿回家与芸商量说："以前用油灰将宣州石粘在白石盆中，看中的就是它的色彩非常匀净。这山中捡来的黄石虽然古朴，如果也用油灰粘进盆中，黄白相间，不那么和谐统一，油灰堆凿的痕迹也太明显，怎么办好呢？"芸想了想说："在这些山石中找一些劣等不美观点的，将它们捣成碎末，然后敷在油灰粘痕处，趁湿混合在一处，干了颜色也许就一样了。"

我按芸说的方法，在宜兴出产的紫砂方盆中，用捡来的山石垒起了一座小山峰，山峰向左偏斜而右边凸出。背面则全是横方纹，如同元代画家倪瓒所画的山石，峭壁巉岩，凹凸嶙峋，如石矶临江，有一种绝壁天险的气势。盆内留出一角，用河泥种了一些纤细小巧的千瓣白浮萍。山石上还种了些茑萝——一种俗称云松的植物。辛苦经营了好几天，总算将这盆山石作品完成了。

到了深秋，小石山上的茑萝蔓延开来，如同藤萝悬挂在危岩石壁上，茑萝的红色小花正开得灼然一片，白浮萍也挤挤挨挨地冒出了水面，红白相间，相映成趣。神游其间，如登蓬莱仙境，令人飘然忘忧！

我将它放在屋檐下，和芸一起品评赏玩：这里宜建一座水上楼阁，那里宜设一所茅亭，这里宜刻"落花流水之间"几个字，这里可以住居，这里可以垂钓，那里可以凭栏远眺……胸中丘陵幽壑、山山水水，似乎尽数移到眼前的盆景之中了。

一天傍晚，两只争食的小猫从房檐上掉下来，刚好摔在了山石上，连盆带架，一下子坍塌了。我叹气道："就连这样一点小玩意，也犯了什么禁忌不成？"一时无限伤感，两人都禁不住落下泪来。

静室焚香，是闲适中的又一番雅趣。芸曾将沉香速香等放在饭锅里蒸透，再在炉上离火半寸高的地方摆一个铜丝架，将香料放在上面缓缓烘烤，香味幽远又没有烟雾。佛手香切忌醉酒后用鼻子直接嗅，嗅则容易烂掉；木瓜最忌用出汗的手触摸，出汗了，要赶快用水洗净；香圆果没什么忌讳。佛手、木瓜的供法也很有讲究，无法用文字说清楚。经常有人将供放妥当的佛手、木瓜随便拿来闻闻，又随意放下，这都不是好的供香之法。

闲居的日子里，我们的案头总是瓶花不断。芸说："你插的瓶花，能体现风晴雨露中的种种不同韵致，真是精妙入微啊。绘画中，除了花花草草，总会有一些小昆虫点缀其间，你何不效仿这种草虫相间的方法？"

我说："昆虫是跳跃活动的，哪能效仿呢？"

芸答道："我有一个方法，只怕我成了始作俑者，会有罪过！"

我很有兴趣地说："说来听听。"

芸说："昆虫死后颜色是不会变的。可以寻来一些螳螂啊、蝉啊、蝴蝶啊之类的，用针刺死，再用细丝拴住它们的颈项，系在花草间，再将它们的足稍加整理，做成或抱着梗，或踏着叶的样子，就像是活的一样，不也极妙吗？"

听芸说完，我高兴极了，马上如法炮制，果真栩栩如生，见过的人都赞叹不已。如今想来，在闺阁之中，恐怕再难找到像芸这样有慧心灵性的女子了。

我与芸曾寄居在锡山华姓人家，华夫人是芸的结拜姐妹，她有两个女儿，当时跟芸习字。乡下的房子，宅院都很宽敞，夏天更是暑气逼人，芸便教她们做活动的花屏，方法甚为精妙。每个屏是一个扇面，用长约四五寸的木梢两根，做成矮条凳的样式，中间空，横向钉牢四根宽一尺许的木档，四角凿上圆孔，插上竹子，再编些方形的网眼。花屏高约六七尺，用砂盆种植扁豆放置在屏风中，扁豆藤会攀爬盘曲在屏风上，两个人便可以移动它。

若用这种方法多编几个，可以随心所欲地作遮拦，恍如绿荫满窗，能透风蔽日，满室清凉。屏风可以迂回曲折地摆放，随时更换，真可谓"活花屏"。有了这种方法，自然界的一切藤萝香草等植物，都可随时随地拿来用，可谓就地

取材，真是乡野雅居的绝妙方法呀！

我的朋友鲁半舫，名璋，字春山，擅长画松柏及梅菊，工于隶书，兼善篆刻。我寄居在他家的萧爽楼上有一年半的时间。萧爽楼坐西朝东，共有五间，我们住了其中的三间。无论阴晴风雨，都可凭栏远眺。庭院中还有一株桂花树，清香撩人。楼房有回廊、有厢房，地方极幽雅宁静。我们迁来此地时，带了一男一女两个仆人及他们的小女儿。仆人会做衣服，老妪会织布。于是芸刺绣、老妪纺织、仆人制衣，靠这些所得来维持我们的日常开支。

我素来好客，留客小酌必要行点酒令。芸总能既花费不多，又可做一桌好菜上来。瓜果蔬菜鱼虾，一经芸的手，便有意想不到的美味。同仁知道我贫寒，每每都出买酒的份子钱，一叙就是一整天。我又是极爱干净的人，地上总是纤尘不染。与友共处其间，无拘无束，放纵不羁，十分快意。

常来相聚的友人中有杨补凡，名昌绪，善人物写真；袁少迂，名沛，工山水画；王星澜，名岩，工花鸟。他们喜欢萧爽楼的幽雅，于是都带着画具来此。我就借机向他们学绘画、写草篆、刻图章，将这些卖书画图章的润笔费都交给芸，准备茶酒款待客人。我们整天都在品诗论画中度过。

经常聚会的友人，还有夏淡安、夏揖山两兄弟，缪山音、缪知白两兄弟，还有蒋韵香、陆橘香、周啸霞、郭小愚、华杏帆、张闲憨诸位君子。那时，他们如梁上飞燕一般，不请自来，尽兴便去。钱物不济时，芸便拔钗买酒，不动声色，只盼这样的良辰美景能延续，挽住时光不让它轻易溜走。时至今日，已是时过境迁，曾经的友人都天各一方，风流云散了。曾经的知己红颜，已是香销玉殒。往事历历在目，让人不堪回首！

萧爽楼雅聚有四忌：一忌谈论官宦升迁，二忌品评官署公事，三忌八股时文，四忌打牌赌博。若有人违犯，必罚酒五斤。还有四取：慷慨豪爽、风流蕴藉、落拓不羁、澄静缄默。

长夏无事，我们便对联赛会。每次赛会共八人，每人各带铜钱两百文，先抓阄，得第一的便为主考，负责坐在旁边出题监考；得第二的为誊录员，也在旁边就座。其余的便是应考人员，他们分别在誊录员手中领取一张纸，并盖上印章。主考出五言、七言各一句，刻香为限，限时完成。构思时可站立可走动，但不允许交头接耳，答完后将答卷投入匣子，然后才能就座。等所有人都交了

卷，誊录员开匣取出答卷，录成一册交给主考，以此杜绝徇私舞弊。

答卷共有十六个对句，从中选出七言三联、五言三联。这六联中得第一者即是下任主考，得第二的即为下任誊录。两种联都没有被选中的，罚酒钱二十文；只选中一联的，减罚十文，超过刻香时限的，加倍处罚。一场下来，主考可收香钱一百多文。一天作十场，可积攒千文钱，充作酒资是非常充足的了。这样的雅集中，自然少不了芸。但她是其中唯一不受规则限制的考生，她是可以坐下来构思的。

杨补凡为我们夫妇画了一幅栽花写意小像，神态惟妙惟肖。那晚，月色颇佳，月光里，兰花的影子叠映在粉墙上，别具一番清幽雅韵。王星澜乘着酒兴兴致大发说："补凡能为你画像，我能为花画影。"我笑着问："花影难道比得上人影么?"

星澜意兴正浓，取了白纸铺在墙上，就着兰花的影子用墨笔或浓或淡地点染图画。次日白天，将那张纸拿来看，虽称不上完整，却见花叶萧飒疏朗，自有一种月下之趣。芸十分珍爱这幅画。其他人也觉得别有韵味，纷纷题咏。

苏州有南园和北园两处胜景。春天菜花开得极盛时，想去游玩，却苦于那里没有酒家，少了小饮的兴致。若从家中自带食盒酒菜过去，对着菜花喝冷酒，也没一点意思。有的说就近去找酒馆，有的说赏花归来再去酒家畅饮，到底不如一边赏花一边喝酒痛快。众说纷纭间，芸笑着说："明天大家只管自带酒钱，我自会担着炉火过去，可好?"大家皆欣喜地说："如此甚好。"

众人散后，我急着问芸："你真的要挑着炉子前去?"芸说："才不是呢。我见集市上有个卖馄饨的，锅炉、灶具一应俱全，我们何不雇他同去呢?我先将蔬菜和调料准备好，到了那里一下锅，菜也有了，酒也有了，岂不两全?"我说："酒菜是有了，用什么来煮茶呢?"

芸说："我带一只砂罐去，用铁叉串着它的把手，将炉子上的锅拿开，将罐子挂在炉灶上面，加柴火煎茶，这样一来，不也是很方便吗?"我实在是佩服她的机灵，鼓掌称好。街头有一位姓鲍的，以卖馄饨为生。我们用一百文钱雇他，约定次日午后他担着锅灶与我们同去，他欣然应允了。

第二天，看花的朋友如约而至。我将芸的主意告诉大家，大家都深为叹服。午饭后，众人带着席垫等一同前往。到了南园，找了一处凉爽的柳树浓荫，团

团围坐。先煮茶，继而温酒烹饪。那时，风和日丽，遍地金黄，游人青衫红袖，四野阡陌纵横，身边蜜蝶翩跹，无限春光加上满怀闲情，让人不饮自醉！

不一会，酒已温，菜已熟了，大家席地而坐，开怀畅饮，卖馄饨的人看起来也不俗气，便拉来与我们同饮。游人见此情形，无不惊叹称奇，无不羡慕我们有如此雅趣和奇思妙想。直饮到意兴阑珊，杯盘狼藉，大家都已陶然忘我，或坐或卧，或歌或啸。直到夕阳西下时，我忽然想吃粥，鲍姓挑担人便为我们买米来煮上，大家吃饱后才尽兴而归。芸笑着问："今日之游，大家都痛快吗？"众人都说："要不是夫人的妙计，哪得如此快乐啊！"大家在朗声大笑中，各自散去。

贫寒文士起居饮食以及器具房舍等，应该俭朴而雅洁。俭省的方法便是"就事论事"。我平生爱喝点小酒，并不要求有许多菜。芸特意为我做了一个梅花菜盒，里面放六只深两寸的白瓷碟，中间放一只，周围放五只。菜盒用灰漆上色，形状似梅花，底部和盖子上都有凹楞，盒盖上还有形如花蒂的手柄。将它放在案头，就像一朵墨梅覆盖在桌上；揭开盖子来看，好像将菜肴装在了花瓣中。一盒有六种菜色，两三个知己可以随意取用，吃完再添。芸另外又做了一个矮边圆盘，以供放杯筷酒壶之用，可随意摆放，收拾起来也极为方便。这是食物省俭的方法之一。

我的小帽、领子、鞋袜都是芸手工缝制的。如果衣服破了，她便移东补西，总能缝补拾掇得整洁而又干净。她喜欢用颜色灰暗一点的布料，这样便可避免沾上污垢后太显眼。同时既能在外出做客等正式场合穿，又可居家时穿。这是服饰俭省的一个例子。

起初搬至萧爽楼时，因室内光线过暗，便用白纸糊墙，让室内亮堂起来。夏季，楼下卸去了窗扇，又没有栏杆，无遮无拦、空空洞洞的。芸说："有旧竹帘在，不如用它来代替栏杆？"我问："怎么代替？"芸说："用几根黝黑色的竹子，竖着放一根，横着放一根，留出走路的间隙，然后裁一半竹帘搭在横放的竹子上，一直垂到地上，高与桌子平齐。中间再竖四根短一点的竹子，用麻线扎牢，再在横竹上搭帘的地方，用旧的黑布条将横竹包裹起来缝好。这样既可以遮挡空间，还可兼作装饰，物尽其用，不费钱财。"这也是"就事论事"的方法之一。以此来推论，古人常说的"竹头木屑皆有用"，确实很有道理。

夏季，荷花开放时，总是夜晚含苞，清晨绽放。芸用一只小纱袋撮上一点茶叶，晚上放置在荷花的花心，第二天清晨取出来，用雨水冲泡，其香悠远，其味醇正，真可谓绝妙！

点 评

此卷名为《闲情记趣》，重在一个“趣”字，此“趣”不妨理解为“情趣”。

沈复与芸娘，都是追求生活情趣的人。虽为布衣夫妇，他们却不限于疲于奔命的奴役状态，他们明智地追求快乐，在生活赖以支撑的情形下，总是设法培养出许多闲情逸致，将寻常的日子过得有滋有味，有声有色。

情趣深藏在他们的骨子里，渗透在他们的言行起居里。生活用平淡与惯性去沉沦消磨一个人的灵性与热情，唯有情趣，能让你不为物役，不为欲役，在强悍的现实里保持自己的一点点初心。

一个人是否真正有情趣，模仿不来，抄袭不来。因为情趣不只是一种外在的形式，做做样子，摆摆花架子而已。它是从一个人内心里流淌出来的一种气质，它的根在于人之内心，没有心之源头，顶多只是附庸风雅而已。

对沈复和芸娘而言，情趣之于他们，有如呼吸一般自然。

因为，他们有着闲适恬淡、知足常乐的幸福观。在《闺房之乐》中，芸娘曾描绘过她理想中的桃花源，是布衣粗饭，你画我织，共守着一方小天地，有汗水的咸，有谷米的香，有日子的甜，有爱人的贴心，有儿女承欢。这种贴近泥土的温厚淳朴，朴素唯美得让人心醉。大圣人孔子的最高理想境界，不也只是“暮春者，春服既成，冠者五六人，童子六七人，浴乎沂，风乎舞雩，咏而归”么？如果没有一颗安宁知足的达观之心，又如何能体会这其中满满的幸福呢？

因为，他们顺着自己的本性，跳出了世俗的生活之轨道。违背自己的本性，蹈袭别人的成规旧矩，或是屈服于社会的规则皆为庸俗。像衮衮诸公，奔走在红尘之道上，浮云遮眼，欲望迷心，熙来攘往，非名则利，这些都不是他们想要的。他们只想守着烟火的人间，将寻常的日子织成温暖而朴素的锦缎。在什么地位，是怎样的人，有什么样的情趣，便表现出怎样的风采。如风行水上，

自然成文，叫人一见便觉得和谐完整，这才是艺术的生活，诗意的栖居。

情趣充满他们生活的每个角落。

他们好盆栽插花。盆栽以兰为甚，兰是花中君子，性清而雅，极合他们的脾性。无奈汤杀幽兰，猫毁盆玩之后，他们体物心以为己心，推己及物，虽爱之却忍痛舍之，有一颗“不忍”的慈悲玲珑心。

他们好静室焚香。熏香宁神，怡情悦性，本是极高雅之情趣。虽为布衣，芸却用她的生活智慧，自制沉香，酿出一片独特的小天地，熏走了室外的污秽世俗之气，在袅袅上升的香烟里，神游于空远寥廓之境，获得心灵的放松与精神的慰藉。

他们好长夏考对。寄居萧爽楼的日子，每一天都是幸福快乐的良辰。沈复是地道的书生性情，一生不慕功名，不求闻达，却有一干脾性相投、诗酒唱和之友。这些友人虽不是达官显要，却都是当地风流蕴藉的才俊。他们如梁上燕子，自去自来，在萧爽楼绘画作诗，浮杯畅怀。萧爽楼，活脱脱成了一座文艺沙龙。银两不继，芸娘便拔钗沽酒；酒酣兴起，则就着月光醉图兰影；油菜花黄时节，想去南园品酒赏花了，便巧出机杼，担炉热饮。生活似乎只有诗，只有酒，只有豪放，只有真性情，寻常日子充满了诗意的幸福。

担炉热饮，是芸娘的独创。风和日丽、落英缤纷，这分明是人间仙境，然而这美轮美奂的明媚春景中，却冒冒失失多了一副卖馄饨的炉火锅灶。仙境腾起了烟火味真可谓神来之笔。南园柳荫下，众人团团围坐，就着炉火烹茶，暖酒，炒菜，面对金黄的菜花开怀畅饮时，那份油然而生的惬意和满足岂是观者可以体会的？

吃，有芸娘自出机杼的梅花盒。“用二寸白磁深碟六只，中置一只，外置五只，用灰漆就，其形如梅花。底盖均起凹楞，盖之上有柄如花蒂。置之案头，如一朵墨梅覆桌；启盖视之，如菜装于花瓣中。一盒六色，二三知己，可以随意取食，食完再添。另做矮边圆盘一只，以便放杯、箸、酒壶之类，随处可摆，移掇亦便。”相信三白就着梅花盒时，吃的不是饭菜，而是一份在寒陋中追求精致、用心生活的朴素幸福。

住，有芸娘因地制宜、就地取材的“活花屏”。“每屏一扇，用木梢二枝，约长四五寸，作矮条凳式，虚其中，横四挡，宽一尺许，四角凿圆眼，插竹编

方眼，屏约高六七尺，用砂盆种扁豆，置屏中，盘延屏上，两人可移动。多编数屏，随意遮拦，恍如绿荫满窗，透风蔽日。纡回曲折，随时可更。”此花屏既可种豆种菜，经济适用，也可透风蔽日，权当屏风。如此巧心妙思，非芸娘这样兰心蕙质而又有生活智慧的女子，是无论如何也想不出来的。

饮，有荷花茶。“夏月荷花初开时，晚含而晓放。芸用小纱囊撮茶叶少许，置花心。明早取出，烹天泉水泡之，香韵尤绝。”中国人喝茶饮酒的历史，都已超过千年。饮食中原本有大学问，茶盅酒碗里更是累积了无尽的情趣和风韵。生活的艺术与生命的体验，都在烹茶煮酒中渐渐沉淀，化成了只可意会、无法言传的境界。用周作人的话说，便是“在不完全的现世享乐一点美与和谐，在刹那间体会永久”。

当芸娘自制梅花菜盒、竹帘栏杆，趁着夜露置茶叶于花心时，那些内心涌动的诗意幸福，比起所谓的荣华富贵来，不打半点折扣。行到水穷，坐看云起，世间几人能有这样的达观和洒脱。很多顾念，束缚了我们的自然心性。不懂得放下，不屑于转身。纯真越来越远，圆滑却不离左右，心上渐渐蒙了尘埃，那原本纯净的心，再也发现不了美好，再也找不到最单纯的快乐。

天下熙熙，皆为利来；天下攘攘，皆为利往。殊不知，纵有五花马，千金裘，也难买会须一饮三百杯的豪放旷达、洒脱不羁。快乐从来都不只是物质的提现，幸福也只在身边不远处，它是生活的芬芳，等待着有心人去经营和采撷。

人世充满劳绩，关键是，要学会诗意地栖居在这片大地上。

沈复和芸娘，是极好的范本。

Chapter 03

卷三　坎坷记愁

难道真应了那句话：惠极不终，情深不寿？这世间，原本是恩爱夫妻不到头，原本是将美的东西，碾碎了、撕毁了，给人看？难道，深情即是一桩悲剧，必得以死来句读？用情太深，便有十年生死两茫茫，便有沈园偏多无情柳，便有人到情多情转薄？叹人间厚福，只付于痴儿呆女，早知如此，又何必当初？

Chapter 03

卷三　坎坷记愁

卷三 坎坷记愁

人生坎坷何为乎来哉？往往皆自作孽耳。余则非也！多情重诺，爽直不羁，转因之为累。况吾父稼夫公，慷慨豪侠，急人之难，成人之事，嫁人之女，抚人之儿，指不胜屈，挥金如土，多为他人。余夫妇居家，偶有需用，不免典质，始则移东补西，继则左支右绌。谚云："处家人情，非钱不行。"先起小人之议，渐招同室之讥。"女子无才便是德"，真千古至言也！

余虽居长而行三，故上下呼芸为"三娘"，后忽呼为"三太太"①，始而戏呼，继成习惯，甚至尊卑长幼，皆以"三太太"呼之。此家庭之变机欤？

乾隆乙巳，随侍吾父于海宁官舍。芸于吾家书中附寄小函。吾父曰："媳妇既能笔墨，汝母家信付彼司之。"后家庭偶有闲言，吾母疑其述事不当，仍不令代笔。吾父见信非芸手笔，询余曰："汝妇病耶？"余即作札问之，亦不答。久之，吾父怒曰："想汝妇不屑代笔耳！"迨余归，探知委曲，欲为婉剖。芸急止之曰："宁受责于翁，勿失欢于姑也。"② 竟不自白。

庚戌之春，予又随侍吾父于邗江幕中。有同事俞孚亭者，挈眷居焉。吾父

---

① 三太太：明代中丞以上官吏之妻才能称"太太"，书中称布衣之妻芸为"太太"，暗含嘲讽的意味。

② 翁：公公。姑：婆婆。

谓孚亭曰："一生辛苦，常在客中，欲觅一起居服役之人而不可得。儿辈果能仰体亲意，当于家乡觅一人来，庶语音相合。"

孚亭转述于余，密札致芸，倩媒物色，得姚氏女。芸以成否未定，未即禀知吾母。其来也，托言邻女为嬉游者。及吾父命余接取至署，芸又听旁人意见，托言吾父素所合意者。吾母见之曰："此邻女之嬉游者也，何娶之乎？"芸遂并失爱于姑矣。

壬子春，余馆真州。吾父病于邗江，余往省，亦病焉。余弟启堂时亦随侗。芸来书曰："启堂弟曾向邻妇借贷，倩芸作保，现追索甚急。"余询启堂。启堂转以嫂氏为多事。余遂批纸尾曰："父子皆病，无钱可偿，俟启弟归时，自行打算可也。"

未几，病皆愈，余仍往真州。芸复书来，吾父拆视之，中述启弟邻项事，且云："令堂以老人之病，皆由姚姬而起。翁病稍痊，宜密嘱姚托言思家，妾当令其家父母到扬接取，实彼此卸责之计也。"吾父见书怒甚。询启堂以邻项事，答言不知，遂札饬余曰："汝妇背夫借债，谗谤小叔，且称姑曰'令堂'，翁曰'老人'，悖谬之甚！① 我已专人持札回苏斥逐。汝若稍有人心，亦当知过！"

余接此札，如闻青天霹雳，即肃书认罪，觅骑遄归，恐芸之短见也。到家述其本末，而家人乃持逐书至，历斥多过，言甚决绝。芸泣曰："妾固不合妄言，但阿翁当恕妇女无知耳。"越数日，吾父又有手谕至，曰："我不为已甚。汝携妇别居，勿使我见，免我生气足矣。"乃寄芸于外家②，而芸以母亡弟出，不愿往依族中。幸友人鲁半舫闻而怜之，招余夫妇往居其家萧爽楼。

越两载，吾父渐知始末。适余自岭南归，吾父自至萧爽楼，谓芸曰："前事我已尽知，汝盍归乎？"余夫妇欣然，仍归故宅，骨肉重圆。岂料又有憨园之孽障耶！

---

① 令堂：对人母亲的尊称。此处芸对丈夫称自己的婆婆为"令堂"，有生疏隔阂不敬之意。

② 外家：已出嫁女子的娘家。

芸素有血疾，以其弟克昌出亡不返，母金氏复念子病没，悲伤过甚所致，自识憨园，年余未发，余方幸其得良药。而憨为有力者夺去，以千金作聘，且许养其母，佳人已属沙叱利矣！① 余知之而未敢言也。

及芸往探，始知之，归而呜咽，谓余曰：“初不料憨之薄情乃尔也！”余曰：“卿自情痴耳。此中人何情之有哉？况锦衣玉食者，未必能安于荆钗布裙也。与其后悔，莫若无成。”因抚慰之再三。而芸终以受愚为恨，血疾大发，床席支离，刀圭无效②，时发时止，骨瘦形销。不数年而逋负日增，物议日起③。老亲又以盟妓一端，憎恶日甚。余则调停中立，已非生人之境矣。

芸生一女，名青君，时年十四，颇知书，且极贤能，质钗典服，幸赖辛劳。子名逢森，时年十二，从师读书。余连年无馆，设一书画铺于家门之内。三日所进，不敷一日所出，焦劳困苦，竭蹶时形④。隆冬无裘，挺身而过。青君亦衣中股栗，犹强曰“不寒”。因是，芸誓不医药。

偶能起床，适余有友人周春煦自福郡王幕中归，倩人绣《心经》一部。芸念绣经可以消灾降福，且利其绣价之丰，竟绣焉。而春煦行色匆匆，不能久待，十日告成。弱者骤劳，致增腰酸头晕之疾。岂知命薄者，佛亦不能发慈悲也！绣经之后，芸病转增，唤水索汤，上下厌之。

有西人赁屋于余画铺之左，放利债为业，时倩余作画，因识之。友人某向渠借五十金，乞余作保，余以情有难却，允焉。而某竟挟资远遁。西人惟保是问，时来饶舌，初以笔墨为抵，渐至无物可偿。

岁底，吾父家居，西人索债，咆哮于门。吾父闻之，召余呵责曰：“我辈衣冠之家，何得负此小人之债！”正剖诉间，适芸有自幼同盟姊适锡山华氏⑤，知其病，遣人问讯。堂上误以为憨园之使，因愈怒曰：“汝妇不守闺训，结盟娼

---

① 佳人已属沙叱利：此处指憨园被有权有势力的人夺走。用唐传奇《柳氏传》中的典故。故事讲唐代番将沙叱利用武力霸占了美貌女子柳氏。

② 刀圭：古时量取药物的器皿，后借指医药。

③ 逋负：债务。物议：非议。

④ 竭蹶时形：时时露出窘困之态。竭蹶：原来指行走困难，跌跌撞撞。这里用来指生活艰难，颠颠簸簸。

⑤ 适：嫁给。

妓；汝亦不思习上，滥伍小人。若置汝死地，情有不忍。姑宽三日限，速自为计，迟必首汝逆矣①！”

芸闻而泣曰：“亲怒如此，皆我罪孽。妾死君行，君必不忍；妾留君去，君必不舍。姑密唤华家人来，我强起问之。”

因令青君扶至房外，呼华使问曰：“汝主母特遣来耶？抑便道来耶？”曰：“主母久闻夫人卧病，本欲亲来探望，因从未登门，不敢造次，临行嘱咐，倘夫人不嫌乡居简亵，不妨到乡调养，践幼时灯下之言。”

盖芸与同绣日，曾有疾病相扶之誓也。因嘱之曰：“烦汝速归，禀知主母，于两日后放舟密来。”其人既退，谓余曰：“华家盟姊情逾骨肉，君若肯至其家，不妨同行，但儿女携之同往既不便，留之累亲又不可，必于两日内安顿之。”

时余有表兄王荩臣，一子名韫石，愿得青君为媳妇。芸曰：“闻王郎懦弱无能，不过守成之子，而王又无成可守。幸诗礼之家，且又独子，许之可也。”余谓荩臣曰：“吾父与君有渭阳之谊②，欲媳青君，谅无不允。但待长而嫁，势所不能。余夫妇往锡山后，君即禀知堂上，先为童媳，何如？”荩臣喜曰：“谨如命。”逢森亦托友人夏揖山转荐学贸易。

安顿已定，华舟适至，时庚申之腊廿五日也。芸曰：“孑然出门，不惟招邻里笑，且西人之项无着，恐亦不放，必于明日五鼓悄然而去。”余曰：“卿病中能冒晓寒耶？”芸曰：“死生有命，无多虑也。”

密禀吾父，亦以为然。是夜，先将半肩行李挑下船，令逢森先卧。青君泣于母，芸嘱曰：“汝母命苦，兼亦情痴，故遭此颠沛，幸汝父待我厚，此去可无他虑。两三年内，必当布置重圆。汝至汝家，须尽妇道，勿似汝母。汝之翁姑以得汝为幸，必善视汝。所留箱笼什物，尽付汝带去。汝弟年幼，故未令知。临行时托言就医，数日即归。俟我去远，告知其故，禀闻祖父可也。”

旁有旧妪，即前卷中曾赁其家消暑者，愿送至乡，故是时陪伺在侧，拭泪不已。将交五鼓，暖粥共啜之。芸强颜笑曰：“昔一粥而聚，今一粥而散，若作

---

① 首汝逆：告发你忤逆不孝之罪。

② 渭阳之谊：指舅甥之情。典出《诗经·秦风·渭阳》：“我送舅氏，曰至渭阳。”

传奇，可名《吃粥记》矣。”逢森闻声亦起，呻曰：“母何为？”芸曰：“将出门就医耳。”逢森曰：“起何早？”曰：“路远耳。汝与姊相安在家，毋讨祖母嫌。我与汝父同往，数日即归。”

鸡声三唱，芸含泪扶妪，启后门将出，逢森忽大哭，曰：“噫，我母不归矣！”青君恐惊人，急掩其口而慰之。当是时，余两人寸肠已断，不能复作一语，但止以“勿哭”而已。

青君闭门后，芸出巷十数步，已疲不能行，使妪提灯，余背负之而行。将至舟次，几为逻者所执，幸老妪认芸为病女，余为婿，且得舟子（皆华氏工人）闻声接应，相扶下船。解维后，芸始放声痛哭。是行也，其母子已成永诀矣！

华名大成，居无锡之东高山，面山而居，躬耕为业，人极朴诚。其妻夏氏，即芸之盟姊也。是日午未之交，始抵其家。华夫人已倚门而侍，率两小女至舟，相见甚欢。扶芸登岸，款待殷勤。四邻妇人孺子哄然入室，将芸环视，有相问讯者，有相怜惜者，交头接耳，满室啾啾。芸谓华夫人曰：“今日真如渔父入桃源矣①。”华曰：“妹莫笑，乡人少所见多所怪耳。”自此相安度岁。

至元宵，仅隔两旬，而芸渐能起步。是夜，观龙灯于打麦场中，神情态度，渐可复元。余乃心安，与之私议曰：“我居此非计。欲他适，而短于资，奈何？”芸曰：“妾亦筹之矣。君姊丈范惠来现于靖江盐公堂司会计，十年前曾借君十金，适数不敷，妾典钗凑之。君忆之耶？”余曰：“忘之矣。”芸曰：“闻靖江去此不远，君盍一往？”余如其言。

时天颇暖，织绒袍哔叽短褂，犹觉其热。此辛酉正月十六日也。是夜，宿锡山客旅，赁被而卧。晨起，乘江阴航船，一路逆风，继以微雨。夜至江阴江口，春寒彻骨，沽酒御寒，囊为之罄。踌躇终夜，拟卸衬衣，质钱而渡。

十九日，北风更烈，雪势犹浓，不禁惨然泪落。暗计房资渡费，不敢再饮。正心寒股栗间，忽见一老翁草鞋毡笠，负黄包，入店，以目视余，似相识者。余曰：“翁非泰州曹姓耶？”答曰：“然。我非公，死填沟壑矣！今小女无恙，时诵公德。不意今日相逢，何逗留于此？”

---

① 桃源：指世外桃源。出自陶渊明的《桃花源记》，借指远离尘俗，淳朴安宁的理想之境地。

盖余幕泰州时，有曹姓，本微贱，一女有姿色，已许婿家，有势力者放债谋其女，致涉讼。余从中调护，仍归所许。曹即投入公门为隶，叩首作谢，故识之。余告以投亲遇雪之由。曹曰："明日天晴，我当顺途相送。"出钱沽酒，备极款洽。

二十日，晓钟初动，即闻江口唤渡声。余惊起，呼曹同济。曹曰："勿急，宜饱食登舟。"乃代偿房饭钱，拉余出沽。余以连日逗留，急欲赶渡，食不下咽，强啖麻饼两枚。及登舟，江风如箭，四肢发战。曹曰："闻江阴有人缢于靖，其妻雇是舟而往，必俟雇者来始渡耳。"

枵腹忍寒①，午始解缆。至靖，暮烟四合矣。曹曰："靖有公堂两处，所访者城内耶？城外耶？"余踉跄随其后，且行且对曰："实不知其内外也。"曹曰："然则且止宿，明日往访耳。"进旅店，鞋袜已为泥淤湿透，索火烘之，草草饮食，疲极酣睡。晨起，袜烧其半，曹又代偿房饭钱。

访至城中，惠来尚未起，闻余至，披衣出，见余状，惊曰："舅何狼狈至此？"余曰："姑勿问。有银乞借二金，先遣送我者。"惠来以番饼二圆授余，即以赠曹。曹力却，受一圆而去。余乃历述所遭，并言来意。惠来曰："郎舅至戚，即无宿逋②，亦应竭尽绵力，无如航海盐船新被盗，正当盘帐之时，不能挪移丰赠，当勉措番银二十圆，以偿旧欠，何如？"余本无奢望，遂诺之。留住两日，天已晴暖，即作归计。

廿五日，仍回华宅。芸曰："君遇雪乎？"余告以所苦。因惨然曰："雪时，妾以君为抵靖，乃尚逗留江口。幸遇曹老，绝处逢生，亦可谓吉人天相矣。"

越数日，得青君信，知逢森已为揖山荐引入店。荩臣请命于吾父，择正月二十四日将伊接去。儿女之事，粗能了了，但分离至此，令人终觉惨伤耳。

二月初，日暖风和，以靖江之项，薄备行装，访故人胡肯堂于邗江盐署。有贡局众司事公延入局③，代司笔墨，身心稍定。至明年壬戌八月，接芸书曰："病体全瘳。惟寄食于非亲非友之家，终觉非久长之策了，愿亦来邗，一睹平山

---

① 枵腹：空着肚子。枵本意是空了心的树。

② 宿逋：旧债。

③ 贡局：指掌管赋税的衙门。公延：一起推举。

之胜。”余乃赁屋于邗江先春门外，临河两椽。自至华氏，接芸同行。华夫人赠一小奚奴曰阿双，帮司炊爨①，并订他年结邻之约。时已十月，平山凄冷，期以春游。

满望散心调摄，徐图骨肉重圆。不满月，而贡局司事忽裁十有五人，余系友中之友，遂亦散闲。芸始犹百计代余筹划，强颜慰藉，未尝稍涉怨尤。至癸亥仲春，血疾大发。余欲再至靖江，作“将伯”之呼②，芸曰：“求亲不如求友。”余曰：“此言虽是，亲友虽关切，现皆闲处，自顾不遑。”芸曰：“幸天时已暖，前途可无阻雪之虑。愿君速去速回，勿以病人为念。君或体有不安，妾罪更重矣。”

时已薪水不继，余佯为雇骡以安其心，实则囊饼徒步，且食且行。向东南，两渡叉河，约八九十里，四望无村落。至更许，但见黄沙漠漠，明星闪闪，得一土地祠，高约五尺许，环以短墙，植以双柏。因向神叩首，祝曰：“苏州沈某投亲失路至此，欲假神祠一宿，幸神怜佑。”于是移小石香炉于旁，以身探之，仅容半体，以风帽反戴掩面，坐半身于中，出膝于外，闭目静听，微风萧萧而已。足疲神倦，昏然睡去。

及醒，东方已白，短墙外忽有步语声，急出探视，盖土人赶集经此也。问以途，曰：“南行十里即泰兴县城，穿城向东南，十里一土墩，过八墩即靖江，皆康庄也。”余乃反身，移炉于原位，叩首作谢而行。过泰兴，即有小车可附。

申刻抵靖。投刺焉③。良久，司阍者曰：“范爷因公往常州去矣。”察其辞色，似有推托，余诘之曰：“何日可归？”曰：“不知也。”余曰：“虽一年亦将待之。”阍者会余意，私问曰：“公与范爷嫡郎舅耶？”余曰：“苟非嫡者，不待其归矣。”阍者曰④：“公姑待之。”越三日，乃以回靖告，共挪二十五金。雇骡急返。

---

① 炊爨：烧火煮饭。

② 将伯：求助。典出《诗经·小雅·正明》：“将伯助予！”意思是请长者帮助我。

③ 投刺：递上名帖。杨衒之《洛阳伽蓝记·景宁寺》：“或有人慕其高义，投刺在门，元慎称疾高卧。”

④ 阍者：守门人。

芸正形容惨变，咻咻涕泣。见余归，卒然曰："君知昨午阿双卷逃乎？倩人大索，今犹不得。失物小事，人系伊母临行再三交托，今若逃归，中有大江之阻，已觉堪虞，倘其父母匿子图诈，将奈之何？且有何颜见我盟姊？"余曰："请勿急，卿虑过深矣。匿子图诈，诈其富有也，我夫妇两肩担一口耳。况携来半载，授衣分食，从未稍加扑责，邻里咸知。此实小奴丧良，乘危窃逃。华家盟姊赠以匪人，彼无颜见卿，卿何反谓无颜见彼耶？今当一面呈县立案，以杜后患可也。"芸闻余言，意似稍释；然自此梦中呓语，或呼"阿双逃矣"，或呼"憨何负我"，病势日以增矣。

余欲延医诊治，芸阻曰："妾病始因弟亡母丧，悲痛过甚，继为情感，后由忿激。而平素又多过虑，满望努力做一好媳妇，而不能得，以至头眩、怔忡诸症毕备①，所谓病人膏肓，良医束手，请勿为无益之费。忆妾唱随二十三年，蒙君错爱，百凡体恤，不以顽劣见弃。知己如君，得婿如此，妾已此生无憾！若布衣暖，菜饭饱，一室雍雍②，优游泉石，如沧浪亭、萧爽楼之处境，真成烟火神仙矣。神仙几世才能修到，我辈何人，敢望神仙耶？强而求之，致干造物之忌，即有情魔之扰。总因君太多情，妾生薄命耳！"因又呜咽而言曰："人生百年，终归一死。今中道相离，忽焉长别，不能终奉箕帚，目睹逢森娶妇，此心实觉耿耿。"言已，泪落如豆。余勉强慰之曰："卿病八年，恹恹欲绝者屡矣，今何忽作断肠语耶？"芸曰："连日梦我父母放舟来接，闭目即飘然上下，如行云雾中，殆魂离而躯壳存乎？"余曰："此神不守舍，服以补剂，静心调养，自能安痊。"芸又唏嘘曰："妾若稍有生机一线，断不敢惊君听闻。今冥路已近，苟再不言，言无日矣。君之不得亲心，流离颠沛，皆由妾故。妾死则亲心自可挽回，君亦可免牵挂。堂上春秋高矣，妾死，君宜早归。如无力携妾骸骨归，不妨暂厝于此③，待君将来可耳。愿君另续德容兼备者，以奉双亲，抚我遗子，妾亦瞑目矣。"言至此，痛肠欲裂，不觉惨然大恸。余曰："卿果中道相舍，断

---

① 怔忡：中医病名。患者心脏跳动剧烈的一种症状，主要表现是心悸。

② 雍雍：和洽的样子。一室雍雍：一家人和和睦睦。

③ 厝：停柩待葬。

无再续之理，况‘曾经沧海难为水，除却巫山不是云’耳。①”

芸乃执余手而更欲有言，仅断续叠言“来世”二字。忽发喘，口噤，两目瞪视，千呼万唤，已不能言。痛泪两行，涔涔流溢。既而喘渐微，泪渐干，一灵缥缈，竟尔长逝。时嘉庆癸亥三月三十日也。当是时，孤灯一盏，举目无亲，两手空拳，寸心欲碎。绵绵此恨，曷其有极！承吾友胡省堂以十金为助，余尽室中所有，变卖一空，亲为成殓。

呜呼！芸一女流，具男子之襟怀才识。归吾门后，余日奔走衣食，中馈缺乏，芸能纤悉不介意。及余家居，惟以文字相辨析而已。卒之疾病颠连，赍恨以殁②，谁致之耶？余有负闺中良友，又何可胜道哉！奉劝世间夫妇，固不可彼此相仇，亦不可过于情笃。语云：“恩爱夫妻不到头。”如余者，可作前车之鉴也。

回煞之期③，俗传是日魂必随煞而归，故房中铺设一如生前，且须铺生前旧衣于床上，置旧鞋于床下，以待魂归瞻顾。吴下相传谓之“收眼光”。延羽士作法，先召于床而后遣之，谓之“接眚”。邗江俗例，设酒肴于死者之室。一家尽出，谓之“避眚”④。以故有因避被窃者。

芸娘眚期，房东因同居而出避，邻家嘱余亦设肴远避。余冀魄归一见，姑漫应之。同乡张禹门谏余曰：“因邪入邪，宜信其有，勿尝试也。”余曰：“所以不避而待之者，正信其有也。”张曰：“回煞犯煞不利生人，夫人即或魂归，业已阴阳有间，窃恐欲见者无形可接，应避者反犯其锋耳。”时余痴心不昧，强对曰：“死生有命。君果关切，伴我何如？”张曰：“我当于门外守之，君有异见，一呼即入可也。”

余乃张灯入室，见铺设宛然，而音容已杳，不禁心伤泪涌。又恐泪眼模糊，

---

① 曾经沧海难为水，除却巫山不是云：语出元稹的《离思》，意思是经历了一段刻骨铭心的感情之后，不会再为别的情感所动。

② 恨以殁：含恨而死。

③ 煞：又称回魂。旧俗以为人死后其魂魄犹存，在七七四十九天前，死者的阴魂要回家一次。丧家每隔七天就要举行一次烧纸祭奠，共有七次，俗称“烧七”。

④ 接眚：旧时迷信，谓人死后若干天魂要回家，届时家属应出避，叫作“眚期”。接眚，就是请术士招亡魂回家。避眚，避亡灵，以免于凶煞之气。

失所欲见，忍泪睁目，坐床而待。抚其所遗旧服，香泽犹存，不觉柔肠寸断，冥然昏去。转念待魂而来，何遽睡耶？开目四视，见席上双烛，青焰荧荧，光缩如豆，毛骨悚然，通体寒栗。因摩两手擦额，细瞩之，双焰渐起，高至尺许，纸裱顶格，几被所焚。余正得借光四顾间，光忽又缩如前。此时心舂股栗，欲呼守者进观，而转念柔魂弱魄，恐为盛阳所逼，悄呼芸名而视之，满室寂然，一无所见。既而烛焰复明，不复腾起矣。出告禹门，服余胆壮，不知余实一时情痴耳。

芸没后，忆和靖“妻梅子鹤”语①，自号梅逸。权葬芸于扬州西门外之金桂山，俗呼郝家宝塔。买一棺之地，从遗言寄于此。携木主还乡②，吾母亦为悲悼。

青君、逢森归来，痛哭成服③。启堂进言曰：“严君怒犹未息，兄宜仍往扬州。俟严君归里，婉言劝解，再当专札相招。”

余遂拜母别子女，痛哭一场，复至扬州，卖画度日。因得常哭于芸娘之墓，影单形只，备极凄凉。且偶经故居，伤心惨目。重阳日，邻冢皆黄，芸墓独青。守坟者曰：“此好穴场，故地气旺也。”余暗祝曰：“秋风已紧，身尚衣单。卿若有灵，佑我图得一馆，度此残年，以待家乡信息。”

未几，江都幕客章驭庵先生欲回浙江葬亲，倩余代庖三月，得备御寒之具。封篆出署④，张禹门招寓其家。张亦失馆，度岁艰难，商于余，即以余资二十金倾囊借之，且告曰：“此本留为亡荆扶柩之费⑤，一俟得有乡音，偿我可也。”

是年，即寓张度岁。晨占夕卜，乡音殊杳。至甲子三月，接青君信，知吾父有病，即欲归苏，又恐触旧忿。正趑趄观望间⑥，复接青君信。始痛悉吾父业已辞世，刺骨痛心，呼天莫及。无暇他计，即星夜驰归。触首灵前，哀号流

---

① 妻梅子鹤：指北宋山水诗人林逋，隐居在西湖小孤山，终身不仕不娶，种梅养鹤，人称“梅妻鹤子”。和靖是其谥号。

② 木主：死者的灵位。

③ 成服：按照与死者的亲疏关系穿上不同的丧服。

④ 封篆出署：封上官印，离开官衙，指办好交接手续后离开。

⑤ 亡荆：亡妻。荆，古时谦称自己的妻子。

⑥ 趑趄：指犹豫不前的样子。原指走路歪歪倒倒的样子。

血。呜呼！吾父一生辛苦，奔走于外，生余不肖，既少承欢膝下，又未侍药床前，不孝之罪，何可逭哉！吾母见余哭，曰：“汝何此日始归耶？”余曰：“儿之归，幸得青君孙女信也。”吾母目余弟妇，遂嘿然。

余入幕守灵，至七终，无一人以家事告，以丧事商者。余自问人子之道已缺，故亦无颜询问。

一日，忽有向余索逋者，登门饶舌。余出应曰：“欠债不还，固应催索。然吾父骨肉未寒，乘凶追呼，未免太甚。”中有一人私谓余曰：“我等皆有人招之使来。公且避出，当向招我者索偿也。”余曰：“我欠我偿，公等速退！”皆唯唯而去。

余因呼启堂谕之曰：“兄虽不肖，并未作恶不端。若言出嗣降服①，从未得过纤毫嗣产。此次奔丧归来，本人子之道，岂为产争故耶？大丈夫贵乎自立，我既一身归，仍以一身去耳！”言已，返身入幕，不觉大恸。

叩辞吾母，走告青君，行将出走深山，求赤松子于世外矣②。青君正劝阻间，友人夏南熏字淡安、夏逢泰字揖山两昆季寻踪而至，抗声谏余曰：“家庭若此，固堪动忿，但足下父死而母尚存，妻丧而子未立，乃竟飘然出世，于心安乎。”余曰：“然则如之何？”淡安曰：“奉屈暂居寒舍。闻石琢堂殿撰有告假回籍之信③，盍俟其归而往谒之？其必有以位置君也。”余曰：“凶丧未满百日，兄等有老亲在堂，恐多未便。”揖山曰：“愚兄弟之相邀，亦家君意也。足下如执以为不便，西邻有禅寺，方丈僧与余交最善。足下设榻于寺中，何如？”余诺之。青君曰：“祖父所遗房产，不下三四千金，既已分毫不取，岂自己行囊亦舍去耶？我往取之，径送禅寺父亲处可也。”因是于行囊之外，转得吾父所遗图书、砚台、笔筒数件。

寺僧安置予于大悲阁。阁南向，向东设神像。隔西首一间，设月窗，紧对佛龛，本为作佛事者斋食之地。余即设榻其中。临门有关圣提刀立像，极威武。院中有银杏一株，大三抱，荫覆满阁，夜静风声如吼。揖山常携酒果来对酌，

---

① 出嗣降服：过继给别人的儿子，为父母服丧时要降低一等。

② 赤松子：道教传说中的世外仙人。

③ 殿撰：状元。明清进士一甲一名授翰林院编修，简称殿撰，后用以代称状元。

曰："足下一人独处，夜深不寐，得无畏怖耶？"余曰："仆一生坦直，胸无秽念，何怖之有？"居未几，大雨倾盆，连宵达旦，三十余天。时虑银杏折枝，压梁倾屋。赖神默佑，竟得无恙。而外之墙坍屋倒者不可胜计，近处田禾俱被漂没。余则日与僧人作画，不见不闻。

七月初，天始霁，揖山尊人号莼芗有交易赴崇明，偕余往，代笔书券得二十金。归，值吾父将安葬，启堂命逢森向余曰："叔因葬事乏用，欲助一二十金。"余拟倾囊与之。揖山不允，分帮其半。余即携青君先至墓所。葬既毕，仍返大悲阁。

九月杪，揖山有田在东海永泰沙，又偕余往收其息。盘桓两月，归已残冬，移寓其家雪鸿草堂度岁。真异姓骨肉也。

乙丑七月，琢堂始自都门回籍。琢堂名韫玉，字执如，琢堂其号也，与余为总角交①。乾隆庚戌殿元，出为四川重庆守。白莲教之乱，三年戎马，极著劳绩。及归，相见甚欢。

旋于重九日，挈眷重赴四川重庆之任，邀余同往。余即叩别吾母于九妹倩陆尚吾家②，盖先君故居已属他人矣。吾母嘱曰："汝弟不足恃，汝行须努力。重振家声，全望汝也！"逢森送余至半途，忽泪落不已，因嘱勿送而返。

舟出京口，琢堂有旧交王惕夫孝廉在淮扬盐署③，绕道往晤，余与偕往，又得一顾芸娘之墓。移舟由长江溯流而上，一路游览名胜，至湖北之荆州，得升潼关观察之信④，遂留余与其嗣君敦夫眷属等⑤，暂寓荆州，琢堂轻骑减从至重庆度岁，遂由成都历栈道之任。丙寅二月，川眷始由水路往，至樊城登陆。途长费短，车重人多，毙马折轮，备尝辛苦。

抵潼关甫三月，琢堂又升山左廉访，清风两袖。眷属不能偕行，暂借潼川书院作寓。十月杪，始支山左廉俸，专人接眷。附有青君之书，骇悉逢森于四

---

① 总角：指童年，古时儿童的发髻向上分开，如动物之角。总角交，指儿时的好朋友。

② 妹倩：妹夫。

③ 孝廉：明清时对举人的俗称。

④ 观察：清代对道员的称呼。

⑤ 嗣君：本指继位的国君或太子，后用来尊称长子。

月间夭亡。始忆前之送余堕泪者，盖父子永诀也。呜呼！芸仅一子，不得延其嗣续耶！琢堂闻之，亦为之浩叹，赠余一妾，重入春梦。从此扰扰攘攘，又不知梦醒何时耳。

译 文

人生种种坎坷，究竟从何而来呢？究其源头，往往都是自作孽酿成的。我并不是自作孽之人，只是多情而重然诺，个性爽直，落拓不羁，到头来反而为此所累。况且，我的父亲稼夫公一生慷慨豪侠，急人之难，成人之美，为别人嫁闺女，为别人抚养儿女，诸如此类，数不胜数。他一生挥金如土、疏财仗义，多为他人。到我和芸居家过日子时，偶尔遇上急需用钱又囊中空空时，便免不了要典当抵押，以解燃眉之急。刚开始是移东补西，尚能勉强对付，紧接着是左支右绌，捉襟见肘了。俗话说："处家人情，非钱不行。"我们日渐窘困的生活，开始只是遭到一些小人的非议，渐而招致自家兄弟妯娌的嘲笑，讥讽芸和我不会持家，以致落到如此潦倒的境地。"女子无才便是德"，这真是千古至理名言啊！

我虽然是家中的长子，但在同族兄弟中排行第三，所以上上下下都称芸为"三娘"。后来忽然改称为"三太太"，开始只是戏称，慢慢就成了习惯，甚至无论尊卑长幼都以"三太太"称芸。现在想来，这难道是家庭变故的预兆吗？

乾隆乙巳年（公元 1785 年），为了随侍奔波在外当幕僚的父亲，我陪同他来到了海宁官署。每逢家中有书信来，芸总是附带一封短信给我。父亲说："你媳妇既然能写字，以后你母亲的家信就由她来代笔。"但后来家里偶尔有人说些闲话，母亲便怀疑是芸没有说清楚，就不让芸代笔了。父亲见来信不是芸的手笔，就问我："你媳妇是不是病了？"我立刻寄信询问，也不见芸回复。时间一久，父亲便发怒了："想来你媳妇是不屑代笔了？"对芸的成见也越来越深。等我回家之后，才知晓了其中的原委，便急欲替芸婉转剖辩。谁料芸急忙制止了我，她说："我宁愿被公公责怪，也不要被婆婆怨恨。"竟然不替自己辩白，独自隐忍。

庚戌年（公元 1790 年）春，我又随父亲到扬州邗江做幕僚。有一位叫俞孚亭的同事，带着家眷住在那里。有一天父亲与他聊："我这一生常年在外，客居

异乡，辛苦劳顿。一直想找一个能服侍我生活起居的人，却始终未能如愿。晚辈们如果真有孝心体恤长辈，就当在家乡替我觅一个知冷知热、乡音相近的人来。”

俞孚亭将父亲的话转告给了我，我立刻悄悄给芸写了一封信，委托芸请媒人物色，最终觅得了一位姚姓女子。芸觉得此事成否尚无定论，没有立即向母亲禀明。姓姚的女子来了，芸便谎称她是邻居家的女子过来玩的。等父亲让我接她去邗江官署，芸听了别人的主意，对母亲说姚姓女子是父亲以前就中意的人。母亲见芸前后矛盾，便说：“你不是说这女子是来我们家玩的邻居么，怎么又要娶了她?”自此芸便又失去了婆婆的欢心。

壬子年（公元1792年）春天，我在真州坐馆。得到父亲在邗江患病的消息后，我前去探望，结果自己也病倒了。当时我弟弟启堂也陪侍在父亲身边。芸来信说：“启堂弟曾向邻家妇人借贷，当时请我作保，现在人家追讨很急。”我问启堂，启堂反而责怪芸多管闲事。我在回信的结尾附带说：“父子皆病，无钱可还，等启堂回家后，自己去处理这件事吧。”

不久，父亲和我都痊愈了，我便返回真州。而芸的回信却寄到了邗江，父亲便拆了信来看。信中说到启堂向邻居借贷的事，还说：“令堂觉得老人的病，都是由姚姓女子引起的。公公病体初愈，你应悄悄嘱咐姓姚的女子，让她借口想家，我会让她的父母到扬州将她接走。这也算是我们彼此都能卸下责任的权宜之计了。”

父亲看过此信后，非常愤怒。询问启堂向邻居借贷的事，启堂却说不知道这事。父亲益发觉得忍无可忍，便写信斥责我：“你媳妇瞒着丈夫在外借贷，还诽谤小叔子，还称婆婆为‘令堂’，公公为‘老人’，简直是悖谬至极！我已经专门派人送信回苏州，要逐她出门！你如果还有一点人性，也应当知道悔过！”

我接到此信，如闻晴天霹雳，马上恭恭敬敬回信认错，同时找骡马迅速回家，我怕万一赶不及，芸会自寻短见。幸好到家时父亲的书信还未到，我仔仔细细地对芸讲了事情的来龙去脉。此时，父亲的逐书也到了，信中对芸严厉斥责，历数芸的不敬和罪过，言辞决绝。芸哭着说：“我确实不应该乱说话，触怒了公公。只请公公饶恕小女子的无知啊！”过了几天，父亲又有信到了，信中说：“我不想做得太过分，你带着你媳妇到别处住吧，不要让我看见，免得我生

气就行了。”

我与芸只好搬到她娘家暂住。芸却因为母亲已经去世，弟弟又外出未归，娘家至亲的人都不在了，她不愿依靠其他娘家人。幸好友人鲁半舫知道我的情况后，非常同情我们，让我们夫妇二人借居在他家的萧爽楼中，我和芸才有了栖身之所。

两年后，我父亲渐渐知道了事情的始末，我从岭南归来后，父亲便亲自到萧爽楼，对芸说：“之前的那些事我全知道了，你们愿意搬回家住吗？”我和芸欣然应允，重归故里，总算是尽释前嫌，骨肉团聚了。可谁又能料到，后面又有憨园这段孽缘呢！

芸一直患有咳血之症。当初，她的弟弟克昌出门在外，久无音讯，母亲金氏念子心切以致郁郁而终，芸悲伤过度，便落下了这个病根。认识憨园后，一年多竟没有发作，我正暗自庆幸她的病有了良方。后来，憨园被有势力的人夺去，那人以千金作聘，还许诺赡养她的母亲。自此，像《柳氏传》中被蕃将沙咤利夺去的柳氏一样，憨园已投入他人怀抱。我听此消息后，怕芸伤心，没有向芸说起。直到有一天芸去探望憨园才知道这件事，回家后忍不住哭着对我说：“当初竟没想到憨园如此薄情！”我说：“是你自己痴情罢了，烟花场中的女子，哪里会有什么真情呢？再者，她们是习惯了锦衣玉食、安于享受，就算下嫁给我，也未必就能安于这种荆钗布裙、粗茶淡饭的简朴日子。与其等到到时后悔莫及，不如索性当初就不要谈成。”我一再这样安慰宽解她，但芸心中始终放不下被愚弄的感觉，因恨成疾，终于又引发了严重的咳血症，一病不起，整日卧病在床，憔悴不堪，延医吃药也难见起色。她的病时发时止，人也因此折磨得形销骨立，虚弱不堪。几年下来，本来捉襟见肘的日子，便愈发艰难起来了，众人开始议论纷纷。家里的长辈和老亲戚们又因芸结拜妓女之事，对芸更是憎恶。我夹在中间左右调停，但事已至此，回天无力，这里再也不是我们可以生存下去的愉悦环境了。

我和芸育有一女，叫青君，当时年仅十四岁，知书识礼，十分贤淑能干，家里支绌日艰，都赖她去典押衣物首饰，辛勤操劳，艰难度日。还有一子，叫逢森，时年十二岁，正在从师读书。我已多年没有差事，只好在院门内开了一间书画铺，维持生计。奈何三日的收入还不够一天的支出，焦虑劳累，穷困潦

倒，日子过得窘相日现、十分不堪。隆冬时节没有御寒暖衣，只能咬紧牙关硬挺过去，可怜青君也是衣衫单薄，冷得瑟瑟发抖，仍硬撑着说“不冷”。见此情形，芸心里更是悲伤难过，发誓不再延医买药。

有时，病势稍稍减弱，芸就勉强支撑着起床。当时，友人周春煦从福郡王幕府归来，要请人绣一部《心经》。芸得知消息后，想着绣佛经或可消灾降福，况且酬劳不菲，就接下了这个活。春煦行程匆忙，不能久等，芸紧赶慢赶，仅用了十天时间就将一部《心经》全部绣成。以她衰弱的病体，又如此昼夜操劳，身体便越来越糟了。旧疾未去，又增添了腰酸头晕等新病症。要知道，薄命如她，就算是救苦救难的菩萨也不能发慈悲之心，度她于困厄啊！绣完《心经》后，芸的病反而加重了，不时要在家里拿点汤汤水水服侍她，如此一来，家里上上下下的人就更加厌烦她了。

还有更加不堪的事在后头。有个山西人在我画铺左边租了间屋，以放高利贷为生。一次他请我作一幅画，我便与他相识了。当时，我有一个友人向他借了五十两银子，央求我作担保，碍不过情面，我只勉强答应了。谁料，这人竟是个卑劣小人，他带着所得银两远逃他乡。山西人找不到他，便将责任都推给了我这个当中作保的人，隔三岔五地过来向我讨债，让人不胜其烦。开始我还能以笔墨字画作抵押，渐渐地，家中能抵的都抵完了，再也拿不出东西来。

年底，我父亲返家小住，山西人又跑来索债，还在门外大声咆哮叫骂。我父亲听到后，便将我召过去厉声斥责道：“我们家到底还算是书香门第，你怎么会向这种小人借钱，还欠债不还！”我正向父亲辩白解释时，恰好芸自幼结拜的一位姐姐——锡山的华夫人，知道芸患病后特意派人前来探视。我母亲还以为是憨园派的人来，更是怒火中烧，责骂我道：“你媳妇不守妇道，竟与娼妓结拜；你也不思进取，滥交朋友，竟与小人为伍。要是置你于死地吧，我们情有不忍。就宽限你们三天时间，给我早点快快地搬出沈家，自谋生计去吧。再迟一下，我一定会向官府告发你们忤逆父母之罪！”

芸在病床上听到后哭着对我说：“父亲这样生气，都是我的罪孽。我若死了留你一人苟活，你定会不忍心；我若留下你，独自离去，你一定又舍不得。你暂且悄悄将华家派来的人叫来，我问明情况再说。”

于是，青君将芸扶到了房外，芸问华夫人派来的人道：“是你家夫人特意派

你来的，还是你顺道而来的？”来人回答说：“我家夫人久闻夫人您卧病，本打算亲自来探望，只因从未上过你家的门，不敢造次，就派我先来探望。临行前她嘱咐我说：‘如果夫人不嫌乡居简陋，不妨到乡间来调养，以兑现儿时在灯下立下的约定。’”

原来，芸与华夫人当年待字闺中在一起做绣活时，曾在灯下立下誓言，将来不论谁有疾病困厄，一定互相扶持帮助对方。当时，芸便嘱托来人说：“请你速速回去，禀告你家夫人，请她两天后派一只小船过来，悄悄接我们过去。”

华家人走后，芸对我说：“华家姐姐对我的情谊比骨肉还亲，你要是肯到她家去暂住，不妨与我同行。但一双儿女都带去也不方便，留在家里又要连累父母，这两天内要将他们安排妥当才是。”

我的表兄王荩臣有一个儿子，叫韫石，表兄一直想娶青君做他家儿媳。芸听说后说：“我听说王家这孩子懦弱无能，只不过是个守着祖业过日子的人，可王家又无业可守。可我们目前也没有更好的选择。好在王家也算是诗礼之家，韫石又是独子，青君许配给他，也勉强说得过去。”

我与荩臣商量此事说：“我父亲与你是舅甥关系，你想要青君做你的儿媳，想必我父亲不会不答应。你也知道我们现在的情形，等青君长大了再嫁过去，情势也不允许。我夫妇二人到锡山后，你便禀告我父母，先让青君去做童养媳，你看如何？”荩臣听后，很高兴地说：“这样很好，就按你说的办吧。”我儿逢森，也经友人夏揖山推荐安排，准备跟着人学习经商去。

将儿女安排妥当后，华家派来接我们的船也到了。那天，是嘉庆五年（公元1800年）腊月二十五日，正值隆冬。芸说：“我们俩弃儿别女落魄出门，不仅邻里讥笑，那个山西人见追款没有着落，自然也不会放过我们。要走就早点走吧，最好是明日早晨五更时分悄悄离开。”

我担心芸的病体不能撑持，问道：“你尚在病中，起那么早，天又寒冷，能受得了吗？”芸淡然答道：“死生由命，也顾不得考虑其他了。”

临行前，我去了父亲那里，将我们要去锡山的意思私下禀知，父亲也觉得只能如此了。当天夜里，我先将半担简陋的行李挑到船上，让小儿逢森先睡去了，青君则坐在母亲旁边，悲伤地哭泣着。芸心酸地对青君说：“你娘命苦，又是个情痴之人，所以一生才这样坎坷流离。幸好你父亲始终厚待我，有他陪在

我身边，你也不用过分担心。两三年内，我们一定会努力筹划，让一家人重新团聚的。你到婆家后，一定要恪守妇道，不要像你娘这样招人恨。你公婆很庆幸你做他们的儿媳，一定会好好待你的。我和你父亲留下的箱子柜子等东西，你可一并带到那边去。你弟弟还小，还没有让他知道我们要离去的事，只告诉他我要到外地看病，过几天就会回来。等我们走远了，你再实情告诉他，再去禀告你祖父，说我们走了就是了。"

当时，旁边陪着一位老太太，就是前卷中我和芸曾租住在她家消暑的，她主动提出送我们去锡山。听了芸这番话后，在一旁不停地擦眼泪。将近五更时，我们热了一锅粥一同吃，芸一边吃粥，一边强作笑颜说："记得昔日，我们因一碗粥而相聚，而今，又因一碗粥而离散。如果有人将此写作传奇，题目可以叫《吃粥记》了。"此时，逢森听到说话声从床上爬起来了，迷迷糊糊地问："母亲要做什么去?"芸连忙说："我们要出门看病去。"逢森又问："那为什么要起这么早?"芸说："因为路远啊。你和姐姐乖乖地待在家里，要听话，不要惹奶奶嫌。我和你父亲一起去，要不了几天就会回来的。"

这时，鸡已叫三遍，已是五更时分了。芸含着眼泪扶着老太太，开了后门正要出去，逢森忽然大哭起来："啊——，妈妈再也不回来了!"青君怕他的哭声惊动了邻居，急忙捂上他的嘴好言相慰着。见此情景，我夫妇二人早已是肝肠寸断，再也说不出一句话来，只能说着"不哭"、"不哭"而已!

青君掩上门后，芸走出巷口还只几十步，已是疲惫不堪，再也无法走动了。于是，我让老太太提着灯，背上芸继续往前走。快到小船停泊处时，差点被巡逻的人抓住，幸亏老太太急中生智，说芸是她生病的女儿，我是她的女婿，是赶着去看病的，才得以侥幸逃脱盘问。船夫都是华家的雇工，闻声都赶来接应，才顺利地将我们扶到船上。直到解缆开船，肝肠寸断的芸才放声痛哭。谁能料到，此一别，竟是母子永别!

华氏名叫大成，家住无锡东高山，祖祖辈辈面山而居，以农耕为业，为人极朴实诚恳。他的妻子夏氏，便是芸自小结拜的义姐。我们抵达华家时大约在午后一点过后，华夫人早已经倚门等待。一看见我们，她便领着两个女儿来到停舟的地方来迎接，彼此相见，自然是十分欢欣；小心地扶芸上岸后，将我们领到她家殷勤地款待。这时，左邻右舍的妇女孩童全都拥了进来，将芸围在中

间，有的问这问那，有的叹息怜悯，交头接耳，满屋都是叽叽喳喳的说话声。见此情形，芸对华夫人说："今天，我可真像陶渊明笔下的武陵渔夫，忽然走进桃花源了！"华夫人道："妹妹莫见笑，乡里人没见过世面，总是少见多怪的。"自此后，我们在华家安顿下来，只一心调养度日。

元宵节，我们在华家只住了大约二十天，芸却渐渐能起床行走了。这天夜晚，村里的打麦场上有元宵灯会，芸和我们一同观看，当时她的神情状态，好像已经复原，我一颗久悬的心暗暗地放了下来。见芸病有起色，我便私下同她商议道："久居此地，也非良策。作别的打算，也苦于没有银钱，可如何是好呢？"芸说："我也一直在暗中筹划。你姐夫范惠来不是在靖江的盐业公司当会计么？十年前我们曾借给他十两银子，当时我们钱不够，我还典当了一支钗，才凑够了给他，夫君还想得起来吗？"我想了半天道："还真想不起来了。"芸说："听说靖江离此地不远，夫君何不前去走一趟？"想想也别无他法，我便采纳了芸的建议。

当时天气和暖，穿一件织绒袍，外罩一件哔叽短褂，仍觉得燥热。我动身去靖江的这一天是嘉庆六年（公元1801年）正月十六。当天夜里住在锡山的一家客店，租了床被子便睡下了。第二天早上起来后，乘船前往江阴。一路上逆风而行，江风扑面，接着又是微雨淅沥，船到江阴时已是深夜。夜晚却冷得彻骨，我穿得过于单薄，冷得实在受不了，只好买酒御寒，身上仅有的一点银两，全部化作了酒资。接下来还得渡江，万般无奈之下，我踌躇了整夜，最终咬了咬牙，决计典当自己的夹衣，换钱过江。

十九日，北风刮得更烈，偏偏又下起了大雪，目睹着风雪交加的江面。我不禁声泪俱下，想到典当夹衣换来的那几文小钱，暗自揣摸着夜晚住宿和渡江的船费，再也不敢拿来买酒御寒了。正在心灰意冷、冷得直打哆嗦时，忽见一位脚穿草鞋头戴毡笠的老翁，背着个黄布包走进店来。当他看见了我，便不停地上下打量我，好像认识我的样子。我也想起了什么，便说："老人家可是泰州人，姓曹？"老翁答道："是啊是啊，我就是。当年如果不是沈公仗义执言，我这把老骨头恐怕早就填了沟壑了！现在我家小女平安无恙，常常念着沈公的恩德，没想到今天竟在此重逢啊。沈公为何在此逗留啊？"

说起这位老翁，是我当年在泰州做幕僚时认识的，家贫人微。他有一个女

儿，很有些姿色，本已许了夫婿，不巧的是，叫一个有权势的恶霸相中了，便使计向老翁放高利贷。老翁无钱偿还，恶霸便要拿他女儿抵债，老翁自然不从，双方就打起了官司。我很同情老翁的遭遇，便费了些周折从中调停，最终帮他们赢了官司，他的女儿仍嫁给了之前许配的夫婿。老翁感激涕零，自愿投身公门当差，自此我们便熟识了。于是，我便把要去靖江投亲、遇雪滞留的经历告诉了他。闻听此言后，曹翁说："估计明天就会天晴了，到时，我顺路送你。"接着，他又去买酒买菜，热情地款待我。

二十日，晨钟刚刚敲响，就听见江口有人呼唤渡江的声音。我惊慌得一下子坐起来，催促曹翁赶快准备同我渡江。曹翁却不慌不忙地对我说："先不急，等吃饱了肚子再上船也不迟。"于是，他替我付了食宿费用后，又要拉我出去喝酒。连日逗留，我急得只想早点过渡，哪里有心思吃得下？可曹翁一番盛情，我只好勉强吃了两个麻饼。登舟之后，我才感觉江风如箭，严寒刺骨，冷得四肢只是颤抖。正疑惑为何还不开船，曹翁说："听说有个江阴人在靖江自杀了，他的妻子刚好雇了这条船打算前去，一定是要等她来了才能开船过渡。"因吃得少，我只能饿着肚子忍着饥寒等着，只到了午时，渡船才开始解缆渡江。到了靖江，已经是暮色四合、炊烟袅袅了。

曹翁问我："靖江有两处公堂，你去拜访的，是城内的还是城外的？"我又冷又饿，踉踉跄跄地跟在他身后，一边走一边回答："我也不知是城内还是城外啊。"曹翁说："既然如此，那我们暂且先找一家客店住下，明日再作打算吧。"进了客店，因脚上的鞋袜已尽湿透，便找店家要火盆来烤。又胡乱吃了些东西塞了肚子，此时感觉疲惫至极，倒头便睡下了。早晨起来，袜子却烧去了一半。曹翁又替我垫付了食宿费用。

几经寻访，终于在城中找到了姐夫范惠来。当时惠来尚未起床，听说我来了，披衣而出，见我如此狼狈的样子，吃惊地问："啊呀小舅子，你怎么狼狈成这副模样了？"我急忙说道："先别问，借我二两银子，帮我还给这位送我来此的老人家。"姐夫立刻拿来两圆番银给我，我将他给了曹翁，作为酬谢。曹翁再三拒绝，在我的坚持下，只好勉强拿了一圆离开。

曹翁去后，我将一路上的遭遇和此番来意向姐夫说了一遍。他说："按说郎舅是至亲，即使过去没有欠你的债，我也当竭尽所能帮助你。不巧的是，最近

航海的盐船被盗，此时正在盘查，我无法挪用更多银两给你。不过我一定会筹措二十圆番银，先偿还过去的旧账，你看可好?”我原本没抱更大的指望，便一口答应了下来。逗留了两日之后，见天已晴暖，便打算返程回家。

二十五日，回到了锡山华家。芸算了一下我的行程，问我：“路上是遇到风雪了吗?”我便将一路的艰难困苦告诉了她。芸惨然道：“下大雪时，我以为夫君已经抵达靖江了，原来你还逗留在江口。幸亏偶遇了曹翁，才绝处逢生，也算是吉人天相啊。”

过了几天，接到青君的来信，得知我儿逢森已由揖山推荐，到人家店铺里务工去了；王荩臣也请示我父亲，准备正月二十四日将青君接去。儿女之事，至此已粗略有了安排，但好好的一家人，骨肉离散，终究让人黯然神伤。

二月初，风和日暖。我用从靖江得来的款项，聊备了些简单的行装，准备前往扬州盐署拜访友人胡肯堂。经胡肯堂的延誉推荐，我被赋税衙门招请入局，专门帮着写些公文，我的身心这才稍稍安定了下来。

到第二年八月，接到芸的书信说：“我的病已大致痊愈了，老是寄住在非亲非友之家白吃白喝，人家再好，到底不是长久之计。我希望也能到扬州来，一睹平山堂的景色。”我便在扬州先春门外租了两间临河的小屋，又到华家接芸前来。临别时，华夫人将一名叫阿双的女奴赠给我们，让她帮我们做些家务杂事。华夫人和芸依依不舍，与我们约定来年还做好邻居。将芸接到邗江，已是十月。平山堂一片衰飒凄冷，只待来年偕芸春游了。

满心指望，在扬州可以让芸散心调理，早日康复，然后我们再慢慢筹划骨肉团聚。谁知，芸到扬州还不满一月，税务衙门忽然要裁员十五人，我原本就是托朋友的朋友走的门路，关系自然隔了几层，免不了在遣散之列。就这样，我又成了一个没有着落的闲散人员。芸虽身体虚弱，却千方百计替我筹划，强作镇定宽慰我，没有半点责备埋怨的意思。可是到癸亥年（公元 1803 年）仲春，芸的咳血病再次发作。我准备再去一趟靖江，向惠来姐夫求助。芸阻止道：“求亲还不如求友啊。”我说：“话虽如此，但朋友关系再好，他们现在都像我这样闲散无业的，自己都顾不上了，哪还有余力来帮助我们呢。”芸听了后，想了想说：“所幸天已转暖，一路上是不会有风雪滞阻的顾虑了。愿夫君速去速回，不要牵挂着我这个病人。夫君若身体有恙，我就更加罪孽深重了。”

那时我已无薪水可拿，为了让芸安心，我假装雇了一头骡子，实际上我是揣着烧饼干粮徒步上路的。我向东南方一路前行，渡过了两条小河，走了八九十里路，四处还是荒无人烟。一直不停地走到夜里一更时分，黄沙漠漠，星光闪烁，疲惫不堪，忽见前方有一个土地庙，高约五尺许，四周短墙环围，庙前还种了两棵松柏。我对着土地庙跪下，向土地神默默祝祷着说："苏州沈某，投亲途中迷路于此，想借神祠住宿一晚，请土地神保佑我！"于是将小石香炉移到一边，用身子探了探，感觉能容纳我的半个身子。我将防风帽反戴着遮住我的脸，半个身子坐在其中，膝盖还露在外面。闭上眼睛静静地听着周围，万籁无声只有夜风萧瑟而已。我走得实在太累，精神也很倦怠，昏昏然在一片风声中睡去了。

醒来时，东方已经发白。忽听得短墙外有脚步声和说话声，我急忙起身察看，原来是当地人早起赶集路过这里。我向他们问路，他们告诉我说："向南走十里就是泰兴县城，穿过县城再向东南方走，每十里有一个土墩，过了八个土墩就到了靖江地界，余下的路就平坦好走了。"我返回土地庙，将香炉移回原处，又向土地神叩首作谢，依照当地人所指的方向上路了。过了泰兴，有小车可以随便搭乘。

下午三五时的样子，我终于抵达靖江。向守门人递上名帖求见。良久，守门人才出来对我说："范老爷因公务到常州去了。"我察看他的神色言辞，似有推托之意。便追问道："那他何时归来？"守门人说："这就不知道了。"我说："哪怕要等上一年，我也在这里等着他了。"守门人见我态度坚决，便走到我身边悄声问道："你真是范爷的亲郎舅？"我说："如果不是亲郎舅，我也不会在这里等他回来了。"守门人说："如此说来，你就在这里等待吧。"

过了三天，守门人来告知我，说姐夫已回靖江，我终于如愿以偿。这一趟，我在姐夫那里共挪借了二十五两银子。雇了只骡子，我马不停蹄地赶回家中。

一进家门，却见芸形容全非，正嘤嘤哭泣着。见我归来，她突然说："夫君，你可知昨天中午阿双卷东西逃走了？我已经请人四处寻找，到现在还没有找到。丢失东西倒是小事，关键是人，临走时她母亲是再三嘱托我们，如果她是要逃回家去，途中有大江阻隔，已经很让人担心了，如果她父母将她藏匿起来，反过来敲诈我们，可怎么是好？我又有什么颜面去见我的盟姐华夫人？"听

她哭诉完，我只好宽慰她说：“先别着急，你呀，是考虑得太多了。就算是匿子图诈，也得敲诈富有的人家才是。我夫妇二人是两张肩膀扛着一张嘴，能敲诈我们什么呢？再说她跟随我们已有半年之久，向来吃穿用度，我们从未有过半点苛刻责备，这些邻里都是知道的。她要这样做，那是她丧尽良心，趁人之危，卷财逃走。华家盟姐一定会觉得赠人不淑，是她无颜见你，怎么反倒成了你无颜见她了？现在，我们要做的是，马上报告县衙立案审查，以绝后患。”听了我的一席话，芸似乎稍微放宽了心。然而，她并未真的释怀。自此以后，她常常在梦中说胡话，有时还大呼“阿双逃走了”，有时又喊“憨园为什么要负我”！病势一天天加重了。

我要请医生来诊治，芸阻止道：“我这病的起因，先是因弟弟出走母亲病逝，悲痛过度，继而又因情感之事，接着又因为冤屈激愤，再者，我平时本又敏感多虑，病情自然就逐渐加重了。我一直努力想做一个好媳妇，却始终无法如愿，以致头晕心悸、怔忡各种病症都出来了，现在已经是病入膏肓，再好的医生恐怕也是束手无策，你就不要为我再浪费钱财了。回忆我这一生，与夫君夫唱妇随二十三年，蒙夫君错爱，对我百般体恤，不因我的顽劣而嫌弃我。得知己如你，嫁夫婿如君，我已此生无憾！像从前那样，有荆衩布衣取暖，有粗茶淡饭饱腹，一家人和和睦睦，相游在泉石山水之间，像沧浪亭、萧爽楼那样的闲逸生活，真是凡间的神仙日子啊！神仙要得几世才能修成，我辈是什么人，敢奢望和神仙相比？我们强取了这么多的快乐，已经触犯了上天的禁忌，用情太深，便有了情魔的困扰。所以，夫君对我太多情太体贴，我这一生就必定是薄命才可平衡了罢！”

稍作喘息，芸又呜咽着说：“人生百年，终有一死。而今你我半路分手，忽然要作生死别了！今后再不能服侍你，不能目睹我儿逢森娶妻，心里实在是放不下啊！”说完，泪落如雨，滚滚而下。我强忍悲痛，劝慰她说：“你病了八年，好多次都像这样恹恹欲绝了，今天为何要说这些让人断肠的话？”芸说：“我这几日总梦见我父母开了小船来接我。闭上眼，感觉飘飘忽忽，像在云里雾里一般虚空，大概是我的魂魄已经离开，只剩下一副空躯壳了吧？”我说：“这只是神不守舍精神涣散罢了！再吃一些补药，安心调养，自然能够痊愈的。”芸又唏嘘哭道：“我如果还有一线生机，也不敢说这样的话来惊扰你，只是黄泉路近，

如果再不说出来，只怕再没机会了。夫君得不到父母的欢爱，颠沛流离，都是因为我的缘故。我死之后，父母的心自然可以挽回，你也可免除这些牵挂。父母年事已高，我死后，你就早些回家侍奉二老吧。你若无力将我的骸骨带回去，不妨暂时浅埋在这里，等日后再作安排吧。愿夫君再续德容兼备的女子，以便奉养双亲，好生抚养我的孩子，妾也就死而瞑目了！”

说到这里，我和芸皆肝肠寸断，不禁惨然大恸，痛哭失声。我哭着说：“你若果真中道离我而去，我断无续弦之理，况且你我二人‘曾经沧海难为水，除却巫山不是云’，谁又能替代你啊！”

芸拉着我的手还想再说什么，却只能断断续续地说着“来世……”二字，忽然急促地喘息，再也说不出话来，只是大睁两眼看着我。任我千呼万唤，她再已不能作答。只见两行痛苦的泪水，涔涔流淌在腮边。不一会，呼吸渐弱，泪水也渐渐干了。芸竟是一灵缥缈，溘然长逝了！这一天，是嘉庆八年（公元1803年）三月三十日。当时，孤灯一盏，举目无亲。赤手空拳，肝肠寸断。客居异乡，痛失吾爱，此恨绵绵，何时才有尽头？承蒙胡省堂资助十两银子，我又将家中所有变卖一空，亲自为芸穿衣入殓，办理丧事。

呜呼！芸不过是一介女流，生于天地间，却具有男子般的襟怀和才识。自嫁到我们沈家后，我整日为衣食生计奔波，连吃穿都成问题，她却始终毫不介怀。当我闲居家中时，也只会在文章字画上与人赏乐而已，此外别无所长。芸在疾病折磨中渐渐耗尽生命，最终怀抱着满腔遗憾离开了这个世界，这一切都是谁让她承受的呢？我有负于她，辜负了这样贤淑智慧的闺中良友，这一切三言两语又怎么能说得尽呢？奉劝世间夫妇，既不可彼此结怨生仇，也不能太情深意笃。俗话说“恩爱夫妻不到头”，像我和芸，不就是活生生的现实的例子吗？

亡魂回归故居的日子，按照民间传说，死者的灵魂在这一天必会伴随凶煞返回旧居，所以要在房子里的摆设如生前一样的东西，而且要将死者生前的旧衣服铺在床上，将死者的旧鞋子放在床下，以便等待死者魂魄归来，好去一一查看，这便是吴地相传的“收眼光”。如果请道士来作法，先将死者魂魄召到床上再遣送出去，这叫“接眚”。扬州的习惯做法是，在死者的房间里摆设酒菜，全家人在这天都出去躲避，称之为“避眚”。因此有一家人外出避眚而被

偷盗的事情发生。

到了芸娘的眚期，房东因为与我们居在一起而外出“避眚”，邻居叮嘱我将酒菜放入芸的房间后，也要远远地避开。而我，却期待在她魂魄归来时与她再见上一面，所以对邻居的好意暂且敷衍着答应。我的同乡张禹门劝我说：“入乡随俗，既是丧葬习俗，那么就因邪入邪，宁愿信其有，也不要去尝试啊。”我说：“正因为相信人真的有魂魄，所以我不愿回避，想守在这里。”张禹门说：“回煞时若触犯了凶煞，对生人是不利的。夫人就算是魂魄归来，与你已是阴阳两隔，就算你想见她，她也是无形的，你不可能触碰得到她；本应回避，你却冲犯了她的魂魄。还是回避吧。”

可是，我仍然一片痴心，只想着能再见芸一面，哪怕是她的灵魂也好。于是强辩：“死生由命。你如果真的关切我，在这里陪着我，怎么样？”张禹门说：“我在门外守着。如果你见到什么异常情况，只要一喊，我马上就进来。”

于是，我点着灯进了内室。见一切摆设都像芸生前的样子，而曾经在这里与我共度的伊人，已是音容杳然了，只剩我独自一人，面对这熟悉又空荡荡的房间，痛心地回忆着。想到这里，不禁伤心泪涌。又怕泪眼模糊会看不见芸的亡灵，只好强忍眼泪，睁大双眼，坐在床边等待着她的归来。我轻轻地抚摸着铺在床上的芸的旧衣服，衣服尚残存着淡淡的香味，仿佛芸从未曾离开过我。这样想着念着，不觉柔肠寸断，恍恍惚惚竟要昏睡过去。转念猛又想到，我是要等待芸的灵魂归来，怎么一下子就要睡去了呢？于是睁开双眼四面环顾，只见灵位的双烛青烟飘渺，闪烁如萤火。突然，烛光一下子收缩，微弱得如豆般大小。我顿觉毛骨悚然，全身发抖，打起了寒战。为克服心中恐惧，我用力摩擦着双手，又使劲地擦拭额头，再仔细地看着那烛火，只见两只蜡烛的火苗又渐渐地亮了起来，最后竟有一尺多高，连纸糊的顶棚，也差点都被烧着。

我正借着这亮光四周张望时，烛火忽然又微弱到先前的样子。此时我的心怦怦乱跳，如舂米一般，四肢战栗不止，正想喊守在外面的张禹门进来，转念又一想，芸乃柔魂弱魄，恐怕会被张禹门的阳气所逼迫，便轻声呼唤着芸的名字，静静地为她祝祷着，只觉得满室寂然，什么也没有看见。一会儿烛焰又明亮起来，也不再像刚才那样腾起了。我走出房间，将所见情形告诉张禹门，他直佩服我的胆大，却不知那是我一时情痴无所顾忌罢了。

芸去世后，我想起北宋的林和靖先生，一生以梅为妻，以鹤为子，我便自号梅逸。因生计乏困，我暂且将芸葬在扬州西门外的金桂山，俗称郝家宝塔。在那里买了一块掩埋棺材的墓地，按照她的临终遗言，暂将她的棺木寄存在这里。

我带着芸的灵牌回到家乡，母亲也为她悲悼；青君和逢森得知消息回到家中，痛哭着披麻戴孝。启堂却劝我："父亲的怒气还没有全消，兄长还是先去往扬州，等父亲回家后，我们婉言劝解，再专门去信让你回家。"

于是，我只得再次拜别母亲和子女，痛哭了一场后，又赶到扬州，以卖画度日。因离芸的坟地很近，便常到芸的坟上去哭诉祭奠，追忆我们曾经携手共度的时光，看着现在形单影只的自己，越发凄凉难耐。偶尔经过与芸共同生活过的地方，便会睹物思人，勾起无限伤心。

到了重阳节，周围的坟墓都是一片萧瑟枯黄，唯独芸的坟墓草色青青。守坟的人说："这片坟地是风水宝地，地气旺盛，所以青草不枯！"闻听此言，我默默在心底祈祷说："秋风已凄紧，我身上的单衣已无法抵御寒冷了。芸啊，你若地下有知，就保佑我找个差事，度过这个残年，等待父亲召我回家吧。"

没多久，江都幕府章驭庵先生要回浙江安葬亲人，请我暂时顶替他三个月。有了这三个月的薪水，我的御寒衣服便有了出处。三个月代理期到，我交办了公务，离开了官衙，张禹门召我到他家暂住。当时他也正失业在家，日子过得非常艰难。他同我说起生活的窘困，我便将所有的积蓄，共二十两银子，全部借给了他。告诉他说："这本是我打算将来护送亡妻灵柩回乡的费用，一旦有了家乡来信，让我回去，你便还我。"

这一年我在张禹门家过完了年。我早也占卜，晚也算卦，盼来盼去，乡讯无着。直到甲子年（公元1804年）三月，我才接到了青君的来信，得知父亲病了。接到信后，我想马上回苏州老家去，又怕触起了父亲的旧忿。正在进退维谷间，又接到青君的来信，得知父亲已经去世了！那一刻，我内心的悔痛，锥心刺骨，呼天抢地也于事无补了。我顾不上其他，立刻星夜启程，飞奔而归。到家后，我长跪在父亲灵前，痛哭哀号，叩头流血。唉！父亲啊，您一生辛苦，奔波流离。生了我这样一个不肖之子，既没有承欢膝下，让您有过开心颜；也未能尽孝病榻前，端汤送药。不孝之罪，无论如何也不能免。母亲见我哭得太

过伤心，便说：“你为什么今天才回来啊？”我回答说：“我今天回来，是幸亏接到了你孙女青君的信啊。”母亲瞪了我弟媳一眼，便沉默良久，没有再说什么。

我在家为父守灵，直到“七七”结束，始终没有一个人告诉我家里的事情，更无人同我商量父亲的丧事。扪心自问，身为人子，我已丧失孝悌之道，已没有颜面去过问家事了。

一日，忽然有人上门追着向我索要旧债，搬弄是非好半天。我出门回应道：“欠债不还，理应催讨。但我父亲尸骨未寒，你们就趁人之危吵个不休，这样做未免欺人太甚了！”其中一人偷偷对我说：“我们都是被人私下收买来的，你暂且回避一下，我们向招我们来的人要了报酬自然就走！”我愤然喝道：“我欠的钱我自然会还，你们快点退下！”那些人听了我的话后，便唯唯诺诺地离去了。

我将启堂叫出来对他说：“兄长虽然不肖，却并没有作恶多端。如果说我因自小过继给了伯父，服丧要低一等，可我从没得到过伯父家的一丁点财产。此次我回家奔丧，只是要尽做儿子最起码的孝道，难道是为争父亲的遗产才回来的？大丈夫贵在能自立自强，我既是净身归来，也将净身离去！”说完，返身回到父亲灵堂，不禁恸哭。

我磕头辞别了母亲，又跟女儿青君告别，准备离开纷扰的人世，去做一个像赤松子一样的世外高人，终老于林中。青君正在劝阻时，我的两个朋友，一位叫夏南熏（字淡安）、一位叫夏逢泰（字揖山）两兄弟赶了来。见我正要离家出走，他们竭力劝我说：“好好的家弄成这个样子，自然让人生气。但你父亲虽已去世，母亲却还健在，妻子虽已病故，儿子却未成家立业，你就这样抛开他们飘然出尘，于心何安呢？”我说：“现在的情况你们也看到了，我能怎么办？”夏淡安说：“要不，委屈你暂且到寒舍住下吧。听说石琢堂那边官府带信过来，他准备近日回乡探亲。你何不等他回乡后去拜谒他，到时，他肯定会替你谋个差事的。”

我婉谢道：“父亲的丧事还未满百日，况且，二位兄长家还有父母长辈，我去了，恐怕会让你们多有不便。”夏揖山爽快地说：“此番我们兄弟二人前来相邀，也是家里老人的意思。你若执意不肯，觉得不方便的话，我家西边不远就有一个禅寺，寺里的方丈和我素有交情，你不妨先到那里搭个铺盖安顿下来，

如何？”我想想也别无他法，便答应了下来。此时，青君在一旁说：“祖父留下的遗产，估计不少于三四千两银子，你既然执意分文不取，总不至于连自己的行囊都不要了吧？等我去取了来，直接送到禅寺您的住处。”于是，除了我自己随着携带的行囊，又带了父亲遗留下来的图书、砚台、笔筒等几件文具，净身离家。

寺庙的僧人将我安置在大悲阁。大悲阁坐北朝南，向东立了一尊神像，隔出西边一间，开了扇月窗，紧对放神像的佛龛。这里原本是作佛事的人吃斋饭的地方，我就在这里设了铺榻，暂时居住下来。靠着阁门立了一尊关公提刀塑像，神态极为威武。院中有一株银杏，树干粗壮，需要三人合抱，枝叶繁茂，浓荫匝地，满阁清凉，夜深人静时，树枝摇动，风声如吼。

夏揖山时常携着酒菜和果品来禅寺，他说：“你一人独居在这森严清静之地，到了夜间睡不着觉时，不觉得恐怖阴森吗？”我笑答：“我一生坦荡耿直，心底从没有过污秽杂念，有什么可害怕的呢？”没过多久，一场倾盆大雨，通宵达旦地下了三十多天。看那雨势，我总是担心院子里那株银杏树会被狂风吹折，倒下来后会压垮房梁，房屋倾倒。也许冥冥中自有神灵在庇佑吧，大树竟安然无恙。而禅寺外墙塌屋倒的不计其数；近处一些农田的庄稼也尽被暴雨淹没。在暴雨成灾的这些日子，我却在禅寺中日日与僧人作画自娱，对眼前之景不闻不见。

七月初，天终于开始放晴。夏揖山的父亲，号莼芗，有生意要赶去崇明岛，请我随他同去，替他写写书信，做一些契约文书等工作，一共挣得了二十两银子。回来后，正值我父亲安葬，我儿逢森转达启堂的意思说：“叔叔安葬祖父缺少银两，想让你资助一二十两银子。”我原打算将所存的银子全部交给他，揖山见状，坚决不允，又拿出自己的银子，替我出了一半。我立刻带着青君先到了父亲的墓地，父亲下葬后，我仍然回到大悲阁。

九月底，揖山因在东海永寨沙有一片田地，又邀我与他同去东海收租子。往返加上中途逗留，总是两月左右，归来已近残冬腊月。揖山将我在大悲阁的用具搬到了他家的雪鸿草堂，让我在他家安稳过年。虽然他不是我的亲兄弟，却比亲兄弟还要亲百倍，真是异姓骨肉啊！

直到乙丑年（公元 1805 年）七月，石琢堂才从京城回乡。琢堂名韫玉，字执如，琢堂是他的号，他是我儿时的伙伴。他于乾隆庚戌年（公元 1790 年）中了状元，后出任四川重庆太守。在平息白莲教动乱中，他三年戎马倥偬，立下

了卓越功劳。琢堂回乡后，我们故友重逢，相见甚欢。只是，他很快便要于重阳节这天携家眷重返四川重庆任所，他邀请我随他同去。我当即便到九妹夫陆尚吾家叩别了母亲，因那时我父亲的旧居已属别人所有，母亲也只能寄居他处。母亲嘱咐我说："你弟弟是靠不住的，你要珍惜这次机会，好好努力，重振沈家门楣的重任，就全落在你肩上了！"我儿逢森送我到半路，忽然泪落不止。见他如此，我内心也无比凄凉，便叫他不要再送了，让他回家去了。

船出京口后，因琢堂有一旧交王惕夫举人在淮扬盐署任职，便绕道前去与他会晤，我也一同前往，因那里离芸的墓地很近，我便有机会去芸的墓地寄托哀思。船从淮扬返回后，一路溯江而上，顺便游览了沿途的风景名胜。到了湖北荆州，琢堂忽然接到升他为潼关观察使的调令，于是他让我和他的儿子敦夫及其家眷暂时留在荆州，自己则轻骑减从赶到重庆过完年，处理完那边的事后再去潼关赴任。丙寅年（公元1806年）二月，滞留在荆州的我和琢堂的眷属们，才从水路动身前往潼关，到樊城后才登陆上岸。接下来的行程可谓路途遥远，耗费巨大，车又重人又多，一路上马匹累死，车轮损折，尝尽了艰辛困顿。

到达潼关才三个月，琢堂又升任山东按察使，专门监察属地官吏。他为官清正，两袖清风，没有足够财力携家眷同行，我们只好暂居在潼川书院。直到十月末，琢堂支取了山东的俸禄，才派人接我们去山东，并带来了青君的一封信。拆信来看，惊悉我儿逢森已于四月间夭亡了！想起他之前流泪为我送行，竟是我们父子永诀的预兆啊！呜呼！芸和我只有逢森这个儿子，谁料他竟年少早夭，我们竟不能再有子孙延续血脉了！

琢堂听此噩耗后，也为我叹惜不已。他赠我一个小妾，我又重入春闺梦里。自此后又饱受凡尘扰攘，不知梦醒何时了。

点　评

如果没有卷三《坎坷记愁》，我们都沉醉在沈复为我们描绘的《闺房记乐》《闲情记趣》中，艳羡着这对烟火人间的神仙眷属。人之一生，得妻如此，得夫如此，夫复何求？

然而，桃源再美，终无法再找到进入的门径，终是一场梦。

他们一生，本就穷困潦倒，仅有的恩爱幸福被穷困屡番逼迫着，虽然彼此相扶相持，生活却将他们无情地推搡到万分艰难的境地。

难道真应了那句话：惠极不终，情深不寿？这世间，原本是恩爱夫妻不到头，原本是将美的东西，碾碎了、撕毁了，给人看？难道，深情即是一桩悲剧，必得以死来句读？用情太深，便有十年生死两茫茫，便有沈园偏多无情柳，便有人到情多情转薄？叹人间厚福，只付于痴儿呆女，早知如此，又何必当初？

愁之开端是三白和芸娘为父母所驱逐。当然，其间更有弟兄失和、家族龃龉等等因由。

他们两次被逐出家门。一是因为芸娘本着一颗纯然善良之心为公公寻找侍妾而触怒婆婆。一是因为三白为不良友人借债作保终于祸及己身而触怒公公。这两条罪，在三白父亲眼中，前者被目为“不守闺训，结盟娼妓”，后者被目为“不思习上，滥伍小人”。

第一次被逐，幸得友人鲁半舫垂怜，二人寄居在其家萧爽楼中。萧爽楼寄居的这段日子，虽是布衣粗饭，却有一帮志趣相投的友人往来其间，优游度日，也算是一种成全。第二次被驱逐，他们万般无奈，只得寄居在芸娘结拜的姐妹锡山华氏家中。这次寄居，情形完全不同于往昔，芸娘支撑着病体，筹划着一家人未来的团聚。可惜命运没有垂怜她微薄的心愿，沉重的打击一次一次接踵而至，而芸娘，最终客死在异乡扬州。

第二次被逐时，正值腊月二十五，天寒地冻，家家户户沉浸在年味与团聚的喜庆之中，他们却要分骨肉、远走他乡，开始寄人篱下，辗转漂泊的日子。

为防他人耻笑，他们只能夜半时分偷偷离开，儿尚年幼，无法告知实情，以出门就医为诓骗，临行惊觉，那一声声哭泣揉碎了母亲的心。此一别，母子竟成永诀。而芸娘身在病中，几难成行，将至舟次，几为逻者所执。一段段，一桩桩，读来让人心惊。在三白娓娓道来的文字背后，浸透了他的多少血泪，我无法得知。但这段“以血书之”的文字，实在让人不忍卒读。

第一次被逐，芸的身体尚健，日子靠卖画女红勉强过得去。只是后来，芸一番痴心，为夫纳妾，结盟妓女憨园，一厢情愿，终敌不过黄金千两。佳人他属，芸娘为此萦怀难释，引发血疾，至此后，她就一直缠绵病榻，在疾病与汤药中勉勉强强地支撑着。第二次被逐时，芸的身体已然羸弱至极。本来寄人篱下，加上为芸延医请药，生活之窘迫，情形之狼狈，可想而知。

蹉跎窘困，漂泊无着之际，三白只得寻旧亲前友，寻求接济。我不忍读他冒着凛凛冬雪去靖江筹钱的那一段。“十九日，北风更烈，雪势犹浓，不禁惨然泪落，暗计房资渡费，不敢再饮……”读这一节，眼前总有一幅天寒地冻的画面：飘着冬雪的茫茫水面上，一叶孤舟，漠漠荒寒。寒士沈复，就在那只潮湿阴冷的孤舟上，瑟瑟发抖地与刺骨的寒冷作徒劳的对抗。远处的锡山，有一盏灯火在默默为他守候，那是病中的芸娘在盼着他归来。但是，就算拼尽全身力气，一个贫寒潦倒的布衣士子，又能承担重任几何？

而芸娘，此时饱受贫病摧折，她至死都在体谅夫君的窘困，她对三白说：“如无力携妾骸骨归，不妨暂厝于此，待君将来可耳。”她何尝不想魂归苏州老家，只是贫寒交迫，让她不得已选择了魂滞异乡。嘉庆八年三月，她带着无法与夫君共相白头，无法与夫君重享烟火人间的幸福，无法与子女见上最后一面，甚至无法企求公婆的谅解的一腔悲怨，含恨离去。二十四桥明月夜的扬州，成了芸娘的埋骨之地，真是一个莫大的讽刺。

芸娘之死，让他有出尘之想。而父丧弟恶，更让他看透了世情的凉薄。一度想求赤松子于世外，也曾寄居废寺，度过一段“心灰尽，有发未全僧”的心如死灰的生活。却终未能作别红尘，他选择了与生活握手言和。从此开始了浪游四方，游幕漂泊的生活。

芸娘的悲剧，我们可以归之于命数。世上多少深情，只能以死作句读，这样才能显出它惊心动魄的美来，这样它才能穿透亘古悠远的时空，活在我们的

记忆中。在强悍的命运面前，我们束手无策，又能如何？如此解释，也只有这样解释，才能稍稍告慰一下我们惆怅失落的心。

真的只是因为命运吗？命运高居在上，冷眼看着世间人，不言不语。

我却固执地以为，性格即命运。

芸娘有一颗纯然的赤子之心，她学不会游戏，学不会算计，才傻傻地为夫纳妾，结果是竹篮打水一场空，还空落了个结盟娼妓不守妇道的骂名。为公公张罗待妾，结果又失去了婆婆的欢心，在家族中的地位岌岌可危。

她多才而美惠，出离了传统闺阁女子相夫教子、终生依附、毫无个性的木偶式生活。她不只精于传统女红，还夫唱妇随，追随丈夫做出许多那个时代的女子无法想象的脱俗之举。女扮男装，吟诗作对，优游林泉，林下之风宛然。可在那个“女子无才便是德”的时代，她的才，她的爱美，她的兰心蕙质，只会带来悲剧。如李清照、如苏小小，如薛涛，哪一个多才的女子收获了圆满，修得正果？

她敏感而羸弱。自幼丧父，早早承担起一家三口的生计。一个早熟的弱女子，自然会有一颗玲珑的心。万事她纳入心中，有委屈自己咽下去，郁积日久，终成心病。血疾，像一个魔影追随着她，在辗转流离的生活中，心病与身病，交相摧残，怎能不消磨尽一个人的生意，要了她的命？

她用情太深。对三白，她是贤妻良母，更是红颜知己。他们在精神上处于同一个高度，同栖同止，也不管这种追求在世俗中是不是不识时务。他们一起安于闲适恬淡的理想之境，自然不擅长现实的营生。三白的闲情种种，三白的浪游种种，三白不务正经营生，以游幕字画度日，如果没有芸娘的理解与支持，没有她的默许与纵容，怎能如愿呢？因为爱之太深，也彼之好恶为已之好恶，哪怕是有情饮水饱，又何必作远游计呢？

我无法评说三白到底是怎样一个人，而他一生辗转，随遇而安，不慕荣名，甘于淡泊，以闲情为趣，以浪游为快，像一个不懂营生的贵家公子，命里却是一介布衣。他素淡的禀性决定了他不善于钻营，所以在家族中他无位无权。在名利场中，无名无利。他只是由着自己的本性过着活在当下、不委屈自由心性的日子，这需要多么优裕的家庭环境、多么优渥的命运或是多么坚定的意志才能维持下去啊。生活没有给他这样的好运，所以他只能在现实中四处碰壁，坎坷一生。

Chapter 04

卷四　浪游记快

世事茫茫，光阴有限，算来何必奔忙？人生碌碌，竞短论长，却不道荣枯有数，得失难量。看那秋风金谷，夜月乌江。阿房宫冷，铜雀台荒。荣华花上露，富贵草头霜。机关参透，万虑皆忘。夸什么龙楼凤阁，说什么利锁名缰。闲来静处，且将诗酒猖狂。唱一曲归来未晚，歌一调湖海茫茫。逢时遇景，拾翠寻芳。约几个知心密友，到野外溪旁。或琴棋适性，或曲水流觞。看花枝堆锦绣，听鸟语弄笙簧。一任他人情反复，世态炎凉。优游闲岁月，潇洒度时光。

Chapter 04

卷四　浪游记快

卷四 浪游记快

余游幕三十年来，天下所未到者，蜀中、黔中与滇南耳。惜乎轮蹄征逐，处处随人，山水怡情，云烟过眼，不道领略其大概，不能探僻寻幽也。余凡事喜独出己见，不屑随人是非，即论诗品画，莫不存人珍我弃、人弃我取之意，故名胜所在，贵乎心得，有名胜而不觉其佳者，有非名胜而自以为妙者，聊以平生所历者记之。

余年十五时，吾父稼夫公馆于山阴赵明府幕中①。有赵省斋先生名传者，杭之宿儒也，赵明府延教其子，吾父命余亦拜投门下。暇日出游，得至吼山，离城约十余里。不通陆路。近山见一石洞，上有片石，横裂欲堕，即从其下荡舟入。豁然空其中，四面皆峭壁，俗名之曰“水园”。临流建石阁五椽，对面石壁有“观鱼跃”三字，水深不测，相传有巨鳞潜伏。余投饵试之，仅见不盈尺者出而唼食焉。阁后有道通旱园，拳石乱矗，有横阔如掌者，有柱石平其顶而上加大石者，凿痕犹在，一无可取。游览既毕，宴于水阁，命从者放爆竹，轰然一响，万山齐应，如闻霹雳声。此幼时快游之始。惜乎兰亭、禹陵未能一到，至今以为憾。

至山阴之明年，先生以亲老不远游，设帐于家，余遂从至杭，西湖之胜因

---

① 明府：对县令的尊称。

得畅游。结构之妙，余以龙井为最，小有天园次之。石取天竺之飞来峰，城隍山之瑞石古洞。水取玉泉，以水清多鱼，有活泼趣也。大约至不堪者，葛岭之玛瑙寺。其余湖心亭、六一泉诸景，各有妙处，不能尽述，然皆不脱脂粉气，反不如小静室之幽僻，雅近天然。

苏小墓在西泠桥侧。土人指示，初仅半丘黄土而已。乾隆庚子，圣驾南巡，曾一询及。甲辰春，复举南巡盛典，则苏小墓已石筑其坟，作八角形，上立一碑，大书曰："钱塘苏小小之墓"。从此吊古骚人，不须徘徊探访矣。余思古来烈魄忠魂堙没不传者，固不可胜数，即传而不久者亦不为少，小小一名妓耳，自南齐至今，尽人而知之，此殆灵气所钟，为湖山点缀耶？

桥北数武有崇文书院，余曾与同学赵缉之投考其中。时值长夏，起极早，出钱塘门，过昭庆寺，上断桥，坐石阑上。旭日将升，朝霞映于柳外，尽态极妍；白莲香里，清风徐来，令人心骨皆清。步至书院，题犹未出也。午后交卷。偕缉之纳凉于紫云洞，大可容数十人，石窍上透日光。有人设短几矮凳，卖酒于此。解衣小酌，尝鹿脯甚妙，佐以鲜菱雪藕，微酣，出洞。

缉之曰："上有朝阳台，颇高旷，盍往一游？"余亦兴发，奋勇登其巅，觉西湖如镜，杭城如丸，钱塘江如带，极目可数百里，此生平第一大观也。坐良久，阳乌将落，相携下山，南屏晚钟动矣。韬光、云栖，路远未到。其红门局之梅花，姑姑庙之铁树，不过尔尔。紫阳洞予以为必可观，而访寻得之，洞口仅容一指，涓涓流水而已。相传中有洞天，恨不能抉门而入。

清明日，先生春祭扫墓，挈余同游。墓在东岳，是乡多竹，坟丁掘未出土之毛笋，形如梨而尖，作羹供客。余甘之，尽其两碗。先生曰："噫！是虽味美而克心血，宜多食肉以解之。"余素不贪屠门之嚼，至是饭量且因笋而减。归途觉烦躁，唇舌几裂。过石屋洞，不甚可观。水乐洞峭壁多藤萝，入洞如斗室，有泉流甚急，其声琅琅。池广仅三尺，深五寸许，不溢亦不竭。余俯流就饮，烦躁顿解。洞外二小亭，坐其中可听泉声。衲子请观万年缸。缸在香积厨，形甚巨，以竹引泉灌其内，听其满溢，年久结苔，厚尺许，冬日不冰，故不损也。

辛丑秋八月，吾父病疟返里。寒索火，热索冰，余谏不听，竟转伤寒，病势日重。余侍奉汤药，昼夜不交睫者几一月。吾妇芸娘亦大病，恹恹在床。心境恶劣，莫可名状。吾父呼余嘱之曰："我病恐不起，汝守数本书，终非糊口

计。我托汝于盟弟蒋思斋，仍继吾业可耳。”越日，思斋来，即于榻前命拜为师。未几，得名医徐观莲先生诊治，父病渐痊，芸亦得徐力起床，而余则从此习幕矣。此非快事，何记于此？曰：此抛书浪游之始，故记之。

思斋先生名襄。是年冬，即相随习幕于奉贤官舍。有同习幕者，顾姓名金鉴，字鸿干，号紫霞，亦苏州人也。为人慷慨刚毅，直谅不阿。长余一岁，呼之为兄。鸿干即毅然呼余为弟，倾心相交。此余第一知己交也，惜以二十二岁卒，余即落落寡交。今年且四十有六矣，茫茫沧海，不知此生再遇知己如鸿干者否？

忆与鸿干订交，襟怀高旷，时兴山居之想。重九日，余与鸿干俱在苏，有前辈王小侠与吾父稼夫公唤女伶演剧，宴客吾家。余患其扰，先一日约鸿干赴寒山登高，藉访他日结庐之地。芸为整理小酒榼。越日，天将晓，鸿干已登门相邀。遂携榼出胥门，入面肆，各饱食。渡胥江，步至横塘枣市桥，雇一叶扁舟，到山，日犹未午。舟子颇循良，令其籴米煮饭。余两人上岸，先至中峰寺。寺在支硎古刹之南，循道而上，寺藏深树，山门寂静，地僻僧闲，见余两人不衫不履，不甚接待。余等志不在此，未深入。

归舟，饭已熟。饭毕，舟子携榼相随，嘱其子守船。由寒山至高义园之白云精舍。轩临峭壁，下凿小池，围以石栏，一泓秋水，崖悬薜荔，墙积莓苔。坐轩下，惟闻落叶萧萧，悄无人迹。出门有一亭，嘱舟子坐此相候。余两人从石罅中入，名“一线天”，循级盘旋，直造其巅，曰“上白云”，有庵已坍颓，存一危栈，仅可远眺。小憩片刻，即相扶而下，舟子曰：“登高忘携酒榼矣。”鸿干曰：“我等之游，欲觅偕隐地耳，非专为登高也。”舟子曰：“离此南行二三里，有上沙村，多人家，有隙地，我有表戚范姓居是村，盍往一游？”余喜曰：“此明末徐俟斋先生隐居处也，有园，闻极幽雅，从未一游。”于是舟子导往。

村在两山夹道中。园依山而无石，老树多极纡回盘郁之势，亭榭窗栏，尽从朴素，竹篱茆舍，不愧隐者之居。中有皂荚亭，树大可两抱。余所历园亭，此为第一。园左有山，俗呼鸡笼山，山峰直竖，上加大石，如杭城之瑞石古洞，而不及其玲珑。旁一青石如榻，鸿干卧其上曰：“此处仰观峰岭，俯视园亭，既旷且幽，可以开樽矣。”因拉舟子同饮，或歌或啸，大畅胸怀。土人知余等觅地

而来，误以为堪舆，以某处有好风水相告。鸿干曰："但期合意，不论风水。"岂意竟成谶语！

酒瓶既罄，各采野菊插满两鬓。归舟，日已将没。更许抵家，客犹未散。芸私告余曰："女伶中有兰官者，端庄可取。"余假传母命呼之入内，握其腕而睨之，果丰颐白腻。余顾芸曰："美则美矣，终嫌名不称实。"芸曰："肥者有福相。"余曰："马嵬之祸，玉环之福安在？①"芸以他辞遣之出，谓余曰："今日君又大醉耶？"余乃历述所游，芸亦神往者久之。

癸卯春，余从思斋先生就维扬之聘，始见金、焦面目。金山宜远观，焦山宜近视，惜余往来其间，未尝登眺。渡江而北，渔洋所谓"绿杨城郭是扬州"一语已活现矣！

平山堂离城约三四里，行其途有八九里，虽全是人工，而奇思幻想，点缀天然，即阆苑瑶池、琼楼玉宇，谅不过此。其妙处在十余家之园亭合而为一，联络至山，气势俱贯。其最难位置处，出城入景，有一里许紧沿城郭。夫城缀于旷远重山间，方可入画。园林有此，蠢笨绝伦。而观其或亭或台，或墙或石，或竹或树，半隐半露间，使游人不觉其触目，此非胸有丘壑者断难下手。

城尽以虹园为首，折面向北，有石梁，曰"虹桥"，不知园以桥名乎？桥以园名乎？荡舟过，曰"长堤春柳"，此景不缀城脚而缀于此，更见布置之妙。再折而西，垒土立庙，曰"小金山"，有此一挡，便觉气势紧凑，亦非俗笔。闻此地本沙土，屡筑不成，用木排若干，层叠加土，费数万金乃成，若非商家，乌能如是！

过此有"胜概楼"，年年观竞渡于此。河面较宽，南北跨一莲花桥，桥门通八面，桥面设五亭，扬人呼为"四盘一暖锅"。此思穷力竭之为，不甚可取。桥南有莲心寺，寺中突起喇嘛白塔，金顶缨络，高矗云霄，殿角红墙，松柏掩映，钟磬时闻，此天下园亭所未有者。

过桥见三层高阁，画栋飞檐，五彩绚烂，叠以太湖石，围以白石栏，名曰"五云多处"，如作文中间之大结构也。过此，名"蜀冈朝阳"，平坦无奇，且

---

① 马嵬之祸：指杨贵妃之死。安史之乱爆发后，唐玄宗仓皇出逃，经过马嵬时，六军不发，要处死惑溺君王的杨贵妃方可，玄宗无奈，只得赐死杨贵妃。杨贵妃体胖，以此来证明肥者未必都是福相。

属附会。将及山，河面渐束，堆土植竹树，作四五曲，似已山穷水尽，而忽豁然开朗，平山之万松林已列于前矣。“平山堂”为欧阳文忠公所书。所谓淮东第五泉，真者在假山石洞中，不过一井耳，味与天泉同；其荷亭中之六孔铁井阑者，乃系假设，水不堪饮。九峰园另在南门幽静处，别饶天趣，余以为诸园之冠。康山未到，不识如何。此皆言其大概，其工巧处、精美处，不能尽述，大约宜以艳妆美人目之，不可作浣纱溪上观也。余适恭逢南巡盛典，各工告竣，敬演接驾点缀，因得畅其大观，亦人生难遇者也。

甲辰之春，余随侍吾父于吴江何明府幕中，与山阴章苹江、武林章映牧、苕溪顾蔼泉诸公同事，恭办南斗圩行宫，得第二次瞻仰天颜。一日，天将晚矣，忽动归兴。有办差小快船，双橹两桨，于太湖飞棹疾驰，吴俗呼为“出水辔头”，转瞬已至吴门桥。即跨鹤腾空，无此神爽。抵家，晚餐未熟也。

吾乡素尚繁华，至此日之争奇夺胜，较昔尤奢。灯彩眩眸，笙歌聒耳，古人所谓“画栋雕甍”、“珠帘绣幕”、“玉栏干”、“锦步障”①，不啻过之。余为友人东拉西扯，助其插花结彩，闲则呼朋引类，剧饮狂歌，畅怀游览。少年豪兴，不倦不疲。苟生于盛世而仍居僻壤，安得此游观哉！

是年，何明府因事被议②，吾父即就海宁王明府之聘。嘉兴有刘蕙阶者，长斋佞佛，来拜吾父。其家在烟雨楼侧，一阁临河，曰“水月居”，其诵经处也，洁静如僧舍。烟雨楼在镜湖之中，四岸皆绿杨，惜无多竹。有平台可远眺，渔舟星列，漠漠平波，似宜月夜。衲子备素斋甚佳。

至海宁，与白门史心月、山阴俞午桥同事。心月一子名烛衡，澄静缄默，彬彬儒雅，与余莫逆，此生平第二知心交也。惜萍水相逢，聚首无多日耳。游陈氏安澜园，地占百亩，重楼复阁，夹道回廊；池甚广，桥作六曲形；石满藤萝，凿痕全掩；古木千章，皆有参天之势；鸟啼花落，如入深山。此人工而归于天然者。余所历平地之假石园亭，此为第一。曾于桂花楼中张宴，诸味尽为花气所夺，惟酱姜味不变。姜桂之性老而愈辣，以喻忠节之臣，洵不虚也。

---

① 锦步障：用锦做的步障。古时达官贵人家的女眷出行，要用绢、锦等制成帷幔，以隔开路边行人，称为步障。

② 被议：被弹劾。

出南门，即大海，一日两潮，如万丈银堤破海而过。船有迎潮者，潮至，反棹相向，于船头设一木招，状如长柄大刀。招一捺，潮即分破，船即随招而入。俄顷始浮起，拨转船头，随潮而去，顷刻百里。

塘上有塔院，中秋夜曾随吾父观潮于此。循塘东约三十里，名尖山，一峰突起，扑入海中。山顶有阁，匾曰“海阔天空”，一望无际，但见怒涛接天而已。

余年二十有五，应徽州绩溪克明府之召，由武林下“江山船”，过富春山，登子陵钓台。台在山腰，一峰突起，离水十余丈。岂汉时之水竟与峰齐耶？月夜泊界口，有巡检署。“山高月小，水落石出”，此景宛然。黄山仅见其脚，惜未一瞻面目。

绩溪城处于万山之中，弹丸小邑，民情淳朴。近城有石镜山，由山弯中曲折一里许，悬崖急湍，湿翠欲滴。渐高，至山腰，有一方石亭，四面皆陡壁。亭左石削如屏，青色光润，可鉴人形，俗传能照前生。黄巢至此，照为猿猴形，纵火焚之，故不复现。

离城十里有“火云洞天”，石纹盘结，凹凸巉岩，如黄鹤山樵笔意，而杂乱无章，洞石皆深绛色。旁有一庵甚幽静，盐商程虚谷曾招游，设宴于此。席中有肉馒头，小沙弥眈眈旁视，授以四枚。临行以番银二圆为酬。山僧不识，推不受。告以一枚可易青钱七百余文。僧以近无易处，仍不受。乃攒凑青蚨六百文付之，始欣然作谢。他日余邀同人携榼再往，老僧嘱曰：“曩者小徒不知食何物而腹泻，今勿再与。”可知藜藿之腹，不受肉味，良可叹也。余谓同人曰：“作和尚者，必居此等僻地，终身不见不闻，或可修真养静。若吾乡之虎丘山，终日目所见者妖童艳妓，耳所听者弦索笙歌，鼻所闻者佳肴美酒，安得身如枯木、心如死灰哉？”

又去城三十里，名曰“仁里”，有花果会，十二年一举，每举各出盆花为赛。余在绩溪适逢其会，欣然欲往，苦无轿马，乃教以断竹为杠，缚椅为轿，雇人肩之而去。同游者惟同事许策廷，见者无不讶笑。至其地，有庙，不知供何神。庙前旷处高搭戏台，画梁方柱，极其巍焕，近视则纸扎彩画，抹以油漆者。锣声忽至，四人抬对烛，大如断柱，八人抬一猪，大若牯牛，盖公养十二年始宰以献神。策廷笑曰：“猪固寿长，神亦齿利。我若为神，乌能享此！”余

曰："亦足见其愚诚也。"

入庙，殿廊轩院所设花果盆玩，并不剪枝拗节，尽以苍老古怪为佳，大半皆黄山松。既而开场演剧，人如潮涌而至，余与策廷遂避去。未两载，余与同事不合，拂衣归里。

余自绩溪之游，见热闹场中卑鄙之状不堪入目，因易儒为贾。余有姑丈袁万九，在盘溪之仙人塘作酿酒生涯，余与施心耕附资合伙。袁酒本海贩，不一载，值台湾林爽文之乱，海道阻隔，货积本折，不得已，仍为"冯妇"①。馆江北四年，一无快游可记。

迨居萧爽楼，正作烟火神仙。有表妹倩徐秀峰自粤东归，见余闲居，慨然曰："足下待露而爨②，笔耕而炊，终非久计，盍偕我作岭南游？当不仅获蝇头利也。"芸亦劝余曰："乘此老亲尚健，子尚壮年，与其商柴计米而寻欢，不如一劳而永逸。"余乃商诸交游者，集资作本，芸亦自办绣货，及岭南所无之苏酒醉蟹等物。禀知堂上，于小春十日，偕秀峰由东霸出芜湖口。

长江初历，大畅襟怀。每晚，舟泊后，必小酌船头。见捕鱼者罾幂不满三尺，孔大约有四寸，铁箍四角，似取易沉。余笑曰："圣人之教，虽曰'罟不用数'③，而如此之大孔小罾，焉能有获？"秀峰曰："此专为网鳊鱼设也。"见其系以长绠，忽起忽落，似探鱼之有无。未几，急挽出水，已有鳊鱼枷罾孔而起矣。余始喟然曰："可知一己之见，未可测其奥妙。"

一日，见江心中一峰突起，四无依倚。秀峰曰："此小孤山也。"霜林中，殿阁参差。乘风径过，惜未一游。至滕王阁，犹吾苏府学之尊经阁移于胥门之大马头，王子安序中所云，不足信也。即于阁下换高尾昂首船，名"三板子"，由赣关至南安登陆。值余三十诞辰，秀峰备面为寿。越日，过大庾岭，山巅一亭，匾曰"举头日近"，言其高也。山头分为二，两边峭壁，中留一道如石巷。口列两碑，一曰"急流勇退"，一曰"得意不可再往"。山顶有梅将军祠，未考

① 冯妇：春秋时人，善于搏虎，后转习儒业。一天又遇到老虎，积习难改，仍情不自禁与之相搏。后就以"冯妇"作为重操旧业的代称。典出《孟子·尽心下》。

② 待露而爨：等待露水来做饭。比喻生活极没有保障，靠天收的状况。

③ 罟不用数：渔网不要织得太密。体现了孟子以仁义为本的思想。

为何朝人。所谓岭上梅花，并无一树，意者以梅将军得名梅岭耶？余所带送礼盆梅，至此将交腊月，已花落而叶黄矣。

过岭出口，山川风物，便觉顿殊。岭西一山，石窍玲珑，已忘其名，舆夫曰："中有仙人床榻。"匆匆竟过，以未得游为怅。至南雄，雇老龙船，过佛山镇，见人家墙顶多列盆花，叶如冬青，花如牡丹，有大红、粉白、粉红三种，盖山茶花也。

腊月望，始抵省城，寓靖海门内，赁王姓临街楼屋三椽。秀峰货物皆销与当道，余亦随其开单拜客，即有配礼者，络绎取货，不旬日而余物已尽。除夕，蚊声如雷。岁朝贺节，有棉袍纱套者，不惟气候迥别，即土著人物，同一五官而神情迥异。

正月既望，有署中同乡三友拉余游河观妓，名曰"打水围"，妓名"老举"。于是同出靖海门，下小艇（如剖分之半蛋而加篷焉），先至沙面。妓船名"花艇"，皆对头分排，中留水巷，以通小艇往来。每帮约一二十号，横木绑定，以防海风。两船之间钉以木桩，套以藤圈，以便随潮长落。鸨儿呼为"梳头婆"，头用银丝为架，高约四寸许，空其中而蟠发于外，以长耳挖插一朵花于鬓，身披元青短袄，著元青长裤，管拖脚背，腰束汗巾，或红或绿，赤足撒鞋，式如梨园旦脚。

登其艇，即躬身笑迎，搴帏入舱①。旁列椅杌，中设大炕，一门通艄后。妇呼"有客"，即闻履声杂沓而出，有挽髻者，有盘辫者，傅粉如粉墙，搽脂如榴火，或红袄绿裤，或绿袄红裤，有著短袜而撮绣花蝴蝶履者，有赤足而套银脚镯者，或蹲于炕，或倚于门，双瞳闪闪，一言不发。余顾秀峰曰："此何为者也？"秀峰曰："目成之后，招之始相就耳。"余试招之，果即欢容至前，袖出槟榔为敬。入口大嚼，涩不可耐，急吐之，以纸擦唇，其吐如血。合艇皆大笑。

又至军工厂，妆束亦相等，惟长幼皆能琵琶而已。与之言，对曰"𠺝"者，"𠺝"者，何也。余曰："少不入广者，以其销魂耳，若此野妆蛮语，谁为动心哉？"一友曰："潮帮妆束如仙，可往一游。"至其帮，排舟亦如沙面。有著名鸨儿素娘者，妆束如花鼓妇。其粉头衣皆长领，颈套项锁，前发齐眉，后发垂

① 搴帏：撩起帷幄。

肩，中挽一鬏似丫髻，裹足者著裙，不裹足者短袜，亦著蝴蝶履，长拖裤管，语音可辨。而余终嫌为异服，兴趣索然。秀峰曰：“靖海门对渡有扬帮，留吴妆。君往，必有合意者。”一友曰：“所谓扬帮者，仅一鸨儿，呼曰‘邵寡妇’，携一媳曰‘大姑’，系来自扬州，余皆湖广、江西人也。”

因至扬帮，对面两排仅十余艇。其中人物皆云鬟雾鬓，脂粉薄施，阔袖长裙，语音了了。所谓邵寡妇者，殷勤相接。遂有一友另唤酒船，大者曰“恒艛”，小者曰“沙姑艇”，作东道相邀，请余择妓。余择一雏年者，身材状貌有类余妇芸娘，而足极尖细，名喜儿。秀峰唤一妓，名翠姑。余皆各有旧交。放艇中流，开怀畅饮。至更许，余恐不能自持，坚欲回寓，而城已下钥久矣。盖海疆之城，日落即闭，余不知也。

及终席，有卧吃鸦片烟者，有拥妓而调笑者。伻头各送衾枕至①，行将连床开铺。余暗询喜儿：“汝本艇可卧否？”对曰：“有寮可居，未知有客否也。”（寮者，船顶之楼。）余曰：“姑往探之。”招小艇渡至邵船，但见合帮灯火相对如长廊，寮适无客。鸨儿笑迎，曰：“我知今日贵客来，故留寮以相待也。”余笑曰：“姥真荷叶下仙人哉！”遂有伻头移烛相引，由舱后梯而登，宛如斗室，旁一长榻，几案俱备。揭帘再进，即在头舱之顶，床亦旁设，中间方窗嵌以玻璃，不火而光满一室，盖对船之灯光也。衾帐镜奁，颇极华美。

喜儿曰：“从台可以望月。”即在梯门之上，叠开一窗，蛇行而出，即后梢之顶也。三面皆设短栏，一轮明月，水阔天空。纵横如乱叶浮水者，酒船也；闪烁如繁星列天者，酒船之灯也；更有小艇梭织往来，笙歌弦索之声，杂以长潮之沸，令人情为之移。余曰：“‘少不入广’，当在斯矣！”惜余妇芸娘不能偕游至此。回顾喜儿，月下依稀相似，因挽之下台，息烛而卧。

天将晓，秀峰等已哄然至。余披衣起迎，皆责以昨晚之逃。余曰：“无他，恐公等掀衾揭帐耳！”遂同归寓。

越数日，偕秀峰游海珠寺。寺在水中，围墙若城，四周离水五尺许，有洞，设大炮以防海寇。潮长潮落，随水浮沉，不觉炮门之或高或下，亦物理之不可测者。十三洋行在幽兰门之西，结构与洋画同。对渡名花地，花木甚繁，广州

---

① 伻头：妓船上的使女。

卖花处也。余自以为无花不识，至此仅识十之六七，询其名有《群芳谱》所未载者，或土音之不同欤？

海珠寺规模极大，山门内植榕树，大可十余抱，阴浓如盖，秋冬不凋。柱槛窗栏皆以铁梨木为之。有菩提树，其叶似柿，浸水去皮，肉筋细如蝉翼纱，可裱小册写经。

归途访喜儿于花艇，适翠、喜二妓俱无客。茶罢欲行，挽留再三。余所属意在寮，而其媳大姑已有酒客在上。因谓邵鸨儿曰："若可同往寓中，则不妨一叙。"邵曰："可。"秀峰先归，嘱从者整理酒肴。余携翠、喜至寓。正谈笑间，适郡署王懋老不期来，挽之同饮。酒将沾唇，忽闻楼下人声嘈杂，似有上楼之势，盖房东一侄素无赖，知余招妓，故引人图诈耳。秀峰怨曰："此皆三白一时高兴，不合我亦从之。"余曰："事已至此，应速思退兵之计，非斗口时也。"懋老曰："我当先下说之。"余即唤仆速雇两轿，先脱两妓，再图出城之策。闻懋老说之不退，亦不上楼。两轿已备，余仆手足颇捷，令其向前开路。秀峰挽翠姑继之，余挽喜儿于后，一哄而下。秀峰、翠姑得仆力，已出门去，喜儿为横手所拏。余急起腿，中其臂，手一松而喜儿脱去，余亦乘势脱身出。余仆犹守于门，以防追抢。急问之曰："见喜儿否？"仆曰："翠姑已乘轿去，喜娘但见其出，未见其乘轿也。"余急燃炬，见空轿犹在路旁。急追至靖海门，见秀峰侍翠轿而立，又问之，对曰："或应投东，而反奔西矣。"急返身，过寓十余家，闻暗处有唤余者，烛之，喜儿也，遂纳之轿，肩而行。秀峰亦奔至，曰："幽兰门有水窦可出，已托人贿之启钥，翠姑去矣，喜儿速往！"余曰："君速回寓退兵，翠、喜交我！"

至水窦边，果已启钥。翠先在。余遂左掖喜，右挽翠，折腰鹤步，踉跄出窦。天适微雨，路滑如油。至河干沙面，笙歌正盛。小艇有识翠姑者，招呼登舟。始见喜儿首如飞蓬，钗环俱无有。余曰："被抢去耶？"喜儿笑曰："闻此皆赤金，阿母物也，妾于下楼时已除去，藏于囊中。若被抢去，累君赔偿耶。"余闻言，心甚德之。令其重整钗环，勿告阿母，托言寓所人杂，故仍归舟耳。翠姑如言告母，并曰："酒菜已饱，备粥可也。"

时寮上酒客已去，邵鸨儿命翠亦陪余登寮。见两对绣鞋，泥污已透。三人

共粥，聊以充饥。剪烛絮谈，始悉翠籍湖南，喜亦豫产，本姓欧阳，父亡母醮①，为恶叔所卖。翠姑告以迎新送旧之苦，心不欢必强笑，酒不胜必强饮，身不快必强陪，喉不爽必强歌；更有乖张其性者，稍不合意，即掷酒翻案，大声辱骂，假母不察，反言接待不周；又有恶客彻夜蹂躏，不堪其扰。喜儿年轻初到，母犹惜之。不觉泪随言落，喜儿亦默然涕泣。余乃挽喜入怀，抚慰之。嘱翠姑卧于外榻，盖因秀峰交也。

自此或十日或五日，必遣人来招。喜或自放小艇，亲至河干迎接。余每去，必偕秀峰，不邀他客，不另放艇。一夕之欢，番银四圆而已。秀峰今翠明红，俗谓之“跳槽”，甚至一招两妓；余则惟喜儿一人，偶染独往，或小酌于平台，或清谈于寮内，不令唱歌，不强多饮，温存体恤，一艇怡然，邻妓皆羡之。有空闲无客者，知余在寮，必来相访。合帮之妓无一不识，每上其艇，呼余声不绝。余亦左顾右盼，应接不暇，此虽挥霍万金所不能致者。

余四月在彼处共费百余金，得尝荔枝鲜果，亦生平快事。后鸨儿欲索五百金，强余纳喜。余患其扰，遂图归计。秀峰迷恋于此，因劝其购一妾，仍由原路返吴。明年，秀峰再往，吾父不准偕游，遂就青浦杨明府之聘。及秀峰归，述及喜儿因余不往，几寻短见。噫！“半年一觉扬帮梦，赢得花船薄幸名”矣！②

余自粤东归来，馆青浦两载，无快游可述。未几，芸、憨相遇，物议沸腾。芸以激愤致病。余与程墨安设一书画铺于家门之侧，聊佐汤药之需。

中秋后二日，有吴云客偕毛忆香、王星烂邀余游西山小静室。余适腕底无闲，嘱其先往。吴曰：“子能出城，明午当在山前水踏桥之来鹤庵相候。”余诺之。

越日，留程守铺。余独步出阊门，至山前，过水踏桥，循田塍而西。见一庵南向，门带清流，剥琢问之，应曰：“客何来？”余告之。笑曰：“此‘得云’也，客不见匾额乎？‘来鹤’已过矣！”余曰：“自桥至此，未见有庵。”其人回

① 醮：改嫁。

② 半年一觉扬帮梦，赢得花船薄幸名：套用晚唐诗人杜牧《遣怀》诗：“十年一觉扬州梦，赢得青楼薄幸名。”原诗是用来抒发娱妓遣兴之风流情怀。

指曰："客不见土墙中森森多竹者，即是也。"余乃返，至墙下。小门深闭，门隙窥之，短篱曲径，绿竹猗猗，寂不闻人语声，叩之，亦无应者。一人过，曰："墙穴有石，敲门具也。"余试连击，果有小沙弥出应。

余即循径入，过小石桥，向西一折，始见山门，悬黑漆额，粉书"来鹤"二字，后有长跋，不暇细观。入门经韦陀殿，上下光洁，纤尘不染，知为好静室。忽见左廊又一小沙弥奉壶出，余大声呼问，即闻室内星烂笑曰："何如？我谓三白决不失信也！"旋见云客出迎，曰："候君早膳，何来之迟？"一僧继其后，向余稽首，问知为竹逸和尚。

入其室，仅小屋三椽，额曰"桂轩"。庭中双桂盛开。星烂、忆香群起嚷曰："来迟罚三杯！"席上荤素精洁，酒则黄白俱备。余问曰："公等游几处矣？"云客曰："昨来已晚，今晨仅到得云、河亭耳。"欢饮良久。饭毕，仍自得云、河亭共游八九处，至华山而止。各有佳处，不能尽述。华山之顶有莲花峰，以时欲暮，期以后游。桂花之盛，至此为最。就花下饮清茗一瓯，即乘山舆，径回来鹤。

桂轩之东，另有临洁小阁，已杯盘罗列。竹逸寡言静坐，而好客善饮。始则折桂催花，继则每人一令，二鼓始罢。余曰："今夜月色甚佳，即此酣卧，未免有负清光。何处得高旷地，一玩月色，庶不虚此良夜也。"竹逸曰："放鹤亭可登也。"云客曰："星烂抱得琴来，未闻绝调，到彼一弹何如？"乃偕往。

但见木犀香里，一路霜林，月下长空，万籁俱寂。星烂弹《梅花三弄》，飘飘欲仙。忆香亦兴发，袖出铁笛，呜呜而吹之。云客曰："今夜石湖看月者，谁能如吾辈之乐哉！"盖吾苏八月十八日石湖行春桥下，有看串月胜会①，游船排挤，彻夜笙歌，名虽看月，实则挟妓哄饮而已。未几，月落霜寒，兴阑归卧。

明晨，云客谓众曰："此地有无隐庵，极幽僻，君等有到过者否？"咸对曰："无论未到，并未尝闻也。"竹逸曰："无隐四面皆山，其地甚僻，僧不能久居。向年曾一至，已坍废。自尺木彭居士重修后，未尝往焉，今犹依稀识之。如欲

---

① 串月胜会：苏州石湖中有行春桥，桥共有五十三个洞，水月环洞，一环一月，连在一起，称为"串月"。当地旧俗是每逢农历八月十八日登山观月，称为看串月。

往游，请为前导。”忆香曰：“枵腹去耶?”竹逸笑曰：“已备素面矣，再令道人携酒盒相从也。”

面毕，步行而往。过高义园，云客欲往白云精舍。入门就坐，一僧徐步出，向云客拱手曰：“违教两月，城中有何新闻？抚军在辕否?”忆香忽起，曰：“秃!”拂袖径出。余与星烂忍笑随之，云客、竹逸酬答数语，亦辞出。

高义园即范文正公墓，白云精舍在其旁。一轩面壁，上悬藤萝，下凿一潭，广丈许，一泓清碧，有金鳞游泳其中，名曰“钵盂泉”。竹炉茶灶，位置极幽。轩后于万绿丛中，可瞰范园之概。惜衲子俗，不堪久坐耳。

是时，由上沙村过鸡笼山，即余与鸿干登高处也。风物依然，鸿干已死，不胜今昔之感。正惆怅间，忽流泉阻路，不得进。有三五村童掘菌子于乱草中，探头而笑，似讶多人之至此者。询以无隐路，对曰：“前途水大不可行。请返数武，南有小径，度岭可达。”

从其言。度岭南行里许，渐觉竹树丛杂，四山环绕，径满绿茵，已无人迹。竹逸徘徊四顾，曰：“似在斯而径不可辨，奈何?”余乃蹲身细瞩，于千竿竹中隐隐见乱石墙舍，径拨丛竹间，横穿入觅之，始得一门，曰“无隐禅院，某年月日南园老人彭某重修”。众喜曰：“非君则武陵源矣!”① 山门紧闭，敲良久，无应者。忽旁开一门，呀然有声，一鹑衣少年出②，面有菜色，足无完履，问曰：“客何为者?”竹逸稽首曰：“慕此幽静，特来瞻仰。”少年曰：“如此穷山，僧散无人接待，请觅他游。”言已，闭门欲进。云客急止之，许以启门放游，必当酬谢。少年笑曰：“茶叶俱无，恐慢客耳，岂望酬耶?”

山门一启，即见佛面，金光与绿阴相映，庭阶石础，苔积如绣。殿后台级如墙，石栏绕之。循台而西，有石形如馒头，高二丈许，细竹环其趾。再西折北，由斜廊蹑级而登，客堂三卷楹紧对大石。石下凿一小月池，清泉一派，荇藻交横。堂东即正殿。殿左西向为僧房厨灶。殿后临峭壁，树杂阴浓，仰不见天。

星烂力疲，就池边小憩。余从之。将启盒小酌，忽闻忆香音在树杪，呼曰：

---

① 武陵源：指迷路。典出陶渊明的《桃花源记》。

② 鹑衣：指衣衫破烂。鹑鸟尾巴是秃的，后以此指衣衫褴褛。

“三白速来，此间有妙境！”仰而视之，不见其人，因与星烂循声觅之。由东厢出一小门，折北，有石蹬如梯，约数十级，于竹坞中瞥见一楼。又梯而上，八窗洞然，额曰“飞云阁”。四山抱列如城，缺西南一角，遥见一水浸天，风帆隐隐，即太湖也。倚窗俯视，风动竹梢，如翻麦浪。忆香曰：“何如?”余曰：“此妙境也。”忽又闻云客于楼西呼曰：“忆香速来，此地更有妙境！”因又下楼，折而西，十余级，忽豁然开朗，平坦如台。度其地，已在殿后峭壁之上，残砖缺础尚存，盖亦昔日之殿基也。周望环山，较阁更畅。忆香对太湖长啸一声，则群山齐应。乃席地开樽，忽愁枵腹。少年欲烹焦饭代茶，随令改茶为粥，邀与同啖。询其何以冷落至此，曰：“四无居邻，夜多暴客。积粮时来强窃，即植蔬果，亦半为樵子所有。此为崇宁寺下院，长厨中月送饭干一石、盐菜一坛而已。某为彭姓裔，暂居看守，行将归去，不久当无人迹矣。”云客谢以番银一圆。返至来鹤，买舟而归。余绘《无隐图》一幅，以赠竹逸，志快游也。

是年冬，余为友人作中保所累，家庭失欢，寄居锡山华氏。明年春，将之维扬，而短于资，有故人韩春泉在上洋幕府，因往访焉。衣敝履穿，不堪入署，投札约晤于郡庙园亭中。及出见，知余愁苦，慨助十金。园为洋商捐施而成，极为阔大，惜点缀各景，杂乱无章，后叠山石，亦无起伏照应。

归途忽思虞山之胜，适有便舟附之。时当春仲，桃李争妍，逆旅行踪，苦无伴侣。乃怀青铜三百，信步至虞山书院。墙外仰瞩，见丛树交花，娇红稚绿，傍水依山，极饶幽趣。惜不得其门而入，问途以往，遇设篷瀹茗者①，就之。烹碧罗春，饮之极佳。询虞山何处最胜，一游者曰：“从此出西关，近剑门，亦虞山最佳处也。君欲往，请为前导。”余欣然从之。

出西门，循山脚，高低约数里，渐见山峰屹立，石作横纹。至则一山中分，两壁凹凸，高数十仞，近而仰视，势将倾堕。其人曰：“相传上有洞府，多仙景，惜无径可登。”余兴发，挽袖卷衣，猿攀而上，直造其巅。所谓洞府者，深仅丈许，上有石罅，洞然见天。俯首下视，腿软欲堕。乃以腹面壁，依藤附蔓而下。其人叹曰：“壮哉！游兴之豪，未见有如君者。”余口渴思饮，邀其人就

---

① 瀹茗：煮茶。

野店沽饮三杯。阳乌将落，未得遍游，拾赭石十余块，怀之归寓，负笈搭夜航至苏①，仍返锡山。此余愁苦中之快游也。

嘉庆甲子春，痛遭先君之变，行将弃家远遁，友人夏揖山挽留其家。秋八月，邀余同往东海永泰沙勘收花息。沙隶崇明。出刘河口，航海百余里。新张初辟，尚无街市。茫茫芦荻，绝少人烟。仅有同业丁氏仓库数十椽，四面掘沟河，筑堤栽柳绕于外。

丁字实初，家于崇，为一沙之首户；司会计者姓王。俱豪爽好客，不拘礼节，与余乍见，即同故交。宰猪为饷，倾瓮为饮。令则拇战，不知诗文；歌则号呶②，不讲音律。酒酣，挥手舞拳相扑为戏。蓄牯牛百余头，皆露宿堤上。养鹅为号，以防海盗。日则驱鹰犬猎于芦丛沙渚间，所获多飞禽。余亦从之驰逐，倦则卧。

引至园田成熟处，每一字号圈筑高堤，以防潮汛。堤中通有水窦，用闸启闭。旱则长潮时启闸灌之，潦则落潮时开闸泄之。佃人皆散处如列星，一呼俱集，称业户曰“产主”，唯唯听命，朴诚可爱。而激之非义，则野横过于狼虎；幸一言公平，率然拜服。风雨晦明，恍同太古。

卧床外瞩，即睹洪涛，枕畔潮声，如鸣金鼓。一夜，忽见数十里外有红灯，大如栲栳③，浮于海中，又见红光烛天，势同失火。实初曰：“此处起现神灯神火，不久又将涨出沙田矣。”揖山兴致素豪，至此益放。余更肆无忌惮，牛背狂歌，沙头醉舞，随其兴之所至，真生平无拘之快游也。事竣，十月始归。

吾苏虎丘之胜，余取后山之千顷云一处，次则剑池而已，余皆半借人工，且为脂粉所污，已失山林本相。即新起之白公祠、塔影桥，不过留名雅耳。其“冶坊滨”，余戏改为“野芳滨”，更不过脂乡粉队，徒形其妖冶而已。其在城中最著名之狮子林，虽曰云林手笔，且石质玲珑，中多古木，然以大势观之，竟同乱堆煤渣，积以苔藓，穿以蚁穴，全无山林气势。以余管窥所及，不知其

---

① 负笈：背着书箱。

② 号呶：叫喊。

③ 栲栳：用竹子或柳条编的装物器具。

妙。灵岩山为吴王馆娃宫故址，上有西施洞、响屧廊①、采香径诸胜，而其势散漫，旷无收束，不及天平、支硎之别饶幽趣。

邓尉山一名元墓，西背太湖，东对锦峰，丹崖翠阁，望如图画。居人种梅为业，花开数十里，一望如积雪，故名“香雪海”。山之左有古柏四树，名之曰“清、奇、古、怪”：清者，一株挺直，茂如翠盖；奇者，卧地三曲，形同“之”字；古者，秃顶扁阔，半朽如掌；怪者，体似旋螺，枝干皆然。相传汉以前物也。

乙丑孟春，揖山尊人莼芗先生偕其弟介石，率子侄四人，往幞山家祠春祭，兼扫祖墓，招余同往。顺道先至灵岩山，出虎山桥，由费家河进香雪海观梅。幞山祠宇即藏于香雪海中。时花正盛，咳吐俱香。余曾为介石画《幞山风木图》十二册。

是年九月，余从石琢堂殿撰赴四川重庆府之任。溯长江而上，舟抵皖城。皖山之麓，有元季忠臣余公之墓。墓侧有堂三楹，名曰“大观亭”，面临南湖，背倚潜山。亭在山脊，眺远颇畅。旁有深廊，北窗洞开。时值霜时初红，烂如桃李。同游者为蒋寿朋、蔡子琴。

南城外又有王氏园，其地长于东西，短于南北，盖北紧背城，南则临湖故也。既限于地，颇难位置，而观其结构，作重台叠馆之法。重台者，屋上作月台为庭院，叠石栽花于上，使游人不知脚下有屋。盖上叠石者则下实，上庭院者则下虚，故花木仍得地气而生也。叠馆者，楼上作轩，轩上再作平台。上下盘折，重叠四层，且有小池，水不漏泄，竟莫测其何虚何实。其立脚全用砖石为之，承重处仿照西洋立柱法。幸面对南湖，目无所阻，骋怀游览，胜于平园，真人工之奇绝者也。

武昌黄鹤楼在黄鹄矶上，后拖黄鹄山，俗呼为蛇山。楼有三层，画栋飞檐，倚城屹峙，面临汉江，与汉阳晴川阁相对。余与琢堂冒雪登焉。仰视长空，琼花风舞，遥指银山玉树，恍如身在瑶台。江中往来小艇，纵横掀播，如浪卷残叶，名利之心，至此一冷。壁间题咏甚多，不能记忆，但记楹对有云：“何时黄

---

① 馆娃宫：相传是吴王夫差为宠妃西施所建。吴人称美女为娃，故称。响屧廊：相传是吴王让西施穿着木屐经过此廊，廊发出回响的声音，故名。

鹤重来，且共倒金樽，浇洲渚千年芳草；但见白云飞去，更谁吹玉笛，落江城五月梅花。”

黄州赤壁在府城汉川门外，屹立江滨，截然如壁。石皆绛色，故名焉。《水经》谓之赤鼻山，东坡游此作二赋，指为吴魏交兵处，则非也。壁下已成陆地，上有二赋亭。

是年仲冬抵荆州。琢堂得升潼关观察之信，留余住荆州，余以未得见蜀中山水为怅。时琢堂入川，而哲嗣敦夫①、眷属及蔡子琴、席芝堂俱留于荆州。居刘氏废园，余记其厅额曰“紫藤红树山房”。庭阶围以石栏，凿方池一亩；池中建一亭，有石桥通焉；亭后筑土垒石，杂树丛生；余多旷地，楼阁俱倾颓矣。客中无事，或吟或啸，或出游，或聚谈。岁暮虽资斧不继②，而上下雍雍，典衣沽酒，且置锣鼓敲之。每夜必酌，每酌必令。窘则四两烧刀，亦必大施觞政③。

遇同乡蔡姓者，蔡子琴与叙宗系，乃其族子也，倩其导游名胜。至府学前之曲江楼，昔张九龄为长史时，赋诗其上，朱子亦有诗曰：“相思欲回首，但上曲江楼。”城上又有雄楚楼，五代时高氏所建。规模雄峻，极目可数百里。绕城傍水，尽植垂杨，小舟荡桨往来，颇有画意。荆州府署即关壮缪帅府，仪门内有青石断马槽，相传即赤兔马食槽也。访罗含宅于城西小湖上，不遇。又访宋玉故宅于城北。昔庾信遇侯景之乱，遁归江陵，居宋玉故宅，继改为酒家，今则不可复识矣。

是年大除，雪后极寒。献岁发春，无贺年之扰。日惟燃纸炮、放纸鸢、扎纸灯以为乐。既而风传花信，雨濯春尘。琢堂诸姬携其少女幼子顺川流而下，敦夫乃重整行装，合帮而走。由樊城登陆，直赴潼关。

由山南阌乡县西出函谷关，有“紫气东来”四字，即老子乘青牛所过之地。两山夹道，仅容二马并行。约十里即潼关，左背峭壁，右临黄河。关在山河之间，扼喉而起，重楼垒垛，极其雄峻。而车马寂然，人烟亦稀。昌黎诗曰

---

① 哲嗣：尊称朋友的儿子。

② 资斧：资费用度。

③ 觞政：行酒令。

"日照潼关四扇开"，殆亦言其冷落耶？

城中观察之下，仅一别驾。道署紧靠北城，后有园圃，横长约三亩。东西凿两池，水从西南墙外而入，东流至两池间，支分三道：一向南至大厨房，以供日用；一向东入东池；一向北折西，由石螭口中喷入西池，绕至西北，设闸泄泻，由城脚转北，穿窦而出，直下黄河。日夜环流，殊清人耳。竹树阴浓，仰不见天。

西池中有亭，藕花绕左右。东有面南书室三间，庭有葡萄架，下设方石，可弈可饮，以外皆菊畦。西有面东轩屋三间，坐其中可听流水声。轩南有小门可通内室。轩北窗下另凿小池，池之北有小庙，祀花神。园正中筑三层楼一座，紧靠北城，高与城齐，俯视城外，即黄河也。河之北，山如屏列，已属山西界。真洋洋大观也！

余居园南，屋如舟式，庭有土山，上有小亭，登之可览园中之概，绿阴四合，夏无暑气。琢堂为余颜其斋曰"不系之舟"。此余幕游以来第一好居室也。土山之间，艺菊数十种，惜未及含葩，而琢堂调山左廉访矣。眷属移寓潼川书院，余亦随往院中居焉。

琢堂先赴任，余与子琴、芝堂等无事，辄出游。乘骑至华阴庙。过华封里，即尧时三祝处①。庙内多秦槐汉柏，大皆三四抱，有槐中抱柏而生者，柏中抱槐而生者。殿廷古碑甚多，内有陈希夷书"福"、"寿"字②。华山之脚有玉泉院，即希夷先生化形骨蜕处。有石洞如斗室，塑先生卧像于石床。其地水净沙明，草多绛色，泉流甚急，修竹绕之。洞外一方亭，额曰"无忧亭"。旁有古树三株，纹如裂炭，叶似槐而色深，不知其名，土人即呼曰"无忧树"。

太华之高不知几千仞，惜未能裹粮往登焉。归途见林柿正黄，就马上摘食之。土人呼止弗听，嚼之涩甚，急吐去。下骑觅泉漱口，始能言。土人大笑。盖柿须摘下煮一沸，始去其涩，余不知也。

十月初，琢堂自山东专人来接眷属，遂出潼关，由河南入鲁。山东济南府

---

① 尧时三祝：据《庄子》记载，尧曾巡游华封，华封人为之祈福，祝其多寿、多福、多男子。后人称为"尧时三祝"，亦称"华封三祝"。

② 陈希夷：陈抟，自号扶摇子。北宋时道家学派著名代表人，宋太宗赐封他为希夷先生，他曾经在华山、武当等地隐居。

城内，西有大明湖，其中有历下亭、水香亭诸胜。夏月柳阴浓处，菡萏香来，载酒泛舟，极有幽趣。余冬日往视，但见衰柳寒烟，一水茫茫而已。趵突泉为济南七十二泉之冠，泉分三眼，从地底怒涌突起，势如腾沸。凡泉皆从上而下，此独从下而上，亦一奇也。池上有楼，供吕祖像，游者多于此品茶焉。明年二月，余就馆莱阳。至丁卯秋，琢堂降官翰林，余亦入都。所谓登州海市，竟无从一见。

译文

我游幕三十年来，天下没有到过的地方，也只有四川中部、贵州中部和云南南部这几处。遗憾的是，所到之地虽广，却总是车轮滚滚、马蹄匆忙，身在奔波途中，处处跟随在他人身后。所谓的山水怡情、流连名胜，皆如云烟过眼即逝，不过是走马观花领略其大概而已，不能够由着自己的性情，去访幽探胜，一尽游兴。

我凡事总喜欢别出心裁，不屑于人云亦云，即便是论诗品画，也往往是别人视若珍宝的，我反不觉得珍贵；别人鄙弃不取的，我倒认为弥足珍贵。因此所谓的名胜标准，贵在自己的心得和感受。有些地方虽誉为名胜，我并不觉得有什么妙处可言，有些地方虽名不见经传，我却觉得妙不可言。我姑且将此生游历过、在我记忆中留下深刻印象的“名胜”，一一记录下来。

我十五岁那年，父亲稼夫公在绍兴赵知县的衙门里做幕僚。有一位赵省斋先生，名叫赵传，是杭州著名的大儒，赵知县请他专门教授自己的孩子，父亲便让我也在先生门下受教。

闲暇时候，我们便出外游玩，有一天到了一处名叫吼山的地方。出了县城大约十里之地，前方便陆路不通了。靠近山的不远处有一石洞，石洞里有片状石块，横绝凌空，好像摇摇欲坠的样子。我们从洞下方的水路荡扁舟而入。进入洞中，一下子便觉豁然开朗。洞显得宽敞而又空阔，四面都是峭壁，当地人称之为“水园”。临水流处，建有五间石阁。对面的石壁上刻有“观鱼跃”三字，池水深不可测。相传有大鱼潜伏其中。我试着向水中投了一些鱼饵，期待能见到传说中所谓的大鱼，却只看见很多不足尺长的小鱼儿，纷纷浮出水面争食。石阁后有一条小道通向旱园，园内乱石林立，有的横向摊开像手掌，有的柱顶削平了，再在上面垒起大石块，雕琢的痕迹清晰可辨，实在没有什么可取处。游览完毕，我们在水边的石阁宴饮，让随从燃放爆竹，轰然一响，千山万谷一齐回应，如闻霹雳。这是我小时候畅游的开始。只可惜兰亭和大禹陵一次

也没去过，至今仍深以为憾。

到山阴的第二年，赵省斋先生因家有双亲年迈，不宜远游，请求退馆还乡，在家中设馆教学，我便跟随他去了杭州，因此也有了畅游西湖名胜的机会。西湖园林的结构之妙，我以为以龙井为最，小有天园略逊一筹。石之美，首推天竺寺旁的飞来峰石窟，城隍山的瑞石古洞。水之清，首选玉泉，此处水清而鱼多，鱼戏水中，有活泼怡然之趣。大约最不堪目睹的，要数葛岭的玛瑙寺了。其余像湖心亭、六一泉等各有妙处，不能一一详述，在我看来，大抵都脱不了脂粉之气，反而不如小静室，幽僻雅静，有一种天然的雅韵。

苏小小的墓在西泠桥畔。当地人指着它告诉我们，当初苏小小墓只是半垅黄土而已。乾隆四十五年（公元 1780 年），乾隆皇帝御驾南巡，经过此地时曾问起苏小小墓。到了甲辰年（公元 1784 年）春天，乾隆再次举行南巡盛典，此时苏小小墓已经修葺一新了。墓全由石块垒砌，呈八角形，墓上立了一座碑，碑上刻有“钱塘苏小小之墓”几个大字。从此以后，凡追慕吊古的文人骚客们，再也不必四处寻访了！我却想，自古以来湮没在历史尘埃中的那些忠烈英魂，可谓数不胜数。即便是知道姓名，名传一时，很快又被人遗忘了。这样的人也不在少数。而苏小小，只不过是一个江南名妓而已，自南齐至今，尽人皆知。这难道是自然的钟灵毓秀，要以苏小小墓昭名于世，来为这片湖光山色作点缀吗？

西泠桥北面几步远的地方，有崇文书院，我曾与同学赵缉之在此投考。当时正值长夏，我们起得很早，出了钱塘门，过了昭庆寺，上了断桥，最后坐在桥边的石栏杆上。旭日即将升起，满天朝霞透过柳梢映照过来。树影摇曳，霞光辉映，极尽其妍。桥下，荷叶田田，朵朵白莲迎风盛开，清风徐来，吹送着荷香，令人心神都为之清爽。缓步走到书院时，考卷题目还没有拟出来。

午后考完交卷，我同缉之便到紫云洞纳凉。紫云洞很大，可同时容纳数十人。洞内有石孔，日光从石缝间透射进来，显得清幽而明亮。有人在此随意摆放了短几矮凳，卖点小酒。我便和缉之解开衣襟，举杯对酌，品尝了鹿肉干，觉得美味无比，佐以新鲜的菱角和雪白的嫩藕，边吃边饮，酒至微醺时方才恋恋不舍地出洞。

出洞后，缉之说：“上面还有朝阳台，很高旷，我们何不前去一游？”听他

一说，我游兴顿起，于是随缉之奋勇攀登，一直到朝阳台顶上，骋目四望，但觉西湖波平如镜，杭州城小如弹丸，钱塘江宛如一条缎带，方圆数百里尽收眼底。这是我平生第一次登高望远见到的壮丽风光。

在朝阳台顶坐了很久，直到夕阳西下，才意犹未尽地相扶着下山，此时，南屏山的晚钟已悠悠地敲响了。韬光寺和云栖寺因路太远，没有去过。其他如红门局的梅花、姑姑庙的铁树，也不过如此而已。我原以为紫阳洞肯定值得一看，好不容易寻访到那里，却见它洞口极其狭小，仅容得下一指。能够看到的，只是一条涓涓细流，自洞口涌出而已。之前听人说里面别有洞天，真恨不能凿开一道门，走进去一探究竟。

清明节，赵先生要进山祭扫坟墓，带着我同游。墓地在东岳，那个地方竹子非常多。守坟人挖了还未出土的嫩毛笋，形状如梨却略尖，做了笋汤来招待我们。我很爱竹笋的美味，一连喝了两碗。先生制止道："哎呀！竹笋虽然美味，吃多了伤心血。要多吃一点肉，来化解一下。"我平素最不喜欢吃肉，饭量又因贪吃竹笋汤而减少，归去途中，只觉得烦躁难安，唇干舌燥得像要裂开了一样。

经过石屋洞，那里没什么可看的。水乐洞则峭壁巉岩，挂着很多藤萝。入洞后，仿佛进了一间斗室。只听得有泉水急流，琅琅动听。循声望去，但见一小池，三尺见方，深五寸许，水流池内，刚好积满，既不满溢也不枯竭。我俯下身子便畅快牛饮起来，唇干舌燥的症状一下子消解了。

洞外有两座小亭，坐在亭中，泉声清晰可闻。此时，一位僧人走过来，请我们去看万年缸。缸在僧人的斋堂香积橱中，体积巨大。有中空的竹筒接引泉水流入其中，任水满溢，年深日久，缸壁长了一尺多厚的青苔，虽至隆冬，水不结冰，缸不碎裂，完好无损。

乾隆辛丑年（公元1781年）秋八月间，我父亲因疟疾返回家乡。患此病，会忽冷忽热。父亲冷的时候要火，热的时候又要冰，我劝阻他不听，最后便转成了伤寒，病情日益加重。我侍奉汤药，昼夜不息，几乎一个月没有合眼。我妻子芸娘此时也患病在床，镇日恹恹。我心境恶劣，无法形容。父亲将我唤至床前叮嘱说："我这一病恐怕是起不来了。你守着几本书，到底是糊不了口的。我已经将你托付给我的结拜兄弟蒋思斋，你将来继承我的幕府差事吧。"过了一

天，蒋思斋来了，父亲叫我到床榻前，拜蒋思斋为师。

不久，父亲得名医徐观莲先生诊治，病渐渐好转起来，芸也慢慢地可以起床了，而我，自此便开始了习幕生涯。这并不是人生快事，我为什么还要记下来呢？因为，这是我抛书浪游生活的开始，所以便记录于此。

思斋先生名襄。这年冬天，我随他到奉贤官舍，开始了习幕生涯。有一位同时在此习幕的人，姓顾，名金鉴，字鸿干，号紫霞，也是苏州人。此人慷慨刚毅，耿直不阿。他长我一岁，我便称他为兄，他也爽快地称我为弟，我们二人倾心相交。他是我人生的第一知己。只可惜他二十二岁便英年早逝了，失去这个知己，我又成了一个孤单寂寞的人。我今年四十六岁了，人世茫茫如沧海，不知此生能否再遇到如鸿干这样的知己？

回忆当年与他结交，二人胸襟皆高远旷达，时时兴起隐居深山的念头。重阳节，我与鸿干碰巧都在苏州。这天，王小侠前辈与我父亲请了女戏子前来演戏，在我家开席宴宾。我本不喜欢这种喧嚣的场面，便提早一天约了鸿干去寒山登高，顺便探寻一下日后可供结庐隐居的地方。芸知道后，为我们准备了随身携带的小酒盒，为我们助兴。

第二天凌晨天快亮时，鸿干来到我家相邀启程。我们带着酒盒，出了门，找到一家面馆，饱饱地吃了早餐。然后渡过胥江，又步行到横塘的枣市桥，雇了一只小船前往寒山。到寒山，还不到中午时分。看船夫是善良忠厚之人，我们便请他替我们买米煮饭。我和鸿干则上岸去了中峰寺。中峰寺在支硎古刹的南面，沿着小路而上，隐约可见寺庙藏在茂林深树丛中。近至寺前，只见山门寂静，阒然清冷。想是地处偏僻，人迹罕至，寺中的僧人也显得悠闲无事。当他见我和鸿干都是寻常布衣，并不是什么达官显贵，也不甚热情，懒得接待。幸好，我们二人的乐趣并不在此地，也只是浮光掠影，并未深入。

回到船上，饭菜已熟。吃过饭，船夫提着酒盒与我们同行，吩咐他的儿子守着船。我们便从寒山到了高义园的白云精舍。此舍轩廊临峭壁而建，峭壁之下深凿小池，小池边围上了石栏杆。时值秋日，只见一泓秋水盈盈，崖壁上藤萝悬垂、薜荔披拂，积满绿色苍苔。坐在轩廊下，只听得落叶萧萧，悄无人迹。

出了精舍门，见一小亭，我们嘱咐船夫在此等候，便与鸿干从旁边的石缝进去，此处被称为“一线天”。我们沿着石阶盘旋而上，一直上到山巅，名为

“上白云”。山巅有一座庵，已经坍塌，还一座危楼，只能在远处观望。休息片刻后，我们即相扶而下。

到小亭边，船夫说：“你们只顾登高，忘记带酒盒了。”鸿干回道：“我们此次游览的目的是想找一处僻静之地，以供日后隐居，并不只是为了登高啊。”船夫听后说道：“离此地向南走上二三里地，有一个上沙村，那里多有人居，也有空地，我有一个姓范的表亲，居在那里，你们若有兴趣，可否前去一游？”我听后，大喜过望说：“那不正是明末徐俟斋先生隐居过的地方吗？听说那里有园，也极其幽雅，可惜从没有去游过。”于是，我们二人由船夫带路，兴致勃勃地准备前往了。

上沙村就坐落在两山夹道中。徐俟斋生前隐居的庭园虽依山而建，园内却无山石；几株老树蓊郁苍茂，多盘曲迂回之势；亭台榭阁，轩窗栏杆，都很朴素；此外，尚有竹篱茅舍，一切都显得简洁古朴，不愧是隐者之所。庭园中还有皂荚亭，皂荚树高大壮硕，得两人合抱方可。我自认为所游历的园亭中，这里堪称第一。园子左边有山，俗称鸡笼山。山峰笔直挺拔，上面若加上大石块，就像杭州的瑞石古洞了，只是它比不上瑞石古洞的小巧玲珑。旁边有一块青石像床榻，鸿干便躺在上面说：“这里抬头可仰观峰岭，低头可俯视园亭，既旷远又幽静，可以开怀畅饮了。”于是拉船夫同饮，三人或歌或啸，醺然忘我，畅快尽兴。

当地人被我们的喧哗声惊动，便循声而来。得知我们是外地的，误以为我们是来探访风水的，便告诉我们什么地方是风水宝地。鸿干说：“但求合心意罢了，管什么风水不风水！”谁料想此话日后竟成了谶语！

酒瓶见底后，我们又各自采了许多野菊花，插满了头，兴尽而归。回到船上，太阳已快落山。到家时已是深夜一更左右，此时看戏的客人还没有散去。芸悄悄告诉我：“女伶中有一个叫兰官的，模样端庄可爱。”我便假传母亲的命令，把兰官叫到房中。我握着她的手仔细端详，果然是丰腴白皙。我对芸说：“美倒是挺美的，但总觉得名与人不大相符，少了些清韵。”芸却说：“胖的人有福相啊。”我说：“杨玉环倒是肥，却有马嵬坡自缢之祸，她的福气又在哪里？”芸找了个借口让兰官出去了，对我说：“今天你又喝醉了？”我便将今日的游历经过对芸一一说来，芸听着十分神往。

癸卯年（公元1783年）春，我跟随蒋思斋先生去扬州应聘习幕，才有机会见到了金山和焦山的真面目。金山适宜远观，焦山则适合近观，可惜我数次往返于其间，却无缘登山远眺。过长江向北，则是王士祯《浣溪沙》词中“绿杨城郭是扬州”所叙之景，已鲜活灵动地展现在眼前了！

平山堂离县城大约三四里路，但路途盘旋弯曲，实际估计有八九里之远。平山堂虽然是人工造景，但构思奇巧，小景点缀皆有天然意趣，即使是阆苑瑶池、琼楼玉宇，估计也不过如此罢了。平山堂的妙处就在于将十几家园林亭台合而为一，一直延伸至山中，气势连贯，蔚为大观。其中最难布置的地方，是出城之后怎么入景，因为有一里多路需紧邻城墙而建。一般而言，城市要点缀在旷远的重山幽壑间，方有画意，如果园林也是这样，点缀于城墙间，简直是蠢笨到极点了。但细看平山堂，或亭或台、或墙或石、或竹或树，都在半隐半露间，并不让游人觉得突兀直白，若不是胸中有丘壑之人，是没有如此不俗的手笔的。

在维扬城尽头，景致从虹园开始。折而向北，有一座石桥叫“虹桥”，也不知是园以桥得名，还是桥以园得名？荡舟穿过虹桥洞，便可见“长堤春柳”。此景不点缀在城墙脚下而点缀于此，更见设计布置之妙了。再转而向西，在垒起的土台上立了一座庙，称为“小金山”。此寺庙阻隔在这里，顿觉整个布局气势紧凑，收束有致，也可谓大手笔布局。听说此地本是沙土，几次修筑皆不成功，后来用木排层层架起，再叠加泥土，耗费了数万银两才修建成功。如果不是富商投资修建，怎会有如此气魄。

游览过小金山，再向前就是“胜概楼”，年年有游人聚在这里观看龙舟竞渡。此处河面较宽，南北横跨一座莲花桥，桥门八面洞开，上面还建有五座亭子，扬州人叫它“四盘一暖锅”。这是才思枯竭的表现，没有什么可取之处。桥南面有莲心寺，寺中有一座喇嘛白塔拔地突起，金色塔顶，缨络飘拂，高耸入云。大殿一角的红墙，掩映在松柏绿影之中，相映成趣。时有钟磬之声传入耳中，此处的古雅幽趣，大概是天下园亭所没有的。

过莲花桥，可见前方有三层高阁，画栋飞檐，五彩绚烂，上有太湖石叠垒而成各种形状的假山，围着白石栏杆，名为“五云多处”，就像文章布局中的大结构，多处点缀却又整体合一。过了此处，又有一个景点名为“蜀冈朝阳”，

平坦无奇，且有些牵强附会。快到山脚时，河道渐渐收紧，有堆土垒成的水边小渚，上面种上竹子，布置成四五处曲折之处。行到此处，似乎是山穷水尽，忽然又豁然开朗：平山堂的万松林已赫然出现在眼前了。

“平山堂”三字由北宋文学家欧阳修题写。所谓的“淮东第五泉”，真迹隐在假山石洞中，不过是一口井罢了，尝一口，味道与雨水并无二致；荷亭中，有六口围着铁栏杆的古井，只是摆设吧，井水是不能饮用的。九峰园在南门幽静的地方，别有一番意趣，我认为它是诸多园林中最妙的。康山没有去过，也不知到底如何。我这里笔墨所述的只是扬州园林的大致轮廓，其工巧处、精美处，不能一一详述。它的富丽精工，大概只能以浓妆艳抹的美人来看待，将它比作浣纱溪上的西施就不适宜了。当时，江南各地正在筹备乾隆皇帝南巡的庆典，我正巧赶上了。各项工程竣工后，演练各种接驾仪式，我大开眼界，饱览了各种庆典盛况，这也是人生中难得的机遇。

甲辰年（公元 1784 年）春天，我随父亲去吴江县令府入幕，与绍兴人章苹江、杭州人章映牧、苕溪人顾霭泉几位先生同事，共同承办皇帝南巡时要临时入住的南斗圩行宫，得以第二次瞻仰了皇帝的龙颜。一天，天快黑了，我忽然动了强烈的回家念头。于是坐上一只办差用的小快船往回赶。船是双橹双桨，能在湖上飞一般疾驰，吴地人俗称它为“出水辔头”。转瞬之间便到了吴门桥。即使是跨着仙鹤腾空飞翔，也没有如此爽快。回到家，家中晚餐还不曾做好。

我的家乡素来崇尚繁华，此时又正逢南巡庆典，处处争奇斗胜、琳琅耀眼，比往昔更显奢华。街上华灯彩绘交相辉映，让人目眩；笙箫歌舞聒人耳鼓，比之古人所谓的“画栋雕甍”“珠帘绣幕”“玉栏杆”“锦布障”，此时的繁华景象有过之而无不及。我被友人东拉西扯，一会帮他们插花，一会帮他们结彩，稍有闲暇，就呼朋唤友，豪饮狂歌，放开胸怀尽兴游览。青春年少，意兴豪放，使人全然不知疲倦。如果生于盛世却仍居穷乡僻壤，又怎能有如此快意的游兴？又怎能有如此繁华的盛典呢？

这一年，何县令因犯事被人弹劾，我父亲便应聘去了海宁王县令的幕府。嘉兴有个叫刘蕙阶的人，长年吃斋信佛，一天来拜访我父亲。他家在烟雨楼旁边，有一间小阁临水而建，名为“水月居”，那是他诵经的地方，清雅洁净如僧舍。烟雨楼坐落在镜湖之中，湖之四岸皆是婆娑垂杨，只可惜竹子不多。楼上

有平台，可以凭栏远眺。但见湖上渔舟星罗棋布，湖面波平如镜，烟波浩渺，似乎更适宜月夜观赏。还有值得一提的是，僧人为我们准备的素斋味道甚佳。

到了海宁后，我与金陵的史心月、山阴的俞午桥共事。史心月有个儿子名烛衡，是个澄净缄默、彬彬有礼、儒雅高迈之人，和我已成莫逆之交，这是我平生的第二位知己。只可惜我们是萍水相逢，聚首的日子并不多。在海宁，我游览了乾隆南巡的行馆之一——陈氏安澜园。安澜园占地百亩，重楼复阁，夹道回廊。园中有一个水池特别大，池上有六曲形桥。园石上皆爬满藤萝，将石上的雕凿痕迹掩映其中；古树甚高，有参天之势。在园中，听鸟啼，看花落，如入深山幽谷。像这样本是人工营造、却归于天然的，在我所游历过的平山上的假山怪石园亭中，此地实为第一。忽然想到我曾于桂花楼中设宴，菜肴本身的味道被桂花香气所夺，唯有酱姜之味不变。生姜和桂皮，皆是愈老而愈辣，用来比喻忠贞有节之臣，确实不虚。

出南门就是大海。海上一天有两次海潮，涨潮时如万丈银堤冲破海面滔滔而过。海上有迎着潮头行驶的船，潮来时，掉转船桨迎头而上，船头早已安设了一个状如长柄大刀的木招，将木招向下一按，潮水即刻从中劈开，船身趁此间隙潜入潮水，过一会儿才浮起来，此时再掉转船头顺潮而去。倚仗涨潮的力量，顷刻间可行驶百里。

塘堤上建有塔院，中秋夜我曾随父亲在此观潮。沿塘堤向东大约三十里，一座孤峰平地突起，名尖山。山势前倾，扑入海中。山顶上有阁楼，上悬“海阔天空”四字匾额。登阁远眺，一望无际，只见白浪滔滔，海天相连。

二十五岁那年，我接受徽州绩溪克县令的聘请，入幕去绩溪县府。从杭州乘坐当地人俗称的“江山船”，经富春山，登上了东汉人严子陵在此隐居的钓台。钓台建在半山腰，一峰突起，距离江水约十余丈。难道在汉代，江水竟与山峰是平齐的吗？月夜泊船于浙江与徽州的交界地带，界口设了负责巡逻检查的巡检署。东坡之“山高月小，水落石出”，仿佛吟咏的正是此时情境。因匆忙而过，徽州的黄山只约略看到了山脚，惜乎未曾一睹其真面目。

绩溪县城坐落在万山之中，弹丸小镇，民风淳朴。靠近县城处有一座石镜山，由一条曲折的山道向前走一里许就到了。此地悬崖峭壁，水流湍急，山中林木苍翠欲滴。再往上走直到山腰，可见一座方形石亭，石亭四面皆是陡岩峭

壁，左边的石壁平整光滑如一扇屏风，石为青色，光润细腻，可照见人影，据传人在石屏前，可照见前世的模样。当年黄巢路过此地，在石屏前一照，竟是一只猿猴模样。黄巢一气之下纵火焚烧，从此石屏再也无法照出前世形象了。

离城十里，有“火云洞天”，那里的石头，斑纹交错盘结，峭壁巉岩，凹凸起伏，颇似元代画家王蒙（号黄鹤山樵）山水画的意境，相较而言只是杂乱无章了一些。山洞和岩石皆呈深绛色。洞旁有一座庵堂甚是幽静，盐商程虚谷曾招我等友人在此同游，在这里设宴招待过我们。记得当时席上有肉馒头，有小沙弥在旁边虎视眈眈地盯着，我便拿了四个给他。临走时又给了僧人两圆番银作为酬谢，深山古寺的僧人不认识番银，推辞着不接受。我们告诉他，一枚番银可兑换七百余文铜钱，僧人说附近无处兑换，仍不肯接受。我们只好凑足了六百文钱给他，他这才欣然收下了。

过了些日子又邀同事提着酒盒前往，一位老僧告诉我：“上次我的小徒弟不知吃了什么，一直腹泻不止，今天别再给他吃了。”可知，吃惯了野菜的脾胃，是受不了偶然一次的荤腥刺激的，实在可叹啊。我便对同事说：“做和尚的人，一定要在这样偏僻的地方，一辈子不见繁华，不闻荤腥，或许可修得无欲真身，清静之心。像我家乡的虎丘山，成天看到的是涂脂抹粉妖艳的妓女，听到的是弦乐声声，笙歌阵阵，闻到的是佳肴美酒，又怎么能修得身如枯木、心如死灰的出离境地呢！”

离城三十里，有个地方叫仁里，每十二年举行一次花果盛会，每次举行各家都要拿出盆花来参赛。我在绩溪时，正赶上花果会，便欣然前往观赏，只苦于没有轿子可乘。有人教我：砍了根竹子，削作轿杠，杠上绑一把椅子，权当小“轿”。我坐在椅上，雇人抬着“轿子”前去，同游的只有同事许策廷。见我这样让人抬在椅上行走，一路上看见的人无不讶然失笑。

到达仁里后，先看到一座庙，不知供着什么神。庙前空旷的地方，高高地搭着戏台，戏台上雕梁画栋，焕彩巍然。待走近细看，不过是些纸扎彩画，再涂上了油漆而已。忽然锣声响起来，只见四个人抬着大如断柱的对烛；八个人抬着一头大如牯牛的猪，这头猪是养了十二年专门宰杀了来献给神灵的。许策廷笑着说：“这猪虽然长寿，也终归太老了，神仙要享用，还得有尖利的牙齿才行。我要成了神仙，怎么能享用得了呢。”我说：“由此可见，这些人的虔诚也

实在是愚昧。”

进入庙中，见大殿、廊庑、轩台、院落上到处摆设了花果盆景，并不剪枝裁节，都以苍老古怪为佳，大半都是黄山松。接着便要开场演戏了，庙内外的游人如潮水般涌入，我与许策廷见此情形就避开了。在绩溪不到两年，因与同事不合，我便离开绩溪，拂袖归故里了。

我在绩溪做幕僚时，见到了名利场中的种种卑鄙丑恶行径，简直是不堪入目，便决计弃儒从商，不再奔波于官场是非之地。我有一位姑父名叫袁万九，在盘溪的仙人塘做酿酒生意，我与施心耕便投资入伙，做起了酿酒贩卖的生意。袁姑父的酒本来走的是海运。入伙不到一年，正碰上台湾林爽文叛乱，海道阻滞，导致货物积压，所酿的酒卖不出去，本钱全部赔尽。不得已，我只好像春秋时原本喜欢猎虎、改换营生后又重操旧业的冯妇一样，继续行走官府，做了四年的幕僚。这四年里，没有一次快意之游值得记下来。

后来我借住在朋友的萧爽楼，过着世外神仙般的烟火日子。此时，我的表妹夫徐秀峰从广东回来，见我闲居无业，感慨万端地对我说：“像你这样每天清坐在家中，等着露水来煮饭，靠着笔墨来养家糊口，终究不是长久之计啊！何不随我一起去岭南做点小生意，应当不只是一点蝇头小利，好歹强过你这样整日闲坐吧。”芸也劝说我：“趁现在父母健在，孩子也渐渐长大，与其每天为柴米油盐精打细算，四处求人，不如出去挣点钱，以图一劳永逸。”

于是和平时的朋友商量，向他们借资作本钱。芸置办了一些自己手工制作的刺绣针线织物，加上岭南那边所没有的苏酒、醉蟹等物品，放在一起打理停当。禀明父母之后，于十月十日，我和秀峰从东坝乘船，出芜湖口向岭南而去。

初次游历长江，舟驶江中，江风吹过，真是大畅襟怀。每晚泊舟后，我们一定会在船头对饮小酌。见到捕鱼人用来捕鱼的鱼篓子十分奇怪，长不满三尺，网孔却有约四寸，四角用铁箍箍住，似乎是让它更易沉入水中。我忍不住笑着说：“圣人教诲我们‘罟不用数’，意思是捕鱼的网孔不要太密，但这么大的孔，这么小的网，又怎么捕得到鱼呢？”秀峰好像很内行地说：“这种网是专门用来捕鳊鱼的。”只见捕鱼人在网上系上长绳，将网子放在水中一会儿提起一会儿沉下，好像在试探网中有没有鱼。不一会儿，捕鱼人迅速将渔网拉出水面，果真见到几条鳊鱼夹在网孔中被捕了上来。我这才相信了秀峰的话，感慨地说：

“可知有时以自己的一孔之见，是无法猜测到事物之间的无穷奥妙的啊!”

一天，见江心有一峰突起，四面全无依傍。秀峰说：“这就是小孤山。”放眼望去，孤峰上层林尽染，殿宇楼阁参差错落。遗憾的是我们的船直接驶过，未能登上山一游。船到久负盛名的滕王阁，我感觉不过如此，就像把我们苏州官府学堂的尊经阁移到了胥门外的大马头一样。可见王勃《滕王阁序》中华美的描叙，是不足信的。接着我们在滕王阁下换乘了一艘船尾很高、船头扬起，名叫“三板子”的船，从江西赣关上船，一直到福建南安县登陆上岸。上岸这天正好是我三十岁生日，秀峰特意准备了寿面为我祝贺。

第二天过大庾岭，见山顶上一座亭子，匾额上写着“举头日近”四个字，大概是极言山之高。山头一分为二，两边是峭壁悬崖，中间留出一条如江南石巷般的小道。巷口立着两块石碑，一块碑上写着“急流勇退”，另一块上写着“得意不可再往”。有奉劝游人见好就收的意思。山顶有梅将军祠，未曾考证梅将军是哪朝哪代人。人们盛传“岭上梅花”，山顶却连一株梅树也没有看见，难道梅岭不是以梅花而是以梅将军得名的么？忽然想到我携带的礼品盆栽梅花，到此时已近寒冬腊月，自然是花落叶黄了。

过了梅岭，出了山口，顿觉山川风物明显不同。梅岭西边的一座山上，有小巧玲珑的石洞，已忘记洞名。轿夫说：“洞中有仙人床榻。”然而行色匆匆，无法入洞一游，徒留深深遗憾。到了南雄，我们雇了一条老龙船，再走水路。经过佛山镇时，看见家家户户的墙顶上大多摆列着盆花，花叶如冬青树，花形颇似牡丹，有大红、粉白、粉红三种不同的颜色，原来，这就是山茶花了。

腊月十五，我们才抵达广东省城。我们客居在靖海门内，租住了一位姓王人家临街的三间楼屋。秀峰的货物都卖给了当地的豪门权贵，我也随着秀峰一起开货单、会客商，随即就有许多要送礼的人，络绎不绝地上门提货，不到十天，我带来的货物就全部卖完了。当地的气候说来也怪，除夕这天，仍然有成群结队的蚊子，鸣声如雷。新年贺岁，有些人还穿着棉袍，外套一层薄纱罩。不仅气候不同，即便是当地人的面貌，与别处相比，也是同样的五官面目而神情迥异。

正月十六，在公署当差的三位同乡拉我去游河观妓，美其名曰“打水围”，妓女在当地叫“老举”。于是我们一行人出了靖海门，乘了一只小艇，小艇的

样子如剖开的半个鸡蛋，只是上面加了篷盖而已。我们先到了沙面，那里的妓女所乘的船叫“花艇”，都是头对头分开排列在两边，中间留出一条水道让过往的小艇通行。一二十只花艇为一帮，中间用横木固定相连，以防海风将它们吹散。两船之间钉上一根木桩，用藤圈固定在木桩上，以便让船随着潮水的涨落起伏而不松散。船上的老鸨又称“梳头婆”，头上戴着一个高约四寸多的银丝做成的架子，架子中间空，长发则盘在架外，再用一根柄似长耳挖的花簪斜插在鬓边；身披深黑色短袄，下穿深黑色长裤，裤管直拖到脚背；腰间束着汗巾，或红或绿的；赤着足，穿着拖鞋，看上去就像梨园中的花旦一样。

一登上花艇，“梳头婆”便向我们弯身打躬，笑脸相迎，又替我们掀起帷帐将我们让进船舱中。舱内两边摆放着椅凳，正中设一个大炕，另有一道门通向船后艄。“梳头婆”喊声“有客!”便有杂沓的脚步声从舱内传来，妓女们鱼贯而出，有挽着发髻的，有盘着发辫的，脸上脂粉擦得如粉白的墙壁，胭脂抹得像火红的石榴，身上或穿着红袄绿裤，或穿着绿袄红裤，脚上有的穿短袜加上绣花蝴蝶鞋，有的赤足套着银脚镯，有的蹲在炕上，有的倚在门边，看到人来，只抛媚眼，却不发一言。我问秀峰：“这是在做什么?”秀峰说：“如果目测到中意的人，你只要招招手，她就会过来跟着你了。”

我试着招了招手，一个妓女果然满脸堆笑地走到我面前，还从衣袖中取出一个槟榔给我。我将槟榔放入口中大嚼，涩得让人实在无法忍受。我急忙吐出来，抓起一张纸擦了擦嘴，只见吐出来的东西如血一样。见我如此窘态，艇上的人都大笑不止。

我与秀峰等人又来到军工厂附近河面。此处妓女的装束与沙面的大致相同，只是无论长幼都会弹琵琶。与她们说话，她们总是说“咪”，“咪”意思是“什么”，是当地的方言。我说：“人常言‘少不入广’，是因广东这一带的妓女让人销魂沉迷。如果都是这般庸俗装扮，说话粗野，又有谁会为她们动心呢?”一位友人说：“潮帮妓女的装束倒是如仙女般动人，我们可前去一看。”到了那里，排舟也像沙面那样排列着。有一个闻名的鸨儿，名叫素娘，其装束却像唱花鼓戏的妇人。妓女的上衣都是长立领，颈上皆套着项链，留着齐眉刘海，披散着头发至肩头，中间挽着似丫环一样的发鬏；缠过小脚的穿裙子，没有缠小脚的穿短袜，也穿蝴蝶鞋，长长的裤管直拖到脚背上。她们说话的口音腔调稍

加留心，倒是可以辨别的，我还是嫌她们的穿着打扮很庸俗，一点兴趣也没有。此时秀峰说："在靖海门对面的渡河上，有一个扬帮，那里的妓女着吴地装束，你若前去，一定有合你心意的。"一位友人接过秀峰的话说："所谓的扬帮，其实只有一个老鸨，人称邵寡妇，带着一个叫大姑的儿媳，只有她俩是真正来自扬州，其余的妓女都是来自湖北、湖南和江西一带。"

于是我们便去了扬帮。只见河面两排有十多只小艇，船上的妓女们都是云鬟雾鬓，薄施脂粉，宽袖长裙，话音清晰，却与先前所见有异。那位叫邵寡妇的老鸨，殷勤地接待了我们。随行的一位友人又叫来了两只酒船，其中的大船名为"恒舻"，小船名唤"沙姑艇"，一并做东招待我们，让我挑选中意的妓女。我挑选了一个没有成年的雏妓，她的身材和相貌都和芸娘有几分神似，尤其是一双脚，小巧尖细，名叫喜儿。秀峰则挑了一个名叫翠姑的。其余的几人，都有旧相好。我们放艇中流，红袖添香，开怀畅饮，不亦乐乎。一直到打更时分，我怕自己沉醉其中，无法把持自己，便坚持要回到寓所，而此时城门早已关闭了。原来，在这样的海边城市，太阳一落就关上城门，只是我不知道当中的规矩而已。

直到宴席散了，有的卧着吸鸦片，有的搂着妓女恣意调笑。侍者给每个人都送来了被子和枕头，准备连床开铺了。我悄悄问喜儿："你们的小艇有地方睡觉吗？"喜儿回答："船楼上有一间小寮房可以居住，不知道此时有没有客人。"我说："那咱们去看一下。"于是我招了只小艇，和喜儿到了邵寡妇的船上，放眼看去，只见帮中灯火相对、水光相映如长廊。再看船楼上的寮房，此时恰好无客。鸨儿邵寡妇满脸笑容地迎上来说："我知道今天有贵客来，特意留着房间等贵客光临啊！"我笑着说："姥姥可真是荷叶之下的仙人啊！"一会就有仆人手执蜡烛在前面引路，从舱后的梯子登上船楼。寮房如一间小室，旁边摆放着一张长榻，室内椅凳几案都很齐备。掀开帘子再往里走，就到了头舱的顶上，床也摆在旁边，中间的方窗镶嵌着玻璃，不点烛火却满室光亮，原来是对面船上的灯光映射了过来。再看被褥、帷帐、妆台、镜奁，都极其精巧华美。

这时喜儿说："从台上可以望月呢。"我们随即在梯门上推开一扇窗，从窗口爬行出去，到了后船艄的顶上。顶上三面都有短栏杆，圈成了一小片独立的天地。一轮明月，倒映水中，水面宽广，天空明澈，水与月相映，怡人心神。

俯视河面，但见远处酒船像乱叶般纵横交错浮在水上，船上灯火，如繁星般闪烁；还有小艇穿梭往来，笙歌弦索之声夹杂着潮水的起伏沸腾，让人心动情牵。我不仅感慨：“‘少不入广’，当是指此时此地的情境啊！”遗憾的是，我不能同芸娘一同来此游历，想到这里，回头看看喜儿，月光下的她竟依稀与芸娘有几分相似，于是我情不自禁地挽着她走下船台，熄灭蜡烛，相拥着睡下了。

天快亮时，秀峰等人嘻嘻哈哈地前来凑趣。我赶忙披衣下床，起身相迎，他们责怪我为何昨夜要单溜离开。我也打趣着回答：“没有别的，怕你们这帮人掀我的被子揭我的床帐呀！”随后，我们一同回到了寓所。

过了几天，我又与秀峰游海珠寺。寺庙建在水中，围墙修得像城墙一样，离水面五尺多的地方，开有洞口，洞口上架设大炮以防御海寇入侵。潮涨潮落，洞口便随着水位的起起落落沉浮，竟看不出炮门有忽高忽下的变化，这种现象按照事物的常理规律来推测，是不可思议的。十三洋行在幽兰门的西边，建筑结构与西洋画中所见相似。对面的渡口名叫花地，果然是花木繁盛，这是广州一处非常有名的花木集市。我自以为无花不识，到了此处，却只认得十分之六七。问那些花木的名称，有很多是《群芳谱》中没有记载的，难道是方言导致名称相异的原因？

海珠寺规模极为宏大。进入寺内，山门前有一株高大的榕树，主干有十余抱粗壮，浓荫如盖，秋冬不凋。寺内的柱子、门槛、窗户和栏杆都是铁梨木做的。还有一株菩提树，叶形似柿叶，将此叶放在水中浸泡去皮，剩下的叶肉筋络如蝉纱羽翼般薄透，可用来裱成小册子抄写经文。

回去的途中，顺路去花艇探访喜儿，恰巧翠姑和喜儿都没有客人，于是我们便上船小坐。喝完茶我和秀峰准备离开，她们再三挽留。我心里还是想去寮房，但邵寡妇的媳妇大姑已有酒客在上面了，于是我对邵鸨儿说：“如果她俩能随我们同去寓所，倒不妨一叙。”邵鸨儿爽快地回答：“当然可以。”于是秀峰先一步回去，嘱咐仆人准备酒菜。我则带着翠姑和喜儿随后回到寓所。

到寓所后，正谈笑间，郡署的王懋老忽然不期而至，我们便拉他共饮。酒还没有送入口中，忽然听到楼下人声嘈杂，好像要上楼搜查的样子。后来才得知事情的原委，原来是房东有一个侄儿，平素极其无赖，得知我们招妓上门，故意带了人来，想图谋敲诈。秀峰抱怨说：“这都是三白一时高兴，非要她们来

寓所。我不该顺从了他的意思胡来。”我说：“事已至此，当务之急是想想怎么退兵，而不是内斗。”王懋老在一旁说：“我先下去看看能否说服他们。”我立刻叫仆人雇了两乘小轿，意欲让两个妓女先行离去，再考虑我们自己怎么出城。听楼下的动静，知道王懋老说服不了他们，也不见他上楼。此时两乘小轿已准备停当，仆人手脚麻利敏捷，我让他在前面引路，秀峰扶着翠姑紧跟其后，我则挽着喜儿跟上前去，几个人一哄而下。最后，秀峰和翠姑因仆人帮忙成功出门，喜儿却被人强行拦住，我急忙飞起一脚踢中那人的手臂，那人手一松，喜儿得以逃开，我也趁机脱身出了寓所。我的仆人仍守在门边，防止那些人追过来抢人。我焦急地问他：“看见喜儿了吗？”仆人说：“翠姑已经乘轿子离开了，喜娘我只看见她出来，却没见她上轿。”我急忙点燃火炬，看见一顶空轿还停在路边，便急忙追到靖海门，见秀峰扶着翠姑乘坐的轿子站在那里，于是我又问秀峰喜儿在哪里，秀峰说：“应该往东走，我见她慌慌张张的，却朝西边跑去了。”听他这样说，倒是提醒了我，我急忙回头去找。一路上过了十几家客店，忽然听到暗处有人在叫我，举起烛火仔细一瞧，果然是喜儿！我将她拉进轿中，和她一同往前走。此时秀峰也气喘吁吁地跑来了，他说：“幽兰门有一个水洞可以出城，我已经打点好了，让守门人开锁。翠姑已经前去，喜儿也赶快去吧！”我说：“你赶快回寓所把那些人打发走，翠姑和喜儿就交给我了！”

赶到水洞边，门锁果然已经开了，只见翠姑等在那里。我左臂拥着喜儿，右手挽着翠姑，弓腰踮脚，踉踉跄跄地出了水洞。那时天正下着微雨，路滑得像泼了油。赶到沙面河岸，花艇上正笙歌燕舞，一派热闹。小艇上有认识翠姑的，招呼我们上了船。此时才发现喜儿满头秀发乱如飞蓬，先前佩戴的发钗耳环等都不见了。我问：“是被抢去了吗？”喜儿笑着说：“听说这些都是纯金的，是妈妈的东西。我下楼时已经取下来放进衣袋了，如果被抢，会连累你赔偿的。”闻听此言，我甚是感动。让她整理好头发，重新戴上钗环，并嘱咐她不要告诉鸨母实情，若鸨母问我们为什么又折回来，就托说寓所人杂，还是回艇上方便。翠姑按照我说的回了鸨母，并告诉她：“酒菜已经饱了，准备些粥就可以了。”

此时寮房上的酒客已经散去，邵鸨儿让翠姑也陪我们一起上寮房。在寮房坐定后，只见喜儿和翠姑的两对绣鞋已被污泥浸透。仆人送上粥来，三人腹中

正饿，便一起吃起粥来。用过粥饭，三人剪烛细谈。从谈话中我才得知，翠姑祖籍湖南，喜儿是河南人氏，本姓欧阳，父亲去世后母亲改了嫁，被她的恶棍叔叔卖到了妓院。翠姑对我诉说妓女行当迎新送旧的苦楚：心中不喜欢还要强作笑颜，酒力不胜还要强行喝下去，身体不舒服还要强撑着陪客，喉咙不清爽还要勉强唱歌。更有性情乖张的客人，稍稍不合心意，就摔酒杯打翻桌子，大声辱骂她们，假使鸨母不知实情，反而会责怪她们接待不周。最可恨的是，有些品行恶劣的客人，对她们彻夜蹂躏，让人到了不堪忍受的地步。喜儿入行不久，年纪尚小，鸨母还算怜惜她。而她，早已经备受折磨了。翠姑一边说，一边掉下了眼泪，喜儿也在一旁轻轻哭泣。我将喜儿揽入怀中，柔声宽慰着。因翠姑是秀峰的相好，我便嘱咐她睡在外面的床榻上。

从此以后，多则十天，少则五日，喜儿必定会派人来叫我，有时她自己坐上小艇，亲自到河边来接我。我每次都会邀上秀峰一起，不叫别的客人，也不去另外的花艇。一夕尽欢，只需番银四圆而已。秀峰是今天招翠姑，明日叫小红，行话叫作“跳槽”，有时甚至一次招两个妓女。而我，始终只有喜儿一人。偶尔我也一人独自前去，与她或在平台上小酌，或在寮房内清谈，不让她唱歌，不强迫她喝酒，温存体贴，整个花艇轻松愉悦，邻船的妓女都羡慕不已。逢到她们没有客人时，只要知道我在寮房，一定会来拜访。后来，整个扬州帮的妓女，竟没有一个不认识我的。每当我登上花艇，叫我的声音不绝于耳，我左顾右盼，应接不暇，这种融洽的情分，就算是挥霍万两黄金，也是无法换来的。

我在扬州帮前后待了四个月，花费了大约一百多两银元，得以与喜儿共度良宵，算是品尝了荔枝鲜果，也算是平生一桩快事了。后来，邵鸨儿向我索五百两银子要我纳喜儿为妾，我怕她一再骚扰，于是计划回家。秀峰很是迷恋此处之乐，我便劝他买了一个小妾。随后，我们仍由原路返乡。

第二年，秀峰又去广州，这次父亲没有允许我一同前去，我便到了青浦县杨县令的府上继续幕府生涯。等到秀峰回来，告诉我说喜儿因我这次未曾前去，差一点寻了短见。唉！风流才子杜牧有“十年一觉扬州梦，赢得青楼薄幸名”之叹，于我，则是“半年一觉扬帮梦，赢得花船薄幸名”啊！

我从广东归来以后，在青浦入幕两年，这两年没什么快意之游可以记叙。没过多久，芸和憨园相交，一时间议论纷纷，母怨父责，芸因为激愤郁积，旧

病发作。我与程墨安在家门一边摆了一个书画铺，以卖字售画所得，勉强撑着支付芸的汤药费用。

中秋节后两天，吴云客、毛忆香和王星灿来邀我同去西山小静室一游。恰逢我手头正有字画活计不得空闲，便嘱咐他们先行一步。吴云客说："你要是能来，明日午时我们在山前水踏桥边的来鹤庵等你。"我爽快地答应了。

第二天，我留下程墨安看守书画铺，独自走出阊门前去赴约。到了山前，过水踏桥，沿田埂小路向西不远处，有一座门朝南开的庵堂，门前一条清澈的小溪流。我走上前去敲门，庵中人问："客官有事吗？"我便告诉他我与友人约定在来鹤庵相聚一事。那人笑道："你去来鹤，可这里是'得云'啊，客官难道没看见门上的匾吗？'来鹤'已经走过啦！"我不解地问："我从水踏桥一直走到这里，并没有见到什么别的庵啊！"那人指着我来的方向说："你没看见到那边土墙内有很多青翠的竹子吗？来鹤庵就在那里。"

于是我又返回到土墙边，看到一扇紧关的门。我从门缝往里看，只见院内篱墙低矮，小径弯弯，绿竹猗猗，草木繁盛，静寂无声。我轻叩庵门，半晌也没有人出来回应。这时一位从墙外经过的路人说："墙洞里有一块石头，要用那个敲门才行。"我依言果然从旁边的墙洞里找到了一块石头，试着敲了敲，果然看见一位小沙弥应声走过来。

进门，经过一座小石桥再向西一转，才看见悬挂着黑漆匾额的山门，匾额上用粉漆书写着"来鹤"二字，后面还附有很长的一段跋文，当时我没有停下来细看。进入山门，经过韦陀菩萨殿，但见四壁纤尘不染，光亮整洁，心想这就是小静室了。这时，忽然从左边走廊走出来一位捧着水壶的小沙弥，我便大声喊他。不等他回答，室内便传出了王星灿的说笑声："怎么样？我就是说嘛，三白绝不会失信！"随后便看见了吴云客前来迎接我，他说："一直在等你来吃早饭，怎么到这时才来？"一位僧人跟在云客身后，向我行了出家人的稽首礼，问过方知，这人便是竹逸和尚。

进入室内，只有小屋三间，匾上题着"桂轩"二字，院中有两株桂树，开得正盛。见到我，星灿和忆香齐声嚷道："你来迟了，罚酒三杯！"桌上菜肴精致洁净，有荤有素，酒则是黄白一应俱全。我问："诸位已经游了几处了？"吴云客说："我们昨天到时天色已晚，今天早晨只去了得云、河亭。"之后，大家

开怀畅饮了许多。饭后，仍从得云、河亭两处出发，一直到华山，共游了八九处景点，景色各有妙处，不能一一尽述。华山顶有一座莲花峰，因当时天色已晚，暮色四合，便约定以后再来游。一路所见桂花，以此处开得最为繁盛馥郁。我们在桂花树下饮了一壶清茶，便乘着山民的轿子，径直回到了来鹤庵。

桂轩的东面，有一间“临洁”小阁，我们回到来鹤庵时，小阁中早已摆好了杯盘。竹逸和尚静坐，话并不多，却好客善饮。酒席开始，我们先折了枝桂花，玩起了击鼓传花的行酒令，后来每人又出了一个酒令，直到二更时分，酒宴才结束。此时，月色如水，我便对他们说：“今夜月色如此美好，若就这样酣然睡去，未免太辜负这清辉了。到哪里找一处高而空旷之地，登高赏月，如此才不虚度这良夜时分呢？”竹逸接过话说：“放鹤亭倒是登高的好去处。”吴云客说：“星灿带着琴来的，到现在还没有听过他的妙音，带上琴到那里弹上一曲如何？”于是一行人去往放鹤亭。

桂花香气浮在夜里，沁人心脾，沿途林木，浸在月光下，如镀上银霜。长空万里，万籁俱寂。身处这笼天匝地的月夜下，真让人心醉。登上放鹤亭，星灿弹奏了一曲《梅花三弄》，琴音缭绕，月色如水，让人顿生飘飘欲仙之感。毛忆香逸兴大发，从衣袖中取出一管铁笛，呜呜咽咽地吹了起来。吴云客说：“今夜在石湖赏月的人，还有谁能像我们这样快乐呢？”云客是有感而发。因我们苏州每逢农历八月十八日，有在石湖的行春桥下“看串月”的习俗。只是那天，湖上挤挤挨挨到处都是游人，彻夜笙歌，灯火不灭。名为赏月，实为狎妓欢饮、声色娱乐而已。没过多久，月落霜寒，我们才意兴阑珊地返回。

第二天早晨，吴云客对众人说：“这里有一座无隐庵，极为幽静偏僻，你们有谁人去过？”大家都说：“别说去过了，连听都没听说过呢。”竹逸和尚说：“无隐庵四面都是山，地方太偏僻了，连僧人都无法长住。前些年我曾去过一次，庵堂已经坍塌废弃了。自从尺木居士彭某重修之后，我也没再去过。现在依稀记得路，你们如果想去，我可自请为向导。”忆香说：“就这样空着肚子去？”竹逸笑着说：“已经让人备好了素面，再让道人带上酒盒跟我们一同前去。”

吃完面，一行人徒步前往。路过高义园时，云客想去观看白云精舍，一行人又折进了白云精舍。刚进门落座，一位僧人慢慢走出来，向云客拱手说：“两

个月不见，城中可有什么新闻？巡抚大人还在不在衙门？”忆香忽地起身骂道：“秃驴！”便拂袖径自出门而去。我和星灿忍住笑，起身紧随忆香出了门。云客和竹逸和尚与那僧人应酬了几句，也告辞出来了。

高义园是范仲淹的墓地，白云精舍在墓的旁边。有一间轩房正对一面峭壁，峭壁上悬挂着藤萝，下方凿出一丈多宽的水潭，一泓碧水，清澈见底，有金鱼在水中游来游去，潭名“钵盂泉”。旁边陈列着竹制茶具和简易炉灶。此地的位置极为幽僻。透过轩房，在万绿丛中，依稀可见范园的大致形貌。只可惜，这里的僧人庸俗不堪，让人实在难有久坐的雅兴。

我们离开此地，从上沙村经过鸡笼山，便到了昔年我与鸿干登高的地方了。只是风物依旧，鸿干已死，让人有不胜今昔、物是人非之慨。正在惆怅间，忽见一道湍急的流泉阻住了去路，无法进入。此时，有三五个村童，正在附近的乱草丛中挖山菌，他们抬起头来，好奇地对我们笑着，似乎诧异为什么有这么多人来到这种偏僻的地方。我们问他们无隐庵怎么走，村童说：“前面水更大，不能通行。你们往回走几步，翻过山岭，向南有一条小路，走小路可以到那里。”

我们按照村童的指点，翻过山岭向南走了一里多路，越往前走，越是竹树丛杂，群山环绕，山路上绿草如茵，不见半点人影。竹逸和尚走走停停，四顾辨认说：“好像是在这里呀，只是山路已经分不清了，怎么办呢？”我蹲下身子仔细观察，在千竿翠竹中，隐隐看见不远处有一些乱石墙舍，我径直拨开丛竹，横穿而入，四处寻找，终于找到一扇门，门上写着：“无隐禅院，某年月日南园老人彭某重修。”众人大喜过望地说：“如果不是你，这里可就成了被人遗忘的桃花源了！”

山门紧紧关闭着，我们敲了很久，也没有人应门。忽然，旁边有一扇门“吱呀”一声开了，一位衣衫褴褛的少年从门里走出来，少年脸色蜡黄，脚上趿着一双烂鞋，他问：“客官来这里有什么事吗？”竹逸和尚向少年行了个稽首礼说：“听说这里幽静，我们特地前来瞻仰游赏。”

少年说：“这么一个穷山恶水之地，僧人早都离开了，没有人接待，请你们到别处玩吧。”说完，便要关门进屋。云客急忙上前说，如果他开门让我们进去一游，必有酬谢。少年笑着说：“我这里连茶叶都没有，只怕怠慢了客官，哪里

还指望着酬谢啊!”最终同意让我们进去。

山门一开，便看见一尊佛像。佛像的金光与林中绿荫相映；庭院的台阶和基石上，积满了厚厚的绿色青苔；大殿后的台阶，看上去就更像一堵墙，旁有石栏杆环绕着。沿台阶向西，有一块形似馒头的大石，高约两丈，一些细竹环绕在大石底部。再由西向北行走，由一条斜斜的长廊拾级而上，便可看见会客厅的三根楹柱正对着大石的方向。石头下方开凿出一个小月池，池水清澈，荇菜水藻交错漂浮其上。客堂的东面是正殿。正殿左边朝西开着一间小室，那是僧人的卧房和厨灶。殿后紧邻一面峭壁，四面树木繁郁，浓荫蔽日，仰头不见天空。

星灿已经走得精疲力竭，正坐在小月池边休息，我也跟了过来。正准备打开酒盒饮酒小酌，忽听忆香的声音自头顶的树梢传来，他大声喊着：“三白快来，此处有绝妙佳境!”我抬头寻找，却怎么也看不到他的影子，我与星灿便循着他声音找过去。从东厢房出门，转身向北，有一个像梯子一样的大石阶，大约有几十级高，我和星灿沿着石阶而上，看见一幢小楼掩映在竹林深处。来到楼前，登梯而上，只见楼上的八扇窗户已全部打开，一块匾额上写着“飞云阁”几个字。

站在窗前向外看，四面群山环抱，如绿色的城墙，却在西南方缺了一角，从那缺角看去，遥见远处白水与蓝天相接，水上隐隐约约有风帆船影，那里，正是太湖。倚窗俯视，风拂竹梢，涌动起伏，如麦浪翻滚。忆香得意地问：“怎么样?”我感叹道：“果然是妙境啊!”正惬意间，忽然听到云客在小楼西面大喊：“忆香快来！此处更有妙境!”

于是我们匆匆下楼，向西登了十多级石阶，前方豁然开朗，地势平坦如台面。估计这里已是殿后的峭壁上了。地面仍有一些残砖和缺损的基石，想必这里曾是某座大殿的地基。站在此处环顾群山，竟比在飞云阁更加畅快。忆香对着太湖的方向一声长啸，但闻空谷回音，群山齐应。我们席地而坐，开樽饮酒，又为没有吃的而发愁。那个少年此时正要煮焦饭代茶招待我们，我们便让他改烹茶为煮粥，并邀他与我们一起享用。

我们问少年，无隐庵为何冷落到如此地步，少年说：“这里地方偏僻，四面无人，夜里常有强盗出没，庵里只要存了些粮食，强盗不是来抢，就是来偷，

就是种了些蔬菜瓜果，也多半被砍柴的摘走了。所幸这里是崇宁寺的附属寺院，崇宁寺每月会送些吃的来，每月中旬会送来一石米，一坛咸菜，聊以充饥而已。我是彭家的后代，便暂住在这里看守寺庙，我正准备离开此地回家乡去，我走后这里就真的再也不会有人来了。”离开时，云客给了少年一圆番银作为酬谢。

回到来鹤庵，我们雇了只船各自回家。我特意画了一幅《无隐图》赠给竹逸和尚，以纪念这次难忘的快意之游。

就这年冬天，我因替朋友借贷作担保而受到牵连，以致家人失和，失去了父母的欢心，我们被赶出家门，我和芸便暂时寄居在锡山华夫人家。第二年春天，我准备到扬州谋生又苦于资金短缺，想起我的老友韩春泉在上海做幕僚，便前去拜访，还想顺便借点盘缠。到上海后，我衣衫褴褛鞋底开裂，实在有失体面，无法进衙署拜访，就投了一封信，约他在城隍庙的园亭中相见。见面后，韩春泉得知我生活如此窘困，慷慨地资助了我十两银子。城隍庙园林是外国商人捐款修建而成的，极为阔大，只是杂乱无章地点缀了许多景致，园后堆叠的假山石，也没有考虑到与景点之间的起伏照应。

从上海返回的途中，忽然想到常熟虞山有很多名胜，恰好又有去虞山的顺路船，于是索性乘舟前去。时值仲春，沿途桃李争妍，春光无限，遗憾的是这一路逆旅行程，少了志趣相投的伴侣。下船后，我怀揣三百文铜钱，信步来到虞山书院。站在书院墙外抬头看，见书院内绿树红花交相辉映，娇红稚绿，依山傍水，极富幽情雅趣，可惜无法进门。我一边走一边向路人打听，遇到一个支起帐篷卖茶的摊点，便在茶摊前坐了下来，让卖茶人烹了一杯碧螺春，细细品啜，味道极佳。饮茶时，我问起虞山何处景色最妙？一位游客说：“从此处出西关，靠近剑门的地方，就是虞山景色最佳的地方了。您若想去，我可给您当向导。”我欣然同意了。

出了西门，沿着山脚向前走，高高低低地走了几里路，慢慢看见前面一座山峰巍然屹立，岩石上密布着横向石纹。到了山前，却见一山中分，两边的石壁凹凸不平，高约数十仞，若走近前仰头看，那大石似乎就要倾倒下来的样子。陪我同来的游客说：“听说上面还有洞府，里面有许多人间仙境般的景致，可惜没有路能攀上去。我听后游兴大发，挽起衣袖，卷起衣襟，像猿猴一样向上攀，很快就爬上了山顶。上去一看，所谓的洞府，深不过一丈左右，顶端有一条石

缝，抬头可见天空。站在山巅往下看，不禁两腿发软，感觉随时都会掉下去的样子。于是我将腹部紧贴着石壁，牵着藤蔓缓慢地下到了地面。那人见了惊叹道："真是壮观啊！我还从未见过像你这样游兴豪迈的人！"此时，我既累又渴，便请那人到山中小店买酒与之对饮了三杯。太阳快要下山了，眼看也不能游遍山中景致，就顺路捡了十多块石子，揣在怀中带回了寓所，又背上行囊乘坐夜航船到达苏州，再从苏州返回锡山。这是我苦中作乐、在生活穷困潦倒中聊作的快意之游。

嘉庆甲子年（公元1804年）春，家中惨遭变故，家父病逝，亲人失和，我一度准备离家出走，远遁深山终老一生。经友人夏揖山的苦劝挽留，我便暂居他家。至八月仲秋，夏揖山邀我同往东海永泰沙，收取花红利息。

永泰沙隶属于崇明县。出刘河口，约航行一百多里才能到达。永泰沙是新近开辟的沙洲地，还没有形成街道集市，遍地都是芦荻滩涂，人烟稀少，只有夏揖山认识的这位姓丁的生意伙伴，在这里有几十间仓库。仓库四周开挖了沟渠河道，沿堤植柳，环绕四周。

这位姓丁的生意人，字实初，家在崇明县，是整个永泰沙的首户；此外还有一位姓王的会计，他们都豪爽好客、不拘礼节，与我初见便如同相识已久的老友，彼此十分投缘。他们热情地款待我们，置办了丰盛的酒席，还特意杀了一头猪，倾尽了酒瓮中所有的美酒。行酒令时他们只会猜拳，不会吟诗作文；唱歌时也只会大声喊叫，不讲究音律。饮至酣醉，则站起身挥手舞拳，摔跤相扑，畅快游戏。丁实初养了一百多头公牛，散放露宿在河堤上。又养了些鹅，因为鹅发现异常情况会嘎嘎鸣叫报警，以此发现并防止海盗来袭。白天，他们则驱使鹰犬在芦苇丛中、沙渚滩涂间捕猎，所获多为飞禽鸟类。我也跟在他们身后一起逐猎，跑累了就在沙滩上躺下，虽然很累，却感觉很有野趣。

丁实初和王会计又带着我去参观他们筑堤围田的地方。只见每一处都筑起了高高的堤坝，以防涨潮时大水冲毁园田。堤上有水洞相通，有闸门控制开关，干旱时，就在涨潮时开启闸门灌溉；若连日雨水内涝了，就在落潮时开闸排涝。佃农散在田间忙活，随着一声呼喊，他们立即聚拢来，称丁实初为"产主"，对他的命令和指挥，唯唯诺诺，毕恭毕敬，朴实诚恳的样子十分可爱。佃农们也有刚正的一面，若有不义之举激怒了他们，他们便如虎狼般野蛮狂暴；如果他

们觉得哪句话合情合理公平公正，就从心底里敬服并听命于你。不管是刮风下雨，昼夜更替，此地的淳朴民风似乎不随时间的更迭而改变，恍如远古。

睡在床上向外看，能看见远处波涛滚滚。潮水涨落的声音，如金鼓齐鸣，在我的耳畔鸣响。一天夜里，忽然看见数十里外的海面上，浮现出一个像竹编篮筐般大小的红灯，周围红光漫天，像失火了一般。丁实初说：“那是神灯神火在显灵，不久这里肯定会有新的沙田地要出现了。”夏揖山向来兴致豪放，到这里更加放纵，我也跟着没有忌惮。我们骑在牛背上狂歌，站在沙头上醉舞，兴之所至，无所拘束，真是尽了平生的快意之游啊。处理完这里的事务，我们直到十月才返回家乡。

说起我们苏州虎丘的名胜，当首选后山的千顷云，其次就是剑池，剩下一半是借人工造景，且被脂粉气所污染，已失去了山林的自然面目。即便是新建的白公祠、塔影桥，不过是空有雅名而已。冶坊滨，我戏称为“野芳滨”，只不过是脂乡粉队，整个是掉进脂粉堆里去了，只有一些浅薄妖冶外形而已。城中最著名的狮子林，虽说有元代画家倪云林的画意，并且小石玲珑，古木参天，然而若从全局来考察，竟如同草木乱堆在煤渣之上，不过是积了些苔藓，凿了些蚁穴，全无半点山林的深密蓊郁之势。以我的一管之见，确实不知道它有什么妙处。灵岩山，是吴王夫差昔日所建的馆娃宫的故址所在地，山上尚存西施洞、响屧廊、采香径等几处古迹，可惜布局散漫，不成规模，地虽空旷却无收束，不如天平山和支硎山别有幽趣。

邓尉山又叫元墓，西面背靠太湖，东面正对锦峰，丹崖翠阁，远看如画图。当地居民以种梅为主业，梅花开时绵延数十里，一眼望去，如香海积雪，所以又称“香雪海”。邓尉山的左面有四株古柏，分别叫“清、奇、古、怪”。名为“清”者，枝干挺直，枝叶茂密如翠盖；名为“奇”的，树干伏地，作三次弯曲之状；名为“古”的，树顶光秃扁阔，半边树干枯朽如手掌；名为“怪”的，树型则呈螺旋状，树干也呈螺旋状生长。这四株古柏，相传是汉以前栽植的。

乙丑年（公元1805年）孟春，夏揖山的父亲莼芗先生和他的弟弟介石先生，率领子侄四人去往幞山的夏家祠堂春祭，同时给祖坟扫墓，便邀我同去。途中顺道去了灵岩山，然后出虎山桥，由费家河进香雪海赏梅。幞山祠堂隐藏

在这片香雪海中。那时梅花开得正旺，人在花下，吐纳的气息中都渗着梅香。后来，我曾据此为介石画了十二册页的《幞山风木图》。

这年九月，我随石琢堂赴四川重庆任职，一路乘船逆长江而上，抵达皖城。潜山山脚，有元末忠臣、豳国公余阙之墓，墓旁有三间楹堂，名为“大观亭”，面朝南湖，背倚潜山。亭在山脊上，站在亭中眺望远方，视野开阔，旁边有深深长廊，北窗大开。当时正值仲秋，满山霜叶初红，色彩绚丽，灿若桃李。当时同游之人有蒋寿朋和蔡子琴。

城南外还有王氏园林，看起来是东西长，南北短，实则因为北边紧靠城墙、而南边面临开阔湖面的缘故。受地理条件限制，很难布局，看那园林结构，是采用了重台叠馆之法。重台法，就是在屋顶上修砌月台作为庭院，然后在其中堆假山栽花木，让人身处庭院时，感觉不到脚下有屋舍。并且，堆假山石的地方，底下实，栽花木的地方，下面则是虚的，所以花木仍可得地气而生长。叠馆法，是在楼上另建了轩屋，轩屋上再筑平台。上下盘旋曲折，重重叠叠共有四层，并筑有小水池，池水也不泄漏，竟无法探测何处是虚，何处是实了。园林的底墙全用砖石砌成，承重的地方仿照西洋建筑法用立柱支撑。王氏园林巧妙处在于面对南湖，目力所及，极为开阔，可游目骋怀，重台叠馆法可让人登高远望，仅这一点便胜于平地园林，真是人工造景中的奇绝景观。

武昌的黄鹤楼位于黄鹄矶上，背后便是绵延不绝的黄鹄山，当地人俗称为“蛇山”。黄鹤楼共有三层，雕梁画栋，八角飞檐，倚武昌城耸峙，前临汉江，与汉阳晴川阁遥遥相望。我与石琢堂冒雪登上黄鹤楼，站在楼上，仰望苍茫长空，白雪飞舞，眼前一片银山玉树，恍如瑶台仙境。俯瞰江面，见往来小艇纵横穿梭，在漫天飞雪和浩荡江水中起伏，如浪卷残叶般。斯情斯景，让人的名利之心、逐名之念也为此一消而空。楼内墙壁上题写了很多诗词，不能一一记起，记得有这样一副对联：“何时黄鹤重来，且共倒金樽，浇洲渚千年芳草；但见白云飞去，更谁吹玉笛，落江城五月梅花。”

黄州赤壁在武汉的汉川门外，屹立在长江之滨，刀劈斧削般岿然壁立。因石壁呈绛红色，故名“赤壁”，《水经》中被称之为赤鼻山。苏东坡在此游览后，作了两篇《赤壁赋》，赋中说三国时吴、魏曾在此交兵，事实上并不是此地。石壁下方是陆地，建有一间二赋亭。

这一年仲冬我们抵达荆州，琢堂在中途收到官升潼关观察使的调令，便留我们在荆州，自己前往四川潼关。我因未能去四川游览蜀中山水而深感遗憾。当时琢堂入川时，琢堂之子敦夫、家眷及蔡子琴、席芝堂都留在荆州，暂时寓居在刘氏废弃的园林中。我记得废园厅堂的匾额为“紫藤红树山房”。庭院的台阶围着石栏杆，园中有一亩见方的水池，池上修建了一个小亭，有石桥与小亭相通。亭子后面堆土垒石，杂树丛生。其余大多是空旷之地，而楼阁都已经倒塌倾圮了。客居他乡，闲来无事，整天不是吟诗歌咏，就是外出游览，或者聚会清谈。到年终岁暮，虽然所带银两已经捉襟见肘，但所有人相处融洽，大家合计着典当衣物，买酒欢聚，还准备打锣敲鼓来贺岁。每夜欢饮，每饮必行酒令，尽兴之至。逢上银两不济特别窘困时，便只能喝四两烧刀子白酒，即便如此，也要讲究饮酒的规矩，自是苦中作乐。

一天，偶遇了一位姓蔡的同乡，因与蔡子琴同姓，蔡子琴便与他叙谈宗谱，发现他竟是子琴同族的子侄辈，于是请他做我们的向导，游览当地的名胜。蔡同乡就带我们去游玩位于府学前的曲江楼。唐朝诗人张九龄任荆州长史时，曾题诗曲江楼。宋代思想家朱熹也曾留下“相思欲回首，但上曲江楼”的诗句。荆州城还有一座雄楚楼，是五代时南平王高季兴所建。此楼规模宏大，雄峻巍峨，登楼远眺，可达数百里之广。城中布局精致，绕城傍水，遍植垂柳；湖面上，小舟荡桨往来，极有诗情画意。荆州府的衙署是当年关羽的帅府所在地，府衙正门内有一座青石雕刻、残缺不全的马槽，相传正是关羽坐骑赤兔马的食槽。

我们又去城西的湖畔慕名寻访东晋罗含的旧居。罗含极有才干，被桓温誉为“江左之秀”，致仕后隐居在荆州城西。遗憾的是此行并未找到。随后我们又去城北寻访战国时辞赋大家宋玉的故宅。昔日“侯景之乱”中，庾信奉命抵御，兵败后逃至江陵荆州，居住在宋玉的旧宅中。再后来旧宅改为酒家，现在已经难以辨认了。

这年除夕，正在一场大雪之后，天气极寒。客居异乡，献岁恭贺，上门发春帖之类的贺岁繁文缛节便免了，每天我们由着性子，燃纸炮、放纸鸢、扎纸灯，但求新年一乐。不久，春风骀荡，花蕊初绽，一场绵绵春雨洗去了春日旧尘。琢堂的妻妾要带着小儿女顺江而下去潼关团聚。石敦夫重整行装，带着一

行人离开荆州，由水路进发，最后在樊城登陆上岸，直奔四川潼关。

从河南灵宝县西出函谷关时，见关上刻有“紫气东来”四个字，传说老子曾经骑着青牛路过此地。出关后，两座大山夹峙，小道极其狭窄，只容得下两匹马并驾行走。如此继续往前约十里路便到了潼关境内。只见左面背靠峭壁，右边濒临黄河，函谷关在山与河之间，位置险要，扼咽喉而雄踞，重重关楼，垒垛叠嶂，气势雄伟。然而关中车马稀少，人烟寥寥，是个偏远寂静之地。韩愈曾有诗云“日照潼关四扇开”，大概说的就是潼关的冷落孤清吧？

潼关城中的官员，在观察使之下，只有一名别驾。道台的官署紧靠北城，官署后有一座三亩见方的花园。东西两侧开挖了两个水池，水从西南墙外引入，向东流入两个水池之间，中途又分为三道支流：一道向南流进大厨房，以供日常生活之用；一道向东流入东池；一道向北再折向西，从石螭的口中喷入西池，再绕流至西北方向，此处有一座水闸向外泄流，水又绕着城墙脚转向北方流去，最后穿洞而出，流入黄河。清清流水在这细密如网的水道中日夜奔流，见之耳清目爽。

院内栽植了许多树木，浓荫蔽日，仰头看不见天。西池上建有小亭，莲花环绕左右而盛开，亭亭可爱。东边有三间朝南的书室，庭院中有葡萄架，葡萄架下有方形石桌，可以对弈下棋，也可以供人对酌。其余都是遍植菊花的园圃。西边有三间朝东的轩屋，坐在其中可聆听水流之声。轩屋南边有一扇小门通向内室。轩屋北面的窗下另凿一个小水池，小池的北面有一座小庙宇，庙宇内供奉着花神。正中位置、紧靠北城墙建有一座三层楼，楼与城墙等高，可俯视城外的荡荡黄河。而黄河的北面，则山如屏障，连绵不绝，那里已属山西地界了。噫！这真是蔚为大观啊！

我的居所在园子南边，房屋形若一只小船。庭院中有一座小土山，山上有小亭，登上小亭可俯瞰园中全景。园内绿荫四合，清凉舒适，即使是炎炎夏日，也感觉不到暑气逼人。琢堂便为我的居所题名为“不系之舟”。这是我入幕以来最好的居室了。土山间种有数十种菊花，可惜还未等到它们含苞绽放，琢堂便又调离此地，迁任山东巡抚。他的家眷都移居到潼川书院暂住，我也离开这里，随他们一起搬到了书院。

琢堂赴任后，我与蔡子琴、席芝堂等人闲来无事时，就结伴出游。一天我

们骑马去华阴庙，路过华封里，这里便是《庄子·天地》中所载，唐尧巡视华封时，华封人拜见尧，祝他多福、多寿、多男子的“三祝”处。华阴庙内有许多秦汉时栽植的槐树和柏树，高大繁茂，粗壮的需三四人才能合抱，其中，有古槐团抱着柏树生长的，也有古柏团抱着槐树生长的，形态各异。

华阴庙的殿廊内庭中有很多古碑，其中有道教宗师陈抟书写的“福”“寿”二字。华山脚下有玉泉院，传说便是陈抟老祖得道成仙的地方。院中有斗室大小的一个石洞，洞内的石床上塑着陈抟的卧像。这里泉水清澈，沙石明净，水草多为绛红色，泉流湍急，四面翠竹环绕，环境幽雅宜人。洞外有一个小方亭，匾额上题写着“无忧亭”。旁边有三株古树，树皮的纹理像开裂的炭，树叶的形状似槐叶，颜色比槐叶略深一些，不知树为何名，当地人称之为“无忧树”。

放眼遥望，华山之高，不知有几千仞，可惜未能携带干粮前往一登。归途中，见林中柿子已经黄熟，我在马上顺手摘了一个来吃，当地人善意地大声阻止着说不能吃，我没有及时听从劝告，放入口中一嚼，感觉涩麻之至，实在让人无法忍受，便急忙吐出来，又下马来寻山泉漱口，半天方能开口说话，引得当地人大笑不止。原来，柿子摘下后要用沸水煮一遍，才能去除涩味的，我哪里知道呢。

十月初，琢堂从山东派专人来接家眷，我们才离开潼关，从河南进入山东。山东济南的府城中，西面有大明湖，湖边有历下亭、水香亭等诸多名胜。夏季，柳荫甚浓，莲花香馥，载酒泛舟于大明湖上，是极有幽雅意趣的。我曾在冬天去湖畔游览，但见几株残柳衰败地立在岸边，湖面上，烟笼轻寒，一水茫茫而已。

趵突泉是济南七十二泉之冠，泉水有三处泉眼，从地底喷涌而起，像烧滚的沸水一样。泉水一般都是从上方流向下方，唯独趵突泉是由下往上喷流，这就是泉中奇观了。泉池上有楼，楼上供奉了吕洞宾像，游客一般都在这里品茶小憩。

次年二月，我从济南去莱阳入幕。直到嘉庆十二年（公元 1807 年）秋天，琢堂降官为翰林，我也离开山东随他去了京城。当地颇负盛名的登州海市蜃楼之奇景，竟无缘得见了。

点评

在《闺房之乐》中，沈复简淡的心性，已初见端倪。在《闲情记趣》中，他追求闲逸的审美趣味有集中呈现。这卷《浪游记快》，更是他优游人生、甘为风月闲主人的快意写照。

他所向往的生活，或优游林泉，或品茗调香，或与良朋佳友聚饮，或与有情人做快乐事，总之无论如何也不能委屈了自己的心性，违心地活着。

所谓的浪游，就是旅行。浪游固然与他的游幕生涯息息相关，更是他骨子里亲近自然、拥抱自然的本能冲动。就像鸟儿离不开天空，鱼儿离不开水一样。

游幕三十年，除了蜀中、黔中、滇南等少数几个地方外，余者他都曾领略过。尽管如此，他还在感叹自己处处随人，以致云烟过眼，未能好好领略山水的幽僻独特之美。“余凡事喜独出己见，不屑随人是非，即论诗品画，莫不存人珍我弃、人弃我取之意，故名胜所在，贵乎心得，有名胜而不觉其佳者，有非名胜而自以为妙者。”沈复所珍爱于山水者，并不是人云亦云的美，而是真正走进他的心灵、契合他的审美趣味、能引起共感的美。有了这种不俗趣味，他笔下的名胜，自然也烙上他的个性与品位。

所以，沈复的游记，从整体上看似一幅淡笔勾勒的长卷，冲淡，隽永，却又眉目清晰，富有灵性。天下的山水园林，大抵相差无几。沈复总是在这些大抵相似当中，独出机杼地寻找着一份与众不同的美。大体上看，他喜欢古拙淳朴的山野幽趣，而不是人云亦云的风景名胜。他崇尚雅近天然、不事雕饰的自然清新之美，而不是鬼斧人工、难脱脂粉之气的野芳滨。古柏修竹，山寺废楼，乡野村夫，庵人僧侣，那些常人不大关注的地方倒是他心中最好的景。

浪游，就是独自一人，面对自然，敞开心怀，与自己对晤，聆听自己心灵深处的声音，领略浮生中难得的闲静与超脱。这种情形想必对沈复来说，一定不在少数。当然，也可以和二三知己，相携相邀，或歌或啸，或饮或酌，也不失为人生一大快意之事。因游幕随人，沈复大多数的浪游，身边总少不了几个

朋友。

世事茫茫，光阴有限，算来何必奔忙？人生碌碌，竞短论长，却不道荣枯有数，得失难量。看那秋风金谷，夜月乌江。阿房宫冷，铜雀台荒。荣华花上露，富贵草头霜。机关参透，万虑皆忘。夸什么龙楼凤阁，说什么利锁名缰。闲来静处，且将诗酒猖狂。唱一曲归来未晚，歌一调湖海茫茫。逢时遇景，拾翠寻芳。约几个知心密友，到野外溪旁。或琴棋适性，或曲水流觞。看花枝堆锦绣，听鸟语弄笙簧。一任他人情反复，世态炎凉。优游闲岁月，潇洒度时光。

在这个火热的世界里，我们都需要这样的一剂清凉散。

不得不提的是，沈复的浪游生涯中，关乎的不只是山水，还有风月。

整个《浪游记快》他用了近五分之一的篇幅，记叙了他在广州嫖妓的艳遇。那个时候，芸娘尚未离开人世。

嫖妓在那个时代，是司空见惯的事。对沈复这样一个颇有几分风流儒雅之气的人来说，有了这样的经历更是不足为怪。更何况他是在商人朋友徐秀峰的怂恿之下勉强去的。若把他与芸娘的伉俪情深当作一场对饮，这次意外的艳遇，顶多算得上是他瞬间的分心走神。无人怪罪，甚至包括芸娘在内。

可他让人无法容忍的地方是：嫖就嫖了，猎艳就是猎艳，他偏偏要将自己所找的那个雏妓喜儿和芸娘相比，一再强调正是因为喜儿和芸娘有几分神似，让他情难自禁，仿佛对喜儿温存就是对芸娘的痴情，那么矫情，那么虚伪，那么苍白无力。

这次猎艳寻欢，对他而言，只是他生命中的小小插曲，他可以轻轻地走，正如他轻轻地来，不带走一片云彩。对那个动了真情，不谙世事的雏妓喜儿来说，却拼尽了她的全力，甚至几乎要了她的性命。如果没有沈复所谓的温存体恤，所谓的同情怜惜，也不会燃起她心中的希望。燃起了她的希望之火，却拒绝了救她出青楼的请求，毅然决然地摆脱纠缠独自还乡。在这场露水情缘中，他始终遵守着游戏规则，徒留下那个动了真情又几近绝望的人，黯然神伤，甚至，以自杀相殉。更让人心寒冷的是，当他听朋友说起喜儿为他企图自杀未遂之后，居然只是轻描淡写地说了一句：甚感惊异。仿佛一个局外人一样冷漠疏离。

在总结这段经历时，沈复用几近玩世不恭的语气说：“余四月在彼处，共费

百余金独尝荔枝鲜果，亦生平快事。”他将喜儿比作荔枝鲜果，还引以为平生快事，全然不理会这颗鲜果是怎样在被他品尝之后失去生机，萎谢凋零。在别人绝望痛苦当中，还津津乐道的是自己“半年一觉扬帮梦，赢得花船薄幸名”！更可恼的是，沈复的后半生穷困潦倒，向亲朋故友东支西绌，为了二十两银子顶风冒雪前去，却在这次艳遇中，一掷百金，只图一快。

好好的锦缎上，晕上了一滴墨汁，怎样遮掩，也掩不去那种不和谐。

Chapter 05

卷五　中山记历

他所向往的生活，或优游林泉，或品茗调香，或与良朋佳友聚饮，或与有情人做快乐事，总之无论如何也不能委屈了自己的心性，违心地活着。

所谓的浪游，就是旅行。浪游固然与他的游幕生涯息息相关，更是他骨子里亲近自然、拥抱自然的本能冲动。就像鸟儿离不开天空，鱼儿离不开水一样。

Chapter 05

卷五　中山记历

卷五 中山记历

嘉庆四年，岁在己未，琉球国中山王尚穆薨。世子尚哲先七年卒；世孙尚温表请袭封。中朝怀柔远藩，锡以恩命，临轩召对，特简儒臣。于是，赵介山先生名文楷，太湖人，官翰林院修撰，充正使；李和叔先生名鼎元，绵州人，官内阁中书，副焉。介山驰书约余偕行，余以高堂垂老，惮于远游，继思游幕二十年，遍窥两戒，然而尚囿方隅之见，未观域外，更历瀴溟之胜，庶广异闻。禀商吾父，允以随往。从客凡五人：王君文诰，秦君元钧，缪君颂，杨君华才，其一即余也。

五年五月朔日，随荡节以行，祥飙送风，神鱼扶舳，计六昼夜，径达所届。凡所目击，咸登掌录。志山水之丽崎，记物产之瑰怪，载官司之典章，嘉士女之风节。文不矜奇，事皆证实。自惭谫陋，甘贻测海之嗤①，要堪传言，或胜凿空之说云尔。

五月朔日，恰逢夏至，袱被登舟。向来封中山王，去以夏至，乘西南风，归以冬至，乘东北风，风有信也。舟二，正使与副使共乘其一，舟身长七丈，首尾虚艄三丈，深一丈三尺，宽二丈二尺，较历来封舟几小一半，前后各一桅，长六丈有奇，围三尺。中舱前一桅，长十丈有奇，围六尺，以番木为之。通计

① 测海：即持蠡测海，用瓠瓢测量海水，后比喻浅薄无法理解高深。

二十四舱，舱底贮石，载货十一万斤有奇。龙口置大炮一，左右各置大炮二，兵器贮舱内。大桅下横大木为辘轳，移炮升篷皆仗之。辇以数十人，舱面为战台，尾楼为将台，立帜列藤牌，为使臣厅事。下即舵楼，舵前有小舱，实以沙布针盘。中舱梯而下，高可六尺，为使臣会食地。前舱贮火药贮米，后以居兵。稍后为水舱，凡四井。二号船称是。每船约二百六十余人，船小人多，无立锥处。风信已届，如欲易舟，恐延时日也。

初二日午刻，移泊鳌门，申刻，庆云见于西方，五色轮囷，适与楼船旗帜，上下辉映，观者莫不叹为奇瑞。或如玄圭，或如白珂，或如灵芝，或如玉禾，或如绛绡，或如紫绸，或如文杏之叶，或如含桃之颗，或如秋原之草，或如春湘之波，向读屠长卿赋，今始知其形容之妙也。

画士施生，为《航海行乐图》，甚工，余见兹图，遂乃搁笔，香崖虽善画，亦不能为此。

初四日亥刻起碇，乘潮至罗星塔。海阔天空，一望无际。余妇芸娘，昔游太湖，谓得天地之宽，不虚此生，使观于海，其愉快又当何如！

初九日卯刻，见彭家山，列三峰，东高而西下。申刻，见钓鱼台，三峰离立，如笔架，皆石骨。惟时水天一色，舟平而驶，有白鸟无数绕船而送，不知所自来。入夜，星影横斜，月光破碎，海面尽作火焰，浮沉出没，木华《海赋》所谓阴火潜然者也。

初十日辰正，见赤尾屿。屿方而赤，东西凸而中凹，凹中又有小峰二。船从山北过，有大鱼二，夹舟行，不见首尾，脊黑而微绿，如十围枯木，附于舟侧，舟人以为风暴将起，鱼先来护。午刻，大雷雨以震，风转东北，舵无主。舟转侧甚危，幸而大鱼附舟尚未去。忽闻霹雳一声，风雨顿止。申刻，风转西南且大，合舟之人举手加额，咸以为有神助。得二诗以志之，诗云："平生浪迹遍齐州，又附星槎作远游。鱼解扶危风转顺，海云红处是琉球。""白浪滔滔撼大荒，海天东望正茫茫。此行足壮书生胆，手挟风雷意激昂。"自谓颇能写出尔时光景。

十一日午刻，见姑米山。山共八岭，岭各一二峰，或断或续。未刻，大风暴雨如注，然雨虽暴而风顺。酉刻，舟已近山。琉球人以姑米多礁，黑夜不敢进，待明而行，亦不下碇，但将篷收回，顺风而立，则舟荡漾而不能退。戌刻，

舟中举号火，姑米山有火应之。询知为球人暗令，日则放炮，夜则举火，仪注所谓得信者，此也。

十二日辰刻，过马齿山，山如犬羊相错，四峰离立，若马行空。计又行七更，船再用甲寅针，取那霸港，回望见迎封船在后，共相庆幸。历来针路所见，尚有小琉球、鸡笼山、黄麻屿，此行俱未见，问知琉球伙长，年已六十，往来海面八次，每度细审，得其准的，以为不辰卯二位，而乙卯位单，乙针尤多，故此次最为简捷，而所见亦仅三山，即至姑米。

针则开洋用单辰，行七更后，用乙辰，自后尽用乙。过姑米，乃用乙卯，惟记更以香，殊难凭准，念五虎门至官塘，里有定数，因就时辰表按时计里，每时约行百有十里。自初八日未时开洋，讫十二日辰时，计共五十八时，初十日暴风停两时，十一日夜畏触礁停三时，实行五十三时，计程应得五千八百三十里。计到那霸港，实洋面六千里有奇。据琉球伙长云：海上行舟，风小固不能驶，风过大亦不能驶。风大则浪大，浪大力能壅船，进尺仍退二寸。惟风七分，浪五分，最宜驾驶，此次是也。从来渡海，未有平稳而驶如此者。

于时，球人驾独木船数十，以纤挽舟而行，迎封三接如仪。辰刻，进那霸港。先是，二号船于初十日望不见，至是乃先至，迎封船亦随后至，齐泊临海寺前。伙长云：从未有三舟齐到者。

午刻，登岸，倾国人士，聚观于路。世孙率百官迎诏如仪。世孙年十七，白皙而丰颐，仪度雍容，善书，颇得松雪笔意。按《中山世鉴》：隋使羽骑尉朱宽至国，于万涛间见地形如虬龙浮水，始曰“流虬”。而《隋书》又作“流求”，《新唐书》作“流鬼”，《元史》又作“璃求”，明复作“琉球”。《世鉴》又载：元延祐元年，国分为三大里，凡十八国，或称山南王，或称山北王。余于中山南山游历几遍，大村不及二里，而即谓之国，得勿夸大乎？琉人每言大风，必曰台飓，按韩昌黎诗“雷霆逼飓𩗗”，是与飓同称者为𩗗。《玉篇》：“𩗗，大风也，于笔切。”《唐书·百官志》：“有𩗗海道，或系球人误书。”《隋书》称琉球有虎、狼、熊、罴，今实无之。又云：无牛羊驴马，驴诚无，而六畜无不备，乃知书不可尽信也。

天使馆西向，仿中华廨署，有旗竿二，上悬册封黄旗。有照墙①，有东西辕门，左右有鼓亭，有班房。大门署曰“天使馆”，门内廊房各四楹。仪门署曰“天泽门”，万历中使臣夏子阳题，年久失去，前使徐葆光补出。门内左右各十一间，中有甬道。道西榕树一株，大可十围，徐公手植。最西者为厨房，大堂五楹，署曰“敷命堂”，前使汪楫题。稍北葆光额曰“皇纶三锡”。堂后有穿堂，直达二堂，堂五楹，中为正副使会食之地，前使周公署曰“声教东渐”。左右即寝室，堂后南北各一楼，南楼为正使所居，汪楫额曰“长风阁”，北楼为副使所居，前使林麟焻额曰“停云楼”，额北有诗碑，乃海山先生所题也。周砌礁石为垣，望同百雉②，垣上悉植火凤，干方，无花有刺，似霸王鞭，叶似慎火草，俗谓能避火，名吉姑罗。南院有水井。楼皆上覆瓦，下砌方砖，院中平似沙，桌椅床帐，悉仿中国式。寄尘得诗四首，有句云：“相看楼阁云中出，即是蓬莱岛上居。”又有句云：“一舟剪径凭风信，五日飞帆驻月楂。③”皆真情真境也。

孔子庙在久米村，堂三楹，中为神座，如王者垂旒搢圭，而署其主曰“至圣先师孔子神位”。左右两龛，龛二人立侍，各手一经，标曰“《易》、《书》、《诗》、《春秋》”，即所谓四配也。堂外为台，台东西，拾级以登，栅如櫺星门。中仿戟门，半树塞以止行者。其外临水为屏墙。堂之东为明伦堂，堂北祀启圣，久米士之秀者，皆肄业其中。择文理精通者为之师，岁有禀给④，丁祭一如中国仪⑤。敬题一诗云：“洋溢声名四海驰，岛邦也解拜先师。庙堂肃穆垂旒贵，圣教如今治九夷。”用伸仰止之忱。

国中诸寺，以圆觉为大。渡观莲塘桥，亭供辨才天女，云即斗姥⑥。将入

---

① 照墙：又称照壁。用砖石等承架房顶或隔开内外，是中国古代房屋的一种附属建筑。

② 雉：古时的一种计量单位。长三丈、高一丈为一雉。

③ 月楂：指往来于天河的小木筏子，意同“星槎”。

④ 禀给：官府供给粮食。

⑤ 丁祭：礼制名。又称“祭丁”。为祭孔之礼。顺治二年（公元1645年）定制，每年春、秋二祭，均在仲月上丁，故称丁祭。

⑥ 云即斗姥：是道教信奉的一大女神，三目、四首、八臂，掌管人间的生死祸福。

门，有池曰“圆鉴”，荇藻交横，芰荷半倒，门高敞，有楼翼然。左右金刚四，规格略仿中国，佛殿七楹，更进，大殿亦七楹，名龙渊殿，中为佛堂，左右奉木主，亦祀先王神位，兼祀祧主①。左序为方丈，右序为客座，皆设席。周缘以布，下衬极平而净，名曰“踏脚绵”。方丈前为“蓬莱庭”。左为香积厨，侧有井，名“不冷泉”。客座右为古松岭，异石错舛，列于松间。左厢为僧寮②，右厢为狮子窟。僧寮南有乐楼，楼南有园，饶花木，此乃圆觉寺之胜概也。

又有护国寺，为国王祷雨之所。龛内有神，黑而裸，手剑立，状甚狰狞。有钟，为前明景泰七年铸。寺后多凤尾蕉，一名铁树。又有天王寺，有钟，亦为景泰七年铸。又有定海寺，有钟，为前明天顺三年铸。至于龙渡寺、善兴寺、和光寺，荒废无可述者。

此邦海味，颇多特产，为中国之所罕见。一石鉅，似墨鱼而大，腹圆如蜘蛛，双须八手，攒生两肩，有刺，类海参，无足无鳞介，如鲍鱼，登莱有所谓八带鱼者。以形考之，殆是石，或即乌鲗之别种欤？一海蛇，长三尺，僵直如朽索，色黑，状狰狞，土人云能杀虫、疗癎、已疠，殆永州异蛇类。土俗甚重之，以为贵品。一海胆，如蜎，剥皮去肉，捣成泥，盛以小瓶，可供馔。一寄生螺，大小不一，长圆各异，皆负壳而行。螺中有蟹，两螯八跪，跪四大四小，以大跪行，螯一大一小，小者常隐，大者以取食，触之则大跪尽缩，以一大螯拒户。蟹也，而有螺性。《海赋》所云“璅蛣腹蟹”，岂其类欤？《太平广记》谓蟹入螺中，似先有蟹，然取置碗中，以观其求脱之势，力猛壳脱，顷刻死。则又与壳相依为命，造物不测，难以臆度也。一沙蟹，阔而薄，两螯大于身，甲小而缺其前，缩两螯以补之，若无缝，八跪特短，脐无甲，尖团莫辨。见人则凹双睛，噀水高寸许，似善怒，养以沙水。经十余日，不食亦不死。一蚶，径二尺以上，围五尺许，古人所谓“屋瓦子”，以壳形凹凸，像屋瓦也。一海马肉，薄片回屈如刨，花色如片茯苓，品之最贵者，不易得，得则先以献王。其状鱼身马首，无毛而有足，皮如江豚。此皆海味之特产也。

---

① 祧主：远祖庙的神主。清方苞《书诗后》：“盖事应祧之祖之终不可缺一时祭，故必祫于太庙。奉祧主以藏夹室，然后特祀新主于所入之庙……”

② 僧寮：僧人住的小屋。

此邦果实，亦有与中国不同者。蕉实状如手指，色黄，味甘，瓣如柚，亦名甘露。初熟色青，以糖覆之则黄。其花红，一穗数尺。瓤须五六出，岁实为常，实如其须之数。中国亦有蕉，不闻岁结实，亦无有抽其丝作布者，或其性殊欤？

布之原料与制布之法，亦有与中国异者。一曰蕉布，米色，宽一尺，乃芭蕉沤抽其丝织成，轻密如罗。一曰苎布，白而细，宽尺二寸，可敌棉布。一曰丝布，白而棉软，苎经而丝纬，品之最尚者。《汉书》所谓蕉、筒、荃、葛，即此类也。一曰麻布，米色而粗，品最下矣。国人善印花，花样不一，皆剪纸为范，加范于布，涂灰焉，灰干去范，乃著色，干而浣之，灰去而花出，愈浣而愈鲜，衣敝而色不退。此必别有制法，秘不语人。故东洋花布，特重于闽也。

此邦草木，多与中国异称，惜未携《群芳谱》来，一一辨证之耳。“罗汉松”谓之“樫木”，“冬青”谓之“福木”，“万寿菊”谓之“禅菊”，“铁树”谓之“凤尾蕉”，以叶对出形似也。亦谓之“海棕榈”，以叶盖头形似也。有携至中华以为盆玩者，则谓之“万年棕”云。凤梨，开花者谓之男木，白瓣若莲，颇香烈，不实。无花者谓之女木，而实大，如瓜可食。或云即波罗蜜别种，球人又谓之“阿咀呢”。月橘，谓之十里香，叶如枣，小白花，甚芳烈，实如天竹子，稍大，闻二月中，红累累满树，若火齐然。惜余未及见也。

球阳地气多暖，时届深秋，花草不杀，蚊雷不收，荻花盛开，野牡丹二三月花，至八月复复花累累如铃铎，素瓣，紫晕，檀心，圆而大，颇芳烈。佛桑四季皆花，有白色，有深红粉红二色，因得一诗，诗云：“偶随使节泛仙槎，日日春游玩物华。天气常如二三月，山林不断四时花。”亦真情真景也。

球人嗜兰，谓之孔子花，陈宅尤多异产。有风兰，叶较兰稍长，篾竹为盆，挂风前即蕃衍。有名护兰，叶类桂而厚，稍长如指，花一箭八九出，以四月开，香胜于兰，出名护岳岩石间，不假水土，或寄树桠，或裹以棕而悬之，无不茂。有粟兰，一名芷兰，叶如凤尾花，作珍珠状。有棒兰，绿色，茎如珊瑚，无叶，花出桠间，如兰而小，亦寄树活。又有西表松兰、竹兰之目，或致自外岛，或取之岩间，香皆不减兰也，因得一诗。诗云：“移根绝岛最堪夸，道是森森阙里花。不比寻常凡草木，春风一到即繁华。”题诗既毕，并为写生，愧无黄筌之妙笔耳。

沿海多浮石，嵌空玲珑，水击之，声作钟磬，此与中国彭蠡之口石钟山相似。闲居无可消遣，与施生弈，用琉球棋子。白者磨螺之封口石为之，内地小螺拒户有圆壳，海蝼大者，其拒户之壳厚五六分，径二寸许，圆白如砗磲，土人名曰“封口石”。黑者磨苍石为之，子径六分许，围二寸许，中凹而四周削，无正背面，不类云南子式。棋盘以木为之，厚八寸，四足，足高四寸，面刻棋路。其俗好弈，举棋无不定之说，颇亦有国手，局终数空眼多少，不数实子，数正同。相传国中供奉棋神，画女相如仙子，不令人见，乃国中雅尚也。

六月初八日，辰刻，正副使恭奉谕祭文及祭银焚帛安放龙彩亭内，出天使馆东行，过久米林，泊村，至安里桥，即真玉桥，世孙跪接如仪，即导引入庙。礼毕，引观先王庙。正庙七楹，正中向外通为一龛，安奉诸王神位，左昭自舜马至尚穆①，共十六位，右穆自义本至尚敬，共十五位。是日球人观者，弥山匝地，男子跪于道左，女子聚立远观。亦有施帷挂竹帘者，土人云系贵官眷属。女皆黥首、指节为饰，甚者全黑，少者间作梅花斑。国俗不穿耳，不施脂粉，无珠翠首饰。人家门户，多树石敢当②碣，墙头多植吉姑罗或柔树，剪剔极齐整。国人呼中国为唐山，呼华人为唐人。球地皆土沙，雨还即可行，无泥泞。奥山有却金亭，前明册使陈给事侃归时却金，故国人造亭以表之。辨岳，在王宫东南三里许，过圆觉寺，从山脊行，水分左右，堪舆家谓之过峡③，中山来脉也，山大小五峰，最高者谓之辨岳，灌木密覆。前有石柱二，中置栅二，外板阁二，少左有小石塔，左右列石案五。折而东，数十级至顶，有石垆二，西祭山，东祭海岳之神曰祝，祝谓是天孙氏第二女云④。国王受封，必斋戒亲祭，正五九月，祭山海及护国神，皆在辨岳也。

---

① 昭穆：是我国古代的宗法制度，指宗庙、墓地或神主的辈次排列。古人在室内座次以东向为上，其次才是南向、北向和西向。故以始祖居中，东向；二世、四世、六世位于始祖的左方，朝南，称昭；三世、五世、七世位于右方，朝北，称穆。

② 石敢当：又称泰山石敢当，旧时汉族宅院外或街衢巷口建筑的小石碑。因碑上刻石敢当字样，故名之。民间以作避邪之用。

③ 堪舆家：风水先生。

④ 天孙氏：织女星。

波上，雪崎及龟山，余已游遍，而要以鹤头为最胜，随正副使往游，陟其巅，避日而坐。草色粘天，松阴匝地，东望辨岳，秀出天半，王宫历历如画。其南，则近水如湖，远山如岸，丰见城巍然突出，山南王之旧迹犹有存者，西望马齿、姑米，出没隐见，若近若远，封舟之来路也。北俯那霸久米，人烟辐辏。举凡山川灵异，草木荫翳，鱼鸟沉浮，云烟变灭，莫不争奇献巧，毕集目前，乃知前日之游，殊为卤莽。梁大夫小具盘樽，席地而饮，余亦趣仆以酒肴至。未申之交，凉风乍生，微雨将洒，乃移樽登舟，时海潮正涨，沙岸弥漫，遂由奥山南麓折而东北。山石嵌空欲落，海燕如鸥，渔舟似织，俄而返照入山，冰轮出水，文鳐无数，飞朝潮头。与介山举觞弄月，击楫而歌，樽不空，客皆醉，越渡里村，漏已三下，却金亭前，列炬如昼，迎者倦矣。乃相与步月而归，为中山第一游焉。

泉崎桥桥下为漫湖浒，每当晴夜，双门供月，万象澄清。如玻璃世界，为中山八景之一。旺泉味甘，亦为中山八景之一。王城有亭，依城望远，因小憩亭中，品瑞泉，纵观中山八景。八景者，泉崎夜月，临海潮声，久米竹篱，龙洞松涛，笋崖夕照，长虹秋霁，城岳灵泉，中岛蕉园也。亭下多棕榈紫竹，竹丛生，高三尺余，叶如棕，狭而长，即所谓观音竹也。亭南有蚶壳，长八尺许，贮水以供盥，知大蚶不易得也。

国人浣漱不用汤，家竖石桩，置石盂或蚶壳其上，贮水，旁置一柄筒，晓起，以筒盛水，浇而盥漱之，客至亦然。地多草，细软如毯，有事则取新沙覆之。国人取玳瑁之甲以为长簪，传到中国，率由闽粤商贩，球人不知贵，以为贱品。昆山之旁，以玉抵鹊，地使然也。

丰见山顶，有山南王第故城。徐葆光诗有“颓垣宫阙无全瓦，荒草牛羊似破村”之句，王之子孙，今为那姓，犹聚居于此。

辻山，国人读为失山，琉球字皆对音，十失无别，疑迭之误也。副使辑《球雅》，谓一字作二三字读，二三字作一字读音，皆义而非音，即所谓寄语，国人尽知之，音则合百馀字，或十馀字为一音，与中国音迥异，国中惟读书通文理者，乃知对音，庶民皆不知也。久米官之子弟，能言，教以汉语，能书，教以汉文，十岁称若秀才，王给米一石，十五薙发，先谒孔圣，次谒国王，王籍其名，谓之“秀才”，给米三石，长则选为通事，为国中文物声名最，即明三

十六姓后裔也。那霸人以商为业，多富室。明洪武初，赐闽人三十六姓善操舟者，往来朝贡，国中久米村，梁、蔡、毛、郑、陈、曾、阮、金等姓，乃三十六姓之裔，至今国人重之。与寄公谈玄理，颇有入悟处，遂与唱和成诗。法司蔡温，紫金大夫程顺则、蔡文溥，三人集诗，有作者气。顺则别著《航海指南》，言渡海事甚悉。蔡温尤肆力于古文，有《蓑翁语录》、《至言》等目，语根经学，有道学气，出入二氏之学，盖学朱子而未纯者。

琉球山多瘠硗，独宜薯。父老相传，受封之岁，必有丰年。今岁五月稍旱，幸自后雨不愆期，卒获大丰，薯可四收，海邦臣民，倍觉欢欣。佥曰："非受封岁，无此丰年也。"

六月初旬，稻已尽收。球阳地气温暖，稻常早熟，种以十一月，收以五六月。薯则四时皆种，三熟为丰，四熟则为大丰。稻田少，薯田多，国人以薯为命，米则王宫始得食。亦有麦豆，所产不多。五月二十日，国中祭稻神，此祭未行，稻虽登场，不敢入家也。

七月初旬始见燕，不巢入屋。中国燕以八月归，此燕疑未入中国者，其来以七月，巢必有地。别有所谓海燕，较紫燕稍大，而白其羽，有全白似鸥者，多巢岛中，间有至中国，人皆以为瑞。应潮鸡，雄纯黑，雌纯白，皆短足长尾，驯不避人。香崖购一小犬，而毛豹斑，性灵警，与饭不食，与薯乃食，知人皆食薯矣。鼠雀最多，而鼠尤虐，亦有猫，不知捕鼠，邦人以为玩，乃知物性亦随地而变。鹰、雁、鹅、鸭特少。

枕有方如圭者，有圆如轮而连以细轴者，有如文具藏数层者，制特精，皆以木为之，率宽三寸，高五寸，漆其外，或黑或朱，立而枕之，反侧则仆。按《礼记·少仪》注："颖，警枕也。"谓之颖者，颖然警悟也。又司马文正公以圆木为警枕，少睡则转而觉，乃起读书，此殆警枕之遗。

衣制皆宽博交衽，袖广二尺，口皆不缉，特短袂，以便作事，襟率无纽带，总名衾。男束大带，长丈六尺，宽四寸以为度，腰围四五转，而收其垂于两肋间。烟包、纸袋、小刀、梳、篦之属，皆怀之。故胸前襟带起凸然，其肋下不缝者，惟幼童及僧衣为然。僧别有短衣如背心，谓之断俗，此其概也。

帽以薄木片为骨，叠帕而蒙之，前七层，后十一层，花锦帽远望如屋漏痕者，品最贵。惟摄政王叔国相得冠之。次品花紫帽，法司冠之。其次则纯紫，

大略紫为贵，黄次之，红又次之，青绿斯下。各色又以绫为贵，绢为次。国王未受封时，戴乌纱帽。双翅侧冲上向，盘金，朱缨垂颔，下束五色绦。至是冠皮弁，状如中国梨园演王者便帽，前直列花瓣七，衣蟒腰玉。

肩舆如中国饼桥，中置大椅，上施大盖，无帷幔，辕粗而长，无绊，无横木，以八人左右肩之而行。

杜氏《通典》，载琉球国俗，谓妇人产必食子衣，以火自炙，令汗出，余举以问杨文凤，然乎？对曰："火炙诚有之，食衣则否。"即今中山已无火炙俗，惟北山犹未尽改。

嫁娶之礼，固陋已甚，世家亦有以酒肴珠贝为聘者，婚时即用本国轿，结彩鼓乐而迎，不计妆奁，父母送至夫家即返，不宴客，至亲具酒贺，不过数人。《隋书》云：琉球风俗，男女相悦，便相匹偶。盖其旧俗也。询之郑得功，郑得功曰：三十六姓初来时，俗尚未改，后渐知婚礼，此俗逐革。今国中有夫之妇，犯奸即杀，余始悟琉球所以号守礼之国者，亦由三十六姓教化之力也。

小民有丧，则邻里聚送，观看护丧，掩毕即归，宦家则同官相知者，亦来送柩，出即归，大都不宴客，题主官①率皆用僧，男书"圆寂大禅定"，女书"禅定尼"，无考妣称。近日宦家亦有书官爵者，棺制三尺，屈身而殓之，近宦家亦有长五六尺者，民则仍旧。

此邦之人，肘比华人稍短，《朝野佥载》。亦谓人形短小似昆仑。余所见士大夫短小者固多，亦有修髯丰颐者，颀而长者，胖而腹腰十围者，前言似未足信。人体多狐臭，古所谓愠羝也。

世禄之家皆赐姓，士庶率以田地为姓，更无名，其后裔则云：某氏之子孙几男，所谓田米私姓也。

国中兵刑惟三章：杀人者死，伤人及重罪徒②，轻罪罚日中晒之，计罪而定其日。国中数年无斩犯，间有犯斩罪者，又率引刀自剖腹死。

七月十五夜，开窗见人家门外，皆列火炬二，询之土人，云：国俗于十五

---

① 题主官：旧时丧葬时，善于书写的人将死者的名字题署在牌位之上，此题署之人即为题署官。

② 徒：古代刑法之一种，即拘禁使其服劳役。

日盆祭，预期迎神，祭后乃去之。盆祭者，中国所谓盂兰会也。连日见市上小儿各手一纸幡，对立招展，作迎神状，知国俗盆祭祀先，亦大祭矣。

龟山南岸有窑，国人取车螯大蚶之壳以煅，墍灰壁不及石灰，而粘过者。再东北有池，为国人煮盐处。

七月二十五日，正副使行册封礼，途中观者益众。上万松岭，迤逦而东，衢道修广，有坊，榜曰“中山道”。又进一坊，榜曰“守礼之邦”。世孙戴皮弁，服蟒衣，腰玉带，垂裳结佩，率百官跪迎道左。更进为欢会门，踞山巅，叠礁石为城，削磨如壁，有鸟道，无雉堞，高五尺以上，远望如聚髑髅。始悟《隋书》所谓王居多聚髑髅于其下者，乃远望误于形似，实未至城下也。城外石崖，左镌“龙冈”字，右镌“虎崒”字。王宫西向，以中国在海西，表忠顺面向之意。

后东向为继世门，左南向为水门，右北向为久庆门。再进层崖，有门西北向曰“瑞泉”，左右甬道，有左掖、右掖二门。更进有漏西向，榜曰“刻漏”。上设铜壶漏水，更进有门西北向，为奉神门，即王府门也。殿廷方广十数亩，分砌二道，由甬道进至阙廷，为王听政之所。壁悬伏羲画卦象，龙马负图立其前，绢色苍古，微有剥蚀，殆非近代物。北宫，殿屋固朴，屋举手可接，以处山冈，且阻海飓。面对为南宫。此日正副使宴于北宫，大礼既成，通国欢忭。闻国王经行处，悉有彩饰，泉崎道旁，列盆花异卉，绕以朱栏，中刻木作麒麟形，题曰：“非龙非彪，非熊非罴，王者之瑞兽。”天妃宫前，植大松六，叠假山四，作白鹤二，生子母鹿三。池上结棚，覆以松枝，松子垂如葡萄。池中刻木鲤大小五，令浮水面。环池以竹，栏旁有坊曰“偕乐坊”。柱悬一版。题曰：“鹿濯濯，鸟翯翯，牣鱼跃。”归而述诸副使，副使曰：“此皆志略所载，事隔数十年。一字不易，可谓印板文字矣。”从客皆笑。

宜野湾县有龟寿者，事继母以孝，国人莫不闻。母爱所生子，而短龟寿于其父伊佐前，且不食以激其怒。伊佐惑之，欲死龟寿，将令深夜汲北宫，要而杀之。仆匿龟寿于家，往谏伊佐，伊佐缚而放之，且谓事已露，不可杀，乃逐龟寿。龟寿既被放，欲自尽，又恐张母恶，值天雨雹，病不支，僵卧于路。巡官见之，近而抚其体犹温，知未死，覆以己衣。渐甦，徐诘其故，龟寿不欲扬父母之恶，饰词告之。初，巡官闻孝子龟寿被放，意不平，至是见言语支吾，

疑即龟寿，赐衣食令去。密访得其状，乃传集村人，系伊佐妻至，数其罪而监之。将告于王，龟寿愿以身代，巡官不忍伤孝子心，召伊佐夫妇面谕之。妇感悟，卒为母子如初，副使既为之记，余复为诗以表章之，诗云：“𬨎轩问俗到球阳，潜德端须为阐扬。诚孝由来能感格，何殊闵损与王祥。”以为事继母而不能尽孝者劝。

经迭山墟方集，因步行集中。观所市物，薯为多，亦有鱼、盐、酒、菜、陶、木器、蕉苎、土布，粗恶无足观者。国无肆店①，率业于其家。市货以有易无，不用银钱。闻国中率用日本宽永钱②，比来亦不见。昨香崖携示串钱，环如鹅眼，无轮廓，贯以绳，积长三寸许，连四贯而合之，封以纸，上有钤记③。此球人新制钱，每封当大钱十。盖国中钱少，宽永钱铜质较美，恐或有人买去，故收藏之，特制此钱应用。市中无钱以此。

国中男逸女劳，无有肩担背负者。趋集、织纫及采薪、运水，皆妇人主之。凡物皆戴之顶。女衣既无钮无带，又不束腰，而国俗男女皆无袴，势须以手曳襟，襟较男衣长，叠襟下为两层，风不得开。因悟髻必偏坠者，以手既曳襟，须空其顶以戴物。童而习之，虽重百斤，登山涉涧，无倾侧，是国中第一绝技也。其动作时，常卷两袖至背，贯绳而束之。发垢辄洗，洗用泥，脱衣结于腰，赤身低头，见人亦不避。抱儿惟一手，叉置腰间，即藉以曳襟。

东苑在崎山，出欢会门，折而北，逐瑞泉下流，至龙渊桥，汇而为池。广可十丈，长可数十丈，捍以堤，曰“龙潭”，水清鱼可数，荷叶半倒。再折而东，有小村，篠屏修整，松盖阴翳，薄云补林，微风啸竹，园外已极幽趣。入门，板亭二，南向，更进而南，屋三楹。亭东有阜如覆盂。折而南，有岩西向，上镌梵宇。下蹲石狮一，饰以五彩。再下，有小方池，凿石为龙首，泉从口出。有金鱼池，前竹万竿，后松百挺。再东，为望仙阁，前有东苑阁，后为能仁堂，东北望海，西南望山，国中形胜，此为第一。

---

① 肆店：进行市集贸易的店铺。

② 宽永钱：指日本宽永年间铸造的宽永通宝，制作精美，是当时中国境内流通量最大的外国钱币。

③ 钤记：清朝官印的一种。凡文职官、杂官以及不兼管兵马钱粮的武职官员所用之官印，通称为钤记。

南苑之胜，亦不减于东苑。苑中马富盛，折而东，循行阡陌间，水田漠漠，番薯油油，绝无秋景。薯有新种者，问知已三收矣。再入山，松阴夹道，茅屋参差，田家之景可画。计十余里，始入苑村，名姑场川，即同乐苑也。苑踞山脊，轩五楹，夹室为复阁，颇曲折，轩前有池，新凿，狭而东西长。叠礁为桥，桥南新阜累累，因阜以为亭，宜远眺。亭东，植奇花异卉，有花绝类蝴蝶，绛红色，叶如嫩槐，曰“蝴蝶花”。有松叶如白毛，曰“白发松”。

池东，旧有亭圮，以布代之。池西有阁，颇轩敞，四面风来，宜纳凉。有阁曰“迎晖”，有亭曰“一览”，即正副使所题也。轩北有松，有凤蕉，有桃，有柳。

黄昏举烟火，略同中国。余偕寄尘游波上，板阁无他神，惟挂铜片幡，上凿“奉寄御币”字，后署云：“元和二年壬戌”。或疑为唐时物，非也。按元和二年为丁亥，非壬戌也。日本马场信武，撰《八卦通变指南》，内列三元指掌。云上元起永禄七年甲子，止元和三年癸亥，如上元起宽永元年甲子，止元和三年癸亥，下元起贞亨元年甲子。今元禄十六年癸未。国中既行宽永钱，证以元和日本僭号①，知琉球旧曾奉日本正朔，今讳言之欤？

纸鸢制无精巧者，儿童多立屋上放之。按中国多放于清明前，义取张口仰视，宣导阳气。令儿少疾。今放于九月，以非九月纸鸢不能上，则风力与中国异，即此可验球阳气暖，故能十月种稻。

国俗男欲为僧者听，既受戒有廪给，有犯戒者，饬令还俗，放之别岛。女子愿为土妓者亦听，接交外客，女之兄弟，仍与外客叙亲往来，然率皆贫民，故不以为耻。若已嫁夫而复敢犯奸者，许女之父兄自杀之，不以告王，即告王，王亦不赦。此国中良贱之大防，所以重廉耻也。此邦有红衣妓，与之言不解，按拍清歌，皆方言也，然风韵亦正有佳者，殆不减憨园。近忽因事他迁，以扇索诗，因题二诗以赠之，诗云：“芳龄二八最风流，楚楚腰身剪剪眸。手抱琵琶浑不语，似曾相识在苏州。”“新愁旧恨感千端，再见真如隔世难。可惜今宵好明月，与谁共卷绣帘看？”

---

① 僭号：臣属冒用帝王的尊号。僭：超越本分，古代指地位在下的冒用在上者的名义或礼仪、器物。

国人率恭谨，有所受，必高举为礼，有所敬，则俯身搓手而后膜拜。劝尊者酒，酌而置杯于指尖以为敬，平等则置手心。

此邦屋俱不高，瓦必，以避飓也。地板必去地三尺，以避湿也。屋脊四出，如八角亭，四面接修，更无重构复室，以省材也。屋无门户，上限刻双沟，设方格，糊以纸，左右推移，更不设暗闩，利省便，恃无盗也，临街则设矣。神龛置青石于炉，实以砂，祀祖神也。国以石为神，无传真也。瓦上瓦狮，《隋书》所谓兽头骨角也。壁无粉墁，示朴也。贵家间有糊蚜粉花笺，习华风，渐奢也。

龟山有峰独出，与众山绝，前附小峰，离约二丈许，邦人驾石为洞，连二山，高十丈馀，结布幔于洞东。小憩，拾级而登，行洞上，又十余级乃陟巅。巅恰容一楼，楼无名，四面轩豁，无户牖，副使谓余曰："兹楼俯中山之全势，不可无名。"因名之曰"蜀楼"。并为之跋曰："蜀者何？独也。楼何以蜀名？以其踞独山也。"不曰独而曰蜀者，以副使为蜀人。楼构已百年，而副使乃名之，若有待也。楼左瞰青畴，右扶苍石，后临大海，前揖中山，坐其中以望，若建瓴焉。余又请于副使曰："额不可无联。"副使因书前四语付之。归路循海而西，崖洞溪壑皆奇峭，是又一胜游矣。

越南山，度丝满村，人家皆面海，奇石林立，遵海而西，有山，翠色攒空，石骨穿海，曰砂岳。时午潮初退，白石邻邻，群马争驰，飞溅如雨。再西，度大岭村，丛棘为篱，鱼网数百晒其上。村外水田漠漠，泥淖陷马；有牛放于冈，汪录谓马耕无牛，今不尽然也。

本岛能中山语者给黄帽，为酋长。岁遣"亲云上"监抚之①，名奉行官，主其赋讼，各赋其土之宜，以贡于王。间切者，外府之谓。首里、泊、久米、那霸四府为王畿，故不设，此外皆设，职在亲民，察其村之利弊，而报于亲云上。间切，略如中国知府，中山属府十四，间切十，山南省属府十二，山北省属府九，间切如其府数。

国俗自八月初十至十五日并蒸米；拌赤小豆，为饭相饷，以祭月，风同中国。是夜，正副使邀从客露饮，月光澄水，天色拖蓝，风寂动息，潮声杂丝竹

① 亲云上：钦差。

声，自远而至。恍置身三山①，听子晋吹笙，麻姑度曲，万缘俱静矣。宇宙之大，同此一月。回忆昔日萧爽楼中，良宵美景，轻轻放过，今则天各一方，能无对月而兴怀乎？

世传八月十八日为潮生辰，国俗于是夜候潮波上。子刻，偕寄尘至波上，草如碧毯，沾露愈滑，扶仆行，凭垣倚石而坐。丑刻，潮始至，若云峰万叠，卷海飞来。须臾，腥气大盛，水怪抟风，金蛇掣电，天柱欲折，地轴暗摇，雪浪溅衣，直高百尺，未敢遽窥鲛宫，已若有推而起之者。迷离惝恍，千态万状。观此，乃知枚乘《七发》犹形容未尽也。

潮既退，始闻噌吰之声出礁石间。徐步至护国寺。尚似有雷霆震耳，潮至此观止矣。

元旦至六日，贺节。初五日，迎灶。二月祭麦神，十二日浚井，汲新水，俗谓之洗百病。三月三日作艾糕。五月五日竞渡。六月六日，国中作六月节，家家蒸糯米，为饭相饷。十二月八日，作糯米糕，层裹棕叶，蒸以相饷，名曰鬼饼。二十四日送灶，正、三、五、九为吉月，妇女率游海畔，拜水神祈福。逢朔日，群汲新水献神，此其略也。余独疑国俗敬佛，而不知四月八日为佛诞辰。腊八鬼饼如角黍，而不知七宝粥。国王送菊二十余盆，花叶并茂，根际皆以竹签标名，内三种尤异类：一名“金锦”，朵兼红黄白三色，小而繁，灿如列星。一名“理宝”，瓣如莲而小，色淡红。一名“素球”，瓣宽，不类菊，重叠千层，白如雪，皆所未见者，媵之以诗，诗云：“陶篱韩圃多秋色，未必当年有此花。似汝幽姿真可惜，移根无路到中华。”见狮子舞，布为身，皮为头，丝为尾，剪彩如毛饰其外，头尾口眼皆活，镀睛贴齿，两人居其中，俯仰跳跃，相驯狎欢腾状。余曰：“此近古乐矣。”按《旧唐书·音乐志》，后周武帝时，造太平乐，亦谓之五方狮子舞，白乐天《西凉伎》云：“假面夷人弄狮子，刻木为头丝作尾。金镀眼睛银贴齿，奋迅毛衣罢双耳。”即此舞也。

此邦有所谓“踏柁戏”者，横木以为梁，高四尺馀，复置板而横之，长丈有二尺，虚其两端，均力焉。夷女二，结束衣彩，赤双足，各手一巾，对立相视而歌。歌未竟，跃立两端，稍作低昂，势若水碓之起伏，渐起渐高。东者陡

---

① 三山：指神话传说中的蓬莱、方丈、瀛洲三座仙山。

落而激之，则西飞起三丈馀，翩翩若轻燕之舞于空也。西者落而陡激之，则东者复起，又如鸷鸟之直上青云也。叠相起伏，愈激愈疾，几若山鸡舞镜，不复辨其孰为影，孰为形焉。俄焉势渐衰，机渐缓，板末乃安，齐跃而下，整衣而立，终戏无虚蹈方寸者，技至此绝矣。

接送宾客颇真率，无揖让之烦，客至不迎，随意坐，主人即具烟架火炉，竹筒木匣各一，横烟管其上，匣以烟，筒以弃灰也。遇所敬客，乃烹茶，以细末粉少许杂茶末，入沸水半瓯，搅以小竹帚，以沫满瓯面为度。客去亦不送。贵官劝客，常以箸蘸浆少许，纳客唇以为敬。烧酒著黄糖则名福，著白糖则名寿，亦劝客之一贵品也。

重阳具龙舟竞渡于龙潭。琉球亦于五月竞渡，重阳之戏，专为宴天使而设。因成三诗以志之，诗云："故园辜负菊花黄，万里迢迢在异乡。舟泛龙潭看竞渡，重阳错认作端阳。""去年秋在洞庭湾，亲摘黄花插翠鬟。今日登高来海外，累伊独上望夫山。""待将风信泛归槎，犹及初冬好到家。已误霜前开菊宴，还期雪里访梅花。"

闻程顺则曾于津门购得宋朱文公墨迹十四字。今其后裔犹宝之，借观不得，因至其家，开卷，见笔势森严，如奇峰怪石，有岩岩不可犯之色，想见当日道学气象。字径八寸以上，文曰："香飞翰苑围川野，春报南桥叠萃新。"后有名款，无岁月。文公墨迹流传世间者，莫不宝而藏之。盖其所就者大，笔墨乃其馀事，而能自成一家言如此，知古人学力，无所不至也。

又游蔡清派家祠，祠内供蔡君谟画像，并出君谟墨迹见示，知为君谟的派。由明初至琉球，为三十六姓之一，清派能汉语，人迹倜傥，由祠至其家，花木俱有清致，池圆如月，为额其室，曰"月波大屋"。大抵球人工剪剔树木，叠砌假山，故士大夫家率有丘壑以供游览。庭中树长竿，上置小木舟，长二尺，桅舵帆橹皆备。首尾风轮五叶，挂色旗以候风。渡海之家，率预计归期。南风至，则合家欢喜，谓行人当时，归则撤之。即古五两旗遗意。

国王有墨长五寸，宽二寸。有老坑端砚，长一尺，宽六寸，有"永乐四年"字，砚背有"七年四月东坡居士留赠潘邠老"字。问知为前明受赐物。国中有《东坡诗集》，知王不但宝其砚矣。棉纸清纸，皆以榖皮为之，恶不中书者。有护书纸，大者佳，高可三尺许，阔二尺，白如玉，小者减其半。亦有印花诗笺，

可作札。别有围屏纸，则糊壁用矣。徐葆光“球纸诗”云：“冷金入手白于练，侧理海涛凝一片。昆刀截截径尺方，叠雪千层无幂面。”形容殆尽。南炮台间有碑二，一正书，剥蚀甚微，“奉书造”三字，一其国学书，前朝嘉靖二十一年建。惟不能尽识，其笔力正自遒劲飞舞。有木曰山米，又名野麻姑，叶可染，子如女贞，味酸。土人榨以为醋。球醋纯白，不甚酸，供者以为米醋，味不类，或即此果所榨欤？席地坐，以东为上，设毡，食皆小盘，方盈尺，著两板为脚，高八寸许。肴凡四进，各盘贮而不相共，三进皆附以饭，至四肴乃进酒二，不过三巡。每进肴止一盘，必撤前肴而后进其次肴。饭用油煎面果，次肴饭用炒米花，三肴用饭，每供肴酒，主人必亲手高举，置客前俯身搓手而退，终席，主人不陪，以为至敬。此球人宴会尊客之礼，平等乃对饮。大要球俗席皆坐地，无椅桌之用。食具如古俎豆，肴尽干制，无所用勺。虽贵官家食，不过一肴，一饭，一箸，箸多削新柳为之。即妻子不同食，犹有古人之遗风焉。

使院“敷命堂”后，旧有二榜，一书前明册使姓名：洪武五年，封中山王察度，使行人汤载；永乐二年，封武宁，使行人时中。洪熙元年，封巴志，使中官柴山。正统七年，封尚忠，使给事中俞忭，行人刘逊；十三年，封尚思达，使给事中陈传，行人万祥。景泰二年，封尚景福，使给事中乔毅，行人童守宏；六年，封尚泰久，使给事中严诚，行人刘俭。天顺六年，封尚德，使吏科给事中潘荣，行人蔡哲。成化六年，封尚圆，使兵科给事中官荣，行人韩文；十三年，封尚真，使兵科给事中董旻，行人司司副张祥。嘉靖七年，封尚清，使吏科给事中陈侃，行人高澄；四十一年，封尚元，使吏科左给事中郭汝霖，行人李际春。万历四年，封尚永，使户科左给事中肖崇业，行人谢杰；二十九年，封尚宁，使兵科右给事中夏子阳，行人王士正。崇祯元年，封尚丰，使户科左给事中杜三策，行人司司正杨伦。凡十五次，二十七人，柴山以前无副也。一书本朝册使姓名。康熙二年，封尚质，使兵科副理官张学礼，行人王垓；二十一年，封尚贞，使翰林院检讨汪楫，内阁中书舍人林麟焻；五十八年，封尚敬，使翰林院检讨海宝，翰林院编修徐葆光。乾隆二十一年，封尚穆，使翰林院侍讲全魁，翰林院编修周煌。凡四次，共八人。

清明后，南风为常，霜降后，南北风为常，反是飓颶将作。正二三月多飓，五六七八月多，颶飓聚发而倏止，颶渐作而多日。九月北风或连月，俗称九降

风，间有飓起，亦骤如飓。遇飓犹可，遇飓难当。十月后多北风，飓无定期，舟人视风隙以来往。凡飓将至，天色有黑点，急收帆严舵以待，迟则不及，或至倾覆。飓将至天边断虹若片帆，曰“破帆”。稍及半天如鲎尾，曰屈鲎，若见北方尤虐。又海面骤变，多秽如米糠，及海蛇浮游，或红蜻蜓飞绕，皆飓风征。

自来球阳，忽已半年。东风不来，欲归无计，十月二十五日，乃始扬帆返国。至二十九日，见温州南杞山，少顷，见北杞山，有船数十只泊焉。舟人皆喜，以为此必迎护船也。

守备登后艄以望，惊报曰：“泊者贼船也！”又报：“贼船皆扬帆矣！”未几，贼船十六只，吆喝而来，我船从舵门放子母炮，立毙四人。击喝者坠海，贼退，枪并发，又毙六人，复以炮击之，毙五人，稍进，又击之，复毙四人，乃退去。其时贼船已占上风。暗移子母炮，至舵右舷边，连毙贼十二人，焚其头篷，皆转舵而退。中有二船较大，复鼓噪，由上风飞至，大炮准对贼船，即施放，一发中其贼首，烟迷里许。既散，则贼船已尽退。是役也，枪炮俱无虚发，幸免于危。不一时，北风又至，浪飞过船，梦中闻舟人哗曰：“到官塘矣。”惊起，从客皆一夜不眠，语余曰：“险至此，汝尚能睡耶？”余问其状，曰：“每侧则篷皆卧水，一浪盖船，则船身入水，惟闻瀑布声垂流不息，其不覆者，幸耶！”余笑应之曰：“设覆，君等能免乎？余入黑甜乡，未曾目击其险，岂非幸乎？”盥后，登战台视之，前后十余灶皆没，船面无一物，爨火断矣。舟人指曰：“前即定海，可无虑矣。”申刻乃得泊，船户登岸购米薪，乃得食。

是夜修家书，以慰芸之悬系，而归心益切。犹忆昔年，芸谓余：“布衣菜饭，可乐终身，不必作远游。”此番航海，虽奇而险，濒危幸免，始有味乎芸之言也。

译　文

嘉庆四年（公元1799年），岁在己未，琉球国中山王尚穆去世了。尚穆的儿子尚哲，早在七年前夭亡了，其孙子尚温便上表清廷请求世袭王位。我朝圣主向来以怀柔政策招抚边远藩国，便恩准了尚温的请求，并在朝廷实行考核，特意选拔汉朝臣子前去赴任。借此机缘，赵介山先生充任此次出使官员的正使。赵介山名文楷，太湖人，官任翰林院编修。李和叔先生，名鼎元，绵州人，官任内阁中书，充任副使。介山先生修书一封，邀我随他一同前去。我因为父母年迈，不敢远游。继而又一想，我游幕二十年，看遍了国内不少人迹罕至的地方，但所见都局限在域内，还从没到过域外。何况，此次所去之地是美妙的东海，可以开拓视域，增长见识。几经徘徊，最终还是同父亲商量，请求他允许我随友人前往。

我们一行五人：王文诰、秦元钧、缪颂、杨华才，再就是我了。嘉庆五年五月初一，我们随使团出行入海。一路上，祥瑞的海风鼓着风帆，神奇的海鱼嬉游在船边，令人快意神往。经历了六个昼夜，我们直奔目的地而去。一路上，凡是我亲眼所见的，都一一记录在册。记录山水的瑰丽奇异，记载官府司衙的典章制度，褒扬名士烈女的风范气节。不求文字的标新立异，但求事件真实可据。当然，我自感才华鄙陋，甘愿承受尺蠖测海之讥嘲。重要的是，言为心声，比起那些捕风捉影、穿凿附会的无稽之谈，我所写的或许要略胜一筹。

这年五月初一，正逢夏至，我们带着行李登上了船。历来封中山王，都是在夏至之日乘西南风出发，在冬至之日乘东北风到达，所谓风有信，人顺应自然规律而动而已。这一天，我们共有两只船，正使与副使各乘一只。船身长大约七丈，首尾悬空的艄舱有三丈，深约一丈三尺，宽约二丈二尺，与历来前去封王的船比起来，几乎小了一半。船的前后各有一桅杆，桅长六丈多，粗三尺。中舱前边的那根桅杆，长十丈多，粗六尺，是用外国的木材做的。船上共有二十四个船舱，每个舱底都贮存着石头，总载重量有一万多斤。船头龙口处，放

着一门大炮，船舱左右各置二门大炮，舱内贮藏着各式各样的兵器。最大的桅杆下架着一个用大木做的辘轳，要移动大炮或是升降船帆，都靠它了，转动它需要数十人合力方可完成。船之甲板即是战台，船尾即为指挥台，指挥台上树起旗帜，立起藤牌，就算是使臣处理公务的议事厅了。尾楼的下层，就是驾驶舱，驾驶舱前边设有一小舱，里面放着地图和罗盘。沿中舱旋梯而下，有大约六尺高的舱房，便是使臣们进餐的地方。船的前舱贮放火药兵器和米粮，后舱则住着兵甲。稍后是水舱，水舱是四口井。二号船的情形与此船大约相似，每船共乘载二百六十多人，船小而逼仄，人多而拥挤，几乎难有立锥之地了，让人难以忍受。虽然如此，风信已到，时间不等人，如果想换大船，又唯恐延误了封王的时日，只能迁就。

五月初二正午十二点，船开到鳌门停泊。下午四点，祥瑞之云挂在了西边的天穹，五彩斑斓，状如浑圆的谷仓，正好与楼船旗帜上下辉映，蔚为壮观，看到的人莫不惊叹这天降奇瑞，自然的壮彩。祥云仪态万方，变幻莫测，有的如黑色的玉圭，有的如白色的玉石，有的如褐色的灵芝，有的如莹碧的玉禾，有的如暗红的锦缎，有的如紫色的丝绸，有的如文杏的叶子，有的如挂满果子的桃枝，有的如秋日原野上的枯草，有的如春日湘江旖旎之波。以前读过明代屠隆的一篇赋，未解其中真味，今日得见真貌，才知道他文采风流、形容之妙啊。

有一位施姓画家，特意作了幅《航海行乐图》。画甚为工丽逼肖，见到了这幅画，我自惭形秽，有种“眼前有景道不得”的感喟，便放下了手中的笔。我的好友香崖虽然擅画，也无法画出如此绝妙的境界。

五月初四夜间十时，我们再度起锚，乘着海潮航行至罗星塔。但见海阔天空，一望无际，苍茫宇宙之间，人间纤尘毫芥。此时我不由得想起了我的妻芸娘，昔日我和她曾同游太湖，她曾感慨，终得一见天地之广阔浩渺，也不枉此生了。如果让她来到这里，看看这海，她又该愉悦兴奋成什么样儿呢？

五月初九早上六点，船驶至彭家山。但见三座山峰自东至西一字排开，东边高而西边低。傍晚时分，看到了钓鱼台，又见三座山峰分开矗立，形如一座座笔架，山上都是裸露的岩石。此刻，放眼四望，但见水天一色，波平如镜，船平稳缓慢地驶过海面，无数白鸟似乎缱绻眷恋着不肯离去，绕着船儿上下翻

飞，不知这些白鸟是从哪里飞来的。到了晚上，星影横斜，月光如碎银。顷刻间，海面上光影绮艳，像燃烧的火焰，随着海浪沉浮出没。晋代木华《海赋》中所言的“阴火潜燃”，说的大概正是这种情形么？

五月初十，上午九时整，船行至赤尾屿。此岛屿的形状方正而呈红色，岛屿东西凸起而中间低凹，凹下去的地方又突起两座小峰，十分奇异。我们的船从岛之北边经过，只见两条大鱼分别在船的两边，夹舟前行。看不见鱼头也看不见鱼尾，只见其脊背黑中带着一点绿，像一根需十人合抱的枯木头。鱼一直附于船之两边，开船者说这一定是海上将起风暴了，鱼有预知，特来护航的。中午时分，果然雷雨大作，惊天动地。风向转成了东北向，船舵也失去了作用。船也因此转向倾侧，情势甚是危险，幸好有两条大鱼紧靠着船行，还没有离去。此时忽听得一声霹雳炸响，狂风暴雨顷刻戛然而止，变幻诡异而急剧，让人匪夷所思。下午四点，风向又转为西南向，且风力甚大，有利于航行。如此莫测变幻，全船人都觉神秘，大家都将手放在额头上，以示对神灵的虔敬，感谢神灵相助，让我们在这番风云变幻中得以平安前行。有感于此，我写下两首诗，特为铭记，诗为：“平生浪迹遍齐州，又附星槎作远游。鱼解扶危风转顺，海云红处是琉球。”“白浪滔滔撼大荒，海天东望正茫茫。此行足壮书生胆，手挟风雷意激昂。”我自以为，这两首诗还是足以描绘斯情斯景的。

十一日中午，我远远地看见了姑米山。此山共有八道岭，每岭又各有一二座山峰，山峰或断开或连绵。下午三点，大风裹挟着暴雨倾注而下，幸好雨虽骤，风虽狂，但是顺风，有利于航行。天黑时分，船接近了姑米山。琉球人因此山周围多暗礁，一到黑夜，便不敢接近，一般会等到天明再启程。停船等待时，并不需要抛锚下碇，只需将船帆收起，向着顺风的方向泊在港湾，船便随风浪荡漾起伏，也不会后退。夜里八时许，船上举起了火把，姑米山上也有举起的火把与之相呼应。心中纳罕，一问方知，这是琉球人之间沟通的暗号。白天他们以放炮为号，夜晚则燃起火把为凭。《仪礼》注疏中所说的“得信”，指的当是此种情形。

十二日早晨八点，船经过马齿山。此山形如犬羊交互错杂，四座山峰各自独矗，四散分开，散漫随意，有如天马行空一般。大概又航行了十三四个小时，航船再次使用罗盘校正航向，向着霸港方向取道而行。回头望去，见迎接受封

使者的船紧随其后，大家都互相庆贺。从历来的航海图上看到，航线上还有小琉球、鸡笼山、黄麻屿，只是这次行程都没有见到。我便询问船上的琉球船长，他年已六十，往返于海上已达八次，每次出行，他都细致观察，得出航线的准确方位。他认为问题应该不出辰卯二位。天干中，乙卯的位置处于单数，此位上磁力强，罗盘指向准确，因此这次航行的路线是历次中最为简捷的。途中也只见到了三座岛，便到了姑米。

开始航行时，罗盘定位用的是单辰，行至七个小时后，改用乙辰，自此后便都用乙辰。过姑米山后，就一直用乙卯。一路上点香计时，很难算得那样准。如果依据时刻表按时辰计算里程，每个时辰大约航行一百一十里。从初八那日未时启程，到十二日辰时为止，共计航行五十八个时辰。初十日，因暴风雨之故停了两个时辰。十一日，因担心触礁，停了三个时辰；实际航行只五十三个时辰，总的行程应该是五千八百三十里。算上从姑米到霸港的距离，实际海上行程是六千多里。据琉球的船长说：海上行船，风太小了固然不能行驶，风太大了也不能行驶。风大浪也会大，大浪起伏的阻力会阻塞船的航行，有时前进一尺会后退两寸。最适宜的情形是：七分的风，五分的浪，就像这次这样。以前越洋渡海，从来没有哪次像今番这样平稳顺畅的。

到了琉球后，琉球人驾着数十只木船，用纤绳拉着船前行，受封仪式隆重，三晋三接，一切都按仪式进行。先前，二号船在初十日左右都看不见，这时它反而还先到达了。迎封使的船只也紧随其后入了港，所有船只都停泊在临海寺前的码头。船长说："以前还从没有碰到三只船一起到港的情况呢。"

正午时分，我们上了岸。当地人倾巢出动，都聚在路的两旁围观欢迎。世孙尚温率领文武百官，按照礼仪，列队恭迎封王诏书。世孙尚温年方十七，肤色白皙、天庭饱满，仪态雍容，颇有天潢贵胄之风度。他还擅长书画，颇有几分赵孟頫笔墨的真意。

据《中山世鉴》记载：隋朝使者羽骑尉朱宽曾到过中山国，他看见中山国在万顷波涛间，形如虬龙浮水，便命此地为"流虬"。其名几经变更，各有不同。《隋书》又作"流求"，《新唐书》作"流鬼"，《元史》又作"瑠求"，明复作"琉球"。《中山世鉴》还有记载：元朝延祐元年（公元1314年），中山国一分为三大部分，共十八个国。有的自称为山南王，有的自称为山北王。我在

中山、南山等地几乎游了个遍，见到大的村庄不过二里，就称之为国，这不是太夸张了吗？琉球人每次说大风，都称之为台风飓风。韩愈诗有“雷霆逼飓”字眼，是说与飓风相当的为颮。《玉篇》：“颮，大风也，于笔切。”《唐书·百官志》：“有颮海道，或许是琉球人的误书。”《隋书》上说琉球岛上有虎、狼、熊、罴，现在并没有。又说，无牛羊驴马，此地确实没有驴，但余者六畜齐备。由此可知，书上说的东西不可以完全相信，所谓“尽相书，不如无书”，诚哉是言。

天使馆坐东朝西，仿照中华官署样式建造。门前竖二旗杆，上面悬挂着册封中山国的黄旗。门外有照墙，东西各有一道辕门，门左右又有鼓亭、值班房。大门匾额上题着“天使馆”三字，进入门内，两边共有廊房四间。迎宾门匾额上题着“天泽门”三个字，是明朝万历年间使臣夏子阳题写。时代久远，匾额暗淡模糊，本朝前任使者徐葆光又在它的基础上补出字样来。入得门来，左右各有房屋十一间，中间留出甬道。甬道西边有一株榕树，树干极粗，需十人合抱方可，是前使徐葆光先生亲手所植。最西边是厨房，匾额上题着“敷命堂”三字，是前任使者汪楫题写。稍稍偏北处有徐葆光题写的匾额“皇纶三锡”。大堂后面有穿堂，穿堂直通二堂，二堂也有五间房，中间一房是正副使聚餐的地方，前任使者周公题署了“声教东渐”匾额。左右两边的房子即卧室。二堂后面有南楼北楼各一座，南楼是正使所居，汪楫题匾额为“长风阁”。北楼是副使所居，前任使者林麟焻题匾额为“停云楼”，匾额北边有一座诗碑，是海山先生所题写的。馆之四周，是用打磨过的礁石砌成的围墙，围墙看上去如百丈城垛。墙上都种着火凤，树干方形，无花有刺，似霸王鞭。叶似慎火草，民间说它能避火，中山人叫它吉姑罗。南边的院子里有水井。楼房顶上都盖着瓦，地下砌着方砖，院中平坦得像沙滩。馆内桌椅床帐，都仿照中国的样式。出使期间，寄尘有诗四首，记得其中有这样的诗句：“相看楼阁云中出，即是蓬莱岛上居。”又有句云：“一舟剪径凭风信，五日飞帆驻月槎。”写的都是当时的真情真境也。

孔子庙坐落在久米村，庙堂有三间，中间那间供奉着孔子像，他的像像王者一样，冠上垂着流苏，腰上插着玉圭，神像署名为“至圣先师孔子神位”。神像左右有两个神龛，神龛由两个站着的人侍奉，每人手里捧着一卷经，经上标

着“《易》《书》《诗》《春秋》”，这就是所谓的四配也。庙堂外是平台，平台东西走向，沿着石级，登上平台，便可看见如窗格门一样的栅栏。中间仿照军营大门，半边设立关塞以阻止行人随意通行。平台外临海处设有屏墙。庙堂东面是明伦堂，北面供奉着夏启的神位。久米村中，出类拔萃的士子，都在这里接受教育。村中选择文理精通之人做士子的老师，年年都支付薪金物资。旧时于每年阴历二月、八月的第一个丁日祭祀孔子，称为丁祭。丁祭完全遵照中土的礼仪规范。见此情形，我心怀敬畏，题诗一首，以致纪念，诗如下：“洋溢声名四海驰，岛邦也解拜先师。庙堂肃穆垂旒贵，圣教如今治九夷。”以此来抒发我对先贤圣哲的一片赤忱与景仰之情。

中山国中有很多寺庙，以圆觉寺为最大。渡过观内的莲塘桥，见一亭子，亭中供奉着文殊菩萨辨才天女，听说就是斗姥（即妙音天女）。在快要进门的地方，有一个池子名叫“圆鉴”，池中荇菜水藻交互纵横，亭亭芰荷半倚半倒，别有幽雅之韵。寺门高而轩敞，寺楼整个像鸟儿振翅欲飞之状。佛像左右有四大金刚，其规格大小模样都仿照中国式样。佛殿有七间房，再往里边走，大殿亦有七间房，取名为龙渊殿。中间是佛堂，佛堂左右供奉着中山国先王的神位，同时祀祧远祖神灵。自左边开始依次是方丈的座位，右边开始依次是香客的座位，都设有坐席。坐席四周用布包裹着，下面的衬布平整而又洁净，名叫“踏脚绵”。方丈的前面是“蓬莱庭”。左边是香积厨，厨边有水井，名叫“不冷泉”。客座的右边是古松岭，岭中怪石林立，参差错落，列于苍劲古松之间。庙左边的厢房是僧人的寮房，右边的厢房是狮子窟。僧人的寮房南边有乐楼，乐楼南边有园圃，圃内花草树木颇多，这就是圆觉寺胜景的大概形貌了。

此国还有护国寺，是国王在荒年祈祷求雨的地方。寺内的神龛供奉着各方尊神。神面目很黑，身体裸露，手持利剑，威然挺立，样子甚是狰狞可怖。寺内还有一钟，是前明景泰七年铸造的。寺后种有许多凤尾蕉，又名铁树。此外还有天王寺，寺内也有钟，钟也是景泰七年铸造的。又有定海寺，寺内有钟，是前明天顺三年铸造的。至于龙渡寺、善兴寺、和光寺，寺皆荒芜颓圮，衰败残破，没有什么值得记述的地方。

中山国是一岛国，盛产海味。这里的海味，种类繁多而独特，很多是中土之地见所未见的。其中之一是石鲃，此鱼像墨鱼却比墨鱼大，鱼肚子圆如蜘蛛，

两根长须八只手，集中长在两肩位置。身上有刺，像海参，没有脚也没有鳞，像鲍鱼，似登州一带所说的八爪鱼。从形状上来看，大概是石鮔，抑或是乌贼的另一个种类?

有一种是海蛇，身长三尺，身体僵直，似枯朽的绳索，颜色乌黑，样子狰狞。当地人说此蛇能杀虫、治疗顽疾、驱除瘟疠，大概像柳宗元《捕蛇者说》中所说的永州异蛇吧。按当地风俗，人们非常看重它，认为它是珍稀贵重之物。

有一种是海胆，像刺猬，剥皮取肉，将肉捣成烂泥糊，用小瓶子装着，可以用来下酒。有一种寄生螺，大小不一，长圆各异，都背着壳而行走。还有寄生于螺中的蟹，两钳八腿，其腿四大四小，行走用大腿。钳子一大一小，小的平时是隐藏着的，大的则用来取食。一碰它，大腿全部缩起来，唯大张着钳子做出抵抗之态，以作防守。寄生蟹也有寄生螺的特性。《海赋》中说“璅蛣腹蟹”，说的就是这种情形吗?《太平广记》中说蟹入螺中，似乎是先有蟹，但把寄生螺放在碗中，观察它挣扎逃脱的样子，结果用力过猛螺壳脱落，蟹立刻就死了。那又似乎是与螺壳相依为命的一种。上天造物，神秘莫测，实在是我辈凡人难以臆度揣测的。

有一种沙蟹，体形大而薄，两钳比身子还要大，壳很小且前面缺一块，前面两钳缩起来正好补缺，严丝合缝，没有空隙，造物之神奇也。此蟹八条腿特别短小，腹部没有甲壳，无法辨认雌雄。看到人来便缩陷起双眼，口中喷出一寸多高的水，似乎很爱发怒的样子。用沙和水养起来，过十几天，即便是不吃食物，也不会死去。

有一种蚶，直径达二尺以上，周长五尺左右，就是古人所说的“屋瓦子”，因为它的壳形凹凸交错，就像屋瓦一样。

有一种海马肉，薄片卷曲，状如刨花，花色像切成片状的茯苓。此中极品，不容易捕得，若有捕得者，一定要先献给国王。它的样子是鱼身马首，无毛却有脚，皮像江豚一样滑溜厚韧。这些都是当地的海味特产。

中山国的水果，也有很多与中土不相同的。芭蕉形状如手指，色黄，味甘，果瓣像柚子，又名甘露。刚成熟时颜色是青的，用糖将它们覆盖一些时日，就变黄了。它的花是红色的，一穗花有数尺长。每年抽出五六枝瓤须，一年结一次果，果实数量与瓤须数量相同。中土亦有香蕉，没听说每年结一次果，亦没

有听说抽出芭蕉丝织布的，难道是物性不同的缘故么？

织布的原料与织布的方法，也与中土不同。有一种蕉布，米色，一尺宽，是将芭蕉沤烂，然后抽其丝织成，轻薄细密如丝绸。有一种苎布，色白而细腻，宽一尺二寸，可与棉布匹敌。有一种丝布，色白而质绵软，以苎麻为经，蚕丝为纬，是布料中的最上品。《汉书》所谓蕉、筒、荃、葛，指的就是这类布。有一种叫麻布，米黄色，质地粗糙，品级最下。

中山国人擅长在布上印花，花样繁复，品类不一，都先剪成纸花作为样本，再将剪纸放在布面上，涂上一种灰，灰干之后，拿去纸样，在空心处涂上各种颜色，涂料晾干后用水洗干净，灰被洗掉，花样呈现，愈洗其色愈鲜亮，哪怕衣服穿破了，颜色也不会褪去。此中一定有秘而不宣、不能为人道的秘密。所以来自东洋的花布，最被闽南一带的人所看重。

中山国的草木，也多与中土不同。可惜我未曾带着《群芳谱》来，如此，便可以按谱索骥，对着谱式一一辨认考证了。“罗汉松”叫作“樫木”，“冬青”叫作“福木”，“万寿菊”叫作“禅菊”，“铁树”叫作“凤尾蕉”，以其叶子成对长出而形似凤尾得名。也叫作“海棕榈”，以树顶叶子形似棕榈而得名。有人将它带到中土，栽植于盆内，以作盆景赏玩，则称它为“万年棕”。凤梨，开花的叫作男木，其白色花瓣似莲花，浓香馥郁，不结果实。不开花的叫女木，果实很大，像瓜一样可以食用。也有人说这就是菠萝蜜的变种，琉球人又叫它“阿咀呢”。月橘，叫作十里香，叶子如枣，开小白花，花香浓烈，果实如天竹子，稍大一点而已。听说二月中旬，红艳艳的果实，累累挂满枝头，像漫山遍野燃烧的火焰。可惜我没见过如此盛景。

琉球阳光充足，光照强，气候温暖。即便到了深秋，花草也不凋零，如雷的蚊鸣声不绝于耳，芦荻盛放如雪。野牡丹从二三月间开花，一直到八月依然盛开，累累花朵，如大小不一的铃铛般招展在枝头。花瓣素白，有紫色花晕，深檀色的花心，花朵又圆又大，芳香浓烈。扶桑花四季盛开，有的是白色，有的是深红粉红二色兼有。万树千花，让人感慨，因此赋诗一首。诗云：“偶随使节泛仙槎，日日春游玩物华。天气常如二三月，山林不断四时花。”既是诗情写意，聊抒胸臆，也是真情真景，可供考证。

琉球人都嗜好兰花，他们称之为孔子花，足见其圣洁。古老的宅院中，珍

贵品种尤其多。有一种风兰，叶子比普通的兰花要长，用篾竹编做花盆，将它挂在风中，就可以繁衍别枝。有一种护兰，叶子似桂叶稍厚一点，刚生长时像手指，一根花茎开八九枝花，每年四月盛开，其香较普通兰花为甚。护兰因出产在护岳的岩石间而得名，不需要借助水土，有的寄生在树丫间，有的用棕叶裹缠挂起来，都会生长茂盛。有一种粟兰，又叫芷兰，叶子形如凤尾花叶，像珍珠。有一种棒兰，绿色，茎如珊瑚，没有叶子，花从枝丫间开出，像兰花稍小一些，亦是寄生在树上成活。还有西松兰、竹兰之类的，有的是从外岛移来的，有的是从岩间取来的，其香和普通兰花比起来，都不逊色。遍观兰花，我又得一诗，诗云："移根绝岛最堪夸，道是森森阙里花。不比寻常凡草木，春风一到即繁华。"写完诗后，我特意泼墨，为兰花写生，惭愧的是我笔墨不逮，没有黄筌那样的一支妙笔，能追光摄影，捕兰花之神韵。

沿海很多浮石，石头中间空虚，外形小巧玲珑，水拍石上，会发出如钟磬般浑厚洪亮的声音，这种情形和中国彭蠡海口的石钟山有些相似。闲居无事，没有什么可以消遣打发时光，我便时常与姓施的先生下棋，用的是琉球的棋子。白棋子是用海螺的封口石磨制而成的，内地小螺有保护门户的小圆壳，大的海螺，其保护门户的壳厚达五六公分，直径有二寸左右，又圆又白，好似砗磲(一种生于热带海底的软体动物)，当地人叫它"封口石"。黑色棋子是用黑色的石头打磨而成，棋子直径约有六公分，周长二寸左右，中间凹陷而四周平削，没有正面背面之分，不像云南棋子那样。棋盘是用木材做成的，厚约八寸，盘有四条腿，每条腿高四寸，桌面上刻着下棋路线格式。当地风俗喜好下棋，没有人会举棋不定，下棋蔚然成风，自然会产生一些大国手。每局棋下完，就数空多少眼，而不是数有多少颗棋子，计算的结果正好相同。相传中山国内供奉着棋神，画中的棋神宛若美貌的天仙，但不会让外人看见，这是该国的一种风雅时尚。

六月初八，上午八时，正副使恭敬地捧着谕旨、祭文、祭祀所用的祭银和化纸，将它们安放在龙彩亭内。出了天使馆往东走，经过久米林、泊村，到达安里桥，即真玉桥，世孙早已恭敬地跪在那里，按国朝礼仪迎接使臣，随后将我们引进庙内祭祀。祭礼完毕后，便带领使者一行前往先王庙参观。先王庙的正庙有七间房，正中向外，贯通为一个神龛，龛上供奉着中山国各代先生的神

位灵牌，左边昭位从舜马到尚穆，一共有十六位神主，右边穆位自义本到尚敬，共十五位神主。

这天，琉球当地居民万人空巷，蜂拥前来一睹盛况，人山人海，热烈隆重。男子都跪在路的左边，女子都聚在一起，远远地站着观看。观者当中，也有稍文雅一些的，这些人设着帐帷，挂上竹帘，坐在里面观看。当地人说这些都是本地达官贵人的亲眷。女子都将额头涂黑，手指节上带着各类饰品。还有些人涂成了全黑，涂得少的，则黑白相间，作梅花之形状。中山国的风俗简朴，女子一般不穿耳洞，不施脂粉，也没有珠翠首饰。家家户户门口，大多立着一块“石敢当”碣碑，墙头上大多种植着吉姑罗或柔树，树枝修剪整理得极为齐整有序。

中山国人称中国为唐山，称华人为唐人。

琉球多是沙土地，下雨了也没有泥泞，雨一停就可在上面行走。奥山有一座却金亭，据说前朝明代的册封使臣陈侃（时任给事中）自中山国奉旨还朝时，中山国赐给他许多金子以作酬谢，他婉言拒绝，感于其清廉正直的气节，中山国人特意造了此亭，以示旌表敬意。辨岳，在王宫东南方向三里左右的地方，过了圆觉寺，从山脊开始，水流向左右两边，风水先生称之为过峡，是中山国的风水命脉。此山大大小小有五座山峰，最高者即是辨岳，山上覆盖着密密层层的灌木，蓊郁苍苍。山前立着两根石柱，石柱间设着两个栅栏。石柱外有两间木制的阁楼。阁楼稍微偏左的方向，有一个小石塔，石塔左右，陈设着五个石案。从此处折而向东，登上数十级即达山顶。山顶上有两座石制的放酒缸的台子，西边的那座供祭祀山神之用，东边的那座则用来祭祀海岳神。海岳神又叫祝，据说是天孙氏的第二个女儿。国王接受册封之前，一定要斋戒沐浴，焚香净身，然后亲自前来祭祀。正月、五月、九月，祭祀山神、海岳神及护国神，都在辨岳这个地方举行。

波上，雪崎以及龟山，我已经游遍，总的来看，鹤头最胜。我跟随着正副使前去，爬上山顶，找一块避阴的地方坐下来。极目远眺，但见草色远浸，晴翠接天，松枝繁富，浓阴匝地。向东可远望辨岳，一峰独秀，耸立于半空中，峰下的王宫历历如画。向南眺望，则见近处海水无波，平静如湖，远处山峦逶迤，绵延如堤岸。丰见城在众山之中，巍然突起，山南王王宫的旧迹，犹有残

留，依稀可辨。向西眺望，可见马齿、姑米二山，时隐时现，若近若远，那是册封使船经过的地方。向北俯瞰那霸、久米，人烟稠密，聚于城中，一派繁华景象。

凡是所见，皆山川灵异，草木荫翳，鱼鸟沉浮，云烟变灭，无一不争奇献巧，毕集眼前，让人感慨遂深，此时才知道以前的游历，太过于粗疏简单了。

梁大夫简单地准备了杯盘酒樽，我们便席地而坐，怡然畅饮起来，我也让仆人准备了一些酒肴送来。下午三时左右，天气乍变，凉风骤起，看样子一场小雨将飘然而至。我们便移樽罢宴，移步到船上去了。此时海潮正涨，海水漫过了沙滩，我们便从奥山南麓调头，转而驶向东北。岸边悬崖上山石凌立，耸于当空，摇摇欲坠的样子。海燕翻飞，恰似鸥鸟，渔舟似织，往来不息。一瞬间，落日隐入山间，一轮明月跃出海平面，无数色彩鲜艳的鳐鱼，争先恐后地跃向潮头。我与介山，举杯邀月，击楫而歌，尽兴狂饮，直到所有人都醺然大醉，如此，方不负眼前这良辰美景。经过渡里村时，已是半夜三更。却金亭前，明烛高照，火炬齐列，只照得如同白昼，等着迎接使臣的人都已困倦不堪了。于是我们一起踏着月色，徒步归去，这是我来中山国最快意的一次游历。

泉崎桥桥下是漫湖的水边，每当晴朗的夜晚，桥之双拱捧着一轮明月，宇宙万象，一片澄明，犹如一个琉璃水晶的世界，这是中山八景之一。旺泉的水，清冽而甘甜，素负盛名，也列为中山八景之一。王城内有一座亭子，背倚王城，登高望远，可在此亭中稍事休息，品品瑞泉之水，饱览中山八景。所谓的八景，指如下几处：泉崎夜月，临海潮声，久米竹篱，龙洞松涛，笋崖夕照，长虹秋霁，城岳灵泉，中岛蕉园。小亭下有许多棕榈和紫竹，紫竹丛生，高者有三尺多，叶子如棕榈，狭窄而细长，这就是所说的观音竹了。亭子南边有蚶子的甲壳，长有八尺多，可用来贮水，以供人盥洗。此时，我才知道大蚶是不容易得到的。

中山国人洗漱不用热水，家家户户门前竖一根石桩子，石桩上面放着石盂或蚶壳，用来贮水，旁边放着一柄竹筒，早上起来后，便用竹筒盛水，浇着盥漱，有客来了，也是如此。这里的地上多草，草皆细软如毛毯，有事了就取一些新鲜洁净的沙子盖在上面。国人都用玳瑁的壳打成长长的发簪，此簪后来由闽粤的商贩传到中土，中土人奉为珍宝。琉球人却不知其贵，认为它是不值钱

的低贱之物。这就好比住在昆山之旁的人，守着玉山，便不知玉的珍贵，用玉来交换喜鹊，实在是地理环境造成这种情形的。

丰见山山顶上，有山南王府邸的故城遗址。徐葆光曾有“颓垣宫阙无全瓦，荒草牛羊似破村”的诗句，以感慨世事无常、沧海桑田，一切风流皆会云散，皆会掩埋在历史的风烟当中，化作颓垣荒草地。旧时王公贵族的子孙后裔，如今都姓那，还聚居在这里。

辻山，中山国人读为失山。琉球的字都是对音，十、失在读音上并无区别，怀疑是“迭”字的误读。副使李鼎元辑录琉球当地方言语音，谓之《球雅》，总结了一些规律：一字作二三字读音，二三字作一字读音，都是根据语义而不是读音，这就是所谓的寄语，琉球人都知道。有时他们把一百多个字或是十几个字读成一个音，与中土的发音迥然有别。中山国内，只有读了很多书精通文理音韵的人，才知对音，一般的民众是不知道这些的。

久米的官家子弟，刚学说话，就教他们汉语，刚学会写字，就教他们汉文，十岁时称“若秀才”，国王供给一石米。十五岁剃发受礼，先去拜谒孔圣人，再去拜谒国王，国王将他们的名字记录在册，称之为“秀才”，供给三石米，成人后就选拔为通事。国中文化界声名最望的，都是明代三十六姓的后裔。那霸人以经商为主业，多富裕人家。明朝洪武初年，恩赐闽人三十六姓中擅长操舟的人，在中国和琉球之间往来朝贡。中山国久米村中，梁、蔡、毛、郑、陈、曾、阮、金等姓，都是三十六姓的后裔，直到现在中山国人还很器重他们。

与琉球诸公谈玄论理，有很多地方让人受到启悟，于是便与他们唱和赋诗。法司蔡温，紫金大夫程顺则、蔡文溥三个人的诗作，有诗人气象。程顺则还著有《航海指南》，叙述渡海相关事宜十分详备。蔡温尤其致力于古文，著有《蓑翁语录》《至言》等书目，其作根植于经学，有道学气象。其学问出入程朱二派之间，大致是宗法朱子，却徒有其形，未得其神，尚未到达炉火纯青、自成一家之境界。

琉球的山大多贫瘠坚硬，不适宜农作物生长，只能种红薯。据当地老百姓传言，一般逢上受封的年岁，一定会大获丰收。今年五月稍稍有些干旱，幸好五月之后，风调雨顺，没误农时，最终还是获得了大丰收。红薯一年可收获四次，中山国的臣民，倍感欢欣。他们都说：“如果不是受封的年岁，绝对不会有

这样的好收成。”

六月上旬，稻谷已经收割完毕。琉球日照充足，气候温暖，稻子常会早熟。十一月播种，次年五六月即可收割。红薯一年四季都可以种，一年三熟叫作丰，一年四熟则叫作大丰。此地稻田少，薯田多，国人都以红薯作为日常生活主食，以此维持生命，只有王宫贵族才能吃到米。此地亦种麦豆，只是产量都不多。五月二十日，中山国举国祭祀稻神，在没有举行这个祭祀之前，稻子就算已经收割进场了，人们也不敢把它搬进家里。如此敬畏之心，更见米之尊贵难得。

七月上旬，此地才能看见燕子，此地的燕子不把巢筑在屋里。中土的燕子，八月归来，这里的燕子可能没到过中土。它们七月份才飞来，一定在别的地方有巢。还有一种海燕，比紫燕身形略大，羽毛是白色，有的燕子甚至全身都白，好似海鸥，它们多在岛中筑巢。偶尔有一些飞到中土，人们都将它作为祥瑞的象征。有一种应潮鸡，雄性纯黑，雌性纯白，都是短足长尾，性子温驯，见人不躲。香崖还买过一只小犬，此犬毛色似豹之斑纹，性子机灵警觉，给饭它不吃，给红薯它才吃，真是通灵之物，大概它知道这里的人都是吃红薯为生的。此地鼠雀最多，而鼠尤其猖狂，也有猫，但猫不会捕老鼠，国人只是将它们作为宠物玩赏。由此可知，物之本性也会随着地理环境的变化而变化，人如此，动物也如此啊。此地鹰、雁、鹅、鸭特别少。

这里的枕头，有方形的，像圭板。有圆形的，像用细轴联结的车轮。有像文具盒的，有几层格子，制作精良，都是用木头做的。枕头大致宽三寸，高五寸。外涂上漆，有黑有红，要竖着枕，反过来就会倒下。按《礼记·少仪》注："颖，警枕也。"所谓的"颖"，是颖然警悟之意。此外，司马文正公曾用圆木做成警枕，稍睡一会枕头便会转动，让人惊醒，于是便起来读书，这里的枕头大概正是警枕的遗风吧。

这里的衣服，衣襟都很宽大，通常有两襟交叉。袖子宽二尺，袖口都不缉边，衣袖特别短，以便于做事。衣襟大多没有束带和扣子，统称为衾。男子腰间束一根大带，带长一丈六尺，宽四寸，可围着腰系四五圈，再将多出的两端垂在两肋间。烟包、纸袋、小刀、梳、篦之类，都放在怀里。所以胸前的衣襟总是皱着凸起。肋下不缝合的衣服，只有小孩子和僧人的衣服是这个样子。除此而外，僧人还有短衣，像背心一样，叫作断俗。这就是琉球着装的大致情形。

这里的帽子，通常是以薄木片为骨架，再蒙上层层叠叠的帕子。前面有七层，后面有十一层，花锦帽远远望去，就像屋漏留下的痕迹，此种品类最贵重。只有摄政王的王叔宰相才能戴这种帽子。次一等的是花紫帽，是执法官戴的。再其次是纯紫色的帽子，大概国人以紫为贵，黄次之，红又次之，青绿更下。各种面料又以绫罗为最贵，绢帛次之。国王没受册封时，只能戴着乌纱帽。此帽双翅侧冲上向，盘着金丝，朱缨垂到颔下，下面束着五色丝线。到受封时戴皮帽，形状像中国戏剧中扮皇帝的演员戴的便帽，前面排列着七朵花瓣，身穿蟒袍，腰系玉带。

这里的轿子像中国的饼轿，中间放一把大椅子，上面安一个大篷盖，四围没有帷幔，轿的辕轩又粗又长，没有绳绊，没有横木，只是用八个人分左右两边抬着走就行了。

杜佑的《通典》记载，琉球国有一种习俗，说妇女生下孩子后一定要吃掉胎衣，并用火熏烤自己，一直到汗流出来。我问杨文凤此典是否属实，他说："用火熏烤确有其事，吃胎衣则没有听说过。"现在中山国即便是火炙的习俗也没有了，只有北山余风犹存，还没有完全改掉这种古老的习俗。

嫁娶方面的礼节，非常简陋，名门望族才会用美酒佳肴，金银珠宝作为聘礼。结婚时就用本国轿子，张灯结彩，打锣敲鼓地来接亲。不计较嫁妆彩礼财物，父母只需要把女儿送到男方家里就立刻返回。也不宴宾客，只有至亲血脉，才会备酒庆贺，然而也不过几人而已。《隋书》里说："琉球风俗，男女相悦，便相匹偶。"这大概是他们的旧俗吧。以此事询问郑得功，郑得功说三十六姓刚来时，习俗还没有改变，后来渐渐知道了婚嫁的礼仪，这种习俗逐渐革除了。现在中山国中的有夫之妇，如果通奸就被杀头。我这才领会到，琉球之所以号称守礼之国，也是得力于三十六姓的教化之功啊。

普通百姓如果有丧事，邻里都会聚起来送葬，旁观的人也会帮着护送灵柩，遗体掩埋后就各自回家。官宦之家，同僚中的知己，也会来送灵。送出去后就返回来，大都不宴请宾客。一般都用僧人题写牌位，若死者是男，则书"圆寂大禅定"字眼，死者是女，则书"禅定尼"字眼，没有先考先妣这种称呼。近来，官宦人家也有写上官职爵位的。棺木规格一般长三尺，只能弯曲着身体入殓。官宦之家也有人用五六尺长的棺木，老百姓仍然用旧制。

这个国家的人，胳膊肘比华人稍短一些，《朝野佥载》里也曾说过，琉球人身形短小，似昆仑人。我所见到的士大夫，身材短小者固然占大多数，当然也有留着长胡须、面目丰满、身材颀长的。还有一些人甚是肥胖，腰腹可达十围。由此可见，前人的说法也未必能尽信。这里的人身上多有狐臭，这就是古人所说的愠羝了。

世世代代享受皇家俸禄的人家，都是朝廷恩赐姓氏。一般士人和平民百姓大都以田地为姓，没有另外的名字，至于他们的后裔，则通称为：某某氏之子孙或第几男。所说的田、米，都是私姓。

中山国的兵刑规章只有三条：杀人者死，伤人及重罪流放。轻罪者，罚他们在烈日中暴晒，根据他们的罪行轻重以择定罚罪时日。全国多年来没有被判处斩的犯人，偶尔有犯死罪问斩的，大多数都是拔刀自己剖腹而死。

七月十五夜晚，我打开窗户，看见家家户户门外都摆放着两根火炬。询问当地人，说：本国风俗，于七月十五日举行盆祭，希望迎接神灵，祭礼完毕后，就将火炬拿走。所谓的盆祭，大致相当于中国所说的盂兰会。连日来，见市集上的小孩人手拿着一个纸幡，相对站立挥舞着，做出迎神的样子来。这才得知中山国盆祭祖先的风俗，也是一个比较重大的祭祀仪式。

龟山的南岸有大灰窟，中山国人会选此地车螯、大蚶的壳来，将它们烧成灰，用它们来刷墙。此灰刷墙虽然不及石灰，但黏性比石灰好。再往东北方向，有盐池，这是中山国人用来煮盐的地方。

七月二十五日，正副使举行册封典礼，沿途观看的人越来越多。使臣登上万松岭，迤逦向东行进。沿途道路整齐宽广，经过了一座碑坊，上面写着“中山道”三个字。又经过一坊，上面题写着“守礼之邦”。世孙戴着皮帽，身穿蟒服，腰束玉带，拖着的裙裳上结着玉佩，率领着文武百官跪在道之左边以迎接。再往里走是欢会门，王宫雄踞在山巅，四周垒叠礁石作为城墙，墙面削切打磨得如同绝壁，城墙上有小道，但没有雉堞，高五尺以上，远远望去像是髑髅堆成的。这时我才明白《隋书》里所说的“王居多聚髑髅于其下”，是远远望去，形似髑髅造成的错觉，说此话者其实并没有真正到过城下。城外的石崖上，左边镌刻着“龙冈”二字，右边镌刻“虎崒”二字。王宫坐东朝西，因为中国在海岛西面，以此来表示忠诚效命于朝廷之意。

王宫后面向东的是继世门，左边向南的是水门，右边向北的是久庆门。再进入一层石崖，有一个门，位于西北向，叫作“瑞泉”，左右都有甬道，有左掖、右掖两道门。再往里走，有一个计时的滴漏向西摆放着，匾上题着“刻漏”。滴漏上方设有一把铜壶，以漏水计时。再往里面走，有一个门朝向西北，叫奉神门，此为王府门。殿廷占地方圆十几亩，廷内分别砌有两条通道，经由甬道进入宫廷，便是国王处理朝政的地方。墙壁上悬挂着远祖伏羲的八卦画像，龙马驮着八卦图站立在伏羲前面。此画绢色苍古，斑驳剥蚀，一望便知年代久远，应该不是近代之物。北宫宫殿房屋坚固而简朴，屋子低矮，伸手便可碰到屋檐，大概是因为它建立在山冈之上，要抵挡海风的侵袭。北宫对面即是南宫。这一天接待正副使的国宴设在北宫，册封大礼完成后，举国上下，欢庆鼓舞。听说国王经过的地方，都布置了彩色的装饰，泉崎桥的道路两旁，都摆着各种奇花异草，四周用红色栏杆围绕着，中间供奉着一只木雕麒麟形的东西，上写着：“非龙非彪，非熊非罴，王者之瑞兽。”天妃宫前，种有六棵大松，堆有四座假山，雕了两只白鹤，还有三只活生生的子母鹿。宫中还有一个水池，水池上搭了一个小棚，棚上覆盖着苍翠的松枝，松子累累垂挂，像一串串葡萄。水池中间，摆着五个大小不一的木刻鲤鱼，鱼像浮在水面。水池四周修竹环绕，池栏旁边有一座碑坊，上写着“偕乐坊”。碑坊的柱子上悬挂着一块木板，上面题写着：“鹿濯濯，鸟翯翯，牣鱼跃。”回去后，我将所见情形告诉了各位副使，副使说：“这些都是史书方志上曾记载过的，没想到事过几十年，竟然一字不改，真可以说是印版文字了。”众人听后都大笑起来。

宜野湾县，有一个叫龟寿的人，侍奉继母孝悌忠厚，国人没有不知道的。继母偏爱自己的亲生子，总在其父伊佐面前说龟寿的坏话，而且以不吃不喝的手段想激怒伊佐。久而久之，伊佐被她迷惑，不知道事情的真相，竟而想置龟寿于死地。便派他深更半夜去北宫汲水，再伺机将他杀死。家中仆人知道了这个阴谋，便偷偷将龟寿藏在他家里，急忙前去伊佐那里想谏诅他。伊佐将此仆人绑了起来，接着又放了他。他想了想，觉得事情已经败露，不能再将他杀死，只好将龟寿驱逐出了家门。龟寿被驱后，悲痛欲绝，想自尽身亡。转念一想，这样做无异于向国人昭告张扬了继母的恶行，是为不孝。于是忧思徘徊，不知何去何从。当时正值天降雨雹，寒冷异常，心力交瘁的龟寿病体难支，冻僵后

倒卧在路上。巡逻的官员正好遇见了他，走近前来，探了一下他的身体，尚有微弱的体温，知道他还没有死，就将自己的衣服脱下来盖在他的身上。慢慢地，龟寿苏醒了过来，那个官员慢慢询问他其中的缘故。就是在这种情形下，龟寿也不想张扬其父母的恶行恶德，只假托了一些借口借以掩饰。刚开始，巡官听说孝子龟寿被父亲赶出家门，心中已是意难平。到了这个时候，他看见此人言辞支吾，闪闪烁烁，已经有几分怀疑此人即是龟寿。他赠给他衣服与食物让他先离去了。然后秘密查访，掌握了龟寿的真实情况。于是传令召集全村的人，把伊佐的妻子押赴到会场，历数其罪状后，将她关押了起来。正想禀告国王，龟寿自己却愿意代继母受过，巡察官不忍心伤害孝子的一片苦心，就将伊佐夫妇叫来当面斥责教育。其继母到这时才被感动，如梦初醒。最终，母子尽释前嫌，和睦相处。副使已经为他写了传记，我又作了一首诗表彰他的孝行。诗云："輶轩问俗到球阳，潜德端须为阐扬。诚孝由来能感格，何殊闵损与王祥。"以此来劝诫那些侍奉继母却不依孝道的人。

经过迭山墟的时候，正逢上赶集，于是我便徒步去了集市，漫步游赏，以了解此地风土人情。看到集市上陈列的物品多为红薯，此外还有鱼、盐、酒、菜、陶、木器、蕉苎、土布等，大多粗糙低劣，没有什么值得一看的东西。国内没有专门的市场店面，大都自己在家做买卖。所谓的买东西，是以物易物，即用自己有的换自己没有的，并不用银钱作媒介。听说国内都使用日本的宽永钱，这次来也没有看见。昨天，香崖提着一串钱给我看，此钱环形，像鹅眼，没有轮廓，用绳子穿着，总长三寸多，把四串合在一起，用纸封上，再盖有专门的钤记。这便是琉球人新制的钱币了。每一封抵大钱十枚。大概是因为国内钱少，宽永钱的铜质比较好，官府担心有人买去据为己有，便把它们全部收集起来，特地制成这种钱来用。正因为这个原因，集市上无钱流通。

中山国男人安逸女人辛劳，没有肩挑背扛的人。赶集、织布、缝纫及打柴、担水，都是妇女来承担。凡搬运物品都顶在头上。女人的衣服既没有纽扣束带，也不束腰带。而且中山国风俗，男女衣服都没有裤子，行走不便时，势必要用手曳起衣襟。妇女的衣襟比男人的长些，衣襟的下摆叠为两层，不会被风吹开。由此我明白了妇女的发髻为什么要偏坠在一边，大概是因她们用手曳住了衣襟，手不得闲，必须用头来顶东西，头顶东西，发髻在正头顶上便会妨碍。她们从

童年时就开始练习，即使顶着重达百斤的东西，登山涉水，也不会倾倒，这真可谓中山国的第一绝技啊。妇女在劳作时，常常挽起两袖至背上，再用绳子缚住。头发脏了就洗，洗时用泥去污；洗头时脱下衣服系在腰间，裸露着上半身，低着头，即便见有人来，也不会躲开。她们抱孩子只用一只手，另一只手依然是叉在腰间，借以曳住衣襟。

东苑在崎山，出了欢会门，转而向北，瑞泉一路向下流，到了龙渊桥这个地方，汇聚成一个小水池。水池宽约十丈，长约几十丈，四面筑了防护堤加以保护，名之为“龙潭”。潭水清澈见底，水中游鱼历历可辨数。水面上荷叶亭亭，半倒半立。从此潭再向东转，有一个小村庄。村中扎有整齐的篱笆，植有浓密的松柏，松盖阴翳，薄云补林，微风啸竹，整个园林极其幽雅。进入小园门内，可见木板筑的两座小亭，小亭坐北朝南，再向南往里面走，有房屋三间。小亭东面有一座小山，像一个倒扣的盆盂。沿此向南，有一个朝西的山岩，山岩上筑有一座庙宇。岩石下方蹲着一个石狮子，狮身上饰有五彩纹饰。再往下，有一个小方池，池中有石凿的龙头，泉水便从龙的口中吐出来。还有一个金鱼池，池前有万竿翠竹，池后有百棵青松。再向东走，是望仙阁，阁的前面是东苑阁，后面是能仁堂，此阁东北面向大海，西南面向崇山，依海背山，地形独特，中山国内的风景名胜，此处当推第一了。

南苑的胜景，也不比东苑差。穿过中马、富盛，再向东转，沿着阡陌交通的田间小道行走，只见水田漠漠，番薯油油，一派生机盎然之象，全无半点秋天的衰飒之气。有些红薯似乎是刚刚种上的，询问当地人方得知，已经收获过三次了。再向前走，便进入山中。山间，松阴夹道，蓊郁参天，茅屋参差，零星点缀，虽是农家田园之景，却如画境一般美好。这一路，前前后后共有十来里，方可到达南苑村内。村名叫姑场川，意思是“同乐苑”。南苑雄踞在山脊之上，有轩房五间，轩房都被隔开来，成为复式阁楼，曲折蜿蜒，颇有幽处。轩房前有一眼小池，池是刚开凿不久，池东西向比较狭长。池上堆叠了一些礁石土块作为小桥，桥的南面有刚垒成的小山，就着小山，依势而建一座小亭，在小亭上眺望四野，游目骋怀，是极好的。小亭的东面，种了些奇花异卉，其中有一种花样子非常像蝴蝶，呈绛红色，花叶如初生的嫩槐叶，名叫“蝴蝶花”。还有一种松树，松叶如白毛，叫“白发松”。小池东面，原有旧亭和小桥，现已

废去。只能以画布作景代替了。小池西边有一个小阁楼，显得颇为轩阔开敞，立于小阁之上，便有四面来风袭来，非常宜于纳凉散怀。此外，苑中还有一阁叫“迎晖”，还有一亭叫“一览”，这些都是正副使所题写的。小轩北面植有松树、凤蕉、桃、柳等。自有一种清新之气。

黄昏时分，炊烟四起，这种情形，与中土颇为相似。我和寄尘到海上游玩，见板阁上没有供奉其他的神灵，只是在上面挂着铜片做成的福幡，幡上凿有“奉寄御币”之类的字眼，后面的落款为：“元和二年壬戌。”有人据此怀疑这是唐时之物，其实并非如此。据考元和二年（公元 807 年）应该是丁亥年，而不是壬戌年。日本人马场信武，曾著《八卦通变指南》，书中有“三元指掌”之说。其大意是：“上元起永禄七年甲子，止元和三年癸亥，如上元起宽永元年甲子，止元和三年癸亥，下元起贞亨元年甲子。今元禄十六年癸未。”既然中山国通行日本的宽永钱，用元和是日本国冒用帝国的称号来证明自己而已。由此可推知，过去琉球曾向日本称臣纳贡，今天只是避讳，不愿提及罢了。

风筝的制作没什么精巧细密的，儿童大多站在屋顶上放飞。按中国习俗，大多在清明节前放风筝。放风筝时需要张口仰视，此举有利于宣导阳气，可让小孩子少生病。清明前后，春阳正旺，故宜于放风筝。琉球人却在九月放风筝，并不是说九月一定不能放，而是这里的风力走向与中国大不相同。由此也再次证明，琉球阳光充足，气候温暖，所以即便是在十月，也可以播种稻谷。

按中山国的习俗，男子如果想做僧侣，就遵从他的意愿。受戒之后，国家供给他们生活所需。若在做僧侣期间，犯了戒律清规，就饬令还俗，并且流放到别的岛上。女子如果意愿为妓，亦听从她们的意愿。妓女接交的外客，她的兄弟仍然以亲戚关系与他们来往。因为他们都是贫民，并不以之为耻辱。如果是已婚女子，再犯了通奸之事，允许女子的父兄自行将她杀死，不用禀告官府。就算是禀告了，也不会得到赦免。这是中山国国中人良民与贫贱之人的根本区别，用它来教化国人注重礼仪廉耻。

本地有一位红衣妓女，和她说话她大多听不明白。按拍清唱，也都用的是本地方言，虽不甚明白，却有一番别致美妙的风韵，其韵度比起憨园来，也不差分毫。近日来她因突变事由，要迁往别处，她拿了一柄扇子，前来向我索诗。有感于这段缘分，我便题诗两首，权作赠别之礼，聊抒尘缘无定的惆怅。诗如

下："芳龄二八最风流，楚楚腰身剪剪眸。手抱琵琶浑不语，似曾相识在苏州。""新愁旧恨感千端，再见真如隔世难。可惜今宵好明月，与谁共卷绣帘看？"

中山国人都恭谨有礼，凡接受什么东西，一定会高举双手相接，以此为礼。凡要表示敬意，一定会俯身低头，搓手而后膜拜。给尊者劝酒时，斟完酒后，用指尖端着酒杯，以此表示恭敬。若将酒杯置于手心，则意味着双方地位是平等的。

这里的房屋都不高，屋上都盖着筒瓦，用来规避海上吹来的飓风。地板一定要距离地面三尺，为的是避免湿气太重。屋脊向四方伸出，状如八角亭，四面相连修建而成，却没有重复的结构和套室，便于节省原材料。房屋没有门，上沿刻着双沟，安上方格子，用纸糊着，左右推移滑动，并且不安暗门栓，便于节省，这样做依仗了此地无盗的淳朴民风。临街的房子则装有暗门栓。他们将青石置于炉上，填上砂土，以作神龛，用来祭祀先祖和各方神灵。琉球国把石头当作神，他们没有代代相传的真神。屋瓦上立着瓦狮，此即《隋书》上所说兽头骨角。墙壁没有粉刷，以示简朴之风。唯富贵人家偶然有涂粉、糊花笺的，这是学习中土风气，渐渐变得奢华了。

龟山上有一座山峰突兀独起，与周围的山隔绝开来，前面有一座小山峰，离主峰大约二丈多，此地人用石头堆垒成洞，这两座山峰连起来，洞高十丈多，在洞的东方施设了布幔。稍事休憩后，我们便沿着石阶拾级而上，这才走到了洞上，沿着洞又走了十多级才算到达了峰顶。峰顶只容得下一座小楼，小楼没有题名，但四面轩敞开豁，也没有窗户。见此情形，副使对我说："这座楼俯瞰整个中山的全貌，不能没有题名。"因此取其名为"蜀楼"。还专门为此楼作跋："蜀者何？独也。楼何以蜀名？以其踞独山也。"副使不名之曰"独"而名之为"蜀"，是因为他本人即为蜀人。此楼建成已有百年之久，一直没有题名，这次副使来了才赐给它一个题名，好像是专门在等候着有缘人。从楼的左边鸟瞰，可见青青田野，楼的右边紧靠着苍苍岩石山壁，楼的后面濒临茫茫大海，楼的前面正对着中山，坐在楼中四面环视远眺，颇有高屋建瓴的雄浑阔大气势。沐此佳景，感受着其磅礴气势，我觉得此楼不能只有匾额题名，还应有楹联。于是请示了副使，副使便书写了前面引用的四句话作为对联，以成完璧。回来的路上，沿着海岸向西走，一路所见，悬崖、绝洞、溪流、沟壑都显得奇特峭

拔，又是一次快意淋漓的游览。

越过南山，穿过丝满村，见家家户户都临海而居，海边奇石林立。沿着海岸向西，便可见一座山，青翠的山峰直插云霄，山石的骨脉绵延入海，此门名叫砂岳。此时，正午的海潮刚刚退去，但见海岸边白石嶙嶙，似群马争相来驰，潮水扑上来，激起的海浪飞溅如雨，定然十分壮观。再向西行，穿过大岭村，村中荆棘丛生，织而为篱，数百张渔网便晾晒在上面。村外水田漠漠，泥淖之地，会让马陷入其中；村中山冈上有放牧的牛群，汪楫的游记中说此地用马耕，没有牛，现在看起来，并不是这个样子的。

本岛中会中山语的人，官府发给他们黄帽子，任命为酋长。每年派遣“亲云上”监察召抚，叫作奉行官，主持赋税诉讼，并收集各地本土的特产，用来进贡。间切，是对外府官员的称谓。首里、泊、久米、那霸四府都属于王都，所以不设间切，除此之外都设有间切。间切的职责在于亲民，监察所辖区域内的政务利弊，然后上报给“亲云上”。间切，有点像中国本土的知府，中山下属府十四个，设间切十个，山南省下属府十二个，山北省下属府九个，间切的数量和下属府的数量相同。

中山国有一个风俗，从八月初十至十五日，家家户户都要蒸米，再拌上赤小豆，作为饭食相互馈赠，以此来祭拜月亮，此种风俗与中国是一样的。这天夜里，正副使请随从人员露天饮酒。此夜，月光澄净如水，穹幕碧蓝如缎，风定夜寂，万响止息，远处只有海潮拍打海岸的声音，间杂着不绝如缕的丝竹清音，由远及近，传入耳膜，使此良夜愈发显得沉静。此时此刻，我神游天处，恍如置身于传说中海上三神山之上，听仙人子晋吹笙，仙姑麻姑度曲，万般尘缘一齐割断，已分不清何者为天，何者为人了。浩浩宇宙之大，四海同享一月。这让我不由得回想起曾与芸在一起的日子。那时我们借住在萧爽楼中，如此良宵，如此美景，触手可及，无奈身在其中的我们，没有好好珍惜，孟浪地轻轻放过。时至今日，你我天各一方，相望而不相亲，对此良宵皓月，悬想佳人贤妻，怎能不感慨万千、思绪连绵呢？

世传八月十八日是海潮的生日，中山国的风俗，是这夜在波上等候潮水到来。这天半夜时分，我和寄尘一起到波上。这里草色莹碧，柔软嫩滑，像一块碧绿的毛毯，夜露降下，愈发滑软了。我们各自扶着仆人慢慢前行，倚着墙边

的石头坐了下来。深夜一点，海潮才到来。海潮到时，如千叠万折的云峰，连绵汹涌，奇幻多变，裹挟着海水，飞驰而来。不一会儿，夜空中弥漫着海水的腥气，像是水怪旋转着海风，像金蛇狂舞着闪电，像天柱摇摇欲折，像地轴在暗暗剧烈摇晃，雪花般的海浪飞溅人衣，直冲飞扬高达百尺，还没有兴起偷窥龙宫之念，就好像有一种神奇的力量推动着海浪卷起来。迷离惝恍，千态万状。看到这种情景，才知道枚乘《七发》的铺张淋漓，犹不能尽海潮之瑰怪于万一也。

海潮退了之后，才听到礁石之间传来像钟鼓一样的声音。缓缓漫步直到护国寺，还有如雷霆般的声音震荡着耳鼓。观潮以此为极致，再没有比这更宏壮的海潮了。

从元旦到初六，庆贺春节。初五这天，恭迎灶神。二月要拜祭麦神，十二日这天，疏浚水井，汲取新鲜的井水，民间称之为洗百病。三月三日，要做艾糕饼。五月五日，有龙船比赛。六月六日，国中有六月节，家家蒸糯米，作为饭食相互馈赠。十二月八日，做糯米糕，用棕叶层层包裹，蒸好后相互馈赠，当地人称之为鬼饼。二十四日送灶神，正月、三月、五月、九月被视为吉月，在这几个月份里，妇女们都在海畔游乐，拜祭水神，以祈福瑞。每逢初一，大家一起汲取新水献给神灵，凡此种种，都只是琉球国的风俗大概。我私下疑惑不解的是，该国敬佛，却不知四月八日是佛祖的诞辰。十二月八日的鬼饼像粽子，却不知道有七宝粥。

国王送给我们二十多盆菊花，花叶并茂，在根部都用竹签标出花名，其中有三种特别奇异少见：一种名叫“金锦”，花朵兼有红黄白三色，小而繁密，灿若群星。一种名叫“理宝”，花瓣如莲，稍小一些，花色淡红。一种名叫“素球”，花瓣宽厚，不像菊类，且重叠千层，莹白如雪，这些都是我以前未曾见过的品种。因作诗纪之。诗如下：“陶篱韩圃多秋色，未必当年有此花。似汝幽姿真可惜，移根无路到中华。”

见过中山国的狮子舞，用布做狮身，用兽皮做狮头，用丝线做狮尾，再剪彩绸为狮毛装饰在身体外面。做出来的狮子，头、尾、口、眼都活灵活现，十分逼真。再把眼睛镀上金色，牙齿贴成银色，两个人藏在狮子里，上上下下，俯仰跳跃，做出或驯服或嬉戏或欢腾的样子。感受着这歌舞升平、淳厚朴实的

民风气象，我说：“这近乎古代的游乐了。”根据《旧唐书·音乐志》载，后周武帝时期，创造了太平乐，亦叫作五方狮子舞，白居易《西凉伎》中写道：“假面夷人弄狮子，刻木为头丝作尾。金镀眼睛银贴齿，奋迅毛衣罢双耳。”描写的应该就是这种狮子舞。

这里还有所谓的“踏柁戏”者，架起横木做梁，离地四尺多高，再在上面横放一块一丈二尺长的木板，木板两端悬空，使其均匀受力。当地两名女子穿着彩衣，结好佩带，赤着双脚，每人手里拿着一条丝巾，相对站立着唱歌。歌没唱完的时候，一跃而起站在横木两端，轻轻地蹲下站起，木板像水碓一样上下起伏，越来越高。站在东边的女子此时陡然落下，冲击木板，西边的女子自然就向上飞升三丈多高，翩然之姿，有如在空中起舞的燕子。然后西边的女子再猛然落下冲击木板，东边的女子则会高高飞起，像雄鹰直上青云。如此这般，两边叠相起伏，幅度越来越大，速度越来越快，几乎像山鸡对着镜子跳舞，不知道何者是自己的影子，何者是自己的真形了。再过一会儿，木板两端慢慢稳定下来，二人便一起跳下木板，整整衣衫，并肩站立。直到表演结束，都没有踩空半点，技艺达到如此炉火纯青的程度，真可谓空前绝后了。

琉球人接送宾客非常真诚直率，没有作揖谦让等虚应的礼节套数。客人来了也不迎接，自己随意坐下，主人准备好烟架、火炉、竹筒、木匣各一个，把烟管横放在烟架上，在木匣里装上烟叶，再用竹筒来装烟灰。遇到尊贵的客人，便为他煮茶，用少许粉末状的东西掺上茶叶末，倒入半瓯开水，用小竹帚搅拌，搅至泡沫与瓯面齐平为止。客人离去时，亦不必相送。达官贵人送客，常常用筷子蘸着少许酒浆，放在客人唇边以示尊敬。烧酒中加上黄糖，称之为“福”，加放白糖，则称之为“寿”，这些都是用来招待客人的比较珍贵的东西。

重阳节，在龙潭有龙舟竞渡。琉球人也在五月赛龙舟，重阳节的龙舟竞渡，是专门为款待天朝使臣而设置的。对此风俗，我作了三首诗以示感想。诗云：“故园辜负菊花黄，万里迢迢在异乡。舟泛龙潭看竞渡，重阳错认作端阳。”“去年秋在洞庭湾，亲摘黄花插翠鬟。今日登高来海外，累伊独上望夫山。”“待将风信泛归槎，犹及初冬好到家。已误霜前开菊宴，还期雪里访梅花。”

听说程顺则曾经在天津购得宋代朱熹的墨迹共十四个字，现在他的后裔还将它视若珍宝，我想借来观赏，未能如愿。只好登门前去他家，打开卷轴，但

见字幅运笔笔势森严，如奇峰怪石，有刚毅磊轲凛然不可侵犯之气势，由此可以想见当日朱熹作为一代大儒的道学家之气象。字迹直径在八寸以上，内容是：“香飞翰苑围川野，春报南桥叠萃新。”字幅后有落款，但没写明年月。朱文公的墨迹，凡流传于后世民间的，无不被人视若珍宝而收藏起来。大概是因为他成就的乃是大功大德，所谓笔墨之事，于他而言不过是捎带的芥末小事，即使如此，他也能自成一家，达到如此高深的境界。由此可知，古人的学问功力，真是无所不至啊。

又游历了蔡清派家族的宗祠，祠堂里供奉着蔡君谟的画像，又有人拿出蔡君谟的墨迹给我们看，由此知道他们的确是蔡君谟的嫡派。他们于明朝初年来到琉球，系三十六姓之一。蔡清派会说汉语，人也风流倜傥，从祠堂到他家，一路所见花木，都有清雅的韵致。他家还有一眼小池，池圆如月。我为他的居室题了匾额，叫“月波大屋”。

大部分琉球人都擅长修剪树木，叠砌假山盆景，所以士大夫之家都自有假山丘壑以供人游览。庭院中还竖有长竿，竿上放着小木舟模型，长二尺，桅舵帆橹一应俱全。首尾各设风轮五片，上面挂有彩旗以测风力风向。出海的人家，大都会用它来预计归期。南风吹来，则全家欢喜，因为这意味着出海在外的人要归来了，归家之后便撤掉彩旗。这就是古代五两旗的流风余韵。

国王有一方墨碇，长五寸，宽二寸。有老坑出产的端砚，长一尺，宽六寸，上有“永乐四年”的字迹，砚的背面有“七年四月东坡居士留赠潘邠老”字样。一问方知这是前代明皇帝所赏赐的东西。中山国中有《东坡诗集》，由此可知中山国王不只珍惜端砚而已。

棉纸、清纸，都以榖壳制造的，品质粗劣不好书写。有护书纸，大的品质好，长可达三尺左右，宽二尺，洁白如玉，小的尺寸减半。此外还有印花诗笺，可作函札用。还有围屏纸，是用来糊墙壁的。徐葆光有“球纸诗”云：“冷金入手白于练，侧理海涛凝一片。昆刀截截径尺方，叠雪千层无幂面。”可谓将此纸的形貌材质形容得淋漓尽致。

南炮台之间有两座碑，一座碑上书写着正楷字，剥蚀风化的程度很轻微，故而“奉书造”三个字清晰可辨，一座碑文用的是中山国的本国字体，是明朝嘉靖二十一年（公元1542年）建造的。虽无法认清碑上所有的文字，但其笔力

道劲飞舞、苍劲有力还是可以感知的。

此地有一种木叫山米，又叫野麻姑，树叶可以当染料，结的籽像女贞子，味酸。当地人将它压榨制成醋。琉球当地的醋是纯白色，味道不太酸，供者以为是米醋，但味道与米醋又不像，也许这醋就是用这种果子压榨而成的？

宴席上客人都是席地而坐，座次以东边为尊，铺上毡子，食物都盛放在小盘子里，小盘一尺见方，用两块木板作为脚，脚高八寸左右。菜肴一般上四次，分装在各个盘中依次呈上而不是一起端上来。前三次上菜，都附带着米饭。到第四次上菜时才上两壶酒，饮酒不超过三巡。每次上菜只有一盘，必得先撤掉前一道菜才上后面一道菜。头道菜附带的饭是油煎面果，二道菜附上的饭是炒米花，三道菜附带的则是米饭。每次上酒菜时，主人一定要高举双手，放在客人面前，然后弯腰搓手退着离开。自始至终，主人不陪着客人，以此表示最高的尊敬。这是琉球人宴请尊贵客人的礼仪，若客人身份地位与之平等，就相对坐下而饮。琉球人的用餐习惯，归纳起来大体如下：用餐都是席地而坐，没有桌椅之类的用具，餐具就像古代用来盛放食物的俎豆，菜都做成干的，不需要用勺子。即使是富贵官宦人家用餐，也不过是一菜、一饭，一双筷子而已。筷子多用新柳削制而成。只有妻子不与一家人共同进餐，这点恐怕也是古代礼俗的遗风。

天使院内“敷命堂”后面，有旧时留下的两块榜书。一块写着前朝明代册封中山王和使臣的姓名：洪武五年，册封中山王察度，使臣是汤载；永乐二年，册封武宁，使臣是时中。洪熙元年，册封巴志，使臣是中官柴山。正统七年，册封尚忠，使臣是给事中俞忭，行人刘逊；十三年，册封尚思达，使臣是给事中陈传，行人万祥。景泰二年，册封尚景福，使臣是给事中乔毅，行人童守宏；六年，册封尚泰久，使臣给事中严诚，行人刘俭。天顺六年，册封尚德，使臣是吏科给事中潘荣，行人蔡哲。成化六年，册封尚圆，使臣是兵科给事中官荣，行人韩文；十三年，册封尚真，使臣是兵科给事中董旻，行人司司副张祥。嘉靖七年，册封尚清，使臣是吏科给事中陈侃，行人高澄；四十一年，册封尚元，使臣是吏科左给事中郭汝霖，行人李际春。万历四年，册封尚永，使臣是户科左给事中肖崇业，行人谢杰；二十九年，册封尚宁，使臣是兵科右给事中夏子阳，行人王士正。崇祯元年，册封尚丰，使臣是户科左给事中杜三策，行人司

司正杨伦。一共十五次，二十七人，柴山以前没有副使。

另一块榜书上写着本朝册封中山王和使臣的姓名：康熙二年，册封尚质，使臣是兵科副理官张学礼，行人王垓；二十一年，册封尚贞，使臣是翰林院检讨汪楫，内阁中书舍人林麟焻；五十八年，册封尚敬，使臣是翰林院检讨海宝，翰林院编修徐葆光。乾隆二十一年，册封尚穆，使臣是翰林院侍讲全魁，翰林院编修周煌。一共四次，共八人。

清明过后，常吹南风，霜降之后，常吹南风北风，违反了这个规律，便有飓风大作。正月、二月、三月多刮飓风，五月、六月、七月、八月也多此风，但飓风来得突然去得也快，只是频次会越来越多。九月吹北风，有时一连几月，俗称九降风，其间偶尔也会有飓风骤然刮起来。遇到飓风还可以抵挡，遇到飑风就难以抵挡了。十月之后多吹北风，飓风没有定期，船夫要看刮风的间隙在海上往来航行。凡是有飓风要来临，天空中都会出现黑色斑点，这时必须赶紧收起风帆，把好船舵，在安全的港湾泊船等待。稍微有点迟疑，就会来不及，其结果很可能是船倾人翻。飓风要来临时，天边会出现断虹，像一片片风帆，叫“破帆”。等一会儿，便布满半个天空，像鲎鱼的尾巴，叫“鲎堂”。如果此种征兆出现在北方，风暴将会特别暴虐。此外，如果海面骤起风浪，出现很多像米糠一样的污秽之物，还有海蛇浮在海面上游动，或是红蜻蜓飞绕盘旋在海面上，都是飓风将要来临的征兆。

自从来到琉球北边，转瞬之间已过去了半年。东风迟迟不吹来，想回去中国中已无计可施。直到十月二十五日，才开始扬帆回国。到了二十九日，见到了温州的南杞山，不一会儿，见到了北杞山，那里有数十只船停泊着。船上的人都喜出望外，认为这一定是前来迎护回国的船只。

守备登上船的后艄远望，惊慌失措地报告我们：“停在那里的是海盗船啊！”紧接着又说道：“贼船都已经扬起风帆了！”没过多久，十六只贼船，狂呼乱叫着冲了过来，我们的船从舵门放了一枚子母炮，当下就打死了他们四人。狂呼着的人掉进了海里，海盗有些畏惧，便后退一些。我们的船接着数枪齐发，又打死了六人。接着又用火炮攻击，打死了五人，又往前进发，再次开炮攻击，又打死了四人，只到此时，贼船才不甘心地退去。此时贼船已经占了上风。我们暗暗地将子母炮移动到船的右舷边，接连又打死了贼人十二个，烧掉了他们

船头的帐篷，贼船才转舵退去。

其中有两只贼船比较大，又鼓噪呐喊着，从上风头飞驶过来，我们将大炮对准贼船，立即发射，一发击中了领头的贼船，一里开外，烟火迷漫。等烟散开来，贼船都已经落荒而逃了。这次交锋，每枪每炮都没有虚发，正因为此，我们才幸免于难。没多久，北风又至，卷起的巨浪飞过船头。梦中听到船上有人说："到官塘了。"我一惊而起，方知随行的人都是一夜不眠啊。他们见我犹能入睡，都对我说："危险到这种程度了，你怎么还能睡得着呀？"我询问他们浪拍船头的情状，他们告诉我说："每次倾侧，船帆几乎都挨着水面了，此时若再一个大浪打过船头，船身就会沉没于水中。浪头过处，只听到一片哗哗流水声如瀑布入川，真是险象环生！如此情形，还没有翻船，真是不幸中的万幸啊！"我笑着回答他们："如果真的翻船了，你们这些人能够幸免吧？我在黑甜乡做着美梦，并没有目睹当时的险状，难道不是万幸吗？"洗漱之后，我登上战台察看，只见前后十多个炉灶都被水淹没了，船面上空无一物，炊火早已经断了。船夫指着前方告诉我："前面就到了定海了，不用再担心了。"下午六点，船终于停泊靠岸了。船夫上岸买来了火和柴，我们才有饭可充饥。

这天夜里我写了一封家书，聊慰芸的悬想和牵挂，只是此刻，我归家的心越发急迫了。还记得当年，芸曾对我说："穿布衣麻布，吃粗茶淡饭，也可以终生快乐，不一定远游他乡，以求生计。"这次出海，虽然涉奇历险，濒临危难，但最终都幸免于难。九死一生之后，想其间种种，犹自心惊不已。此时，想起芸的那番安贫共处、岁月静好的理想和言论，更觉滋味深长。

点　评

《中山记历》与《养生记道》的来历颇有争议，真伪难辨。

1877年《浮生六记》的手稿被苏州人杨引传在城中旧书摊上发现时，只有前四记，以后便竞相传抄。到了1936年，世界书局出版的“文化美学名著丛刊”中忽然收了足本，共有六记。后面两记的笔墨文字，并没有前面四记的灵动之气，且乏真情真性。据考证，这两记是伪作，是后人借《浮生六记》之名所续的不成功的尾巴。由此可见，《浮生六记》在此时的影响之大，不然商家也不会如此煞费苦心。

沈复只是一个名不见经传的布衣文人，其作又不符合那个时代立德立功立言的审美规范，只是纯任性灵的自传而已，所以，作品写出来后，一直湮没无闻。一直到1877年杨引之刊刻其手本后，当时一些名士相互醉心赏阅推引，但并未引起大波。直到光绪三十二年（1906年），“小说界革命”期间，苏州《雁来红丛报》将它再次刊出之后，才渐渐流传开来。五四新文学运动期间，此书又得到了一批现代学术巨擘及先驱的青睐，如俞平伯、林语堂、曹聚仁等人褒扬有加，此书便获得了越来越大的声誉。后来的研究者甚至将它称为“小红楼”。

《中山记历》条理还算清晰，结构也比较完整。作者在嘉庆四年跟随册封中山国的使节到了琉球，历时半年之久，有感于当地的奇山异水、风土人情，便写了这一记。其目的是“志山水之丽崎，记物产之瑰怪，载官司之典章，嘉士女之风节”。

全记共分出使渡海、琉球漫游、归国返航三个部分。在第二部分的主体当中，琉球的天文、地理、山水、园林、典章、制度、风土、人情、花草、虫鱼、奇闻、异事等都有详述，可谓中山国的一部百科全书，倒是有些史料价值。

《养生记道》全书没有什么体系，有种语无伦次之感。全书围绕养生，以清静无为、安贫乐道、怡情养性为主旨，引经据典，拉拉杂杂，一路记下来。其中倒也有不少清新警异之处，但只能当作小文去观赏，全然看不见作者的灵气与个人的真性情。

Chapter 06

卷六　养生记道

自芸娘去世之后，独自活在这寂寞的人世，郁郁寡欢；春去秋来，晨昏交替，逝年如水。登山临水，叹生命之无常、深情之难再、岁月之易逝，总有无尽的悲戚与伤心。浮生如梦，为欢几何。

Chapter 06

卷六　养生记道

卷六　养生记道

自芸娘之逝，戚戚无欢；春朝秋夕，登山临水，极目伤心，非悲则恨。读《坎坷记愁》，而余所遭之拂逆可知也。

静念解脱之法，行将辞家远去，求赤松子于世外。嗣从淡安、揖山两昆季之劝，遂乃栖身苦庵，惟以《南华经》自遣。乃知蒙庄鼓盆而歌①，岂真忘情哉？无可奈何，而翻作达耳。

余读其书，渐有所悟，读《养生主》而悟达观之士，无时而不安，无顺而不处，冥然与造化为一，将何得而何失，孰死而孰生耶？故任其所受，而哀乐无所错其间矣。又读《逍遥游》，而悟养生之要，惟在闲放不拘，怡适自得而已。始悔前此之一段痴情，得勿作茧自缚矣乎！此《养生记道》之所为作也。亦或采前贤之说以自广，扫除种种烦恼，惟以有益身心为主，即蒙庄之旨也。庶几可以全生，可以尽年。

---

① 鼓盆而歌：典出《庄子·至乐》。惠子（惠施）听说庄子的妻子死了，心里很难过。他和庄子也算是多年的朋友了，便急急忙忙向庄家赶去，想对庄子表示一下哀悼之情。可是当他到达庄家的时候，眼前的情景却使他大为惊讶。只见庄子叉开两腿，像个簸箕似的坐在地上，手中拿着一根木棍，面前放着一只瓦盆。庄子就用那根木棍一边有节奏地敲着瓦盆，一边唱着歌。后来此典表示对生死的达观态度。

余年才四十，渐呈衰象，盖以百忧摧撼，历年郁抑，不无闷损。淡安劝余每日静坐数息，仿子瞻《养生颂》之法，余将遵而行之。调息之法，不拘时候，兀身端坐，子瞻所谓摄身使如木偶也。解衣缓带，务令适然，口中舌搅数次，微微吐出浊气，不令有声，鼻中微微纳之。或三五遍，二七遍，有津咽下，叩齿数通，舌抵上腭，唇齿相著，两目垂帘，令胧胧然渐次调息。不喘不粗，或数息出或数息入，从一至十，从十至百，摄心在数，勿令散乱，子瞻所谓寂然兀然与虚空等也。如心息相依，杂念不生，则止勿数，任其自然。子瞻所谓“随”也。坐久愈妙，若欲起身，须徐徐舒放手足，勿得遽起。能勤行之，静中光景，种种奇特，子瞻所谓定能生慧，自然明悟，譬如盲人忽然有眼也，直可明心见性，不但养身全生而已。出入绵绵，若存若亡，神气相依，是为真息。息息归根，自能夺天地之造化，长生不死之妙道也。

人大言，我小语，人多烦，我少记，人悸怖，我不怒，澹然无为，神气自满，此长生之药。《秋声赋》云：“奈何思其力之所不及，忧其智之所不能。宜其渥然丹者为槁木，黟然黑者为星星。”此士大夫通患也。又曰：“百忧感其心，万事劳其形，有动于中，必摇其精。”人常有多忧多思之患，方壮遽老，方老遽衰，仅此亦长生之法。舞衫歌扇，转眼皆非！红粉青楼，当场即幻，秉灵烛以照迷情，持慧剑以割爱欲。殆非大勇不能也。然情必有所寄，不如寄其情于卉木，不如寄其情于书画，与对艳妆美人何异，可省却许多烦恼。

范文正有云：“千古圣贤，不能免生死，不能管后事，一身从无中来，欲归无中去，谁是亲疏？谁能主宰？既无奈何，即放心逍遥，任委来往，如此断了，既心气渐顺，五脏亦和，药方有效，食方有味也。只如安乐人，如有忧事，便吃食不下，何况久病。更忧身死，更忧身后，乃在大怖中，饮食安可得下？请宽心将息”云云。乃劝其中舍三哥之帖。余近日多忧多虑，正宜读此一段。放翁胸次广大，盖与渊明、乐天、尧夫、子瞻等，同其旷逸。其于养生之道，千言万语，真可谓有道之士。此后当玩索陆诗，正可疗余之病。

淴浴极有益。余近制一大盆，盛水极多，淴浴后，至为畅适。东坡诗所谓“淤槽漆斛江河倾，本来无垢洗更轻”，颇领略得一二。治有病不若治于无病，疗身不若疗心，使人疗尤不若先自疗也。林鉴堂诗曰：“自家心病自家知，起念还当把念医。只是心生心作病，心安那有病来时。”此之谓自疗之药，游心于虚

静，结志于微妙，委虑于无欲，指归于无为，故能达生延命，与道为久。仙经以精、气、神为内三宝，耳、目、口为外三宝。常令内三宝不逐物而游，外三宝不诱中而扰。重阳祖师于十二时中，行住坐卧，一切动中，要把心似泰山，不摇不动，谨守四门，眼耳鼻口，不令内入外出，此名养寿紧要。外无劳形之事，内无思想之患，以恬愉为务，以自得为功，形体不敝，精神不散。

益州老人尝言：凡欲身之无病，必须先正其心，使其心不乱求，心不狂思，不贪嗜欲，不著迷惑，则心君泰然矣。心君泰然，则百骸四体虽有病，不难治疗。独此心一动，百患为招，即扁鹊华佗在旁，亦无所措手矣。林鉴堂先生有《安心诗》六首，真长生之要诀也。诗云：

我有灵丹一小锭，能医四海群迷病。些儿吞下体安然，管取延年兼接命。

安心心法有谁知，却把无形妙药医。医得此心能不病，翻身跳入太虚时。

念杂由来业障多，憧憧扰扰竟如何。驱魔自有玄微诀，引入尧夫安乐窝。

人有二心方显念，念无二心始为人。人心无二浑无念，念绝悠然见太清。

这也了时那也了，纷纷攘攘皆分晓。云开万里见清光，明月一轮圆皎皎。

四海遨游养浩然，心连碧水水连天，津头自有渔郎问，洞里桃花日日鲜。

禅师与余谈养心之法，谓心如明镜，不可以尘之也，又如止水，不可以波之也。此与晦庵所言所学者，常要提醒此心，惺惺不寐，如日中天，群邪自息，其旨正同。又言目毋妄视，耳毋妄听，口毋妄言，心毋妄动，贪嗔痴爱，是非人我，一切放下，未事不可先迎，遇事不宜过扰，既事不可留住，听其自来，应以自然，信其自去，忿懥恐惧，好乐忧患，皆得其正，此养心之要也。

王华之曰："斋者，齐也，齐其心而洁其体也，岂仅茹素而已。所谓齐其心

者，澹志寡营，轻得失，勤内省，远荤酒。洁其体者，不履邪径，不视恶色，不听淫声，不为物诱，入室闭户，烧香静坐，方可谓之斋也。诚能如是，则身中之神明自安，升降不碍，可以却病，可以长生。”余所居室，四边皆窗户，遇风即阖，风息即开。余所居室，前帘后屏，太明即下帘，以和其内映，太暗则卷帘，以通其外耀，内以安心，外以安目，心目俱安，则身安矣。

禅师称二语告我曰：未死先学死，有生即杀生。有生，谓妄念初生。杀生，谓立予铲除也。此与孟子勿忘勿助之功相通。

孙真人《卫生歌》云：“卫生切要知三戒，大怒大欲并大醉。三者若还有一焉，须防损失真元气。”

又云：“世人欲知卫生道，喜乐有常嗔怒少。心诚意正思虑除，理顺修身去烦恼。”

又云：“醉后强饮饱强食，未有此生不成疾。入资饮食以养身，去其甚者自安适。”

又蔡西山《卫生歌》云：“何必餐霞饵大药，忘意延岁等龟鹤。但于饮食嗜欲间，去其甚者将安乐。食后徐行百步多，两手摩胁并胸腹。”

又云：“醉眠饱卧俱无益，渴饮饥餐尤戒多。食不欲粗并欲速，宁可少餐相接续。若教一顿饱充肠，损气伤脾非尔福。”

又云：“饮酒莫教令大醉，大醉伤神损心志。酒渴饮水并啜茶，腰脚自兹成重坠。”

又云：“视听行坐不可久，五劳七伤从此有。四肢亦欲得小劳，譬如户枢终不朽。”

又云：“道家更有颐生旨，第一戒人少嗔恚。”凡此数言，果能遵行，功臻旦夕，勿谓老生常谈也。

洁一室，开南牖，八窗通明，勿多陈列玩器，引乱心目。设广榻长几各一，笔砚楚楚。旁设小几一，挂字画一幅，频换。几上置得意书一二部，古帖一本，古琴一张。心目间常要一尘不染。晨入园林，种植蔬果，芟草，灌花，莳药，归来入室，闭目定神。时读快书，怡悦神气，时吟好诗，畅发幽情。临古帖，抚古琴，倦即止。知己聚谈，勿及时事，勿及权势，勿臧否人物，勿争辩是非。或约闲行，不衫不履，勿以劳苦徇礼节。小饮勿醉，陶然而已。诚然如是，亦

堪乐志。以视夫蹩足入泮①，申脰就羁②，游卿相之门，有簪佩之累③，岂不霄壤之悬哉！

太极拳非他种拳术可及，太极二字已完全包括此种拳术之意义。太极乃一圆圈，太极拳即由无数圆圈联贯而成之一种拳术，无论一举手，一投足，皆不能离此圆圈，离此圆圈，便违太极拳之原理。四肢百骸不动则已，动则皆不能离此圆圈，处处成圆，随虚随实。练习以前，先须存神纳气，静坐数刻，并非道家之守窍也④。只须屏绝思虑，务使万缘俱静。以缓慢为原则，以毫不使力为要义，自首至尾，联绵不断。相传为辽阳张通于洪武初奉召入都，路阻武当，夜梦异人，授以此种拳术。余近年从事练习，果觉身体较健，寒暑不侵，用以卫生，诚有益而无损者也。

省多言，省笔札，省交游，省妄想，所一息不可省者，居敬养心耳。

杨廉夫有《路逢三叟词》云："上叟前致词，大道抱天全。中叟前致词，寒暑每节宣。下叟前致词，百年半单眠。"尝见后山诗中一词亦此意，盖出应璩。璩诗曰："昔有行道人，陌上见三叟。年各百岁馀，相与锄禾麦。往前问三叟，何以得此寿？上叟前致词，室内姬粗丑。二叟前致词，量腹节所受。下叟前致词，夜卧不覆首。要哉三叟言，所以能长久。"古人云："比上不足，比下有馀。"此最是寻乐妙法也。将啼饥者比，则得饱自乐。将号寒者比，则得暖自乐。将劳役者比，则优闲自乐。将疾病者比，则康健自乐。将祸患者比，则平安自乐。将死亡者比，则生存自乐。白乐天诗有云："蜗牛角内争何事，石火光中寄此身。随富随贫且欢喜，不开口笑是痴人。"近人诗有云："人生世间一大梦，梦里胡为苦认真？梦短梦长俱是梦，忽然一觉梦何存！"与乐天同一旷达也！

"世事茫茫，光阴有限，算来何必奔忙？人生碌碌，竞短论长，却不道荣枯

① 蹩足入泮：急匆匆地去参加科考。蹩，急促。入泮，指科举时期学童考晋生员。

② 申脰就羁：伸长脖子让人去捆绑。申，通"伸"。脰，脖子。

③ 簪佩之累：为显赫的地位所累。簪佩，古代官吏的冠簪和系于衣服上的饰物。后用来借指显贵之人。

④ 守窍：道家十二静坐法之一，首先要集中意识，使意守丹田。

有数，得失难量。看那秋风金谷①，夜月乌江②。阿房宫冷③，铜雀台荒④。荣华花上露，富贵草头霜。机关参透，万虑皆忘。夸什么龙楼凤阁，说什么利锁名缰。闲来静处，且将诗酒猖狂。唱一曲归来未晚，歌一调湖海茫茫。逢时遇景，拾翠寻芳。约几个知心密友，到野外溪傍。或琴棋适性，或曲水流觞⑤。或说些善因果报，或论些今古兴亡。看花枝堆锦绣，听鸟语弄笙簧。一任他人情反复，世态炎凉。优游闲岁月，潇洒度时光。”此不知为谁氏所作，读之而若大梦之得醒，热火世界一帖清凉散也。

程明道先生曰：“吾受气甚薄，因厚为保生。至三十而浸盛，四十五十而后完。今生七十二年矣。较其筋骨，于盛年无损也。若人待老而保生，是犹贫而后蓄积，虽勤亦无补矣。

口中言少，心头事少，肚里食少，有此三少，神仙可到。酒宜节饮，忿宜速惩，欲宜力制，依此三宜，疾病自稀。

病有十可却：静坐观空，觉四大⑥。原从假合，一也。烦恼现前，以死譬之，二也。常将不如我者，巧自宽解，三也。造物劳我以生，遇病少闲，反生庆幸，四也。宿孽现逢，不可逃避，欢喜领受，五也。家庭和睦，无交谪之言，六也。众生各有病根，常自观察克治，七也。风寒谨防，嗜欲淡薄，八也。饮食宁节毋多，起居务适毋强，九也。觅高明亲友，讲开怀出世之谈，十也。

邵康节居安乐窝中，自吟曰：“老年肢体索温存，安乐窝中别有春。万事去心闲偃仰，四肢由我任舒伸。炎天傍竹凉铺簟，寒雪围炉软布裀。昼数落花聆鸟语，夜邀明月操琴声。食防难化常思节，衣必宜温莫懒增。谁道山翁拙于用，

① 金谷：晋太康年间巨富石崇所建，相传黄金铺地，极尽奢华之能事。借指人世间的繁华富贵。

② 乌江：暗指西楚霸王项羽兵败乌江，拔剑自刎之典。这里暗喻功名事业之无常。

③ 阿房宫：秦朝秦始皇修筑的宫殿，极尽奢华。也喻指历史兴亡无常。

④ 铜雀台：建安十五年曹操所建，台高十丈，台顶置铜雀，展翅欲飞，故名铜雀台。

⑤ 曲水流觞：王羲之的《兰亭集序》对此有精彩描述。每年农历三月在弯曲的水流上设酒杯，杯流到谁面前，谁就取下来喝，借此祓除不祥。

⑥ 四大：指大功、大名、大德、大权。

也能康济自家身。”

养生之道，只“清净明了”四字，内觉身心空，外觉万物空，破诸妄想，一无执著，是曰清净明了。万病之毒，皆生于浓，浓于声色，生虚怯病。浓于贷利，生食饕病。浓于功业，生造作病。浓于名誉，生矫激病。噫！浓之为毒甚矣。樊尚默先生以一味药解之，曰“淡”。云白山青，川行石立，花迎鸟笑，谷答樵讴，万境自闲，人心自闹。岁暮访淡安，见其凝尘满室，泊然处之。叹曰：“所居，必洒扫涓洁，虚空以居，尘嚣不杂。斋前杂树花木，时观万物生意。深夜独坐，或启扉以漏月光。至昧爽①，但觉天地万物，清气自远而届，此心与相流通，更无窒碍。今室中芜秽不治，弗以累心，但恐于神爽未必有助也。”

余年来静坐枯庵，迅埽夙习，或浩歌长林，或孤啸幽谷，或弄艇投竿于溪涯湖曲，捐耳目，去心智，久之似有所得。陈白沙曰：“不累于外物，不累于耳目，不累于造次颠沛②。鸢飞鱼跃，其机在我。”知此者谓之善学，抑亦养寿之真诀也。圣贤皆无不乐之理，孔子曰：“乐在其中。”③ 颜子曰：“不改其乐。”④ 孟子以“不愧、不怍”为乐。⑤《论语》开首说乐，《中庸》言“无入而不自得”，程朱教寻孔颜乐趣，皆是此意。圣贤之乐，余何敢望，窃欲仿白傅之“有叟在中，白须飘然，妻孥熙熙，鸡犬闲闲”之乐云耳。

冬夏皆当以日出而起，于夏尤宜。天地清旭之气，最为爽神，失之甚为可惜。余居山寺之中，暑月日出则起，收水草清香之味，莲方敛而未开，竹含露而犹滴，可谓至快。日长漏永，午睡数刻，焚香垂幙，净展桃笙⑥，睡足而起，

---

① 昧爽：黎明，拂晓。

② 造次颠沛：造次，仓促鲁莽。颠沛：倾覆，扑倒。

③ 乐在其中：语出《论语·述而》。子曰：“饭疏食饮水，曲肱而枕之，乐亦在其中矣。不义而富且贵，于我如浮云。”比喻安贫乐道。

④ 不改其乐：语出《论语·雍也》：“贤哉，回也！一箪食，一瓢饮，在陋巷，人不堪其忧，回也不改其乐。”比喻安贫守道，自得其乐。

⑤ 不愧、不怍：语出《孟子·尽心上》。孟子曰：“君子有三乐，而王天下不与存焉。父母俱存，兄弟无故，一乐也；仰不愧于天，俯不怍于人，二乐也；得天下英才而教育之，三乐也。”

⑥ 桃笙：桃枝竹编的竹席。

神清气爽，真不啻天际真人也。

乐即是苦，苦即是乐，带些不足，安知非福？举家事事如意，一身件件自在，热光景即是冷消息。圣贤不能免厄，仙佛不能免劫，厄以铸圣贤，劫以炼仙佛也。

牛喘月①，雁随阳，总成忙世界。蜂采香，蝇逐臭，同是苦生涯。劳生扰扰，惟利惟名，牿旦昼②，蹶寒暑，促生死，皆此两字误之。以名为炭而灼心，心之液涸矣。以利为虿而螫心，心之神损矣。今欲安心而却病，非将名利两字涤除净尽不可。余读柴桑翁《闲情赋》，而叹其钟情，读《归去来辞》，而叹其忘情；读《五柳先生传》，而叹其非有情，非无情，钟之忘之而妙焉者也。

余友淡公最慕柴桑翁，书不求解而能解，酒不期醉而能醉，且语余曰："诗何必五言，官何必五斗，子何必五男，宅何必五柳。"可谓逸矣！余梦中有句云："五百年谪在红尘，略成游戏。三千里击开沧海，便是逍遥。"醒而述诸琢堂，琢堂以为飘逸可诵，然而谁能会此意乎！

真定梁公每语人：每晚家居，必寻可喜笑之事，与客纵谈，掀髯大笑，以发舒一日劳顿郁结之气。此真得养生要诀也。

曾有乡人过百岁，余扣其术，笑曰："余乡村人，无所知，但一生只是喜欢，从不知忧恼。"此岂名利中人所能哉。昔王右军云："吾笃嗜种果，此中有至乐存焉。我种之树，开一花，结一实，玩之偏爱，食之益甘。"右军可谓自得其乐矣。放翁梦至仙馆，得诗云："长廊下瞰碧莲沼，小阁正对青萝峰。"便以为极胜之景。余居禅房，颇擅此胜，可傲放翁矣。

余昔在球阳，日则步屧于空潭、碧涧、长松、茂竹之侧，夕则挑灯读白香山、陆放翁之诗，焚香煮茶，延两君子于坐，与之相对，如见其襟怀之澹宕，凡欲弃万事而从之游，亦愉悦身心之一助也。

余自四十五岁以后，讲求安心之法，方寸之地，空空洞洞，朗朗惺惺，凡喜怒哀乐，劳苦恐惧之事，决不令之入。譬如制为一城，将城门紧闭，时加防

---

① 牛喘月：吴牛喘月。比喻疑神疑鬼而心生恐惧。

② 牿旦昼：像牛马一样整天被束缚着。牿，关牛马的圈栏。

守，惟恐此数者阑入①。近来渐觉阑入之时少，主人居其中，乃有安适之象矣。

养身之道，一在慎嗜欲，一在慎饮食，一在慎忿怒，一在慎寒暑，一在慎思索，一在慎烦劳。有一于此，足以致病，安得不时时谨慎耶！张敦复先生尝言：古人读《文选》而悟养生之理，得力于两句，曰“石蕴玉而山辉，水含珠而川媚”。此真是至言。尝见兰蕙芍药之蒂间，必有露珠一点，若此一点为蚁虫所食，则花萎矣。又见笋初出，当晓，则必有露珠数颗在其末，日出，则露复敛而归根，夕则复上。田间有诗云，“夕看露颗上梢行”，是也。若侵晓入园，笋上无露珠，则不成材，遂取而食之。稻上亦有露，夕现而朝敛。人之元气全在乎此，故《文选》二语，不可不时时体察，得诀固不在多也。余之所居，仅可容膝，寒则温室拥杂花，暑则垂帘对高槐，所自适于天壤间者，止此耳。然退一步想，我所得于天者已多，因此心平气和，无歆羡，亦无怨尤，此余晚年自得之乐也。圃翁曰：人心至灵至动，不可过劳，亦不可过逸，惟读书可以养之。闲适无事之人，整日不观书，则起居出入，身心无所栖泊。耳目无所安顿，势必心意颠倒，妄想生嗔，处逆境不乐，处顺境亦不乐也。古人有言，扫地焚香，清福已具。其有福者，佐以读书，其无福者，便生他想，旨哉斯言。且从来拂意之事，自不读书者见之，似为我所独遭，极其难堪，不知古人拂意之事，有百倍于此者，特不细心体验耳！即如东坡先生，殁后遭逢高、孝，文字始出，而当时之忧谗畏讥，困顿转徙潮惠之间，且遭跣足涉水，居近牛栏，是何如境界？又如白香山之无嗣，陆放翁之忍饥，皆载在书卷。彼独非千载闻人，而所遇皆如此。诚一平心静观，则人间拂意之事，可以涣然冰释。若不读书，则但见我所遭甚苦，而无穷怨尤嗔忿之心，烧灼不静，其苦为何如耶？故读书为颐养第一事也。

吴下有石琢堂先生之城南老屋，屋有五柳园，颇具泉石之胜，城市之中，而有郊野之观，诚养神之胜地也。有天然之声籁，抑扬顿挫，荡漾余之耳边。群鸟嘤鸣林间时，所发之断断续续声，微风振动树叶时所发之沙沙簌簌声，和清溪细流流出时所发出之潺潺淙淙声，余泰然仰卧于青葱可爱之草地上，眼望蔚蓝澄澈之穹苍，真是一幅绝妙画图也。以视拙政园，一喧一静，真远胜之。

---

① 阑入：擅自闯入。

吾人须于不快乐之中，寻一快乐之方法。先须认清快乐与不快乐之造成，固由于处境之如何，但其主要根苗，还从己心发长耳。同是一人，同处一样之境，甲却能战胜劣境，乙反为劣境所征服，能战胜劣境之人，视劣境所征服之人，较为快乐，所以不必歆羡他人之福，怨恨自己之命。是何异雪上加霜，愈以毁灭人生之一切也。无论如何处境之中，可以不必郁郁，须从郁郁之中，生出希望和快乐之精神。偶与琢堂道及，琢堂亦以为然。

家如残秋，身如昃晚①，情如剩烟，才如遣电，余不得已而游于画，而狎于诗，竖笔横墨，以自鸣其所喜，亦犹小草无聊，自矜其花，小鸟无奈，自矜其舌。小春之月，一霞始晴，一峰始明，一禽始清，一梅始生，而一诗一画始成。与梅相悦，与禽相得，与峰相立，与霞相揖。画虽拙而或以为工，诗虽苦而自以为甘。四壁已倾，一瓢已敝。无以损其愉悦之胸襟也。

圃翁拟一联，将悬之草堂中："富贵贫贱，总难称意，知足即为称意；山水花竹，无恒主人，得闲便是主人。"其语虽俚，却有至理。天下佳山胜水，名花美竹无限，大约富贵人役于名利，贫贱人役于饥寒，总鲜领略及此者，能知足，能得闲，斯为自得其乐，斯为善于摄生也。

心无止息，百忧以感之，众虑以扰之，若风之吹水，使之时起波澜，非所以养寿也。大约从事静坐，初不能妄念尽捐，宜注一念，由一念至于无念，如水之不起波澜。寂定之余，觉有无穷恬淡之意味，愿与世人共之。

阳明先生曰："只要良知真切，虽做举业，不为心累。且如读书时，知强记之心不是，即克去之。有欲速之心不是，即克去之。有夸多斗靡之心不是，即克去之。如此，亦只是终日与圣贤印对，是个纯乎天理之心。任他读书，亦只调摄此心而已。何累之有？"录此以为读书之法。

汤文正公抚吴时，日给惟韭菜，其公子偶市一鸡，公知之，责之曰："恶有士不嚼菜根而能作百事者哉？②"即遣去，奈何世之肉食者流，竭其脂膏，供其口腹，以为分所应尔，不知甘脆肥腊，乃腐肠之药也。大概受病之始，必由饮

① 昃晚：傍晚。昃，太阳偏西。

② 嚼菜根：菜根粗糙难食，就像是含辛茹苦的贫贱生活；若能自甘淡泊，不慕荣华，经得住贫贱生活的磨炼，必能成就伟大事业。正所谓嚼得菜根，百事可做。

食不节。俭以养廉，淡以寡欲，安贫之道在是，却疾之方亦在是。余喜食蒜，素不食屠门之嚼，食物素从省俭。自芸娘之逝，梅花盒亦不复用矣。庶不为汤公所呵乎！

留侯、邺侯之隐于白云乡①，刘、阮、陶、李之隐于醉乡。司马长卿以温柔乡隐②，希夷先生以睡乡隐，殆有所托而逃焉者也。余谓白云乡，则近于渺茫，醉乡温柔乡，抑非所以却病而延年，而睡乡为胜矣。妄言息躬，辄造逍遥之境，静寐成梦，旋臻甜适之乡。余时时税驾，咀嚼其味，但不从邯郸道上向道人借黄粱枕耳③。

养生之道，莫大于眠食，菜根粗粝，但食之甘美，即胜于珍馔也。眠亦不在多寝，但实得神凝梦甜，即片刻，亦足摄生也。放翁每以美睡为乐，然睡亦有诀，孙真人云："能息心，自瞑目。"蔡西山云："先睡心，后睡眼。"此真未发之妙。禅师告余伏气，有三种眠法：病龙眠，屈其膝也；寒猿眠，抱其膝也；龟鹤眠，踵其膝也。余少时，见先君子于午餐之后，小睡片刻，灯后治事，精神焕发。余近日亦思法之，午餐后于竹床小睡，入夜果觉清爽，益信吾父之所为一一皆可为法。余不为僧而有僧意，自芸之殁，一切世味，皆生厌心，一切世缘，皆生悲想。奈何颠倒不自痛悔耶！近年与老僧共话无生，而生趣始得。稽首世尊，少忏宿愆，献佛以诗，餐僧以画。画性宜静，诗性宜孤，即诗与画必悟禅机，始臻超脱也。

---

① 留侯、邺侯：分别是汉代张良和唐代李泌的封爵。白云乡：指传说中神仙所居之地。

② 温柔乡：指沉溺于女性的美色之中。

③ 黄粱枕：典出唐沈既济的传奇《枕中记》。卢生在梦中享尽富贵荣华，等到醒来，主人蒸的黄粱还没有熟，所以称黄粱梦。现在多用于比喻虚幻不实的事和欲望的空幻。

译 文

自芸娘去世之后，独自活在这寂寞的人世，郁郁寡欢；春去秋来，晨昏交替，逝年如水。登山临水，叹生命之无常、深情之难再、岁月之易逝，总有无尽的悲戚与伤心。浮生如梦，为欢几何。无常之恨起伏在心中，竟是难以释怀消解。回头看看前面所追忆的《坎坷记愁》，我这一生所遭逢的不幸与坎坷，便不难体会了。

静坐独处之时，我也曾想过种种解脱之法，想远离这充满是非与欲望的人世，离家远去，高蹈远举，做一个不食人间烟火、忘情忘我的化外高人，只是未能如愿。后来我听从了好友淡安、揖山两兄弟的劝告，才暂时寄居在西邻禅寺之中，平日里全靠一本《南华经》来消解排遣。只到此时，我才明白，当庄子的妻子去世之后，庄子不但没有悲戚痛苦如常人，却鼓盆而歌的含义。这表面的豁达哪里是真正的忘情了呢？只不过是万般无奈、悲极而返的一种不得已的旷达而已。

读庄子的书，我渐渐有了些心得领悟。读《养生主》，我悟到了凡达观之人，没有什么时候是不安宁的，没有什么不顺利的处境是不能生存的，他们在冥冥之中已与造化合而为一，还分什么孰得孰失，分什么谁死谁生呢？他们对遭受的一切都坦然面对，喜怒哀乐，种种情感在心中已经没有位置了。又读《逍遥游》，我领悟到了养生的要诀，只在闲放不拘、怡然自得而已。由此我开始悔悟从前的那一段痴情，那不是过于沉溺其中、作茧自缚吧！这也是我之所以写《养生记道》的目的。我也吸收了前贤的学说而加以引申发挥，力图扫除种种烦恼，只以有益身心为主要目的，这也是庄子学说的旨义。或许，可以凭借它保全性命，尽享天年。

我才四十岁，已渐渐呈现出衰老之象，大概是因为百忧丛生，催人早衰啊。多年来情绪抑郁苦闷，有损健康。夏淡安劝我每天要静坐禅定，效仿苏轼《养生颂》里的办法，我准备采纳他的意见。调息之法，不受时间拘束，挺直身子

端坐，就像东坡所说的，调整身体，使它像木偶一样。解开衣服松开衣带，务必让身体舒适。舌头在口中搅动数次，慢慢吐出浊气，不要发出声音，用鼻子慢慢地吸气。有时十五遍，有时十四遍。有了唾液就咽下，上下牙齿之间再叩碰几下。舌尖抵住上颚，嘴唇与牙齿稍稍相接触，两眼微闭，让目光蒙蒙眬眬，再渐渐调整呼吸，使气息均匀，不喘不粗。或者数一数呼吸的次数，从一到十，从十到百，把注意力集中在数数上面，不要让精神分散。这就是苏轼所说的“寂然、兀然、虚空”等境界。如果达到了心境与呼吸的统一，没有杂念产生，就停下来不要再数了，任其自然。这也正是苏轼所说的“随”。坐得越久，效果越好，如果想站起来，必须慢慢伸展手足，切不可猛然站起来。如果能够坚持经常这样做，入定之后，便会出现种种奇特的情景。这就是苏轼所说的“定能生慧”。果能入定，自然能够明悟，就像盲人忽然有了眼睛一样，可以使人明心见性，不只是对养身全生有好处而已。呼吸吐纳之间气息绵绵不绝，若有若无，精神与气息相依存，这才是真息。每一次呼吸都能归结于根本，自然能够顺应天地造化的自然运行规律，这是求得长生不老的绝妙途径。

别人高声说话，我轻言细语，别人多烦多扰，我将愁闷释怀，别人恐惧害怕，我不动怒气，澹然无为，神完气足，这才是长生的良药。《秋声赋》说：“奈何思其力之所不及，忧其智之所不能。宜其渥然丹者为槁木，黟然黑者为星星。”这是士大夫之流所患的通病。又说：“百忧感其心，万事劳其形，有动于中，必摇其精。”一个人如果常常多忧多思，正值壮年就会迅速变老，刚进入老年就会迅速衰亡。与此相反，则可以长生。舞袖歌扇，声色耳目，转眼都会变成一场空。红粉青楼，欢会狎戏，当下就如梦如幻，难以长留。秉灵烛以照迷情，持慧剑以割爱欲，不是大智大勇之人大概很难做到。虽然如此，人之情必然有所寄托，要寄托不如就托之于花草树木，托之于笔墨书画。如此一来，有如对着一位艳妆美人，怡情怡性，还可以省却许多烦恼。

范仲淹说过：“千古圣贤，不能免生死，不能管后事，一身从无中来，欲归无中去，谁是亲疏？谁能主宰？既无奈何，即放心逍遥，任委来往，如此断了，既心气渐顺，五脏亦和，药方有效，食方有味也。只如安乐人，如有忧事，便吃食不下，何况久病。更忧身死，更忧身后，乃在大怖中，饮食安可得下？请宽心将息……”这是他在写给三哥的信中所说的。近日来，我多忧多患，读这

段话，特别适宜治疗我的病症。陆游心胸广博，与陶渊明、白居易、邵雍、苏轼等人一样的旷达飘逸。他对养生之道，有许许多多的领悟，真正算得上有道之士。以后我定会时时研习陆游的诗词，正好可以治疗我的疾病。

洗澡极其有益。我最近做了一个大澡盆，能够装很多水。洗澡之后，极舒适畅快。苏东坡诗中曾说“淤槽漆斛江河倾，本来无垢洗更轻”，我已经领略到其中的一些妙处。有病之后再治疗，不如无病之时就疗养。治疗身体，不如先治心。让别人给自己治疗，不如自己先治疗。林鉴堂的诗说：“自家心病自家知，起念还当把念医。只是心生心作病，心安那有病来时。”说的正是自我治疗的方法。让心在虚静中自由遨游，让神志在微妙之处凝聚，将忧虑化解在无欲之中，把生命的意义归于无为的境界，这样才能彻悟人生、延长寿命，与道永久为伴。

益州老人曾经说过：“要想身体无病无恙，首先必须端正自己的心态。心里不胡乱企求，不痴心妄想，不贪求多欲，不为外物惑溺，自然能安之若素、平静泰然了。因此四肢百骸等外在形体生病了，并不难治疗。唯独心神一动，妄念一生，百病都会随之而来。果真如此，即使是扁鹊华佗之类的神医守在身边，恐怕也无从下手了。”林鉴堂先生有《安心诗》六首，真称得上长生的要诀。诗如下：

我有灵丹一小锭，能医四海群迷病。些儿吞下体安然，管取延年兼接命。

安心心法有谁知，却把无形妙药医。医得此心能不病，翻身跳入太虚时。

念杂由来业障多，憧憧扰扰竟如何。驱魔自有玄微诀，引入尧夫安乐窝。

人有二心方显念，念无二心始为人。人心无二浑无念，念绝悠然见太清。

这也了时那也了，纷纷攘攘皆分晓。云开万里见清光，明月一轮圆皎皎。

四海遨游养浩然，心连碧水水连天，津头自有渔郎问，洞里桃花日

日鲜。

有一位禅师和我谈论养心之法，说："心如明镜，不可以让它蒙上灰尘，又如止水，不可以让它兴起波澜。"这话和朱熹所说的"要常常提醒这颗心，保持机敏而不沉睡，如太阳照于中天，所有邪恶阴暗自然会停息消隐"的旨义大致相同。禅师又说："眼睛不要乱看，耳朵不要乱听，嘴巴不要乱说，心念不要乱生，贪嗔痴爱，是非人我，一切都要放下。还没有发生的事情没必要预测担忧，正在发生的事情也不要过分烦忧，已经过去的事不要念念不忘。听任事情发生，自然处之，相信它自然会过去的。若能如此，忿懥、恐惧，好乐、忧患，都会各得其所。"这正是颐养心志的要诀。

王华之说："斋者，齐也。意思是整肃人的心念，洁净人的肌体，而不仅仅只指形式上的吃素茹斋而已。所谓整肃人的心志，意思是淡泊情志，不事钻营，看轻得失，勤于内省，远离荤腥美酒等口腹之欲。所谓洁净人的肌体，意思是不走歪门邪道，不看邪恶的美色，不听淫秽的声音，不为外在色相所迷惑。进入房内，关上房门，燃上熏香，静神息志，这样才称得上真正的斋。"如果果真能做到这些，身中之神明自然安宁怡然。运气调息，皆自由无碍，这样做既能使人远离病痛，又可让人长生不老。"

我的居室，四面都是窗户。有风时就关上它，风停了就打开它，这样可以让室内通风，以保持室内洁净通畅。居室前面挂帘子，后面挂屏风。光线过于明亮刺眼，我就挂上小帘子，让室内光线柔和一些。光线过于晦暗，就将帘子卷起来，以便于外面的光线射进来。这样一来，内，可以让心神安定，有一方自足独立的空间。外，可让眼睛安逸，免受强烈刺激。心目都安宁了，全身自然就安然了。

禅师又告诉我两条偈语："未死先学死，有生即杀生。"有生，意思是邪妄之念刚刚产生。杀生，意思是将妄念立刻铲除。这与孟子的"勿忘勿助"之法的功用是相通的。

孙真人《卫生歌》云："卫生切要知三戒，大怒大欲并大醉。三者若还有一焉，须防损失真元气。"又云："世人欲知卫生道，喜乐有常嗔怒少。心诚意正思虑除，理顺修身去烦恼。"又云："醉后强饮饱强食，未有此生不成疾。入

资饮食以养身，去其甚者自安适。”

又蔡西山《卫生歌》云：“何必餐霞饵大药，忘意延岁等龟鹤。但于饮食嗜欲间，去其甚者将安乐。食后徐行百步多，两手摩肋并胸腹。”又云：“醉眠饱卧俱无益，渴饮饥餐尤戒多。食不欲粗并欲速，宁可少餐相接续。若教一顿饱充肠，损气伤脾非尔福。”又云：“饮酒莫教令大醉，大醉伤神损心志。酒渴饮水并啜茶，腰脚自兹成重坠。”又云：“视听行坐不可久，五劳七伤从此有。四肢亦欲得小劳，譬如户枢终不朽。”又云：“道家更有颐生旨，第一戒人少嗔恚。”以上数家智慧之言，如果都能遵行，再早晚坚持练习，一定会收到功效，不要认为这些都是老生常谈。

将一间房屋打扫干净，打开南边的窗户，八扇窗子都通亮光明。不要过多陈设古董器玩，这样会扰乱人的心志，迷惑人的眼目。再安置一张大床，一张长几，几上笔墨纸砚摆放得齐齐整整。长几旁再设一个小几，小几上方挂着一幅字画，常常更换它。小几上摆一两部爱读的书，古帖一本，古琴一张。如此一来，心神眼目之间，常常会一尘不染。

早晨进入园林，种植蔬果，锄草，浇花，施药。一番劳作之后，归来进入房内，开始闭目养神，可谓劳逸结合，张弛有度了。时时读些快意佳作，以怡悦神气，时时吟咏好诗佳篇，以畅发幽情。偶尔再临临古帖，抚抚古琴，感觉倦乏了就停下来，小憩一会。知己相聚，谈古叙今，不要谈论时事，不要谈论权势，不要臧否人物，不要争辩是非。偶尔相约，闲吟徐行，不衫不履，无需过分拘泥于礼节，但求随性。若要喝酒，小饮而已，切勿大醉，彼此陶然忘机便是最好的了。如果确实能做到这样，也算是愉悦心志。由此可见，那些缩脚陷入绳绊、伸颈进入圈套、出于卿相之门、饱受为官之累的人，与养生乐志、但顺己意的相比，岂不是有天壤之别吗？

太极拳是其他各种拳术无法相比的，仅仅“太极”二字，已经将此种拳术博大精深的意义包含在内了。太极，就是一个圆圈，太极拳即由无数圆圈联贯而成的一种拳术，无论一举手，一投足，都不能离开这个圆圈，离开这个圆圈，便违背了太极拳的原理。四肢百骸不动也罢，动就不能离开这个圆圈。太极处处成圆，随虚随实，虚实相生，变幻无极。在练习太极以前，要先凝神吐纳，静坐一段时间，此法虽和道家所谓的静坐法“守窍”有相通之处，但并不等同

于守中守一的“守窍”。练太极时，只需要弃绝思虑，务必使种种意念都归于宁静。此过程，是以缓慢为基本原则，以不滥使力为根本要义，达到虚静的状态后，万虑归心，至于宁静，呼吸吐纳，元气运行，从头到尾，连绵不断。据说，辽阳人张通在明朝洪武初年奉召入京，行经武当时受到阻碍，夜里梦见异人，授给他这种拳术。近年来我一直练习太极，果然觉得身体比以前健康多了。练此拳，寒热之气都不会侵袭人的肌体，以此来强身健体，的确是有百益而无一害的。

少说话，少书信，少交友游乐，少痴心妄想。种种修行，只要还有一息尚存，最终都归于“居敬养心”这四字要领。

杨廉夫有《路逢三叟词》云：“上叟前致词，大道抱天全。中叟前致词，寒暑每节宣。下叟前致词，百年半单眠。”我曾见过《后山诗》中有一首表达了相近的意思，此词大概是应璩写的。璩诗曰：“昔有行道人，陌上见三叟。年各百岁余，相与锄禾麦。往前问三叟，何以得此寿？上叟前致词，室内姬粗丑。二叟前致词，量腹节所受。下叟前致词，夜卧不覆首。要哉三叟言，所以能长久。”

古人云：“比上不足，比下有余。”这是寻求长乐的最妙之法。和因饥饿而哭泣的人相比，能吃饱就感到快乐。和因寒冷而呼号的人相比，能温暖就感到快乐。和辛劳服役的人相比，能悠闲就感到快乐。和身患疾病的人相比，能健康就感到快乐。和遭受祸患的人相比，能平安就感到快乐。和濒临死亡的人相比，能生存下来就感到快乐。白居易有一首诗道：“蜗牛角内争何事，石火光中寄此身。随富随贫且欢喜，不开口笑是痴人。”近人有一首诗说：“人生世间一大梦，梦里胡为苦认真？梦短梦长俱是梦，忽然一觉梦何存！”此人与白居易旷达之处何其相似。

“世事茫茫，光阴有限，算来何必奔忙？人生碌碌，竞短论长，却不道荣枯有数，得失难量。看那秋风金谷，夜月乌江。阿房宫冷，铜雀台荒。荣华花上露，富贵草头霜。机关参透，万虑皆忘。夸什么龙楼凤阁，说什么利锁名缰。闲来静处，且将诗酒猖狂。唱一曲归来未晚，歌一调湖海茫茫。逢时遇景，拾翠寻芳。约几个知心密友，到野外溪傍。或琴棋适性，或曲水流觞。或说些善因果报，或论些今古兴亡。看花枝堆锦绣，听鸟语弄笙簧。一任他人情反复，

世态炎凉。优游闲岁月，潇洒度时光。”这段文字不知是谁写的，读后仿佛大梦初醒般，真是一语点醒梦中人，堪称热火世界里的一剂清凉散、一服医心方。

程颢先生说：“我秉承先天之气很薄，因此特别注重养生。到三十岁时逐渐强盛，四五十岁时更加完备。我今年已经七十二岁了，筋骨和盛年时相比，并没有丝毫损伤。如果人都到老了才注意养生，就好像已经身陷贫穷才开始积蓄，即使你再勤奋，也是于事无补了。”

“口中言少，心头事少，肚里食少”，有了这“三少”，神仙可做到。

“酒宜节饮，忿宜速惩，欲宜力制”，依照这“三宜”，疾病自然稀。

预防疾病有十种方法：静坐观空，才能明白地水火风，四大皆空的奥妙。“四大”所依据的都只是假设，此为其一。烦恼出现在眼前，想想还有什么比死更可怕的，此为其二。常拿那些不如我的人，和自己相比，以此巧妙宽解安慰自己，此为其三。造物本来劳我以生，生病人正好可以忙里偷闲，如此一来，反而庆幸，此为其四。前世过往种种孽债现世报应在你身上，不要逃避，顺其自然，以一颗欢喜之心安然接受，此为其五。家庭和睦，没有相互指责的恶语恶言，此为其六。芸芸众生，各自有自己的病根，常常自省自察，以求预防自治，此为其七。风寒要谨慎防范，口腹之欲要克制淡薄，此为其八。饮食宁可节俭，不要贪多，起居务必舒适，不要勉强，此为其九。寻找高明有智慧的亲友，谈论些胸襟廓大、无关功利的出世话题，此为其十。

邵雍住在安乐窝中，自吟自唱道：“老年肢体素温存，安乐窝中别有春。万事去心闲偃仰，四肢由我任舒伸。炎天傍竹凉铺簟，寒雪围炉软布裀。昼数落花聆鸟语，夜邀明月操琴声。食防难化常思节，衣必宜温莫懒增。谁道山翁拙于用，也能康济自家身。”

养生之道，全在“清净明了”四个字，内觉身心空，外觉万物空，破除一切妄想，一无执着，就叫作“清净明了”。所有疾病的根源，都缘于“浓”——强烈的欲望。浓于耳目声色，导致虚弱怯懦的病症。浓于物质利益，导致贪婪饕餮的病症。浓于功名事业，导致矫情妄作的病症。浓于声名荣誉，导致矫情激愤的毛病。噫！“浓”是毒性十分厉害的东西啊！樊尚默先生用一味药来化解它，药方名“淡”。云白山青，川行石立，花迎鸟笑，谷答樵讴，大千世界本来悠闲宁静，喧闹的是人的那颗心。

年底我去拜访夏淡安，看见他所居的房子积满了灰尘，他却不以为然，安之若素。我感叹地说道："居住的地方，一定要洒扫得干净整洁，虚静而空旷，一尘不染。屋前还要间种一些花花草草，时时观察万物欣欣、自然生长。深夜独处静坐、观想万境时，一定要打开窗子，让皎洁月色洒进屋内，特别神清气爽。此时此刻，只觉天地万物之间，有一种清明之气由远及近，拂面而来。此时人心与万象之清气相沟通交融，没有半点滞碍。如果你的居室杂乱污秽，不加收拾，不要以为那样过于麻烦。凌乱不堪的环境，只会让人心生烦扰，对神清气爽恐怕没有半点帮助。"

近年来我常常一个人静静地居住在破败荒凉的寺院里，很快便扫除了经久积年的陋习。一人独处时，自由无碍。有时在林中放歌，有时在幽谷长啸，有时乘小船在溪边湖岸垂钓。弃绝了声色之娱，摒除了世俗杂念，久而久之，似乎有了大的收获。

陈白沙说："不累于外物，不累于耳目，不累于造次颠沛。鸢飞鱼跃，其机在我。"懂得了这个道理，才称得上善于学习。或许，这也是养生长寿的真正秘诀。凡圣贤，没有不快乐的道理。孔子说："乐在其中。"颜回说："不改其乐。"孟子则以"不愧、不怍"为至乐。《论语》开篇就说乐，《中庸》则说"无入而不自得"，程朱理学探寻孔颜乐趣之至理，也都是这个用意。圣贤之乐，我怎么敢奢望，只是想暗暗仿效白居易"有叟在中，白须飘然，妻孥熙熙，鸡犬闲闲"的快乐而已。

无论冬夏，都应当在日出时起床，尤其是夏天，更应如此。太阳初升之时，天地之气最能令人神清气爽，失去这个机会非常可惜。我在山中破寺中独居时，夏季时分，都是在日出时起床，呼吸水草清香的气味。莲花含苞待放，翠竹凝露欲滴，斯情斯景，令人心旷神怡。夏日白昼长而夜晚短，我便常常午睡一会。垂下帘幕，点起熏香，铺开洁净的桃枝所编竹席，美美地睡上一觉，直到自然醒来，真不亚于天上的神仙。

乐即是苦，苦即是乐，人生中有些不如意，又怎么知道这就不是福呢？举家事事如意，一身件件自在，这热闹的光景其实是冷清败亡的前兆。圣贤不能免于厄运，仙佛不能免于劫难，困厄所以铸就了圣贤，劫难所以炼就了仙佛。

吴牛见月而喘，大雁随阳南迁，自然中的林林总总，构成大千忙碌世界。

蜜蜂采香，苍蝇逐臭，所求不同，却同是辛苦生涯。辛劳一生，纷纷扰扰，都是为了名和利。朝夕被捆绑，寒暑常牵绊，生死紧相逼，如此种种，都是为名利二字所误导。把名当炭火来灼烤心灵，心灵之泉就会干涸。把利当毒虫猛兽来噬咬心灵，心灵的元气就会损伤。如果你想心灵安定，远离疾病，非要把名利二字涤除干净不可。

我读陶渊明的《闲情赋》，常慨叹他的钟情，读《归去来辞》，常慨叹他的忘情；读《五柳先生传》，常慨叹他既非有情，也非无情，游走在钟情与忘情之间，实在是妙不可言。我的朋友夏淡安最仰慕陶渊明，读书不求甚解却又能解，饮酒不期大醉而能自醉。他对我说："诗何必五言，官何必五斗，子何必五男，宅何必五柳。"真是潇洒飘逸啊！余梦中有句云："五百年谪在红尘，略成游戏。三千里击开沧海，便是逍遥。"醒来后说给琢堂听，琢堂以为飘逸可诵，而谁又能会得其中真正的深意呢？

真定梁公时常对人说：每天晚上在家里，一定要找一些可喜可乐的事，与来客开怀畅谈，掀起胡须放声大笑，用来消解一天劳累所带来的郁闷之气。这真是体悟到了养生的要诀。

曾有一个乡下人活了一百岁，我问他长寿的秘诀。老人家笑着说："我不过一个乡下人而已，哪里知道什么养生的方法。但是，我这一辈子，只知道欢喜，从来不知道忧愁烦恼。"这难道是名利场中的人能够做到的吗？古时王羲之说过："吾笃嗜种果，此中有至乐存焉。我种之树，开一花，结一实，玩之偏爱，食之益甘。"他可真算得上是自得其乐了。陆游梦见了神仙居住的地方，写了这样的诗："长廊下瞰碧莲沼，小阁正对青萝峰。"他以为诗中所写就是极胜之妙景。我在禅房中居住时，这样的美景时时见到，特别突出，如此看来，是可以傲视陆放翁了。

我过去在琉球时，白天就在空旷的水潭、青翠的山、高大的松柏、茂盛的竹林旁优游。晚上就秉烛夜读白居易、陆放翁的诗，焚香宁神、煮茶烹茗，请这两个君子就座，与他们相对如晤，好像真的看见了他们淡泊坦荡的胸襟气度，几乎想抛弃一切俗念追随他们远游。这也是有助于愉悦身心的一种方法。

我从四十五岁以后，开始寻求安心养性的方法。让心灵这块方寸之地，空空洞洞，朗朗清清，喜怒哀乐，劳苦恐惧种种情绪，决不让它们乘虚而入。我

筑建了一座城堡，把城门关得紧紧的，时时刻刻加以防守，唯恐上述种种不利的情绪进入门内。近来，常常觉得它们擅自闯进的情形越来越少，主人居住在城中，自然就有了安宁舒适的气象。

养身之道，一是要警惕嗜欲，一是要谨慎饮食，一是要谨防忿怒，一是要谨防寒暑，一是要慎于妄想，一是要免于烦劳。其中的某一种没有做到，就会导致疾病，怎么能不时时谨慎呢！

张英（字敦复）先生曾说：古人读《文选》而悟得养生道理，得力于两句，就是“石蕴玉而山辉，水含珠而川媚”。这真是至理名言。我曾经看见兰蕙芍药的花蒂间，都有一颗颗露珠，如果这颗露珠被蚁虫吃掉了，花就会萎谢凋零。又见过竹笋破土而出时，每当早晨，一定会有数颗露珠在竹笋的末梢上，太阳一出，露珠就会收敛归于根部。第二天太阳出来时，又出现在末梢上了。田闲老人有诗说，“夕看露颗上梢行”，说的正是这种情形。如果拂晓时分进入竹园，竹笋上没看见露珠，那么，这棵竹笋就长不成材，可以把它挖出来当菜吃。稻子上也有露珠，晚上出现而早上收敛。人的元气其实全在于自然万物的生息化育当中，所以《文选》中的这两句话，不能不时时体会观察，想得养生要诀，原本不在多少，至理精微便可。

我的居所，非常狭小，只容得下我伸开双腿，冬天里，温暖的房内拥着各式各样的杂花。夏天，则垂下帘子对着窗外高大的古柏。我在天地之间自得自适地享受，也无非就是这些了。然而退一步想想，我从上苍那里所得的已经很多了，因此便能心平气和，没有歆羡，也没有怨尤，这是我晚年时自得其乐的方法。

圃翁说：“人心至灵至动，不可过劳，亦不可过逸，唯读书可以养之。”闲适无事的人，如果整天不读书，那么他起居出入之间，身心就没有一个安顿的地方。耳目无所安顿，一定会心意翻腾，妄想痴嗔，百虑丛生，处在逆境中固然不会快乐，处在顺境中也是不会快乐的。古人曾说：“扫地焚香，清福已具。”有福的人，才会辅以读书，没福的人，就生出种种妄想，这话说得很深刻。况且，从古至今，那些不如意的事，在不读书的人眼里，似乎都只有自己一个人碰到，因此便觉难以承受。却不知道古人不如意的事情，比你遇到的不止百倍，只是你没有细心体会罢了。就像苏东坡，他的父亲苏洵去世后，尚在守重孝，

其文章刚一写出，就被好事者罗织，受到谗害被贬谪。他穷困潦倒，辗转于潮州惠州之间，甚至曾光脚过河，居住在牛圈旁边，那会是怎样惨苦不堪的情景？又如白居易没有子嗣，陆放翁忍饥挨饿，这些都一一写在了书里。他们不都是名传千古的人吗？却也遭遇种种困顿不幸。如果我们能平心静气地看待人生，看待人生不如意的事，所有的烦恼不快便会涣然如冰释了。假如不读书，就只会盯着自己眼前所遭受的痛苦不幸，自怨自艾，生出无尽怨愤嗔怪之心，被痛苦折磨得无法安宁。他们之所以会痛苦成这个样子，正是因为不了解世上其他人也如他们一样，曾遭逢不幸。所以说，读书也是修身养性的第一要事。

苏州城南有石琢堂先生的老宅子。屋前有个“五柳园”，很有点山水泉石的佳趣，虽在市井之中，却有郊野之景观，的确是修身养性的好地方。这里，有宛如天籁的自然之音，抑扬顿挫，荡漾在我的耳边。群鸟嘤鸣在林间，断断续续，此起彼伏，似在呼应；微风拂过树梢，树叶发出沙沙簌簌的声音；清清溪流，涓涓流过，发出潺潺淙淙的声音；我泰然自得地仰卧在青葱可爱的草地上，眼望着蔚蓝澄澈的苍穹，真是一幅绝妙画图啊。将这里与拙政园比起来看，一个喧嚣一个幽静，虽不是名胜，却要远胜拙政园了。

芸芸众生应该在不快乐之中，寻找一种使自己快乐的方法。首先要看清快乐和不快乐的形成的原因，这当然和自己所处的环境有关。但更主要的取决于自己的内心。同样的人，处于同样的境地中，甲能战胜劣境，乙却被这种环境所征服。能战胜环境并振拔于环境当中的人，看那些被环境所征服的人，自然会感到比较快乐。所以，不要羡慕别人的福分，怨恨自己不幸的命运。这样做只会雪上加霜，只会毁了人生的一切。无论身处什么环境，都不要郁郁寡欢，而是从中生发出希望和快乐之精神。偶然与琢堂先生说起这种体会，他也颇为赞同我的想法。

家境如破败萧条的秋天，身体如日薄西山的傍晚，情感如行将消散的残烟，才情如一闪即逝的闪电，万般不得已，又能奈何？我只能寄情于书画，纵意于诗文，在笔墨文字中，聊以遣兴，抒发我心中所好而已。正像小草百无聊赖，自己怜惜自己的花朵；小鸟无可奈何，自己夸耀自己的歌喉。早春二月，一抹云霞开始晴亮，一座山峰开始明丽，一只禽鸟清音婉转，一枝梅花开始绽放，此时此刻，我的诗画也作成了，借此聊娱余生。与梅花相互取悦，与禽鸟相得

甚欢，与山峰脉脉对视，与云霞朝夕欢送。画得虽然朴拙，我却自认为工巧；写诗虽然辛苦，我却自得其乐。四面墙壁已倾圮衰败，一只水瓢已破朽不堪，又能如何呢？这丝毫不会损害我的心境，减少我的愉悦之情。

圃翁为我拟写了一副对联，我准备将它挂在草堂中：“富贵贫贱，总难称意，知足即为称意；山水花竹，无恒主人，得闲便是主人。”语言虽不古雅，说的却是人生至理。天下佳山胜水、名花美竹何其多，大概富贵之人被名利所役使，贫贱之人又为生计所苦，各有其烦扰，少有人能领略到山水之中的幽趣与闲意。能知足常乐，能优游岁月，这才叫自得其乐，也是真正的善于养生。

人心若没有静止的时候，百忧千虑都会纷至沓来，激发它，烦忧它。此种情形，就像风拂水面，水上便时时兴起波澜，这样是不能养生长寿的。大概人在进入静坐宁神状态时，一开始并不能抛开所有的杂想妄念，此时应该专注于一个念头，由一个念头逐渐达到没有任何念头，像水面不兴起任何波澜一样。入定以后，便会体悟到无穷恬淡意味，神清气爽。此经验我愿与世上所有的人共享。

王阳明先生说：“只要良知真切，即使应考科举，也不会劳心费神。比如读书时，知道死记硬背的想法不对，就立即克服。知道投机取巧的想法不对，就立即放弃。果真如此，就如同整天同先贤前圣神晤沟通，内心纯然，合乎自然天理，只是为了调养这颗心而已，无丝毫功利目的，又怎么会感到劳累呢？”摘录这段话，把它当作读书之法。

汤文正公（汤斌）任江苏巡抚时，每天吃菜蔬只有韭菜。一天他的儿子偶尔买了一只鸡，汤斌知道了，责怪他的儿子说：“哪里有不嚼菜根，而能做成大事业的呢？”随即让他把鸡退了回去。为什么世界上那些肉食者之流，恨不能穷尽所有的厚脂肥膏，以满足他们的口腹之欲，认为这些是他们应该得到享受的？却不知厚脂肥膏之类的东西，实际上是腐蚀肠胃的毒药。一般人得病的起因，一定是因为饮食不节制。俭以养廉，淡以寡欲，这才是所谓的安贫之道，却疾之法啊。我喜欢吃蒜，历来不吃屠宰的东西，饮食从来讲究节省俭朴。自从芸娘去世之后，梅花盒子我是再也不用了的，应该不会被汤文正公呵斥吧？

留侯张良、邺侯李泌隐居在白云乡，刘伶、阮籍、陶渊明、李白隐居在醉乡。司马相如隐居在温柔乡，刘禹锡先生隐居在睡乡，他们都是有所寄托而逃

世而已。我认为白云乡，接近于飘渺，醉乡温柔乡，也不能却病延年，睡乡看来是最好的。停下一切妄想，才能营造逍遥的境界，静静地进入梦乡，很快就能抵达甜蜜安怡的境界。我常常在醒来之后，细细咀嚼其中的滋味，但是从不学邯郸道上的书生，向道人借游仙枕而做黄粱梦。

养生之道，没有比睡眠饮食更为重要的。菜根粗粝，只要吃起来觉得甘美，也可以胜过珍馔佳肴。睡眠也不在多，只要做到神凝梦甜，哪怕只有一小会儿，也足以养生。陆游每每以美睡为乐事，然而睡眠也有诀窍，孙真人说："能息心，自瞑目。"蔡西山云："先睡心，后睡眼。"这的确是别人没有发现的妙法。禅师告诉我，要让心平气和，有三种睡眠方法：病龙眠，睡时弯曲膝盖；寒猿眠，睡时抱着膝盖；龟鹤眠，睡时两膝相碰。我小时候，见先父每每在午餐之后，会小睡片刻，上灯后才开始处理事务，精神焕发。我也想着效仿父亲的方法，午餐后便在竹床上小睡一会儿，到了晚上果然觉得神清气爽。如此一来，便越发相信我父亲的所作所为，每一样都值得效仿。

我不是和尚，却达到了僧侣的境界。自从芸去世以后，我对世间一切情味，都产生厌倦之心，对世间一切情缘，都产生了悲悯的同情。只是时光无法倒流，任是怎么悔恨，也再不能回到从前了。每念及此，怎能不痛心啼血啊。近年来，我时常与一些老和尚探讨"无生"，超脱于世俗生死之外，反而能体悟到生之乐趣了。稽首跪拜佛祖，减少对宿缘孽债的悔恨，用诗来恭献世尊，用画给僧侣当饭吃。画画，性情应该平和，作诗，性情应该孤傲。即使是写诗、作画，也一定要悟得禅机，才能达到超脱的境界。

附录一　册封琉球国记略

嘉庆十三年，有旨册封琉球国王，正使为齐太史鲲，副使为费侍御锡章。吴门有沈三白名复者（注：此处疑为钱泳转录时有所改动，沈复原文或为“余”），为太史司笔砚，亦同行。

二月十八日，出京。至闰五月二日，始从福建省城启行登舟。舟长八丈余，阔二丈余，船身饰以黄色，上列旗帜甚多。次日，两册使奉节诏至，护送者为福州左营副将吴公安邦也，带兵弁二百二十名，分拨两舟，各带炮位。册使与从客共一舟，名曰头船，上下柁工兵役共计四百五十余人，各有腰牌为照。

每日乘潮行一二十里。至十一日，始出五虎门，向东，一望苍茫无际，海水作葱绿色，渐远渐蓝。十一月（按：应为“十二日”），过淡水。十三日辰刻，见钓鱼台，形如笔架。遥祭黑水沟，遂叩祷于天后，忽见白燕大如鸥，绕樯而飞，是日即转风。十四日早，隐隐见姑米山，入琉球界矣。十五日午刻，遥见远山一带，如虬形，古名流虬，以形似也。

相距约三四十里，舟中升炮三声，俄见小艇如蚁，约数百号，随风逐浪而来。先有一船，投帖送礼，有旗，旗上书“接封”二字。其头接官为紫巾大夫。所引小艇，皆独木为之，长不盈丈，宽二尺许，两艇并一，如比目鱼，人施短棹，分两行，挽引大船纤索，如虾须然。有红帽者，执旗鸣锣，为领队押帮之秀才官也。未几，又有鸣锣而来者，为二接之法司官，投衔帖请安。三接官为

国舅，率通事官登舟参谒，册使命辞免。

至其口，曰那霸港，南山屏列，北筑石隄如长虹，以御潮汐。堤首有小山如伏虎，设炮台于上。封舟将到，即闻大炮三响，旋闻金鼓铜角之声，万人齐列。及进口，始见乐人排班，分左右行。前列红边黄旗两面，大书“金鼓”二字，后列号筒二人，喇叭二人，鼓四人，锣四人。但闻音韵悠扬中杂以角角咚咚而已。两岸聚观者，以数万计，男女莫辨。

封舟身重不能抵岸，乃横小船，架板作浮桥，以达封舟。岸上有屋三楹，额曰“却金亭”，国王（注：册封前应称世子）迎候于此，自称琉球国世孙尚某，亦用红手版，王冠乌纱帽，两翅弯曲向上，衣元青龙袍，金带，皂靴，容貌清癯，年仅二十二岁，跪迎于亭中。正使持节，副使捧诏，又听升炮三声，乃登岸，奉节诏于龙亭。天使二人，皆乘八座。至中途，有迎恩亭，国王设香案，率其众官，行三跪九叩首接诏礼。礼毕，王前导，至天使馆。正厅曰“敷命堂”，迎诏敕奉安正中，天使立左右，王率众官行请圣安礼，然后与天使行宾主礼，就座，三献茶，即辞去。天使送庭下，王揖让，亦乘八座回宫。

十六日，迎天后进天后宫。天使出馆，各庙拈香，答拜国王。回馆，于大堂升座，护送武弁，率水师兵披甲摆队进参，示威远也。

天使馆制悉仿中华，前列旗竿二，旗上大书“册封”二字。旁设吹鼓亭，每日辰、午、酉三时奏乐三通，排队中门而立，金锣画角，一如迎舟之乐，奏毕，各散去。东西两辕门外，俱铺白沙，莹白如雪。仪门内即敷命堂，堂后有穿堂至第四进后堂。堂之东，有楼曰“长风阁”，为正使起居之地，其西则居副使，登楼皆可远眺。其两庑东西二十间，随从诸人居之。馆之周围墙垣甚厚，皆砺石，石多绉纹，有小孔，形如骷髅。墙顶植草，叶如萬苣，不土而生，秋冬长茂。

至七月朔日，将举行追封御祭礼仪。从官四人，一为捧诏官，一为捧节官，一为宣诏官，一为捧帛官。先一日，通事官呈仪制，备轿马，请从官至先王庙演礼。轿如鹤笼，编篾为之，外施黑漆，内糊白纸，顶有大环，一木为杠，离地仅五寸许。人由左入，盘膝而坐。亦设靠垫、痰盂、烟具于其中。马如小驹，剪鬃如驴，性甚劣，一马需一人挽之。鞍韂踏蹬，与中国稍异，起步细碎，如小川马。

巳刻，出东辕门，过圣庙，东南行三里许，至安里桥，皆平坦。过桥数武，即所谓先王庙者，山形环抱，庙居其中，荫木森森，叶似柿而色深绿，曰波罗蜜树。东西有朱漆坊，中为三圈门，平其顶而无匾额。拾级而上，有堂三楹，设天使与国王坐位于中。再入后堂，即为先王殿。殿五楹，两庑十余间，殿中神主前设三御案，中为奉节案，左为奉诏案，右为奉帛案。殿西檐下，设开读台，东南向。

至次日辰刻，天使出馆，诣各庙拈香。返，三法司及众夷官备龙亭、彩亭、金鼓仪仗，集馆门外。候启门，奏乐、参谒毕，迎龙亭、彩亭入，正使捧节，副使捧诏，皆朝服，从官亦五品蟒服，趋向天使，恭接节、诏、币、帛，各安亭中，左右立。阶下乐作，引礼官唱排班，众夷官皆跪，行九叩礼。升炮，夷官前导，排全副仪仗，皆中国兵丁为之，著号衣骑马者，约百余对。其后则卤簿，彩亭先行，龙亭在后。从官佐使，皆张红盖乘马随于龙亭之后。两天使皆八座，道旁男女聚观者，循高就下，叠砌如鳞，而声息寂然，但闻马蹄蹀躞而已。

至安里桥，国王紫袍纱帽，率众官迎伏道左。暂驻龙亭，王与众官平身，两使降舆，趋前，分立龙亭左右，引礼官唱排班，国王及众官行三跪九叩接诏礼。礼毕，国王众官步行前导，至庙门，由东圈门进，立堂下。天使出，下轿，从官亦下马，扶龙亭，由中门入，至庭中，捧节官授节与正使，捧诏官授诏与副使，随行至先王殿，各奉节诏于所设之御座上，退立东墀，西向。宣诏官立开读台下，东向。两庑奏乐，引礼官引国王，由东阶诣香案前，北向。司香者跪，进香于国王，王亦跪，三上香讫，复引至墀下，王与众官各就拜位，行三跪九叩首拜诏礼。礼毕，乐止，退立东庑世子神位前，西向。又起乐，天使捧节诏正中立，捧诏官由东墀趋接诏书，即由中门高举，下阶，黄伞盖之，上开读台，宣诏官随至台中香案下。乐止，引礼唱跪，国王及众官皆北向跪，俯伏于世子神位下。引礼官唱开读，宣诏官就香案正中朗声宣诏。宣毕，仍捧诏下台，张黄盖，由中门入，授副使，仍安御座。引礼官引国王众官各就拜位，再行三跪九叩谢封礼。引礼官唱退班，国王入庙，请天使暂憩，更衣，献茶。

追封礼毕，国王易皂袍、角带，出至先王神位前，天使复分立御案如前仪，法司官请诏书、祭文供奉庙中，天使乃诣先王神位前，行一跪三叩礼，国王及

众官俱俯伏位侧。礼毕，引礼官唱退班，国王捧先王神主，由东阶入殿，供奉毕，向天使行谢封礼，一跪三叩，天使答拜。

御祭礼毕，国王又易服，天使亦更衣，俱至前堂，行相见安坐礼。天使居中，南向。国王居西，东北向。不设乐，茶酒皆亲献，天使辞谢。紫巾大夫代献，天使酬献，国王亦起辞谢。各就宴，从官则宴于西庑。酒馔皆秀才官跪而献之，法司官旁席为陪宴。宴既毕，国王前导，仍至御案前，正使奉节授捧节官安置龙亭内。天使行至阶下，与王揖别，从官亦与法司官揖别。出庙门，国王众官已先行，至安里桥下，候龙亭至，俱跪送，天使降舆揖，回馆。

是晚，国王遣官叩谢。其明日，天使亦遣巡捕官入王府答谢。

至七月二十六日，始行册封大典。前一日，从官先往王府演礼，由先王祠内东度二小岭，行于山脊，路尚平坦，民居岭下，田园绣错，竹树阴森。行三四里，始见高牌坊一座，上大书“中山”二字。过此百步，又一牌坊，大书“守礼”二字。路之中心，筑方石台，上植铁树一丛，以为来龙。随见万木排空，墙垣密布，最高处宫殿巍峨，已至中山王府矣。

府门西向，上有敌楼。进门折南，渐高数级，有门北向。旁有一泉，凿龙首嵌石中，泉从龙吻喷射而出，此中山之瑞脉也，名曰瑞泉。上有门，即名瑞泉门，门上有滴漏台。再折向东进第三门，平坦广阔，并列三门，南向，势甚雄壮。进门即为王殿，有一甬道，甚宽广，铺紫色石大方砖。又进而为正殿，五间，台阶宽丈余，约高五尺许，以白石栏围之，分坡级为三道，而正中坡级两旁竖盘龙石柱一对。殿中无宝座，而有一台，高仅尺许，曰临政台，围以朱漆栏，亦铺脚踏绵，与庶民居室相等。后设金围屏一座，其上即御书楼，凡中国大皇帝历次所赐匾额，尽悬于上。两旁便殿廊房，东西各三统间，为天使宴饮之所，亦将历来册使所送之额，悬挂两旁。启其后窗，可以观海，彩梁朱柱，古朴而华。台阶之中，另起御案三座。东首西向设开读台，高丈余。甬道之中，设国王拜位，以草席为之，四周镶红边而已。

至次日，天使随文武官及从者至府，一如追封前仪。王九叩礼毕，宴天使于西便殿，从官宾客则宴于东便殿，献茶、进酒亦如前仪。惟观者之多，更盛于前，盖忝有该国文武官眷属，设篷幕于路侧。又有扶老携幼者，合数万人，真大观也。

其明日，王又易冠服，如汉黄门官式样，坐龙辇，中设朱漆描金座，用四杠，前后十六人，其辇高与檐齐，仪仗则用大方旗四对为前导，继则长杆刀六对、长杆枪六对。又有如月斧者、画戟者，如狼牙槊者，十余对，皆柄长丈余。又有三檐红伞一顶、金鼓乐人二起间其中。近辇，则有执长杆大鸡毛帚四对、大翎毛扇一对、月扇一对、大兜扇一把、提炉二对。扶辇者，皆紫金大夫与都通事官，步行随之。又有童子，装束如红衣人者，各执拂尘、团扇之属十余辈，扶辇而行。王至使馆，拜谢，亦如前仪。途中各设段落点缀，或编短篱而列盆花，或叠假山而栽松柏，像生鹿鹤，纸扎群葩，目不暇给。

旧例，国王逢五日遣官请安，十日王亲谒，天使辞谢再三，乃逢十遣国相参谒。其仪制，天使设公座于堂，国相三法司行礼，天使出位旁立，拱手。紫金大夫则正立，余皆端坐，听其叩首而退，从官之相见各长揖而已。

案《琉球国传》，自汉时天孙氏以来，皆姓尚氏，直至明洪武初，始奉中国正朔。其国本有南、北、中三王，本朝初年始并为一。其地皆山而无高峰，亦无城郭，其国境约宽数百里，中分三府，国王所居曰首里府，亦名守礼府，掌国大臣多居此。次曰久米府，永乐间迁中华人至彼，教以文学，有二十四姓，世居于此，掌理文牍，犹中国之翰林院也。三曰那霸府，皆商贾所居。国中仕宦者，皆世官世禄，虽从唐制以诗取士，应考其实皆缙绅子弟也。

其所铸用钱曰宽永，彼国之银一两可换钱一千六百文。刑罚无斩、绞、枷、号，有犯则送三法司究治。轻则杖之；若罪重，给一独木小艇，驱入大海，听其所往，诏之充军；再重，则刳其腹而投之海。

其民皆食蕃薯，一岁三熟，每担价不过百文。亦种粟、麦、米、豆，土人食不当饱，备作宴客之需而已。人多布衣，不尚蚕桑。

所属有三十六岛，或远或近，均隔重洋。羽毛之族颇同中国，惟鳞介大半皆海物，有大虾如升斗，大蟹如草笠。鱼则或蓝或红，莫可名状，其味甚腥，亦莫别其美恶也。有烧酒，有甜酒，又有白酒如浆，系国中女子嚼米酿成，其味甜，微有酒气耳。

通国之人躯干无长大者，民安物阜，从不闻有盗贼之事。市中无店铺，亦无茶坊酒肆。其舍宇四面御水者居多，不甚宽大，亦无有通三间者，周缭以板。室内皆铺地板，高地二尺许，地板上用席垫布镶而铺之，名曰踏脚绵。男女皆

席地而坐，门窗上俱凿双槽，重叠推拽以为启闭，故柱多方，其木质若黄杨，磨极光细。庭前亦有假山，多嵌空玲珑，平地铺以白沙，花光树色映带清幽。或编竹为篱，屋藏于内，绿荫郁然。行人稀少，终日寂静，亦不闻有口角争斗之事，间闻有弦歌之声。

使馆之西有女集场，一切器皿、食物、布匹、旧衣、新履，皆妇人首戴而来，坐地而卖，其妇通称曰“爱姨”。每男以肩挑，妇以首戴，无论米粮、油酒、包裹、箱笼，虽重百斤，皆顶首上，从无有倾覆陨坠之虞。

其俗有医师而无筮卜星相之人，有僧无道，亦无优尼。

有寺曰乐善，在使馆之后，竹篱矮屋，不施丹漆，曲廊环绕，绿阴蔽天，庭间凿以小池，金鱼游泳，钟磬无声，颇有幽趣。定海寺在那霸长虹堤之中，北临大海，一望无际。亦有圣庙，在馆东半里许，规模如中国，而殿庭矮小，派秀才轮守之。

其冠服之制，男子年十六岁乃剃顶发中心，留其四鬓，挽一髻，插梅花簪三寸许。王及国相、法司官用全金者，紫巾大夫金头银脚，余官皆用银簪，庶民则用铜簪。冠式长圆，平顶如僧尼帽，而前后有折叠文。有职者红绫巾，大夫黄绫巾，紫金官以上皆紫绫巾，国相国舅则用紫锦巾。庶民冠元青荷叶巾，地保用绿布巾。衣如道袍，长领，袖宽一尺四五寸，色亦尚红青，便服则各随其色，束大带，约宽四寸许。国相以至庶民皆著草履，名曰“撒霸”，式如中国之草鞋，底中起梁立一枢连之，高半寸，著则以脚背套其梁，大脚指夹其枢，以故，左右袜头俱开一叉，不能易。袜甚短，及踝而止，以带束之，男女皆然。

女子不裹足，不剃面，不穿耳，发无把，用油蜡涂，挽于顶心，形如牡丹，即所谓牡丹头也，其光似漆。簪长七寸，粗如小指，作八角楞。簪之头如调羹，向前倒插，金银亦随品而别，视其夫之品级。民妇则用角簪或玳瑁。衣如男子而长及地，不带不扣，以里衣襟纳入裤腰，右手拽外襟而行。未嫁者则束汗巾于外以别之。袖有宽至二尺余者。妇人年过三十，手背刺纹作黑点，年愈大纹愈多，至老年则全黑，此不可解也。

其与人交际，客至，则脱撒霸于门，入室坐地，主人出，各鞠躬点首以为礼。小童执茶壶如桃者，斟茶半杯，主人举以敬客，客受之，高举齐额而后饮，以此为敬，他物亦然。亦吃烟，每人前各置一具筒、一炉、一痰盂，一总谓之

打巴古棚，盖烟谓打巴古，盘谓棚也。烟筒长仅尺许，烟甚辣。相对坐后，或清谈或敲棋，倦则倒身而卧。

每宴会，极省俭，肴不过四色，用黑漆盘分格盛之。酒仅一小杯，托以朱漆小盘，传递而饮，酒酣则坐卧歌呼以为乐。饭曰屋满，粥曰渥该，吃曰三小里，鱼曰游，肉曰犭钅，鸭曰鸭飞拉，蛋曰科甲，猫曰抹牙，油曰暗淡，米曰科，去曰一逈，今日曰初，明日曰阿爵，游玩曰阿嬉脾，拿来曰莫给科，好曰秋喇沙，不肯、不要、不好统曰没巴歇，不懂曰悉各朗；一曰抵几，二曰打几，三曰米几，四曰又几，五曰一几几，六曰荣几，七曰捺捺几，八曰牙几，九曰谷谷奴几，十曰拖几。惟茶曰茶，衣架曰衣架，衣曰衾索，面曰索面，而面又曰木吉利果，此三物大约起自中国，故仍旧名。其花卉种类甚繁，不能殚述。其他名物称谓，类皆有音无字者也。

琉球国亦唱戏，天使至，则于便殿前，搭戏台一座，高与阶齐，方广三丈许。后场有大松树一株，枝飞檐外，有彩无灯。歌舞者非伶人，皆国中缙绅子弟为之，年皆十六七，无有老年者。

其开场无锣鼓，但闻场后连打竹板声，即见一老人戴荷叶巾，披深黄色大襟衣，有似鹤氅，束蓝带，手执藤杖，白须飘然，率男子八人，头梳高髻，身披白花红底衫，腰束皂色带，各执花枝绕场而舞，如堆花状。又有童子摇鼓穿绕其间，歌声从后场而出，不吹笙笛，用弦索和之。场上启，做关目说白而已。此为彼国天孙氏开辟琉球，歌舞太平故事，名曰三祝舞。

又闻竹板响，扮出四童女，髻插金凤花，额束紫绡帕，披大红衫，其长曳地，外罩钣金镶元（玄）青纱背搭，各执折扇二柄，鱼贯而出，歌舞而退，此谓扇舞。

下开传奇一段，名曰《天缘奇遇儿女承庆》。先有一生角，青衣皂帽扮一樵人，名曰铭苅子。继有一旦，甚美，头梳高髻，后发披肩，外披白绸五彩印花曳地长袄，内衬银红衫子，肩上蟠大红风带一条，扮一天女，从松树上下台心，即将风带解下，挂于树上，似作沐浴之状。铭苅子窃带藏之，天女失带，惶惶不能飞升，与铭苅子问答良久，遂为夫妇。生一女名真鹤，年九岁，又一男名思龟，年五岁，皆七八岁小童扮之，唇红齿白，妆束逼肖。是时骗儿女眠于榻上，忽然寻出风带，徐徐登松树上，将升天矣。下顾儿女作悲泣状，儿女

惊醒，追呼树下，天女已至松顶，忽有白云从上而下以迷去路，其云皆棉花结成。铭苅子亦追寻至树下，与儿女对松树大哭。忽出一大夫问铭苅子，回奏知国王，召其父子赐以爵禄，并收其女入宫抚养。此其开国时之故事，其场后之松树专为此而设也。此树甚高，已百年物矣。

又闻竹板再响，四小旦扮四女，装如天女而无风带，头顶五彩笠子，曼声弦歌而上。舞有顷，各除笠，上下盘旋而进，谓之笠舞。

又开传奇一段，曰《君尔忘身救难雪仇》。一净角两额染脂，童颜鹤发，戴黄缎金镶风兜，身衣古铜色缎衫，外罩天青金云龙背心，腰插宝刀，手执兜扇，自称按司，名八重濑，按司者，似乎彼国之诸侯也。路遇玉村按司，夫人貌美，杀玉村而夺其妻。妻不从，殉节死。其子逃匿平安大主家，八重濑欲搜缉除害。玉村有家人之子名龟寿者，别其母，投平安大主家，见小主，愿身假做小主，出献以代死。小主不从，如《一捧雪》换监代戮之状。既而允从。平安大主有家将，名吉由，假缚龟寿为玉村之子，授献八重濑。令下监，受尽诸苦而欲杀之。吉由假降帐下，又有玉村大臣名波平者起义，与平安大主合兵一处，奉玉村子小按司为父报仇。斩关而进，杀八重濑于帐下，救出龟寿，仍立玉村之子为按司。此明季彼国分南、北、中三王时之故事也。小按司系十二三岁之俊童，其装束如水斗中之小青，不穿裙耳。凡逢杀战不在当场，皆入场后作擂鼓叱咤声而已。

又闻竹板响，见男子四人头束红帕，身著花袄，腰围阔带，腿缠青紬，手执羯鼓，其声咚咚。又有四童，装束亦如之，则手执短竹，击声角角，满场踯躅，且击且跳，谓之羯鼓舞。

又开传奇一段，曰《淫女为魔义士全身》。走出一小生，年约十五六，扮一久米府之汉人后裔，名曰陶松瑞。头戴细草笠子，式如中国凉帽胎，而大如小铁锅，衣月白紬衫，手执短拐，往首礼府探亲。天晚迷路，见山下有灯火，投宿村庄。随有一旦，扮村女出，留松瑞宿，自言母亡父出，一人独守，欲荐枕席。松瑞诫以男女不亲授受之义。其女不听，强逼之，松瑞脱身逃遁。女转羞成怒，欲追杀之，松瑞逃入万寿寺。有老僧名普德，藏松瑞于钟中，一钟极肖。女子追索无踪，仰天大哭，发狂而去。松瑞已出，而女子复至，钻入钟中，忽变成魔相，头出两角，貌极狰狞，手执双斧，势将动武。普德遂合手念咒，魔

即乘风化去，松瑞得全身而归。此彼国近时之故事也。

忽扮出大小狮子两个，跳跃盘旋而下，歌舞自此止，即中国唱戏之所谓团圆也。

琉球国亦有妓女，谓之红衣人，其所居曰红衣馆。向例，每天使至国册封，准诸妓入馆伺候。自嘉庆五年赵介山殿撰册封琉球时，传谕不准入馆，遂为定例。自国相以下均有所欢，每月缠头脂粉之费，不过四五六金而已。

若天使至，则不许国人阑入红衣馆，恐生事端也。中华人每到红衣馆，有赏识者，即身价十倍，定情合意后，必赠一银簪，戴之以为荣。盖民间俱用角者，惟妓女得中华人赏给始准戴耳。其款式如荷花瓣而脚长，每枝重五两。其装束百般，总无一定。有着白地青花衫，微映大红抹胸者；有着五彩印花衫，束紫绉纱汗巾者；有绿底五彩白花衫，束大红文丝带者，皆薄施脂粉，丰致嫣然，令人消魂。亦能歌舞，或弹三弦，或鼓古瑟，或坐而歌，或起而舞。

凡红衣人尽无子。自八九岁卖身入馆，教以歌，与人交接后，积财赎身，即买一美婢，自开门户。年长则各有旧交，故无从良之例。其房皆南向，空前一架为轩廊，后三架为卧室，三面皆板，上施顶格，下铺脚踏绵，洁净而软，如登大床。亦有箱笼、衣架、书画，呈设古铜、瓷瓶、壶、杯、碗、茶具、酒器之属。檐下亦凿小池，蓄金鳞数尾，植芭蕉铁树于墙下。有一种名佛桑花，叶若桑而花如蜀葵，千瓣，五色俱备，有大红色者。

男用团扇，女则半月。夜卧，则以大席铺室中，上施大帐，而复以衾枕之属。亦点烛，式如风灯而高，外糊白纸，中燃油火，上有横木，可以提携，亦随地可置，随处可粘。烛皆纯蜡，可以通宵。其余起居饮食与中国无异。

附录二 《浮生六记》英译自序

○林语堂

芸，我想，是中国文学中最可爱的女人。她并非最美丽，因为这书的作者，她的丈夫，并没有这样推崇。但是谁能否认她是一个可爱的女人？她只是在我们朋友家中有时遇见有风韵的丽人，因与其夫伉俪情笃，令人尽绝倾慕之念。我们只觉得世上有这样的女人是一件可喜的事，只愿认她是朋友之妻，可以出入其家，可以不邀自来和她夫妇吃中饭，或者当她与丈夫促膝畅谈书画文学乳腐卤瓜之时，你打瞌睡，她可以来放一条毛毯把你的脚腿盖上？也许古今各代都有这种女人，不过在芸身上，我们似乎看见这样贤达的美德特别齐全，一生中不可多得。你想谁不愿意和她夫妇，背着翁姑，偷往太湖，看她观玩洋洋万顷的湖水，而叹天地之宽，或者同她在万年桥去赏月？而且假使她生在英国，谁不愿意陪她去参观伦敦博物院，看她狂喜坠泪玩摩中世纪的彩金钞本？因此，我说她是中国文学及中国历史上（因为确有其人）一个最可爱的女人，并非故甚其辞。

她的一生，“事如春梦了无痕”，如东坡所云。要不是这书得偶然保存，我们今日还不知有这样一个女人生在世上，饱尝过闺房之乐与坎坷之愁。我现在把她的故事翻译出来，不过因为这故事应该叫世人知道，一方面以流传她的芳

名；又一方面，因为我在这两位无猜的夫妇的简朴的生活中，看他们追求美丽，看他们穷困潦倒，遭不如意事的磨折，受狡佞小人的欺侮，同时一意享求浮生半日闲的清福，却又怕遭神明的忌。在这故事中，我仿佛看到中国处世哲学的精华，在两位恰巧成为夫妇的生平上表现出来。两位平常的雅人，在世上并没有特殊的建树，只是欣爱宇宙间的良辰美景，山林泉石，同几位知心友过他们恬淡自适的生活——蹭蹬不遂，而仍不改其乐。他们太驯良了，所以不会成功，因为他们两位胸怀旷达，淡泊名利，与世无争。而他们的遭父母放逐，也不能算他们的错，反而值得我们的同情。这悲剧之原因，不过因为芸知书识字，因为她太爱美，至于不懂得爱美有什么罪过。因她是识字的媳妇，所以她得替她的婆婆写信给在外想要娶妾的公公，而且她见了一位歌伎简直发痴，暗中替她的丈夫撮合娶为簉室，后来为强者所夺，因而生起大病。在这地方，我们看见她的爱美的天性与这现实的冲突——一种根本的，虽然是出于天真的冲突。这冲突在她于神诞之际，化扮男装，赴会观“花照”，也可看出，一个女人打扮男装或是倾心于一个歌伎是不道德吗？如果是，她全不晓得，她只思慕要看见，要知道人生世上的美丽景物，那些中国古代守礼的妇人向来所看不到的景物。也是由于这艺术上本无罪而道德上犯礼的衷怀，使她想要游遍天下名山——那些年轻守礼妇女不便访游，而她愿意留待“鬓斑”之时去访游的名山。但是这些山她没看到，因为她已经看见一位风流蕴藉的歌伎，而这已十分犯礼，足使她的公公认为她是情痴少妇，把她驱出家庭，而她从此半生须颠倒于穷困之中，没有清闲也没有钱可以享游山之乐了。

是否沈复，她的丈夫，把她描写过实？我觉得不然，读者读本书后必与我同意。他不曾存意粉饰芸或他自己的缺点。我们看见这书的作者自身也表示那种爱美爱真的精神，和那中国文化最特色的知足常乐恬淡自适的天性。我不免暗想，这位平常的寒士是怎样一个人，能引起他太太这样纯洁的爱，而且能不负此爱，把他写成古今中外文学中最温柔细腻闺房之乐的记载。三白，三白，魂无恙否？他的祖坟在苏州郊外福寿山，倘使我们有幸，或者尚可找到。果能如愿，我想备点香花鲜果，供奉跪拜祷祝于这两位清魂之前，也没什么罪过。在他们坟前，我要低吟 Maurice Ravel 的“Pavane”，哀思凄楚，缠绵悱恻的，而归于和美静娴，或是长啸 Massenet 的“Melodie”，如怨如慕，如泣如诉，悠

扬而不流于激越。因为在他们之前，我们的心气也谦和了，不是对伟大者，是对卑弱者，起谦恭畏敬，因为我相信淳朴恬适自甘的生活。如芸所说“布衣菜饭，可乐终身”的生活，是宇宙最美丽的东西。在我翻阅重读这本小册子之时，每每不期然而然想到这安乐的问题。在未得安乐的人，求之而不可得；在已得安乐之人，又不知其来之所自。读了沈复的书，每使我感到这安乐的奥妙，远超乎尘俗之压迫与人身之苦痛——这安乐，我想，很像一个无罪下狱的人心地之泰然，也就是托尔斯泰在《复活》中所微妙表出的一种，是心灵已战胜肉身了。因为这个缘故，我想这对伉俪的生活是最悲惨而同时是最活泼快乐的生活——那种善处忧患的活泼快乐。

这本书的原名是《浮生六记》（英译“Six Chapters of a Floating Life”），其中只存四记（典出李白“浮生若梦，为欢几何”之名。）其体裁特别，以一自传的事故，兼谈生活艺术，闲情逸趣，山水景色，文评艺评等。现存的四记本系杨引传在冷摊上所发现，于一八七七年首先刊行。依书中自述，作者生于一七六三年，而第四记之写作必在一八〇八年之后。杨的妹婿王韬（弢园），颇具文名，曾于幼时看见这书，所以这书在一八一〇至一八三〇年间流行于姑苏。由管贻萼的诗及现存回目，我们知道第五章是记他在台湾的经历，而第六章是记作者对养生之道的感想。我在猜想，在苏州家藏或旧书铺一定还有一个全本，倘然有这福分，或可给我们发现。

廿四年五月廿四日龙溪林语堂序于上海

附录三　重印《浮生六记》序

○俞平伯

一

记叙体的文章在中国旧文苑里，可真不少，然而竟难找一篇完美的自叙传。中国的所谓文人，不但没有健全的历史观念，而且也没有深厚的历史兴趣。他们的脑神经上，似乎凭了几个荒谬的印象（如偏正、大小等），结成一个名分的谬念。这个谬念，无所不在，无所不包，无所不流传，结果便害苦了中国人，非特文学美术受其害，及历史亦然。他们先把一切的事情分为两族，一正一偏，一大一小……这是"正名"。然后再甄别一下，与正大为缘的是载道之文，名山之业；否则便是逞偏才，入小道，当与倡优同畜了。这是"定分"。

申言之，他们实于文史无所知，只是推阐先入的伦理谬见以去牢笼一切，这当然有损于文史的根芽，这当然不容易发生自传的文学。原来作自传文和他们惯用的"史法"绝不相干，而且截然相反。他们念兹在兹的圣贤、帝王、祖宗……在此用他们不着；倒是他们视为闲情别致的，反有关身心性命之微，有

涉于文章之事。所以前人以为不足道的，我们常发见其间有真的文艺潜伏着在，而《浮生六记》便是小小的一例。

此书少单行本，见于《独悟庵丛钞》及《雁来红丛报》中，共有六篇，故名六记：《闺房记乐》《闲情记趣》《坎坷记愁》《浪游记快》《中山记历》《养生记道》，今只存上四篇，其五六两篇已佚。作者为沈复，字三白，苏州人，能画，习幕及商，生于一七六三年（乾隆二八），卒年无考，当在嘉庆十二年以后。关于作者之生平及生卒年月之考查，略叙如此。此书虽不全，今所存四篇似即其精英，故独得流传。《中山记历》当是记漫游琉球之事，或系日记体。《养生记道》，恐亦多道家修持之妄说，虽佚似不足深惜也。就今存者四篇言之，不失为简洁生动的自传文字。

《闲情记趣》写其爱美的心习，《浪游记快》叙其浪漫的生涯，而其中尤以《闺房记乐》《坎坷记愁》为最佳。第一卷自写其夫妇间之恋史，情思笔致极旖旎宛转，而又极真率简易，向来人所不敢昌言者，今竟昌言之。第三卷历述其不得于父母兄弟之故，家庭间之隐痛，笔致既细，胆子亦大。作者虽无反抗家庭之意，而其态度行为已处处流露于篇中，固绝妙一篇宣传文字也。原数千年中家庭之变，何地无之，初非迩近始然，特至此而愈烈耳。观沈君自述，他们俩实无罪于家人，而家人恶之。此无他，性分之异，一也；经济上之迫夺，二也；小人煽动其间，三也。观下文自明。

“实则同行并坐，初犹避人，久则不以为意。芸或与人坐谈，见余至，必起立，偏挪其身，余就而并焉，彼此皆不觉其所以然者。始以为惭，继成不期然而然。”

“芸欣然。及晚餐后，装束既毕，效男子拱手阔步者良久，忽变卦曰：‘妾不去矣。为人识出既不便，堂上闻之又不可。’余怂恿曰：‘……密去密来，焉得知之？’芸揽镜自照，狂笑不已。余强挽之，悄然径去。”（均见卷一）

“余夫妇居家，偶有需用，不免典质，始则移东补西，继则左支右绌。谚云：‘处家人情，非钱不行。’先起小人之议，渐招同室之讥。‘女子无才便是德’，真千古至言也！”

“不数年而逋负日增，物议日起。老亲又以盟妓一端，憎恶日甚。……芸病转增，唤水索汤，上下厌之。……锡山华氏，知其病，遣人问讯。堂上误以为

憨园之使，因愈怒曰：‘汝妇不守闺训，结盟娼妓；汝亦不思习上，滥伍小人。若置汝死地，情有不忍。姑宽三日限，速自为计，迟必首汝逆矣！’芸闻而泣曰：‘亲怒如此，皆我罪孽。妾死君行，君必不忍；妾留君去，君必不舍。……’”

“余因呼启堂谕之曰：‘兄虽不肖，并未作恶不端。若言出嗣降服，从未得过纤毫嗣产。此次奔丧归来，本人子之道，岂为产争故耶？大丈夫贵乎自立，我既一身归，仍以一身去耳！’”（均见卷三）

放浪形骸之风本与家庭间之名分礼法相枘凿，何况在于女子，更何况在于爱恋之夫妻，即此一端，足致冲突；重以经济之，小人之拨弄，即有孝子顺孙亦将不能得堂上之欢心矣。故此书固是韶美风华之小品文字，亦复间有凄凉惨恻语。大凡家庭之变，一方是个人才性的伸展，一方是习俗威权的紧迫，哀张生于绝弦，固不得作片面观也。

因此联想到中国目今社会上，不但稀见艺术之天才诞生，而且缺乏普遍美感的涵蕴。解释此事，可列举的原因很多。在社会制度方面，历来以家庭为单位这件事，我想定是主因之一。读《浮生六记》，即可以得到此种启示。

聚族而居的，人愈多愈算好，实在人愈多便愈糟。个人的受罪，族姓的衰颓，正和门楣的光辉成正比例，这是大家所审知的。既以家为单位，则大家伙儿过同式的生活，方可减少争夺（其实仍不能免）；于是生活的“多歧”“变化”这两种光景不复存在了。单调固定的生活便是残害美感之一因。多子多孙既成为家族间普遍的信念和希望，于是婚姻等于性交，不知别有恋爱。卑污的生活便是残害美感之二因。依赖既是聚族而居的根本心习，于是有些人担负过重，有些人无所事事。游惰和艰辛的生活便是残害美感之三因。礼教名分固无所不在，但附在家庭中的更为强烈繁多而严刻，于是个性之受损尤巨。规行矩步的生活便是残害美感之四因。其他还多，恕不备举了。

综括言之，中国大多数的家庭的机能，只是穿衣，吃饭，生小孩子，以外便是你我相倾轧，明的为争夺，暗的为嫉妒。不肯做家庭奴隶的未必即是天才，但如有天才是决不甘心做家庭奴隶的。《浮生六记》一书，即是表现无量数惊涛骇浪相冲击中的一个微波的银痕而已。但即算是轻婉的微波之痕，已足使我们的心灵震荡而不怡。是呻吟？是怨诅？是歌唱？读者必能辨之，初不待我的

晓晓了。在作者当时或竟是游戏笔墨，在我们时代里，却平添了一重严重的意味。但我相信，我们现今所投射在上面的这重意味的根芽，却为是书所固有，不是我们所臆造出来的。细读之便自知悉。

是书未必即为自传文学中之杰构，但在中国旧文苑中，是很值得注意的一篇著作；即就文词之洁媚和趣味之隽永两点而论，亦大可以供我们的欣赏。故我敢以此小书介绍于读者诸君。

一九二三，十，二十，上海

二

重印《浮生六记》的因缘，容我在此略说。我幼年在苏州，曾读过这书。当时只觉得它可爱，而未审可爱之所在。自匆匆移家北京，流转数年，不但诵读时的残趣久已荡为烟云，即书的名字也若存若亡，汩没在忆后了。去秋在上海，与颉刚、伯祥两君结邻，偶然谈起此书，我始恍然追味出昔年得读时的情趣来。他们各有一部——颉刚的是《雁来红丛报》本，伯祥的是《独悟庵丛钞》本——都被我借来了。因有这么一段前因，自然重读时更易得我的欣赏，而且这书确也有迷眩人的魔力。我们想把这种喜悦遍及于读者社会，于是便想把它重印。在去年十月，我在《文学》上发表一篇《拟重印〈浮生六记〉序》(即序一)；后来又就本书所载事实之年月可考者，排比成一年表；将伯祥的“独悟庵本”（是本书的初印本）校勘标点。这书颇觉粲然可观，遂由朴社刊行。这就是重印本书的一段因缘。

去年做的那篇序，自己很不惬意；因它只发挥了一大堆读后对于家庭社会的杂感，并未曾将《浮生六记》的精英撷出。做序本不容易。如复说书中所有，读书即可，无劳看序。如另说一番闲言闲语，则书自书，序自序，何以见得定是这书的序呢？所以在这书实行重印时，我另外写上一点，以弥补从前的缺憾。

《浮生六记》的作者是个习幕经商的人，不是什么斯文举子。这一点很可

注意。统观全书，无酸语，无赘语，无道学语（《养生记道》已佚，不敢妄揣）。风裁的简洁，实作者身世和性灵的反映使它如此的。我们何幸，失掉一个“禄蠹”式的举子，得着一个真性情的闲人。他因不存心什么“名山之业”、“寿世之文”，所以情来兴到，即濡笔伸纸，不知避忌，不假妆点，本没有徇名的心，得完全真正的我。处处有个真我在，这总是一篇好的自叙传，又何烦我斤斤以告诸君呢？

文章事业的完成本有一个通例，就是“求之不必得，不求可自得”。这个通例，于小品文字的创作尤为显明。我们莫妙于学行云流水，莫妙于学春鸟秋虫，固不是有所为，却也未必就是无所为。这两种说法同伤于武断，同不合事实。无论那一样事情的发生本没有简单的，又何况于文艺的创作时呢。古人论文每每标一“机”字，概念的诠表虽病含混，我却赏其谈言微中。陆机《文赋》说：“故徒抚空怀而自惋，吾未识夫开塞之所由！”这是绝妙的文思描写。我们与一切外物相遇，不可着意，着意则滞；不可绝缘，绝缘则离。记得宋周美成的《玉楼春》里，有两句最好，“人如风后入江云，情似雨馀黏地絮”，这种况味正在不离不着之间。文心之妙，亦复如是。

即如这书，说它是信笔写出的固然不像，说它是精心结撰的又何以见得。这总是一半儿做着，一半儿写着的，虽有千雕百琢一样的完美，却不见一点斧凿痕。犹之佳山佳水，明明是天开的图画，然仿佛处处吻合人工的意匠。当此种境界，我们的分析推寻的技巧，原不免有穷时。此记所录所载，妙肖不足奇，奇在全不着力而得妙肖；韶秀不足异，异在韶秀以外竟似无他物。俨如一块纯美的水晶，只见明莹，不见衬露明莹的颜色；只见精微，不见制作精微的痕迹。这所以不和寻常的日记相同，而有重行付印，令其传播得更久更远的价值。

我岂不知这是小玩艺儿，不值当作溢美的说法；然而我自信这种说法绝非溢美。想读这书的，必有能辨别的罢！

一九二三，二，二七，杭州城头巷